LA VERDAD SEGÚN MICHAEL

Más de Stevan V. Nikolic
5 DIAS ME SEPARAN DE TU CUERPO Y MI ALMA

LA VERDAD

según Michael

Una novela de

STEVAN V. NIKOLIC

Traducido por
María Gil del Campo

LA VERDAD SEGÚN MICHAEL

Una novela de
Stevan V. Nikolic

Titulo original: Truth According to Michael
Traducido por María Gil del Campo

Istina Group DBA, Nueva York
www.istinagroup.com

Para más información por favor, contacte con Istina Group DBA por medio del correo electrónico: istinadba@gmail.com

ISBN-10: 0-9896962-9-4
ISBN-13: 978-0-9896962-9-6

Impreso en Estados Unidos

Para ti, Adelaide

Contenido:

«*Iba detrás de una mujer pensando que la clave estaba en ella, pero la clave está en escribir sobre ella. En las palabras, y las palabras están dentro de mí. Desearla es solo un impulso para que emanen las palabras. Y el objetivo principal es que fluyan las palabras. Las palabras son importantes. Palabras sobre el amor. Palabras sobre la vida. Y no son mías. Están canalizadas a través de mí. Recuerda. Al principio, la palabra que había iba de la mano de Dios y la palabra se hizo carne. El objetivo de mi vida, mi razón de ser es acumular el impulso suficiente para escribir todo lo que es necesario. Esa es mi misión. Ese es el Santo Grial que yo persigo.*»

La llegada

I

Michael llegó a Nueva York un miércoles sobre las siete de la tarde. Caminó hacia la salida del área de llegadas internacionales del aeropuerto JFK. Fuera le esperaba una tarde de principios de marzo fría, húmeda y oscura. La lluvia salpicaba el muro que había en frente de la terminal, una pared llena de gente cargando sus maletas y caminando en distintas direcciones.

Michael se paró bajo la marquesina que había enfrente del edificio de entrada y se encendió un cigarro. No había fumado durante las más de doce horas que había durado el viaje en avión desde Burcarest a París y desde París a Nueva York y necesita un cigarro.

No quería admitirlo, pero estaba nervioso. Cuando dejó Nueva York hacía ya tres años, tenía cincuenta, aún estaba casado, tenía un apartamento en Brooklyn, un negocio que iba bien y muchos amigos. Ahora estaba divorciado y no tenía donde ir. Ni su exmujer, ni sus hijas mayores, ni muchos de sus amigos le hablaban. No tenía ninguna fuente de ingresos y solo le quedaban doscientos treinta dólares en el bolsillo; sin embargo, estaba orgulloso de estar de vuelta. En Bucarest había hecho un daño peligroso e irreparable. Su única salida era volver a Nueva York. «Necesito reordenar mi mente y resolver los problemas desde aquí», pensaba Michael.

Aún no sabía qué hacer ni cómo salir adelante, pero tenía todavía tres días para encontrar una solución. Una habitación en el hostal YMCA de Flushing, en el barrio de Queens costaba sesenta dólares por noche. Tenía el dinero suficiente para pagar esos tres días y era ahí donde había planeado quedarse hasta que supiera cuál sería su próximo destino. Si no daba con una solución, se vería en la calle. No quería eso. Pero en ese momento, en lo único que pensaba era en encontrar la manera más rápida y económica de llegar a Flushing. Estaba cansado. Tomó el Airtrain hacia Jamaica Station y desde allí cogió un autobús que le llevaría a Flushing. Fue un viaje largo. Llegó a Flushing un poco antes de las nueve. Caminó dos manzanas desde la estación de autobuses hasta llegar al hostal y entró.

Era una habitación pequeña pero acogedora, con dos camas individuales, una mesa, una cómoda con un espejo y una televisión. El baño estaba fuera, al final del pasillo. Michael deshizo su equipaje. Solo llevaba dos camisas, un jersey, dos pares de calzoncillos, dos de calcetines y su ordenador. Aparte de la ropa que llevaba puesta -un traje negro, una camisa negra, zapatos negros, calcetines, calzoncillos, una chaqueta de cuero primaveral y un pañuelo de seda- esas eran todas sus pertenencias.

Salió para comprar algo de comida y de artículos de aseo a la tienda que había en Main Street. Todavía lloviznaba, pero no le molestaba la lluvia. Miraba a la gente que caminaba a su alrededor. Eran coreanos. Flushing era un barrio coreano con muchas tiendas y restaurantes de diversas nacionalidades. Michael conocía bien la zona. Había vivido allí durante dos años con su mujer y sus hijas. Aquello fue antes de que se mudaran a Brooklyn.

Caminar calle abajo le hacía recordar cosas del pasado. Miraba a los escaparates, a los edificios, a la panadería que hacía esquina entre Main Street y Roosevelt Avenue... Todo le resultaba familiar. Pasó por el edificio en el que vivieron y sintió que casi podía oír las voces de sus hijas hablándole. Durante un instante se apoderó de él la melancolía, pero el pasado no podía volver. Debía dejarlo atrás y centrarse en su situación actual. Tres días pasarían rápido y debía encontrar la forma de sobrevivir en Nueva York.

Se paró en la estación de metro y se compró un billete semanal. Tendría que moverse mucho durante esos tres días y el metro era la mejor opción.

En la tienda compró un cepillo de dientes, pasta de dientes, jabón, desodorante, crema de afeitar y una cuchilla y una gran bolsa de patatas fritas. Le quedaron quince dólares así que decidió comprarse una botella de vino pequeña por cinco dólares para celebrar su vuelta a Nueva York. El resto sería para comprar comida durante los próximos días. Todavía tenía dos paquetes de tabaco, así que estaba servido; servido si conseguía encontrar una solución en un par de días.

De vuelta a la habitación, se quitó los zapatos, puso la tele y se sentó en la cama. La televisión no tenía TDT, solo los canales básicos, así que puso las noticias de las diez. Hacía mucho tiempo que no veía las noticias locales de Nueva York, pero la verdad es que en lo que son las noticias no podía concentrarse. El sonido de la televisión era un recordatorio del lugar en el que se encontraba. Era como el sonido de ambiente.

Estaba de vuelta en Nueva York, sin dinero y sin nadie a quién pedir ayuda. Pero para él aquella situación era bastante mejor que seguir en Bucarest. Si se hubiera quedado, en solo cuestión de días habría acabado en la cárcel o muerto. Estaba metido en problemas demasiado gordos y, la única solución era salir de allí. Y ahora tenía que actuar rápido si no quería acabar en la calle. Tenía que encontrar un lugar en el que quedarse y una fuente de ingresos.

Michael abrió la botella de vino. Había tenido suerte: tenía tapón de rosca. De haber sido un corcho, lo habría pasado un poco mal para abrirla. Echó el vino en una pequeña tacita que encontró en la mesa de la habitación. Se miró en el espejo de la cómoda, levantó la taza y se dijo así mismo:

«Salud, Michael. Bienvenido a Nueva York».

No estaba feliz con lo que veía en el espejo. Su pelo y su barba tenían más canas que antes. Veía arrugas en su cara que no estaban hacía un año. Parecía más viejo y problemático. Lo que le había caracterizado durante muchos años, ese brillo constante en sus ojos castaños, se había esfumado por completo. Ahora era un hombre cansado, un hombre derrotado.

En los últimos meses había perdido bastante peso y esto, para un hombre de metro ochenta y delgado, hacía que en vez de Michael, pareciera su sombra.

Michael sacó un pequeño cuaderno de notas negro de la marca Moleskine de su mochila y comenzó a ojearlo. En él había escrito sus contactos durante los últimos años: sus nuevos amigos, sus socios y sus familiares. Fue bajando poco a poco de un nombre a otro en la lista. A la mayoría de las personas de la lista les debía algo, o un favor o dinero, así que no podía llamarles para pedirles nada. El resto era amigos muy cercanos de su exmujer y, por tanto, tampoco podía hacerlo.

Pensó en su pasado y en la cantidad de gente a la que conoció mientras vivía en Nueva York. Nunca supo cómo mantener y alimentar las amistades. Solo llamaba a la mayoría de sus amigos cuando necesitaba algo y luego no lo volvía a hacer hasta la próxima vez que tuviera que pedirles un favor. La gente se daba cuenta y hablaba de su mala costumbre. Sabía la importancia que tenía el hecho de no cerrar las puertas que iba dejando atrás en ningún tipo de relación. De alguna manera siempre se las apañaba para cerrarlas y perder las oportunidades de retomar sus relaciones de amistad o de volver a las asociaciones a las que había pertenecido. Así que después de veinte años de vivir en Nueva York, la lista de las personas a las que podía pedir ayuda se reducía muchísimo.

Eligió un par de nombres de personas con las que podría tener alguna oportunidad y copió sus números de teléfono en un trozo de papel. «Les llamaré mañana», pensó.

Michael estaba cansado pero no podía dormir. Después de terminarse la botella de vino, el vino se apoderó de él.

Le despertó el ruido del camión de la basura. Era pronto por la mañana. Se fue al baño y se tomó una ducha larga. Se vistió, metió el portátil en la mochila y bajó a la calle.

Era una mañana de jueves húmeda y nublada. Hacía frío y no había sol. Michael paró en un McDonald's y se compró un café para tomárselo en el tren.

Decidió ir a la librería de Barnes and Noble que había en Union Square. Allí tenían wifi gratis y necesitaba comprobar sus correos electrónicos y mirar en la página de Craigslist para ver si encontraba alguna oferta de empleo buena. No sabía si encontraría algo. Hacía quince años que no trabajaba para nadie. Desde entonces siempre había sido autónomo. Y ya nunca más había sido joven. Para la mayor parte de los puestos ofertados era o demasiado mayor o muy cualificado.

Eran más o menos las ocho cuando llegó a Union Square. Se dio cuenta de que la librería no abría hasta las diez y de que tendría que darse una vuelta hasta entonces. Podía ir mientras al Starbucks, pero eso conllevaba gastarse otros dos dólares por un café, así que decidió caminar.

Subió Brodway hasta la 23, cruzó Park Avenue y volvió a Union Square. En dos horas le dio tiempo a dar muchas vueltas. Miraba a la gente que pasaba a su lado. Todos muy ocupados. Todos iban a algún sitio. Tenían prisa por llegar al trabajo o a la escuela, o volvían a casa del trabajo. Tenía la sensación de ser el único que caminaba sin rumbo, lento, esperando que el tiempo pasara y parecía que todos los que pasaban a su lado lo sabían.

Hasta hacía tres años era una de las personas más ocupadas de Nueva York. Tenía prisa. Tenía un objetivo. «Ahora todo ha cambiado», pensó. Ahora era un hombre sin hogar, con el bolsillo pelado y sin una perspectiva de vida clara. Solo Dios sabía cómo saldría de aquella situación.

Se detuvo enfrente de la librería diez minutos antes de las diez. Había bastante gente esperando a que abriera. La mayoría eran clientes madrugadores que querían comprar un libro o una revista o simplemente tomarse una taza de café en su acogedora cafetería. Otros eran personas sin hogar, sin afeitar y poco aseados. Querían usar el baño o esconderse en una esquina intentando entrar en calor mientras simulaban estar buscando un libro.

Michael sabía que lo único que le diferenciaba de aquellos hombres era que había pagado dos noches más en el hostal YMCA y que tenía alguna moneda en el bolsillo.

Michael entró en la tienda y se dirigió a la cafetería que había en la tercera planta. Fue uno de los primeros en llegar, así que pudo coger una mesa cerca de la ventana que daba a Union Square. Era un buen sitio para pasar las próximas horas. Podría organizarse, trazar algún plan, buscar en Internet y estudiar las opciones que tenía.

El olor a café tostado recién hecho era tentador. Se compró uno pequeño y un donut con azúcar. Pensó que eso sería su comida para todo el día. No podía permitirse nada más si quería comer algo los próximos dos días.

Accedió a Craiglist pero no encontró ningún puesto de trabajo que mereciese la pena. Sin embargo, no era ese el único problema. El hecho de haber trabajado como autónomo durante tantos años había propiciado que no tuviera muchas referencias laborales. Si había algún puesto que solicitar, no sabría qué poner como referencia.

Michael entró en su cuenta de Google. Había muchos correos de sus antiguos socios de Bucarest. Se habían dado cuenta de que algo iba mal y de que había desaparecido. Estaba seguro de que estaban aterrados y de que estaban buscándole por todos lados, en su apartamento y en su oficina. Al menos se había librado de su rabia. Supo que se encontraba en una situación muy delicada cuando le enviaron a aquel asqueroso hombre que acudió hacía dos días a su apartamento a cobrar sus deudas.

—Michael, todo lo que nos debes, se lo debes ahora a él, y quiere el dinero de vuelta en cuarenta y ocho horas.

Un simple vistazo a aquel hombre le sirvió para saber que había traspasado la línea. Si no quería terminar en el alcantarillado de Bucarest, tenía que salir corriendo.

No era una decisión fácil de tomar. Hace tres años, cuando dejó Nueva York y se mudó a Bucarest, pretendía quedarse allí y no volver. Tenía un pequeño apartamento al sur de la ciudad, un gato, una novia de veinticuatro años y muchos amigos con los que le gustaba quedar en los bares de alrededor. Si no fuera por lo desastroso del negocio editorial que emprendió en la ciudad, el origen de todos sus problemas, la vida en Bucarest habría estado bien.

Y ahora estaba sentado en la cafetería de Barnes and Noble intentando dar con lo que debía hacer. Miró una vez más a su libreta, pero aparte de los dos nombres que había seleccionado la noche anterior, no podía llamar a nadie más.

Uno de ellos era Jack Rothstein. Era un banquero que trabajaba en la oficina del Deutsche Bank de Park Avenue, en Nueva York. Michael le conocía tanto a él como a su pareja, Mark, del Club Grolier, club del que Michael era miembro desde hacía muchos años. Michael pensaba que aún les caía bien. Solía pedir prestado a Jack pequeñas cantidades de dinero, pero siempre se lo devolvía, así que pensaba que, si no había nadie más, sería bueno contactar con ellos. Además, lo bueno que tenía Michael es que no mostraba hacia ellos ningún tipo de prejuicio por el hecho de tratarse de dos homosexuales viviendo juntos. Muchos miembros del club sí los tenían. Michael siempre había pensado que ambos le respetaban.

El otro contacto era David Elliot. Era un director de marketing que vivía en Greenwich, Connecticut. Michael le conocía de la Logia Masónica. Durante casi veinte años ambos pertenecieron a la Logia Lafayette nº 30 situada en la Gran Logia de Nueva York. Michael dejó la Masonería en 2008, pero pensó que a David aún le seguiría cayendo bien y que le ayudaría. Años atrás, David perdió mucho dinero en la bolsa y Michael fue uno de los muchos amigos que le ayudó a recuperarse y a emprender un nuevo negocio. Esperaba que David se acordara de aquello.

En vez de llamarle, Michael escribió un correo electrónico a Jack explicándole la situación en la que se encontraba. No estaba seguro de que el número que tenía de su amigo todavía funcionara.

En el correo le decía a Jack que había estado en Rumanía durante tres años, que había perdido todo su dinero y que había fracasado en sus negocios. Le contó también que había vuelto a Nueva York y que estaba buscando un lugar en el que poder quedarse hasta que se resolviera la situación, un trabajo y algo de dinero para poderse reponer. Michael no quería dar muchos más detalles. No estaba seguro de si Jack y Mark seguían manteniendo contacto con su exmujer. Ella era la última persona en el mundo con la que ahora mismo le gustaría compartir sus problemas.

Mientras mandaba el correo pensaba en lo triste que era la situación. En su lista de contactos de Gmail tenía más de 7000 contactos entre los que se encontraban miembros de su familia, socios, conocidos y mucha más gente con la que se había topado durante todos los años que había pasado en Nueva York. Y ahora, de toda esa gente, solo podía contar con dos. Se preguntaba qué tipo de persona había sido. Era como un elefante entrando en una tienda de todo a cien que arrasaba con todo y solo dejaba atrás daño. ¿Cómo era posible que no pudiera mantener relación con ninguna de las personas que había pasado por su vida?

Michael salió de Barnes and Noble sobre la una del medio día. Se encendió un cigarro mientras buscaba una cabina para llamar a David.

—Hola David. Soy Michael. ¿Cómo estás?

—¡Michael! Hola, amigo. ¡Qué sorpresa! Llevaba mucho tiempo sin saber de ti. ¿Cómo te va?

—No muy bien... por eso te llamo.

—¿Por qué? ¿Qué pasa?

—Estoy de nuevo en Nueva York y no estoy muy bien que digamos. No sé muy bien lo que sabes de mis aventuras.

—Lo último que oí es que te divorciaste.

—He pasado los últimos tres años de mi vida en Rumanía intentando abrir un negocio editorial y he perdido todo mi dinero en esas inversiones. Ahora que estoy de vuelta en

Nueva York estoy buscando algún lugar en el que quedarme y un trabajo. Tampoco tengo dinero, así que te pediría un pequeño préstamo de unos cuantos cientos de dólares. Solo te pido que me ayudes hasta que pueda recuperarme. No estoy bien, amigo, y no hay mucha gente a la que pueda recurrir para pedir ayuda.

—Siento escuchar todo lo que me dices, Michael. Y me gustaría poder ayudarte. Pero últimamente las cosas no me van bien. El negocio no marcha muy bien, mi mujer lleva sin trabajar mucho tiempo y yo mismo estoy pidiendo dinero a unos y a otros para poder pagar las facturas. Es difícil. Mis gastos mensuales son bastante elevados. Así que, difícilmente puedo prestarte dinero. Tengo un amigo que va a abrir un negocio de marketing y necesitará escritores. Puedo darte su número de teléfono. Puedes llamarle y decirle que vas de mi parte. Eso es todo lo que puedo hacer por ti. Lo siento, *bro*.

—David, me da mucha vergüenza decirte esto pero, con cualquier cosa me basta —Michael siguió insistiendo—. Me quedan diez dólares en el bolsillo y dos noches pagadas en el hostal YMCA. Si no hago nada estaré pronto en la calle. Necesito ayuda de inmediato, no sé si sabes lo que quiero decir.

—Lo siento, Michael, pero no puedo hacer nada. Puedo hablar con otros hermanos masones de la Logia, pero creo que no dejaste muy buen sabor de boca al irte. No obstante, preguntaré. ¿Has hablado con tu exmujer?

—No, David, no corras la voz. No quiero que nadie sepa la situación en la que me encuentro. Y menos mi exmujer. ¿Puedes darme el teléfono de tu amigo, por favor?

David le dio el número de teléfono y le dijo: —Lo siento, Michael. Tengo que coger otra llamada. Buena suerte.
Y colgó.

Michael se pasó el resto de la tarde caminando. Subió Park Avenue hasta la 96, cruzó Central Park hacia el lado oeste y bajó Brodway hasta Union Square. No estaba cansado, pero la mochila le pesaba mucho. Su peso le hacía sentirse incómodo.

Por la tarde se fue al McDonald's a tomarse un respiro y a comprobar su correo. Pidió un café. Le costó noventa y nueve céntimos, la mitad del café de Barnes and Noble. La cafetería de Barnes and Noble era un lugar mucho más acogedor y cómodo, pero el McDonald's también tenía wifi.

Jack no le había contestado y eso no era buena señal. Michael conocía a Jack lo suficiente como para saber que era muy servicial con su correspondencia. Nunca dejaba un correo sin contestar, a pesar de que fuesen frívolos y de poca importancia. ¿Era posible que Jack le hubiera ignorado tanto a él, como a su petición de ayuda? ¿Era posible que ni siquiera se dignara a contestar con un sí o un no y que simplemente le ignorase?

Cuando Michael salió del McDonald's eran ya las nueve de la noche. Hacía frío para ser marzo, pero se estaba bien. La plaza de Union Square estaba iluminada por las luces que salían de las tiendas. La gente caminaba por allí en todas direcciones. Había bastantes chicas guapas. Michael las observaba. Estaba sentado en medio de una mesa en la plaza, fumando un cigarro y viéndolas pasar.

De pronto le vino un pensamiento a la cabeza. Se acordó de los momentos en los que él era el único que caminaba por

Union Square hacia los clubes y restaurantes. Se preguntaba si aquellos días volverían alguna vez.

Michael volvió a Flushing, a la habitación de su hostal. El primer día en Nueva York no había sido muy bueno. Tenía la necesidad de beber algo, de olvidarse de todo, pero no tenía dinero. Si compraba otra botella de vino se quedaría sin dinero, y eso no podía ser.

Miraba a la tele sin prestar atención al programa que emitían. Michael quería encontrar una solución pero no podría pensar en nada. Sí, bueno, había cosas que había podido resolver. Había escapado de Bucarest pero, ¿ahora qué? No le venía nada a la cabeza. Y eso le hacía ponerse nervioso. ¿Qué pasaría si no daba con una solución? ¿Qué haría?

No podía quedarse allí sentado. Necesitaba un cigarro. Caminó por Flushing para ver si le venía alguna idea.

Sonó su teléfono rumano de prepago. Aún le quedaba algo de saldo, así que seguía funcionando. Era su novia de Bucarest. Contestó.

—Hola, Eliza, mi amor, ¿cómo estás?

—Hola, pequeño. No muy bien, Michael. Te hecho de menos... mucho. No me has llamado y eso me preocupa. No podía dormir. ¿Ya estás en Nueva York?

—Sí, estoy aquí. No estaba seguro del saldo que tenía en el teléfono, por eso no te llamé. Te iba a escribir un correo esta noche.

—Mickey, pequeño, esto es un caos. Es horrible. Todo el mundo te busca. Cuando llegué a casa anoche de trabajar, Volodya estaba enfrente de mi piso con dos hombres que daban miedo, sentados en coche, esperando. Me sentaron en el asiento de atrás y me llevaron a tu casa. Aparcaron y estuvimos durante dos horas esperándote. Me preguntó por tu paradero y me amenazó. Le dije que te habías ido a Nueva York y que volverías en una semana, pero no me creyó. Le dije que no te irías a ninguna parte sin mí. El hombre que estaba sentado a mi lado me agarró la cara con la mano y me dijo que si no les decía donde estabas me violarían y me harían cortes con un cuchillo. Cuando empecé a gritar Volodya abrió la puerta y me echaron de allí. Aún tengo un ojo morado y la mejilla hinchada. Tengo miedo, Michael. Mi padre se enfadó mucho cuando me vio... y lo peor es que no puedo contarle la verdad sobre lo que ha pasado ni el porqué. Esos hombres son peligrosos, Michael. Tengo miedo de que vengan otra vez.

—Por favor, no te preocupes, Eliza. Llamaré a Volodya y hablaré con él. No irán allí más. Ten paciencia, amor. Tan pronto como me asiente aquí, te mandaré un billete de avión para que te vengas conmigo. Será más o menos antes de finales de mes. Te lo prometo. Te quiero mucho y yo también te echo de menos, pequeña.

—Ay, Michael, te necesito cerca. Estoy acostumbrada a dormir en tu cama contigo. Por favor, date prisa. Quiero estar cerca de ti. Necesito sentir tus abrazos. Te quiero, Michael.

—Yo también te quiero, Eliza. Todo irá bien. Ya lo verás. No te preocupes. Tengo que dejarte. Creo que me estoy quedando sin saldo. Buenas noches, amor. Que descanses. Un beso.

—Te quiero. Un beso, Mickey.

Michael colgó. Se enfadó mucho por que Volodya hubiera

ido a por Eliza, se sentía culpable. Le temblaban las manos. Quería gritar. Sin embargo, se encendió otro cigarro. Michael se sentía indefenso. Quería a Eliza; sin embargo la había dejado allí sabiendo que Volodya intentaría llegar a él por medio de ella. No tenía elección. No tenía dinero. Incluso el dinero que le ayudó a volver a Nueva York, lo había tomado prestado de Volodya con falsas excusas. Eso hizo que Volodya se enfadase aún más ya que había sido su dinero el que le había ayudado a escapar. Se debía sentir estúpido. La historia de asentarse en Nueva York y mandarla un billete era también una mentira. No había forma de que se asentase allí antes de final de mes ni de tener el dinero suficiente como para conseguirla un billete de avión. Solo podría hacerlo si pasaba un milagro o robaba algún banco (y no le cogían, claro).

Michael no la mentía a propósito, no quería engañarla. Quería traer a Eliza a Nueva York. Pero nunca la dijo que, en realidad, nada le esperaba en Nueva York. Que tendría que empezar desde el principio, como si todo esto hubiera sucedido hace veinticinco años cuando llegó por primera vez a Nueva York. Incluso peor. Por aquel entonces tenía un lugar en el que quedarse y un trabajo. Ahora no tenía nada.

También le había mentido cuando la había dicho que iba a llamar a Volodya. Sabía que no arreglaría nada. Si le llamaba para decirle que dejaran en paz a Eliza, le dejaría ver que eso le preocupaba e irían a buscarla más veces. La única opción que tenía era ignorarle. Se calmarían después de un tiempo, estaba seguro.

En el tren

II

Los dos días siguientes pasaron rápido. Fue la misma rutina que el primer día. Café en Barnes and Noble, largos paseos por Manhattan, otro café por la tarde, buscar en Craiglist, llamar y escribir a gente que nunca contestaba y pedir ayuda. Pero todo era en vano. Los dos días siguientes, aparte de cafés, Michael solo tomó un huevo en un panecillo comprado en un deli y una hamburguesa con queso del McDonald's.

La tercera tarde se encontraba sentado en el McDonald's de St. Marks Place pensando en lo que hacer. ¿Dónde iba a pasar la noche? ¿Qué pasaría el próximo día?

Salió del restaurante y bajo por la Tercer Avenida. Era una tarde fría. Recordaba noches de marzo en las que en Nueva York hacía mucho más calor; sin embargo aquella noche las temperaturas estaban bajo cero y hacía viento. Era un día invernal típico de Nueva York, pero sin nieve.

No estaba seguro de donde estaba yendo, pero llegados a ese punto, le daba igual. Michael sabía que acabaría durmiendo en el metro, pero no quería ir tan pronto.

Pensaba que la N line estaría bien para pasar la noche. La N line hacía un recorrido de más o menos hora y media desde Astoria, en el barrio de Queens, hasta Coney Island, en Brooklyn. Cuatro paseos en metro de un extremo a otro de la línea y se pasaría toda la noche. Si nada cambiaba, el próximo día pasaría la noche en la F line.

Pero eso no podría durar mucho. No tenía dinero para comida y su tarjeta semanal de metro expiraría en dos días. Tenía que encontrar la solución.

La Tercera Avenida acababa en Bowery Street. Michael siguió caminando. Bowery Street había cambiado mucho desde la última vez que había estado allí. Solía ser una hilera de tiendas que abastecían a los restaurantes con algún que otro refugio para personas sin hogar. Ahora la mayor parte de esos almacenes habían cerrado y se habían sustituido por bares y restaurantes y por edificios residenciales.

Michael pasó por Bowery Mission. Era uno de los refugios más antiguos de la ciudad de Nueva York y seguía en el mismo lugar que hacía muchos años. En frente del edificio había una larga cola de gente sin hogar esperando a entrar a por un plato de sopa para cenar. Tenía hambre pero no quería ponerse en la cola.

Claro que era una persona sin hogar, pero no quería admitirlo. Y menos ante los demás. Siguió caminando.

Sobre media noche volvió a Union Square, entró en el metro y cogió la N line hacia Astoria. El tren estaba todavía lleno de gente que volvía a casa desde la ciudad. Todo el mundo miraba a Michael feliz. «No saben lo afortunados que son», pensaba Michael. Todo el mundo tenía un destino. Todos menos Michael.

Sobre la una y media de la madrugada el tren se vació. Solo quedaban algunos viajeros tardíos y gente sin hogar amodorrándose en los asientos de las esquinas. Michael estaba sentado en mitad del vagón, cerca de la puerta. Sabía que si cogía un sitio en la esquina estaría más calentito y seguro, pero no quería parecer un hombre sin hogar. El aire frío que entraba del exterior del vagón cuando se abrían las puertas en cada estación le despertaba. Colocó su mochila en la parte delantera y cruzó sus brazos por encima.

Michael no se quería dormir, pero sabía que debía descansar. Intentaba mantener los ojos abiertos cada vez que el tren entraba en una estación. Además, los abría con el más mínimo sonido que escuchaba. Intentaba echarse pequeñas siestas. Sin embargo, llegó un momento en el que abrió sus ojos y se percató que había pasado más de una parada, lo que significaba que se había quedado dormido y no se había dado cuenta.

No podía esperar a que entrase la mañana para salir del metro. Cuando empezaron los primeros rayos de sol, más o menos sobre las seis y media de la mañana, salió en la estación que había en Lexington Avenue con la 59.

El aire fresco de la mañana le sentó bien. Era la primera mañana que no se afeitaba, que no se daba una ducha y que no se cambiaba de ropa. Se sentía sucio. Quería encontrar un sitio para lavarse al menos la cara y los dientes, pero era demasiado pronto. Ya había muchos McDonald's abiertos pero aún no había mucha gente, por lo que todo el mundo se daría cuenta de que iba al baño. No quería sentir vergüenza.

Michael bajo Lexington Avenue, giró hacia Park Avenue

y, tras un rato caminando, estaba de nuevo en Union Square. Necesitaba un baño, así que entró en el Starbucks que tenía ya bastante gente. No había nadie en el baño, así que después de hacer sus necesidades, se lavó la cara y se cepilló los dientes.

Pasó las horas siguientes caminando por las avenidas de Manhattan sin rumbo. A medio día se sentía ya muy cansado, así que se fue a Barnes and Noble a descansar. En la planta de arriba de la tienda de Union Square había un lugar para sentarse que se usaba para promocionar libros por la tarde. Durante el día los clientes se sentaban a leer libros y revistas. Unos cuantos eran personas sin hogar que descansaban y pasaban el tiempo en un lugar seguro y caliente.

Michael cogió las escaleras mecánicas hacia la quinta planta. Se paró en la zona de historia mirando los libros, pero solo pensaba en sentarse. Cogió uno sobre Caballeros Templarios de la estantería y se dirigió a la zona de lectura. No había mucha gente sentada. Michael cogió una silla de la esquina que estaba alejada de las demás.

Sacó su portátil y comprobó el correo. Solo tenía uno de Eliza:

«Te quiero y te echo de menos. No puedo esperar a estar contigo. Todo esto es tan extraño sin ti, está todo tan vacío, amor. Espero que te vaya bien el negocio en Nueva York y que nos podamos ver pronto. Ten cuidado y, sobre todo, ¡no te olvides de comer! Cuando llegue necesitarás mucha fuerza ya que no te dejaré salir de la cama durante una semana. ¡Llama o escríbeme! Sé que estás ocupado, pero quiero saber de ti. ¡Mucho amor y muchos besos desde aquí!».

Michael miró al correo de Eliza con expresión triste. Si supiera lo que le estaba pasando… Si supiera cuán profunda es su miseria… Le dio un gran bajón. No tenía las fuerzas suficientes para contarla toda la verdad del problema en el que estaba metido. Ella sabía todo sobre la deuda que debía a Volodya y sabía también que involucrarse en ciertos asuntos con los prestamistas de la Rumanía postcomunista era algo peligroso, pero nunca la dijo que en Nueva York lo había perdido todo y que no tenía nada ni nadie a quién recurrir.

Michael esperaba que, una vez en Nueva York, pudiera ganar algo de dinero para mandárselo a Eliza. Años antes, cuando era un empresario bien situado y respetado con muchos socios y amigos, le habría sido fácil conseguir la cantidad de dinero que necesitaba. Estaba orgulloso de su habilidad para convencer a la gente para que le dejasen dinero, así que creía que podría seguir haciéndolo; sin embargo se dio cuenta de que todo aquello se había acabado. Había estado fuera de Nueva York durante tres años y su divorcio y la desastrosa situación en la que había dejado sus negocios, le habían dado una mala reputación entre la gente que le conocía. Para ellos, no era el mismo Michael.

Michael no sabía qué contestar a Eliza. No quería mentirla más, pero no podía decirla que era un hombre sin hogar durmiendo en el metro. No, no podía.

Cerró su portátil y se le ocurrió una idea. Quizás podía vender su portátil en la casa de empeños para conseguir algo de dinero para, al menos, comer. Michael recordaba haber pasado por una en la 14 con la Séptima Avenida. «Iré allí», pensó.

Pero necesitaba descansar primero. Le dolían las piernas y la espalda.

Por la tarde Michael vendió su Toshiba por ochenta dólares. Se compró otro billete semanal del metro y se fue al McDonald's a comer algo.

Se sentía mejor. Tenía algo de dinero en su bolsillo y su mochila le pesaba menos. Pero también estaba preocupado. Aquel portátil era lo único que le unía al mundo. Nadie podría contactar con él ahora, ni él tampoco podría hacerlo. No podría buscar ningún trabajo en Internet. No podría hacer nada.

Los próximos ocho días los pasó durmiendo en los vagones del metro de las líneas N, F y Q por la noche, y por el día caminaba por Manhattan. Se limitó el gasto a seis dólares al día: un café por la mañana y otro por la tarde, dos hamburguesas con queso de noventa y nueve céntimos del McDonald's, una rosca de mantequilla de algún deli y dos cigarros. Encontrar un lugar en el que asearse y usar el baño era el mayor problema. Pero se dio cuenta de que tanto en el Starbucks de Astor Place como la librería de Barnes and Noble que había en Union Square, eran muy tolerantes con la gente sin hogar dejándolos usar los servicios, así que siguió el ejemplo de las personas sin hogar que se movían por aquella zona de Manhattan.

Michael ya no pensaba ni en encontrar un trabajo ni en llamar a nadie para pedir ayuda. Pensaba en sobrevivir. Sabía que su billete de metro expiraría pronto y que necesitaría dinero de nuevo, pero ahora todo lo que le importaba era pasar el día. Sobrevivir hasta el día siguiente. Sin embargo, sin cambiarse de ropa en casi diez días, todo el mundo podía darse cuenta de que era una persona sin hogar. No podía ya pretender ser un viajero tardío de metro o un cliente ojeando libros en una librería.

Habían pasado ocho días. Su tarjeta de metro dejó de funcionar y se gastó su último dólar en un café. Sabía que si intentaba dormir en un banco de un parque le arrestarían. La única solución era ir a algún refugio. Se acordó de Bowery Mission, el refugio por el que había pasado varias veces en los últimos días. «Podría ir allí», pensó.

Fue el 14 de marzo a las cuatro de la tarde, el primer día que Michael entró en Bowery Mission. Siempre recordará aquel día. Era su cumpleaños. Cumplía cincuenta y tres.

—Hola –dijo Michael al gran hombre de color que había sentado tras el mostrador de la entrada—. He oído que aquí viene la gente sin hogar para conseguir un lugar en el que dormir y algo de comida. Soy una persona sin hogar y necesito un lugar en el que quedarme.

—¿Quieres unirte al programa?— le preguntó el hombre que había tras el mostrador.

Michael no sabía lo que significaba «unirse al programa», pero no quería preguntar.

—Sí—dijo Michael.

—Bien, diríjase a la capilla —dijo el hombre señalando a las puertas que había a un lado—. Siéntese aquí y espere. Llamaré a la persona que se encarga de las admisiones y alguien te llevará hasta él.

Michael atravesó la puerta y permaneció en la gran capilla, oscura, con un techo alto de madera y las paredes pintadas simulando el estilo románico de las paredes de piedra. Había largas filas de bancos de madera alineados a ambos lados de la capilla descansando sobre un mosaico de ladrillo. En la parte trasera de la capilla había una gran puerta roja que servía de entrada. En el frente, un escenario con unas cuantas sillas y puertas en el medio. Justo debajo del escenario, en el centro, había un púlpito con un piano a la izquierda y órganos a la derecha.

Michael se sentó en la última fila. Había otros dos hombres sentados en el banco enfrente de él. Uno de ellos era un hombre de color, de unos cuarenta años, con el pelo a lo afro y una chaqueta de cuero negra rasgada bajo el brazo izquierdo. El otro era un hombre joven de piel clara que parecía ser hispano, no superaba los veinte años, tenía el pelo corto y rizado y llevaba puesta una camiseta marrón.

—Chicos, ¿estáis esperando al consejero?— preguntó alguien que se encontraba detrás de Michael. Michael se giró. Había un hombre bajito y fornido que vestía unos pantalones cortados y una camiseta blanca entrando por la puerta del lateral y que permanecía de pié detrás de ellos.

—Sí—contestaron lo tres casi al unísono.

—Venid conmigo.

Los tres hombres le siguieron hasta la recepción y luego subieron tras él las escaleras hasta la segunda planta, hasta una habitación que había justo enfrente de la oficina de admisiones.

—Sentaos aquí y esperad. El consejero os llamará uno a uno—dijo el hombre antes de volver a bajar las escaleras.

Los tres se sentaron alrededor de una mesa de reuniones que había en mitad de la habitación. Cada uno inmerso en sus pensamientos. No hablaron ni se presentaron. Tampoco se miraban. Las puertas de la oficina de admisiones estaba abiertas y podían oír su voz. Estaba hablando por teléfono con alguien. Las puertas se abrieron del todo. Un hombre blanco, de mediana edad y con el pelo corto y rubio estaba allí, de pie en mitad de la puerta. Media metro y medio y era delgado, vestía pantalones grises y una camisa de vestir de color crema y llevaba unas gafas con la montura dorada que escondían unos ojos claros azules casi gris.

—¿Quién ha llegado primero?— preguntó.

Michael y los otros dos hombres se miraron entre ellos por un instante sin estar seguros de qué decir. Después de un momento de duda, el joven hispano dijo: —Creo que yo.

—Vale, entre—dijo el hombre que estaba el la puerta, que se echó a un lado para que el hispano pudiera entrar en la oficina. Cerró las puertas.

Más o menos media hora más tarde, el joven salió de la oficina de admisiones. Tenía una gran sonrisa en la cara.

—Tengo una cama —dijo y se sentó al final de la mesa—. El consejero quiere que entre el siguiente.

El hombre con el pelo afro se levantó y entró en la oficina. El joven hispano se giró hacia Michael y le preguntó: —¿Sabes a que hora es la cena?

—No, no lo sé. Nunca he estado aquí—dijo Michael.

—Espero que no nos la perdamos. Tengo mucha hambre. No he comido en dos días.

Michael no contestó. Le hizo un gesto como símbolo de entendimiento. Después de eso, no dijeron nada. Simplemente miraban a la superficie de la mesa que tenían delante.

El hombre bajito que les había llevado a la habitación, entró.

—¿Quién es Joel?

—Soy yo—contestó el hispano.

—Ven conmigo. Te enseñaré tu habitación. ¿Llevas algo de equipaje?

—No, señor. No tengo ni un abrigo.

Se marcharon. Michael estaba solo. No sabía qué esperar. Lo único que tenía en la cabeza era sobrevivir. Necesitaba una cama para descansar y algo de comida.

Las puertas de la oficina se abrieron, salió el otro hombre y le dijo a Michael: —Es tu turno.
Y se sentó en la mesa.

Michael se levantó, cogió su mochila con la mano izquierda y entró en la oficina.

La oficina del consejero era una sala pequeña, de unos dos por dos metros, con una pequeña ventana que daba al edificio de enfrente y que permitía que entrara algún haz de luz por la mañana. La pared estaba llena de vitrinas y estanterías de libros. La mesa del consejero estaba enfrente de una pared llena de marcos de fotos y diplomas colgados. A un lado de la mesa había plataforma con una impresora. Al otro lado, una silla vacía.

El consejero estaba mirando a la pantalla del ordenador que tenía delante y tecleaba. —Tome asiento, por favor—y señaló a la silla vacía sin mirar a Michael.

Michael se sentó y dejó la mochila al lado de sus pies. El consejero paró de teclear, levantó la cabeza para mirar a Michael y le dijo:

—Hola. Mi nombre es Allan Schapiro. Soy el encargado de las admisiones. ¿Cómo se llama?

—Mi nombre es Michael Nicolau.

—¿Qué le trae por aquí, Michael?

—Soy una persona sin hogar, no tengo un sitio al que ir, ni dinero, ni trabajo. He estado durmiendo en el metro durante los últimos diez días. Ya no sabía que hacer.

—¿Puede contarme lo que le ha pasado?— le preguntó el consejero.

—Hace tres años mi mujer y yo nos fuimos a Rumanía. Abrí un negocio en Bucarest y no funcionó. Perdí todo mi dinero y volví a Nueva York hace dos semanas. He estado intentando buscar un trabajo o un sitio en el que quedarme, pero nada. Después de gastarme el poco dinero que me quedaba, me quedé en el metro.

—¿Ha intentado contactar con su mujer?

—No, nuestro matrimonio terminó. Ella aún está dolida y enfadada. Así que no me ayudaría.

—¿La engañó?

—Bueno, la dejé por otra mujer de Rumanía. Pero no es así de simple la historia. No se trataba solo de estar con otra mujer.

—¡Nunca es tan simple! ¿Qué pasó con esa mujer?

—Me dejó hace un año cuando mi negocio en Rumanía se fue a la bancarrota.

—¿Era joven?

—Tenía treinta y tres años.

—¿Y cuántos tiene usted, Michael?

—Cincuenta y tres.

—¿Por qué Rumanía? ¿Es usted de allí?

—Sí. Nací en Bucarest. Me mudé a Nueva York en 1987.

—¿Bebe o consume algún tipo de droga, Michael?—el consejero preguntó y volvió a teclear.

Parecía que estaba rellenado un formulario.

—Bueno, cuando estaba en Rumanía solía beber, pero solo vino. No bebo cerveza y solo tomo alcohol más fuerte muy de vez en cuando. No tomo drogas.

—¿Cuánto vino bebe?

—Bueno, depende... normalmente cuatro o cinco vasos o una botella al día.

—¿Cómo está de salud?, ¿tiene algún problema?, ¿tensión alta, diabetes...?

—Nada, gracias a Dios—contestó Michael.

—¿Fuma?

—Sí.

—¿Cuánto fuma al día?

—Más o menos un paquete.

—¿Tiene hijos, Michael?

—Sí, tres hijas. Dos con mi primera mujer y una con la segunda.

—¡Ah! Así que, ¿se ha casado usted dos veces?—le preguntó el consejero.

—Sí—contestó Michael con voz melancólica.

—¿Cuántos años tienen sus hijas y cómo se llaman?

—A ver... veintinueve la más mayor, Sofía; Jenny tiene veintiocho y la más joven, Blanca, tiene diecinueve.

—¿Tiene contacto con ellas?, ¿conocen su situación?

—No, no hablo con ellas.

—¿Por qué no?

—No sé... supongo que nunca he sido un buen padre— dijo Michael bajando la cabeza.

—¿Cuál es su profesión, Michael? ¿Qué nivel de educación tiene?

—Soy escritor y editor y licenciado en periodismo.

—¿Qué escribe?—el consejero preguntó y se giró hacia Michael mirándole fijamente a los ojos.

—Bueno, sobre todo historia. He escrito y publicado dieciséis libros.

—Es difícil vivir de la escritura, ¿no?—preguntó el consejero.

—Sí, así es. El año pasado mis ingresos anuales totales fueron 87,50, pero aún tengo esperanzas de vivir alguna vez de la escritura.

El consejero sonrió y siguió escribiendo.

—¿Cómo nos ha conocido?

—He pasado por la puerta varias veces. Siempre había gente sin hogar esperando a recibir una sopa.

—Vale, déjeme decirle algo sobre Bowery Mission. Bowery Mission existe desde 1876. Somos un programa de rehabilitación cristiano para hombres. En otro sitio tenemos el mismo programa para mujeres. Tratamos con gente sin hogar que está en la situación que está debido a sus adicciones, ya sean al alcohol, a las drogas, a la pornografía, o a lo que sea. Ofrecemos un programa de recuperación de seis meses que les ayuda a recuperarse, a limpiarse, a conseguir un trabajo y a ser capaces de vivir de forma independiente. Después de completar el programa nuestros «estudiantes», como así los llamamos, buscan trabajo. Cuando lo encuentran, deben estar aquí otros seis meses hasta que ahorren el dinero suficiente como para poder vivir por sí mismos. Durante el programa nuestros estudiantes tienen alojamiento, comida y ropa gratis, pero hay condiciones. La primera es permanecer aquí sobrio y sin drogas. A quién se le pille bebiendo o consumiendo será expulsado. Si deja el programa antes de que acabe, no podrá volver. Además, no puede tener móvil, ni ordenador, ni equipo de música, ni ningún otro dispositivo electrónico que le permita estar en contacto con el mundo exterior o entretenerse. Durante los seis meses todo el que esté embarcado en el programa tiene que estar centrado en su recuperación, así que lo mejor es estar apartado del mundo. Dos veces a la semana los estudiantes pueden salir durante dos horas a dar un paseo o a hacer ejercicio en el parque de la esquina. Después de cuatro meses, se les permite ir a la misa de los domingos a una iglesia cercana. Tenemos una enfermera en plantilla y un doctor que visita a los estudiantes una vez por semana. También, antes de las comidas, hay servicios en la capilla cada día durante una hora y todos los estudiantes deben acudir. Por la mañana tenemos clases de Biblia, tiempo para rezar y clases de informática. Por la tarde hay tutorías para aquellos que quieran mejorar su educación durante el tiempo que estén aquí. Si lo que le cuento le suena demasiado restrictivo, siempre puede venir, escuchar la misa en la capilla y comer. Servimos cada día el desayuno, la comida y la cena a personas sin hogar. También, dos veces a la semana, los martes y los viernes, la gente que no tiene donde ir puede venir aquí a darse una ducha y a conseguir un cambio de ropa gratuito. En invierno, cuando la temperatura está por debajo de los cuarenta grados, permitimos que la gente venga a dormir a nuestra capilla en esterillas. Sin embargo, se ha de tener en cuenta que esto se gestiona por orden de llegada y se llena rápido. No podemos dar alojamiento a más de cien personas. Usted no es el prototipo de estudiante con el que solemos contar. La mayoría son alcohólicos de toda la vida o adictos a las drogas. Pero, de una forma u otra, creo que el alcohol y las mujeres tuvieron algo que ver en sus problemas. Con todo esto, ¿qué piensa, Michael?, ¿le interesa unirse a nuestro programa?

—Sí. No tengo elección. Necesito recuperarme y esta parece ser la única vía—contestó Michael.

—Bien. Empezaré con el papeleo entonces. Estos son los formularios que tiene que rellenar. ¿Tiene algún teléfono o cualquier otro tipo de dispositivo electrónico?

—Tengo el teléfono de Rumanía, pero ya no tiene saldo. Es de prepago y me he quedado sin minutos. Tenía un portátil pero lo tuve que vender hace unos días a una casa de empeños para conseguir algo de dinero para comer.

—Tendrá que dejarlo aquí. Cuando hayan pasado cuatro meses, se lo devolveré. ¿Tiene su DNI?

—Tengo el pasaporte y la tarjeta de la seguridad social. Tengo también mi carnet de conducir de Nueva York, pero caducó hace dos años.

—¡Guau! Eso es mucho más de lo que tiene la mayoría de la gente que viene. Está bien. Si no le importa, necesitaremos hacer algunas copias. No tengo camas disponibles por hoy. Hemos adjudicado la última a Joel, el joven que entró antes que usted. Víctor y usted tendrán que dormir una o dos noches en la capilla hasta que se queden camas libres. Llamaré a alguien para que le baje al baño para que pueda ducharse y ponerse ropa limpia. Luego podrá ir a cenar con el resto de estudiantes. Ya es casi la hora de la cena.

El consejero cogió el teléfono de la oficina y marcó.

—Mike, tenemos dos chicos nuevos. Sus nombres son

Víctor y Michael. Se quedarán en la capilla por ahora hasta que queden camas libres. ¿Podrías, por favor, venir y llevarles a que se den una ducha y a que se cambien de ropa? Luego puedes darles una vuelta y llevarles a cenar.

El consejero se giró hacia Michael.

—Vendrá un estudiante y les llevará a las duchas. Si necesita algo, venga y pídalo. En un par de días se le asignará un consejero y empezará el programa con él. ¿Todo bien?— le dijo el consejero a Michael.

—Sí, gracias.

—Bienvenido al programa, Michael. Le deseo todo lo mejor. Puede irse.

Ambos se levantaban cuando el consejero le dio a Michael la mano. Michael salió de la oficina y se sentó en la mesa.

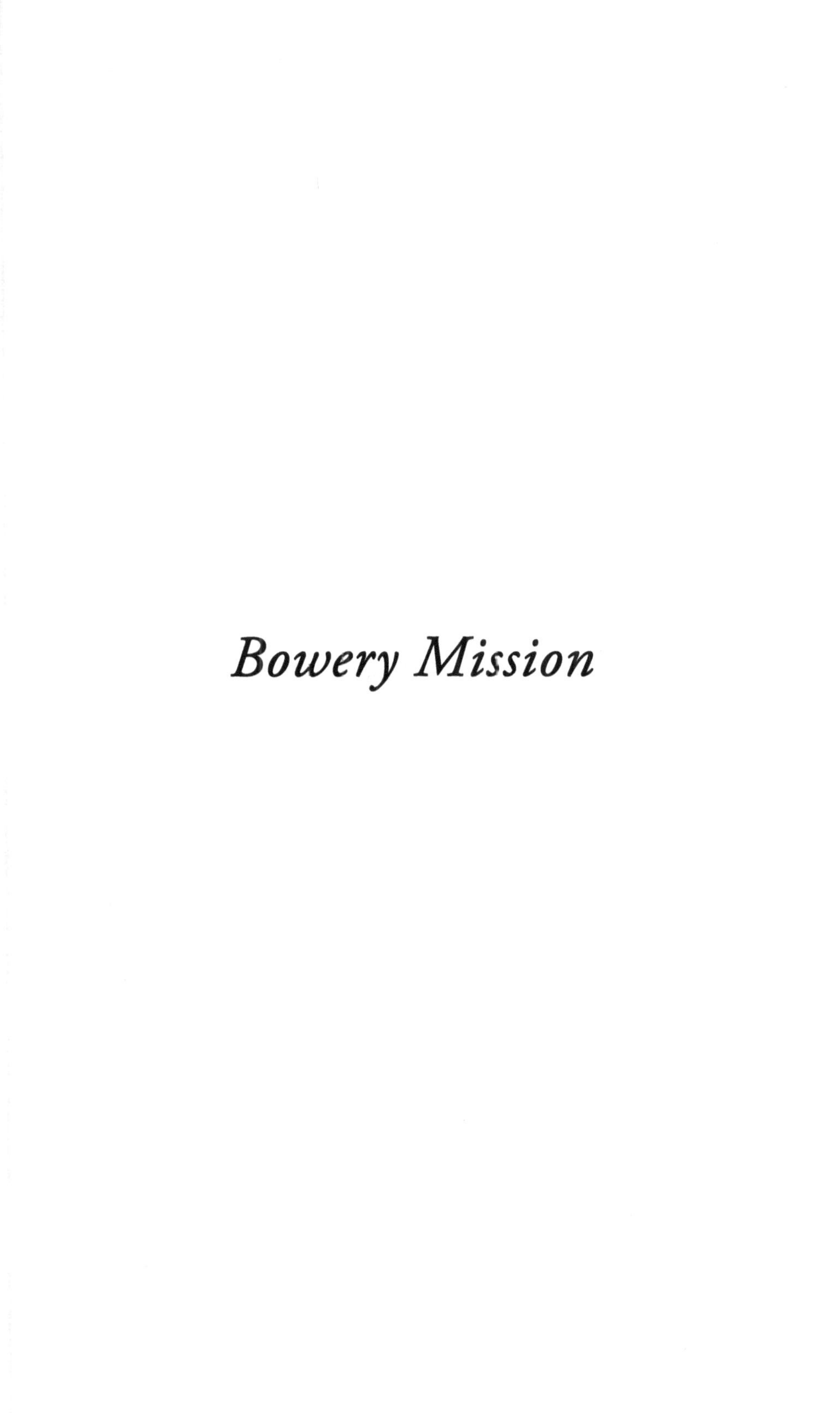

Bowery Mission

III

Se sentía aliviado. Después de muchos días se iba a dar una ducha, iba a comer algo y tendría un lugar seguro en el que poder dormir; sin embargo, seis meses le parecía mucho tiempo para estar apartado del mundo. Le prometió a Eliza que la traería a Nueva York para finales de mes.

«¿Qué la diré?», pensó. Ahora no tenía medios para contactar con ella. Y durante seis meses no podría buscar un trabajo ni una manera de salir de esa situación. Le parecía mucho tiempo. Pero sabía que algún día tendría que irse.

«Por ahora estoy a salvo. Es mitad de marzo y el invierno en Nueva York está en pleno apogeo. Hace muchísimo frío. Por ahora estoy bien aquí», pensó. «Esto me dará tiempo para pensar en qué hacer».

El hombre bajito con la camiseta volvió.

—Hola, chicos. Mi nombre es Mike. Vosotros sois Víctor y Michael, ¿no?

—Yo soy Víctor—dijo el hombre con el pelo afro.

—Entonces tú eres Michael, como yo.

Michael simplemente asintió con la cabeza.

—Eres el cuarto Michael del programa. Aquí hay dos más. Os llevaré abajo al vestuario para que podáis coger algo de ropa limpia y luego, a las duchas. Tengo entendido que vais a quedaros en la capilla durante un par de noches. No está mal. Mucho mejor que estar fuera. He oído que hay dos estudiantes de mi planta que se van hoy. Puede que tengáis suerte y mañana podáis dormir en una cama.

Bajaron las anchas escaleras que conducían a la sala de la recepción y, desde ahí, atravesaron la capilla y continuaron hacia el sótano de Bowery Mission.

A la izquierda del gran pasillo del sótano estaba la puerta del vestuario. Tenía las paredes y el techo pintados de color gris. Al fondo estaban las duchas. Los tres, encabezados por Mike, entraron en el vestuario.

Era una gran habitación iluminada por luces de neón y pintada de color blanco. A lo largo de una de las paredes había estanterías metálicas llenas de ropa doblada y amontonada casi hasta el techo. Al otro lado había abrigos, trajes y camisas. En el medio de la habitación, alineadas, había mesas plegables llenas de ropa sin doblar.

—Rick, estos son estudiantes nuevos. Van a darse una ducha y necesitan ropa limpia. ¿Puedes ayudarles?

—¿Tienen hoja de pedido de ropa?—dijo Rick.

Rick era un hombre mayor y delgado, de metro y medio escaso, tenía el pelo gris y un fuerte acento procedente del oeste indio.

—No, Rick. Aún no les han asignado camas, así que traerán su permiso más tarde. Ahora solo necesitan ropa limpia.

—Está bien. Aquí tenéis la ropa interior y los calcetines

—Rick comenzó a señalar hacia varias partes de la habitación—. Aquí están los pantalones y las camisetas. Allí las camisas de vestir y las chaquetas. Por allí los jerséis. Allí las toallas y los artículos de aseo personal. Coged uno de cada y cuando tengáis permiso, volvéis y os daré más. Si necesitáis zapatos o playeras, están ahí, en las estanterías. A ver si encontráis vuestra talla. Los neceseres están en esa mesa. Cada uno contiene una cuchilla, pasta de dientes, cepillo de dientes y una pastilla de jabón.

Cuando cogieron la ropa limpia, Mike les enseñó donde estaban las duchas. Michael tiró la ropa interior que llevaba puesta, los calcetines y los zapatos al cubo de la basura.

—Eh tío, eso apesta, ¿cuánto llevas sin darte una ducha?—preguntó Mike.

—Casi dos semanas. Me he pasado los últimos diez días durmiendo en el metro—contestó Michael.

—No me extraña que apeste entonces.

Michael no recordaba la última vez que había disfrutado tanto de una ducha. Se tiró bastante tiempo frotándose con jabón, intentando eliminar el hedor que se había incrustado en su piel y en los orificios de la nariz.

Después de la ducha Mike los llevó a la oficina del director para presentarles al gerente de turno, les enseñó el comedor y les llevó de vuelta a la capilla.

—La cena será en hora y media, después de la misa de la tarde. Cuando termine el servicio, os dirigís al comedor y os ponéis en la cola con el resto de estudiantes. Por ahora, podéis quedaros aquí.

—Mike, ¿puedo salir a fumar?—preguntó Víctor.

—Bueno, puede que esta sea tu última oportunidad. No

se te ha asignado una cama, así que técnicamente aún no estás en el programa. Si tienes un cigarro, fúmatelo ahora ya que luego no podrás hacerlo. Y vete a la esquina, no en frente del edificio. A los estudiantes no se les permite fumar.

Víctor se giró y miró a Michael. —¿Quieres salir tú también?

—No tengo tabaco, ¿me das uno?

—Me quedan dos. Podemos fumárnoslos. Vamos.

Salieron de la capilla hacia la puerta principal roja. En frente de la capilla, a lo largo de la pared del edificio y hasta la esquina, había una larga cola de hombres sin hogar esperando entrar. Víctor y Michael se dirigieron a la esquina, al final de la cola, y permanecieron a un lado, bajo la farola. Encendieron los cigarros.

«Esto pinta bien», pensaba Michael. «Estoy limpio, tengo ropa limpia, un lugar para dormir esta noche y enseguida voy a comer algo».

—¿Tienes un cigarro?—Michael escuchó una voz a sus espaldas.

Una chica regordeta, que no tenía más de veinte años, con el pelo rubio y rizado, la tez blanca, las mejillas rojas del frío y con los labios medio pintados de un rojo brillante, se acercó a Michael desde el final de la cola de la comida.

—¿Puedes darme un tiró?— repitió.

—Es mi último cigarro—contestó Michael.

—Oye, *bro*, no seas rata. Te la chuparé si me das un tiro.

—Lo siento, no tengo más tabaco—la dijo Michael y se giró hacia Víctor, dando la espalda a la chica.

—Maricón—dijo la chica que volvió a la cola.

Víctor se empezó a reír. —¿Has visto? Si no te hubiera

dado mi último cigarro, ahora mismo me la estarían chupando.

Michael no se podía creer lo que acababa de oír de boca de aquella chica. Qué desesperada debía estar para ofrecer sexo oral a un completo desconocido por un simple cigarro. «El mundo en el que acabo de entrar es terrible», pensó Michael.

Aquella noche Michael durmió en una esterilla sobre el suelo de azulejos de la capilla. Aparte de Víctor y de él, la única persona que había allí era otro hombre sin hogar que se llamaba Francis. No estaba en el programa, pero era el visitante más regular de Bowery Mission. Todo el mundo conocía su historia y sentía pena por él, así que a veces le dejaban dormir en la capilla, aunque no hiciera mucho frío fuera.

Cinco años atrás, Francis era un joven ambicioso profesor adjunto de Historia Americana en el Barunch College, en la Universidad de Nueva York. Sus compañeros predecían para él un futuro brillante en la educación superior por ser un hombre de color con muchísimo talento y muy optimista. Consiguió salir de la pobreza en la que había estado sumido durante su infancia en el Bronx y convertirse en un respetado profesor. Francis estaba casado y tenía un niño de dos años. Un día, por accidente, su mujer y su hijo murieron de un dispararon en Queens Boulevard. Francis tuvo un ataque de ansiedad, se enganchó a las drogas y al alcohol y poco después acabó en las calles de Manhattan vagabundeando durante todo el año, año tras año, a veces casi desnudo, sucio de sus propias heces y rechazando cualquier tipo de ayuda. Al único sitio al que acudía para que le dieran algo de comida o para poder darse una ducha era Bowery Mission.

Michael estaba tumbado, tapado con una sábana y mirando a Francis caminando de un lado a otro del pasillo de la capilla murmurando algo en un idioma extraño que Michael no era capaz de comprender. La luz de la capilla se hizo más débil y Francis, alto y realmente delgado, dirigió una mirada casi surrealista hacia Michael. Estaba descalzo, llevaba unos Docker rajados y no llevaba camiseta. Su pelo corto y negro parecía un cepillo que salía directamente de su cerebro. Sus pies iban arrastrando en silencio por los azulejos del suelo de la capilla. A Michael le daba la sensación de que flotaba.

—No te preocupes, está loco pero no te hará daño —le dijo Víctor que se encontraba tumbado en otra esterilla no muy lejos de Michael—. Ya le he visto antes. Es un caso perdido. Solo Dios sabe por qué sigue vivo.

Poco después Michael se quedó dormido. Estaba muy cansado después de haber pasado tantas noches en el metro. Por fin se sentía seguro. Sabía que necesitaba un respiro, un lugar en el que recuperar su fortaleza y tiempo para saber qué hacer. Bowery Mission era su única elección y parecía la correcta.

Michael no sabía qué hora era cuando se despertó por la luz que le daba en la cara. Abrió los ojos y vio a Francis de pie, a su lado, con un tallo de rosa en una mano. En la otra mano llevaba los pétalos del capullo de una rosa medio seca que estaba echando por encima de Michael. Mientras se contoneaba de delante hacia atrás, cantaba con voz aguda:

«Despierta, despierta, ha llegado el final,
despierta, despierta, Santa María te espera,
despierta, despierta, soldado de Cristo,

despierta, despierta, la madre de Dios está llorando».

Michael miró a su alrededor. Tenía pétalos de rosa secos encima de la sábana y por toda la esterilla. Se levantó hasta que se pudo sentar y dijo: —¿Qué coño te pasa, tío?

Francis se giró rápidamente y corrió hacia el final de la capilla gritando: —¡Se ha despertado! ¡Se ha despertado! ¡Se ha despertado!

Salió de la capilla por la puerta del lateral corriendo hacia la entrada de Bowery Mission.

Unos minutos más tarde, un hombre vestido con una camisa blanca muy bien arreglada y unos pantalones negros de vestir entró en la capilla.

—Vamos, chicos —dijo—. Es hora de levantarse. La capilla se abrirá pronto para el servicio de la mañana. Podéis bajar a los baños, afeitaros y lavaros y después volver aquí para el servicio. Después será el desayuno. Bajaos las sábanas y la esterilla. Dejarlas detrás de las escaleras. Las necesitaréis esta noche si no os asignan cama.

Michael le miró. Era el mismo director que Mike le había presentado la noche anterior. Un hombre de color con la cabeza completamente afeitada y gafas con la montura dorada. Llevaba un gran reloj brillante y todo esto, junto con su complexión -media, con un poco de sobrepeso- y su cojera, hacía que pareciera un vendedor de coches del Bronx y no el gerente de un refugio para personas sin hogar.

Víctor y Michael volvieron al mismo baño en el que habían estado la noche anterior. Michael se volvió a dar una ducha. Aún sentía el hedor que emitía su piel motivo de los días que había pasado en el metro.

Víctor se estaba atusando el pelo con la mano.

—Bueno, Michael, ¿qué te trajo por aquí? No pareces un adicto.

—Dejé a mi mujer, tomé una serie de malas decisiones empresariales y perdí mucho dinero, fui engañando a las mujeres, bebí más de lo que debía, desordené por completo mi vida y un día me vi en la línea N sin dinero, sin amigos y sin un lugar al que ir.

—Sí, eso me encaja —dijo Víctor—. A veces pienso que los tíos como tú lo tienen peor que alguien como yo. Dios te dio algo y te lo quitó. Eso duele más. Yo me crié en el Bronx; nunca conocí a mi padre. Mi madre estaba siempre drogada y desapareció cuando yo tenía doce años. Me crié con mi tía. No terminé la escuela. Llevo consumiendo drogas desde los catorce y desde entonces he estado entrando y saliendo de prisión y de varios refugios. Esta es mi tercera vez aquí. Nunca he tenido una mujer a la que dejar, ni un negocio que perder. Y siempre le he dicho lo mismo a Dios: «No me des nada, si luego me lo vas a quitar».

Entonces paró de atusarse el pelo, se giró hacia Michael y dijo con la voz rota: —Sin embargo, Él siempre encuentra la forma de hacerlo. Siempre. Hace dos días, la única hermanita que me quedaba, falleció de una sobredosis delante de mis ojos. Tenía la aguja que yo le di. Aún puedo verla ahí tirada, con los ojos abiertos. Por eso vine aquí. Necesito romper ese círculo vicioso. Debe haber una vida mejor. Necesito limpiarme. Estoy ya cansado de esto.

Michael no dijo nada. Solo le miraba. Nunca había conocido a nadie como él. Nunca había conocido a nadie de los bloques del Bronx. Lo más cerca que había estado nunca de una historia así fue una vez que leyó una noticia en un periódico local y ahora iba a pasar seis meses con gente con vidas así.

Volvieron a la capilla. Estaba prácticamente llena de gente sin hogar que venía a desayunar a Bowery Mission. Así funcionaba: la gente entraba a la capilla, escuchaba durante una hora el sermón del pastor o de un predicador invitado, los testimonios de algunos estudiantes que ya habían acabado el programa de rehabilitación y después, en orden, acudían al comedor en el que se servían las comidas. Era la misma rutina para todas las comidas: el desayuno a las seis de la mañana, la comida del medio día y la cena a las seis de la tarde. Los estudiantes del programa se sentaban en los balcones de la capilla durante el servicio y tenían la hora de la comida antes que la gente sin hogar de fuera.

Michael y Víctor subieron una ancha escalera de madera que conducía al balcón de la capilla. Había allí unos ochenta hombres más. Tenían diferentes edades y orígenes. Había gente desde los veinte años hasta los sesenta, la mayoría de ellos de color o latinos, una docena de blancos y un par de asiáticos. «El Nueva York más real a pequeña escala», pensó Michael.

El pastor que hablaba aquella mañana supuso también una novedad para Michael. Había visitado durante toda su vida muchas iglesias cristianas; todas ellas pertenecían a las principales corrientes: cristianos ortodoxos, católicos, anglicanos, presbiterianos y luteranos. Nunca antes había estado en una iglesia baptista o pentecostal y nunca había conocido a los nuevos cristianos. No podía escuchar todo lo que el pastor decía por la baja calidad del sistema de sonido, pero sí escuchaba un verso de la Biblia que el pastor repetía con frecuencia: «Porque yo sé los pensamientos que tengo acerca de vosotros, dice Jehová, pensamientos de paz, y no de mal, para daros el fin que esperáis». Era un verso de Jeremías 29:11.

Después del servicio, los estudiantes se dirigieron al comedor. Era una gran sala con unas quince mesas redondas con unas diez sillas cada una y con una fila en la que se servía comida en el fondo, junto a la cocina. El desayuno aquella mañana era simple: gachas y plátanos. Michael cogió su plato de gachas y miró a su alrededor para ver donde estaba Víctor. Se sentó a su lado.

Víctor llevaba una taza de leche sacada de no se sabe dónde.

—¿Quieres un poco de leche para las gachas? Las enfriará un poco. Están demasiado calientes.

—Vale—respondió Michael.

—Bueno chicos, ¿sois nuevos aquí? Un hombre bajito y regordete, con gafas gruesas y sentado de frente a Michael les preguntó. Michael le miró. No sabía muy bien si era latino o blanco, pero no tenía más de veinte años. Su pelo grueso era castaño oscuro casi negro, pero tenía los ojos azules y las mejillas rojas sobre una tez blanca.

—Sí, llegamos anoche—dijo Michael.

—¿Tenéis camas?—preguntó el niño.

—No, hemos dormido en la capilla. Nos han dicho que puede que haya camas disponibles hoy—contestó Michael.

—Ah bueno, mi nombre es Jeremiah.

—Michael—respondió Michael asintiendo con la cabeza.

—Yo soy Víctor—dijo Víctor intentando tragar una cucharada de gachas.

—Hay un par de chicos que se van hoy de la planta segunda a la cuarta o la quinta, creo —continuó Jeremiah—. A todos los nuevos se les da el primer mes una habitación en la segunda planta. Después se pueden mudar a la cuarta o la quinta. Esas habitaciones son más grandes y tienen zonas para sentarse. Yo aún estoy en la segunda planta. Llegué hace dos semanas.

—Buenos días.

Rick, el hombre mayor del vestuario llegó y se sentó en su mesa.

—¿Cómo ha ido vuestra primera noche en Bowery?— preguntó a Víctor y a Michael.

—Estuvimos con Francis en la capilla. Ha estado caminando de un lado a otro durante toda la noche— contestó Víctor.

—¡Ese lunático! No sé por qué le permiten seguir pasando las noches aquí. Creo que es el punto débil del director. Tiene permitido hacer muchas cosas que nadie puede —dijo Rick—. El otro día le di unos pantalones antes de la ducha y me los tiró a la cara gritándome: «hombre malo, hombre malo». No sé por qué me llamaba eso, yo no hice nada, solo le di los pantalones.

—¡Ah! Vive en su propio mundo. Quién sabe lo que hay en su mente—dijo Jeremiah.

—Hola, caballeros. Un hombre hispano, de buena complexión, con un traje gris oscuro, una camisa azul sin corbata y con una taza de café en la mano llegó y se sentó en la mesa.   —Veo que tenemos gente nueva.

—Bienvenidos, chicos —continuó diciendo mientras miraba con curiosidad a Michael y Víctor—. Te conozco —

le dijo a Víctor—. ¿Has estado aquí antes?

—Sí. Dos veces, pero no he completado el programa. La primera vez me echaron por irme sin permiso y drogarme; la segunda vez me fui sin terminar.

—A la tercera va la vencida. ¿Y tú, joven? — dijo con algo de ironía mientras miraba a Michael.

—Es mi primera vez aquí y en cualquier lugar de estas características. Es la primera vez que me ocurre algo así— contestó Michael.

—Espero que te sirva. Esto ha servido a mucha gente. Soy el pastor Lee Quinones. Llevo siendo consejero en este lugar veinte años. Hace veinticuatro años que llegué aquí igual que vosotros, como un hombre sin hogar.

—Y te expulsaron en tres ocasiones—le dijo Rick con una sonrisa.

—Sí, no me da vergüenza admitirlo. Era un chico bastante alocado, adicto a todo lo que estaba disponible en la calle. Cuatro veces tuve que venir hasta completar el programa. Pero al fin lo conseguí. Bueno, puede que vosotros dos aún no sepáis quién será vuestro consejero, pero si necesitáis algo, mi oficina está en la tercera planta. Además, soy el único consejero que vive aquí, así que estoy disponible las veinticuatro horas del día, los siete días de la semana.

—Gracias—le dijo Michael.

Michael se terminó las gachas. No sabía qué hacer después. A medida que los estudiantes terminaban de desayunar, abandonaban el comedor y se iban a prepararse para las clases de Biblia. Pero como a Michael no le habían asignado habitación aún, tampoco había recibido su horario. Todo lo que sabía es que no podía irse de Bowery sin permiso. Y tampoco tenía ninguna gana de irse. Aún seguía cansado por las noches pasadas sin dormir en el metro, así que en lo único que pensaba era en descansar, comer y en estar tranquilo.

Se levantó y llevó su bandeja con el plato vacío hacia el lugar en el que se almacenaban los platos sucios en la esquina del comedor. Miró a su alrededor. Las personas sin hogar estaban cogiendo las sillas de los estudiantes que se marchaban. Había un gran contraste entre ellos. Todos los que pertenecían al programa estaban limpios y llevaban incluso a veces, ropa de marca, estaban afeitados y aseados; la mayoría de las personas sin hogar que venían del exterior vestían ropas rasgadas y mal olientes, iban sin afeitar y parecían muy estresados.

Entre las personas *sintecho* había algunas mujeres con niños pequeños. Era una imagen muy triste. Era un mundo completamente desconocido para Michael. Sin embargo desde los últimos diez días formaba parte de él. Sabía que para algunas de aquellas personas, el hecho de ser un sintecho era el único modo de vida que conocían. No entendía cómo podían con eso.

Los últimos diez días habían sido para él como estar en el infierno. Sentía que se había librado de aquello, de nuevo, por los pelos. Cuánto más miraba a los estudiantes que había a su alrededor, más se convencía de lo afortunado que era de haberse unido al programa. Todos parecían bien alimentados, bien vestidos y contentos. El programa les daría el tiempo suficiente para recuperarse, recargar pilas en paz y en un lugar seguro. Eso era exactamente lo que él necesitaba.

Aquella tarde Michael consiguió una cama en la segunda planta. El consejero de admisiones le dio un permiso para coger ropa y se dirigió al vestuario para dárselo a Rick y coger todo lo que necesitaba. Cogió cuatro pares de vaqueros, cuatro camisetas, cuatro camisas de vestir, cuatro pares de calzoncillos, cuatro de calcetines, dos jerséis nuevos, una chaqueta de cuero, unas playeras, unos zapatos marrones de vestir y unas chanclas para el baño. Cogió también cuatro toallas, un bote de champú y más artículos de aseo. La mayoría de las cosas estaban nuevas. Nadie se esperaría eso de un refugio para personas sin hogar.

—Esto es de locos. Es como entrar en una tienda de chucherías y que todo sea gratis—dijo Michael.

—Lo llamamos «Blessing-dales», ya sabes, como los almacenes Bloomingdales, *santos-almacenes* —contestó Rick—. La mayoría de los estudiantes llegan aquí sin una sola prenda y al final del programa tienen tanta ropa que no se tienen que comprar nada durante los dos años siguientes. Bowery Mission es el refugio más antiguo y con más nombre de toda la ciudad y, por tanto, tiene muchas donaciones. Algunas de las tiendas de moda más famosas como Brook Bothers y Ralph Lauren les donan ropa. Así que aquí podrás ver como un chico sin hogar venido directamente de la calle, se introduce en el programa y lleva, de repente, una camisa de trescientos dólares y un traje que cuesta más de mil.

—Este sería un buen lugar en el que trabajar—dijo Michael.

—Es un buen lugar pero, no es fácil trabajar aquí. Dos veces a la semana tenemos una cola de casi doscientos hombres sin hogar que vienen a darse una ducha y les damos un cambio de ropa. Es como una casa de locos. La mitad están locos y la otra mitad solo quiere ropa de marca, así que la venden nada más salir de aquí y después, pasados dos días, están aquí de nuevo con sus ropas rotas y otra vez pidiendo ropa de marca. Algunos son realmente asquerosos; se lo toman como si estuvieran en todo su derecho, en vez de tomárselo como un privilegio.

Pero si quieres, puedes pedirle a nuestro consejero que te envíe aquí a trabajar —continuó Rick—. Pero solo quiero que sepas que aquí el jefe soy yo y que hay mucho trabajo. Recibimos bolsas y bolsas de donaciones de ropa; todo debe clasificarse, doblarse y colocarse en el lugar que le corresponde. La parte buena del trabajo es que te quedas con lo mejor. Claro, siempre sin pasarse. Si no, los estudiantes se quejarán.

A Michael solo le llevó un par de días adaptarse a su nueva situación. Se le asignó un consejero, el pastor Charles Jourdan. Era un hombre haitiano de unos cincuenta años que siempre vestía una sonrisa y comenzaba siempre todas las conversaciones con una cita de la Biblia. Cada lunes a las nueve de la mañana, Michael tenía que ir a su sesión con su consejero para hablar de los progresos en su recuperación, de sus planes para el futuro y de cualquier otra cosa que pudiera ayudarle a ir por el buen camino después de completar el programa.

La mayoría de los días laborables eran igual. Todos los estudiantes tenían que trabajar en Bowery Mission. Algunos lo hacían en la cocina, otros eran acomodadores en la capilla, otros trabajaban en los vestuarios o en otras tareas de mantenimiento del refugio.

Las luces se apagaban a las diez de la tarde y a esa hora todo el mundo debía estar en la cama.

Los miércoles y los sábados desde las diez de la mañana hasta el medio día, los estudiantes podían salir al parque de al lado para dar un paseo o hacer deporte. Michael solía tomarse ese tiempo para acudir a la librería Barnes and Noble de Union Square, ojear las nuevas revistar y los nuevos títulos de libros. Después de un tiempo se sentía de nuevo una persona normal. Empezó a pensar en su futuro. Aún no sabía qué hacer después de Bowery Mission, pero estaba recuperando la confianza en sí mismo.

Consiguió que le asignaran un trabajo en el vestuario. Era un buen lugar para él. Era bueno organizando cosas y le gustaba la buena ropa. Después de un mes trabajando allí, se hizo con un muy buen armario, un armario que, de haberse comprado directamente en una tienda, habría costado un dineral.

Lo único que le molestaba era estar completamente alejado del mundo exterior. Sí, podía dar una vuelta por la ciudad dos veces a la semana, pero no podía contactar con nadie. No tenía ni siquiera unos minutos para usar el teléfono. Y, además, el uso de Internet en la sala de ordenadores era limitado y estaba vigilado.

La magia de lo artesano

IV

Michael entró a la oficina del pastor Charles. El pastor estaba sentado en su mesa comiendo un pedazo de *pizza*.

—¿*Pizza* por la mañana? —le preguntó Michael—. Esa cantidad de salsa de tomate y mozzarella fundida te provocarán un ataque al corazón, pastor.

—Buenos días, Michael —contestó el pastor sonriendo—. No te preocupes. No me va a dar un ataque por la pizza, si no por mis estudiantes. Cuando llego a la oficina cada lunes por la mañana, me espera alguna historieta nueva del fin de semana.

—¿Qué ha pasado ahora?— preguntó Michael mientras se sentaba al lado de la mesa.

—Parece ser que uno de mis estudiantes se escapó el sábado por la noche y se emborrachó. Le pilló el director que estaba de guardia por la noche cuando volvía.

—¿Era Jeremiah, no?

—No debería estar diciéndote esto, pero parece que ya te has enterado. Ese chico me preocupa mucho. Si le echamos de aquí, no tendrá un lugar al que ir.

—Quizás tenga algo que ver con la visita de su padre. Vi a Jeremiah hablando con él enfrente de Mission el sábado por la mañana.

—No lo sé. Su padre no es el mejor ejemplo a seguir. Es alcohólico, un vagabundo sin trabajo ni hogar. Hablaré con Jeremiah luego. Por favor, no digas nada de todo esto —le dijo el pastor mientras se limpiaba las manos y la boca con una servilleta de papel—. Bueno, y tú, Michael, ¿cómo vas? Solo escucho cosas buenas sobre tu trabajo y tu progreso en las clases de Biblia. Veo que también has cogido algo de peso. Tu cara no está tan pálida como cuando viniste. Todo eso es bueno. Y todo es el resultado de tu estancia aquí. Lo que quiero saber es cómo estás realmente por dentro. ¿Cómo va tu lucha interna con lo que realmente te trajo aquí? Tenemos que verlo y resolverlo juntos. De lo contrario, te marcharás de aquí en unos meses y dentro de poco te verás en la misma situación. Su fueras un drogadicto, un alcohólico o un adicto a la pornografía, sabría como ayudarte a superarlo. Pero no lo eres. Además, por lo que veo en tu ficha, hay en tu alma un desequilibrio importante y tenemos que encontrar el origen para que puedas aprender a controlarlo. Debes también aprender a confiar en Dios, Michael. El hecho de entregar nuestra voluntad a la de Dios y de vivir siguiendo su palabra y sus milagros te ocurrirá alguna vez en la vida.

—No sé, pastor. Pienso mucho en mi vida y en lo que me hizo venir aquí. Analizo cada simple acto y cada una de las situaciones en las que me he encontrado y me pregunto si, ahora que sé cuál es el resultado final, sería capaz de actuar de forma diferente. Pero, no sé por qué, no soy capaz de dar con lo que hice mal ni de darme cuenta de cómo actuar de otra forma. Con esto no quiero decir que todo lo malo que me ha pasado ni todo el mal que he hecho a los demás sea culpa de otros. Veo que todo ha ocurrido por circunstancias de la vida, que las cosas pasan como pasan pese a nuestras intenciones o deseos. Algo parecido al destino. Como si estuviera en las manos de Dios. Me has aconsejado entregar mi voluntad a la voluntad de Dios. Algunas veces pienso que eso es exactamente lo que hago en mi vida. Puede que esté equivocado. Puede también que eso sea solo una manera de dejar mi consciencia tranquila por todo el mal que he hecho. No sé... Las cosas son como son...

—Michael, tenemos que empezar la casa por los cimientos, pasito a pasito hasta descubrir cuál es la raíz de tus problemas. Puedo ver aquí —continuó diciendo el pastor mientras miraba la ficha de Michael en la pantalla del ordenador—, que llegaste a Estados Unidos en 1987, ¿cierto?

—Sí—contestó Michael.

—¿Cuántos años tenías por aquel entonces?

—Veintinueve.

—¿Estabas casado?

—No, ya estaba divorciado de mi primera mujer en Rumanía.

—Con ella tuviste dos hijas, ¿no?

—Sí.

—Así que debiste casarte muy joven, ¿no? ¿Por qué te divorciaste?

—No lo sé. Viéndolo así, a toro pasado, creo que éramos muy jóvenes para enfrentarnos al matrimonio. Cuando lo hicimos éramos prácticamente adolescentes y no teníamos nada. Éramos dos niños ciegamente enamorados. Para mí todo empezó con un auténtico deseo por demostrar que era capaz de formar una familia. Me apresuré intentando ganar un buen sueldo para mantener a mi mujer y a mis hijas y, desafortunadamente, di con las personas que no debía. En tan solo un año todo empezó a ir mal. Me di cuenta de que empezaba a meterme en problemas pero no quise compartirlo con nadie, ni siquiera con mi mujer. Siempre ha habido dentro de mi demasiado orgullo como para admitir que me estaba equivocando. Empecé a beber bastante. A tontear con otra mujer y a pasar tiempo lejos de mi familia avergonzado de lo que había hecho. Finalmente, mis relaciones me pasaron factura. Acabé en la cárcel durante un año. Fue entonces cuando mi mujer me dejó y se llevó a las niñas a vivir con sus padres.

—¿Qué pasó después?

—Cuando salí encontré un trabajo. Me hice autónomo y trabajé como periodista y reportero para muchos periódicos y revistas; sin embargo nadie me ofrecía un trabajo fijo. La cantidad de dinero que ganaba era muy pequeña y el salario no era fijo. Me sentía mal por no ser capaz de mantener a mis hijas. Veía como las empresas contrataban a otros periodistas mucho más jóvenes que yo y con menos ingenio, y que yo no conseguía un puesto fijo.

—¿Por qué crees que pasaba eso?

—La respuesta es fácil. Mi padre era un anticomunista muy conocido que había pasado muchos años en prisión por sus pensamientos. Vivir siendo un enemigo de la dictadura en una Rumanía comunista no era fácil. Éramos enemigos y estábamos señalados. Nadie en los medios de comunicación se atrevería a dar un puesto de trabajo a alguien que no era leal al régimen comunista. Así que, después de un tiempo —continuó Michael—, decidí que ya no hacía nada en Rumanía y me marché. Me vine a Nueva York.

—¿Cómo? —le preguntó el pastor Charles.

—Adrián, un amigo del instituto se había mudado a Nueva York dos años antes y era el jefe de una panadería en Upper East Side. La panadería se llamaba Jacob's Bread y era famosa en aquellos tiempos por hacer baguettes artesanas y por sus pasteles. Mi amigo me preguntó que si quería trabajar con él en la panadería. Le dije que sí y me cogí un billete con un visado de turista. Y así fue todo.

—Y bueno... continúa —insistió el pastor Charles—, ¿cómo le fue a un periodista y fotógrafo como tú el trabajar de repente en una panadería?

—Bueno, nada ocurrió de repente. Cuando Adrián me habló de esa oportunidad laboral, me pasé tres meses en una panadería de Bucarest aprendiendo el negocio. Así que antes de llegar ya sabía lo básico.

—Llegué aquí por la tarde, más o menos a las cinco —continuó Michael—, no recuerdo la fecha exacta, sé que era abril del 87. Adrián me estaba esperando en el aeropuerto JFK con la furgoneta de la empresa. Había cambiado mucho desde la última vez que le vi. Ahora estaba muy grande, tenía una gran barriga y una barba negra rizada. Mientras conducíamos hacia la ciudad me preguntó si quería ir a su casa para deshacer el equipaje y descansar o que si prefería parar en la panadería para ver el lugar en el que iba a trabajar. Le dije que vale, que en la panadería, así que paramos allí. Llegamos más o menos a las siete y, al tiempo que entrábamos por la puerta, el dueño, Jacob, salió de su oficina a saludarnos. Mi amigo me lo presentó y Jacob me preguntó: —Bueno, Michael, ¿estás preparado para trabajar? El turno de noche empieza ahora. Si quieres puedes ponerte el traje de luces y empezar a trabajar ya. Claro que le dije que sí y me fui a cambiar de ropa.

—Aterrizaste en JFK a las cinco y empezaste a trabajar a las siete ese mismo día. Es algo bastante inusual. Nunca he escuchado una historia así—dijo el pastor.

—Sí, inusual quizás, pero desde ese día nunca he parado de trabajar. En los últimos veinticinco años, y quitando los últimos tres que he pasado en Rumanía, tan solo me he cogido dos o tres veces vacaciones, una semana o dos. Todo lo demás ha sido trabajo, trabajo y más trabajo, ¿y para qué? Para terminar aquí como un *sintecho* hablando contigo. Qué éxito el mío. Qué gloria.

—Michael, no podemos predecir nuestras vidas. Solo Dios Todopoderoso todo lo sabe y lo predice. Nosotros solo podemos dar lo mejor de nosotros mismos y seguir el camino que Él nos marca. Las cosas no siempre salen como queremos, aunque hagamos las cosas bien. Incluso cuando seguimos la palabra de Dios, hay veces que Él no contesta a nuestras plegarias de la forma que esperamos. Y no es cosa nuestra el cuestionar su forma de razonar al respecto; debemos tener fe en su sabiduría. Y tratándose de ti, no estoy muy seguro de que hayas obedecido siempre a Dios. Incluso ahora veo cierto orgullo y santurronería en ti. Tienes que conseguir moderar ese aspecto. Dios quiere que seas honrado y humilde contigo y con los demás. Él te hizo bueno y trabajador; sin embargo, no siempre podrás beneficiarte de eso si siempre acabas tropezando con tu orgullo. ¿Realmente crees en Dios, Michael? ¿Estás con Él?

—No lo sé, pastor. Por alguna razón que no puedo explicar sé que Dios siempre ha estado conmigo incluso en los peores momentos. Y sé también que yo no siempre he estado con Él. Nunca le he negado, pero no siempre he estado con Él...

Michael bajó la cabeza. Su tono de voz cambió y se tornó en una voz ronca, como si tuviera algo en la garganta.

—Vale, Michael, volvamos a la panadería. Cuéntame más sobre eso.

—¡Ah! Estaba muy bien —la voz de Michael volvió a la normalidad—. Descubrí un mundo del que me enamoré al instante. Sabes, pastor, la cocción es un verdadero arte. Sobre todo la del pan. Tiene algo divino. Es pura alquimia. Y es que se juntan en este proceso todos los elementos alquímicos: la harina, que viene de la Tierra y representa lo material; el agua con la que mezclas la harina para hacer la masa; el aire que suelta la fermentación de la levadura que hace que la masa aumente; y el fuego que posibilita que el pan se cueza. Es fantástico. Además, el aroma a pan horneándose es la fragancia más placentera que pueden percibir nuestros sentidos. Pastor, piensa en lo que te digo durante un instante. Cualquier olor a comida que nos guste, no importa cuánto, se transforma después de un tiempo, en un olor difícil de digerir, por lo que abrimos las ventanas de la cocina y cerramos la puerta para que no se vaya al salón. Esto ocurre con cualquier olor excepto con el olor a pan recién horneado. ¿Has escuchado alguna vez a alguien quejarse por el olor a pan recién horneado? ¡A nadie, pastor! Nadie se queja por ese olor. Has podido escuchar a la gente quejarse porque sus vecinos están friendo pescado, asando cerdo, haciendo salchichas a la barbacoa, pero nunca a nadie quejándose por el olor a pan recién horneado. ¿Sabes por qué? Porque es un olor divino. Un olor mágico. Esa es la magia de lo artesano.

—Pero para mí —continuó Michael—, la mejor parte es poder hacerlo con mis propias manos. Me encanta hacer cosas con mis manos. Amasar y formar una masa con la forma adecuada es algo para lo que se requiere mucha fuerza pero, al mismo tiempo es un ejercicio muy relajante.

—¿Cuánta gente trabajaba en esa panadería?—preguntó el pastor.

—Para la producción éramos dieciséis personas. Quince eran del oeste africano. Todos ellos eran panaderos expertos en el arte de las baguettes. Hablaban muy mal inglés. Entre ellos casi siempre hablaban francés. Yo era el único blanco. La panadería estaba en el sótano de una tienda-restaurante *gourmet* en Madison Avenue con la 91.

—¿Y qué hay de tu amigo? Él también era blanco, ¿no?

—Sí, pero Adrián llevaba la panadería y vendía el pan al por mayor. Él no estaba involucrado en la producción.

—¿Eras feliz trabajando allí?

—Sí, creo que sí. Pero era un trabajo muy duro durante seis días a la semana. Solía empezar a las dos de la mañana y acababa sobre las dos de la tarde. Aprendí mucho sobre el horneado del pan y sobre pasteles americanos y franceses.

—¿Aprendiste algo de los panaderos africanos?—le preguntó el pastor.

—No, no mucho. Claro que observé como trabajaban y seguí sus recetas básicas, pero no querían compartir mucho más. Como yo, todos eran ilegales. Su profesión era para ellos la única seguridad para poder mantener su puesto de trabajo. El hecho de compartir con alguien sus conocimientos significaba perder su trabajo, así que intentaban ocultar sus recetas y sus maneras de mezclar la masa todo lo que podían. Por otro lado, el propietario, Jacob, quería tener por escrito todas las recetas y procedimientos que siguiéramos. Así que me pidió que les observara con detenimiento y que lo escribiera todo. Y funcionó. En unos pocos meses teníamos todo registrado y Jacob me ascendió a jefe de supervisor. Los africanos me odiaban por eso, pero se mantenían callados. Observaban meticulosamente cada uno de mis movimientos intentando cazarme en un fallo para culparme por ello.

Yo, sin embargo, fui más allá. Quería aprender. Así que me compré varios libros sobre el horneado del pan y sobre el arte de la pastelería. Cada día, después del trabajo, experimentaba y hacía constantemente cosas nuevas. Eso a Jacob le encantaba. De hecho pensaba que traía de Rumanía una experiencia muy buena. No sabía que todo era nuevo para mí. Cuando hacía algo que no le gustaba me decía: «Michael, entiendo que estos sabores y texturas son quizás tradicionales en Rumanía, pero aquí la gente tiene el gusto diferente». Luego me explicaba lo que le gustaría. Tenía un paladar fantástico y yo seguía con esmero sus sugerencias. Y eso también funcionaba. Estaba feliz con mi trabajo y yo me sentía a gusto con sus consejos. Y cada día aprendía más y más.

—¿Cuánto dinero ganabas?

—Jacob me pagaba cuatrocientos dólares a la semana en metálico. El sueldo estaba bastante bien, sobre todo si tenemos en cuenta que yo estaba aquí de forma ilegal.

—¿Dónde vivías? ¿Eras capaz de ahorrar?

—Al principio, y durante casi tres meses, viví en el apartamento de Adrián hasta que ahorré algo de dinero. Luego compartí apartamento con la chica que había en la caja en la tienda de Jacob.

—Vaya, con una chica—dijo el pastor Charles con una sonrisa.

—No, no, nada de eso —continuó Michael—. Solo éramos compañeros de piso. Ella era una chica encantadora y tenía una relación seria. Para mí estaba bien ya que el apartamento estaba a tan solo dos bloques del trabajo. Y eso se nota bastante cuando tienes que entrar a trabajar a las dos de la mañana.

—Bueno, ¿y durante cuánto tiempo trabajaste con Jacob?

—Durante más o menos año y medio.

—¿Y qué hiciste después?

—Comencé a trabajar en otra tienda gourmet como panadero jefe.

—¿Por qué dejaste a Jacob? Me has dicho que te gustaba el trabajo. ¿Te ofrecieron en el otro trabajo más dinero?

—Efectivamente, en Fratelli ganaba más. Así es como se llamaba la panadería que se encontraba en West Village. Sin embargo, no es esa la razón principal por la que me fui.

—¿Y cuál fue entonces?—preguntó el pastor.

—Bueno, es un poco complicado. No creo que tengamos tiempo ahora como para hablarlo. Las clases de Biblia empezarán en cinco minutos. Llegaré tarde—dijo Michael al tiempo que miraba su reloj.

—Fue por esa mujer, ¿no? —le preguntó el pastor mientras sonreía.

—Puede, no lo sé. Hablaremos de esto más la semana que viene—dijo Michael y se levantó.

—No te vayas. Yo te disculparé con el pastor Quiñones. Tenemos que llegar a algún sitio con esta conversación.

—No, no, la próxima vez, pastor. Tengo que irme—Michael replicó y salió de la oficina.

*La primera mujer
americana*

V

Michael permanecía de pie a la entrada de Bowery Mission y miraba a la gente que pasaba. Eran casi las ocho de la mañana de un lunes a finales de mayo y hacía un día con un sol radiante. Todo el mundo corría para llegar al trabajo. Había algunas mujeres guapas caminando calle arriba y calle abajo aquella mañana y Michael disfrutaba mirándolas. Lo que le venía a la cabeza no eran pensamientos subidos de tono. Simplemente disfrutaba observando la belleza de sus cuerpos y la elegancia de sus movimientos mientras caminaban entre la multitud. Le encantaban las mujeres que sabían vivir por sí mismas. Claro que ninguna le devolvía la mirada. El hecho de estar de pie enfrente de Bowery Mission solo podía significar una cosa: que eras un sintecho. En Nueva York la gente evitaba mirar a las personas sin hogar.

—¡Eh! Vas a dejarte los ojos—le dijo el pastor Charles mientras salía del coche.

—Bueno, pues si eso pasara me gustaría asegurarme de que los pierdo mirando a algo bonito —contestó Michael—. Buenos días, pastor.

—Buenos días, Michael ¿Cómo ha ido tu fin de semana?

—Ocupado. Hemos tenido muchas donaciones y había mucha ropa por clasificar. Pero ha estado bien. Mañana es día de ducha y necesitaremos toda la ropa que sea posible. Aún estamos escasos en todas las tallas de zapatos.

—Estoy seguro de que hoy llegará algo. Si no llega, puedes hablar mañana por la mañana con el director. Sé que tenemos zapatos extra en el almacén —dijo el pastor Charles—. ¿Te importaría ir a la esquina, comprarme un café y te traes otro para ti?

—Sin problema, pastor. No olvides decir en la recepción que me has mandado tú. No quiero que nadie piense que me voy de aquí sin permiso.

—Claro. Aquí tienes el dinero. Para mí un café con leche y con azúcar, por favor. Gracias.

Michael compró los cafés y volvió a la oficina del pastor. El pastor Charles estaba mirando a la pantalla del ordenador y leyendo el informe del fin de semana.

—¿Qué ha pasado? —preguntó mientras seguía leyendo—. ¿Te encontraste cuarenta pavos en una chaqueta donada y los devolviste a la oficina del director?

—Sí—contestó Michael.

—Eso está muy bien—dijo el pastor.

—Es lo normal, pero no ha estado tan bien—dijo Michael con una sonrisa.

—¿Por qué no?

—Bueno —Michael empezó a hablar tras tomarse un sorbo de café—. Cogí los cuarenta dólares. Todo el mundo se enteró y al minuto todo el mundo me estaba pidiendo dinero. No se creían que fueran tan solo cuarenta dólares.

Tampoco que fuera a devolverlo todo. Hubo un chico que me dijo: «A mí no me engañas. Sé lo que intentas hacer. Estás intentando dar la imagen de ser un chico bueno devolviendo el dinero, pero quién sabe lo que tienes ahí.

—Tienes que entender que la gente que está en el programa no es como tú. La mayoría son adictos con un pasado problemático. Siempre hay cosas de valor entre las donaciones, ya sean joyas, relojes, teléfonos u ordenadores. Algunos de los chicos que trabajaron allí antes que tú, se los hubieran quedado para luego venderlos fuera y quedarse con el dinero. Y si lo que encuentran es dinero, simplemente se lo quedan y ya está. Nosotros lo sabemos, pero es difícil de controlar. El director está pensando en poner cámaras allí abajo, pero dudo que funcione. Hay veces que las cosas desaparecen antes incluso de llegar a vestuarios.

—Sí, algo he oído, y pienso de veras que esos chicos son estúpidos. Blessing-dale es un sitio en el que podemos conseguir todo lo que queramos sin pagar un duro. Por tanto, puedo quedarme con todo lo que me guste que llegue a vestuarios en forma de donación con permiso del director. Claro que sí, es un modo de sacarle partido al hecho de trabajar aquí, no es robar. Simplemente aparto algo y voy a la oficina del director para preguntarle si me lo puede quedar. Además, él nunca me ha dicho que no. Tengo un reloj nuevo, unas fantásticas botas de piel y una chaqueta de cuero. Así que, robar algo que puedes conseguir pidiendo permiso es bastante estúpido.

—Sí, estás en lo cierto, pero no todo el mundo piensa como tú.

—Lo sé. El otro día vi a un chico del programa vender

unos vaqueros que había cogido en el vestuario a un chico sin hogar por tres dólares. Me sentí indignado. Y es que ese mismo chico estuvo contando en la misa de la mañana cómo el programa había hecho por él cosas fantásticas, cómo se había entregado a Cristo y otras gilipolleces que la gente suele decir cuando suben al púlpito a dar testimonio.

—¿Quién era ese estudiante?

—Esto no es importante. No te lo diré. No soy un chivato. Solo quería decirte que a veces a la gente le cuesta mucho cambiar sus formas.

—¿Y qué hay de ti, Michael?, ¿crees que has cambiado?

—Creo que no tengo elección, ¿o sí?, ¿no es por eso por lo que estoy aquí? Si mis formas fueran las correctas, no estaría aquí, ¿no?

—Eso es algo que tenemos que descubrir. Por eso tenemos estas sesiones.

—El único problema que hay aquí es que yo no sé realmente qué hay de malo en la forma en la que he hecho las cosas, ni qué tengo que corregir.

—Normalmente no se trata nunca de una sola cosa. Suelen ser cosas que llevamos dentro, con frecuencia, historias de nuestra infancia que afectan a nuestro comportamiento de una forma tan sutil que no nos damos cuenta. Y antes de que nos percatemos de lo que está pasando, nos descarrilamos y cometemos errores. Para eso está la palabra de Dios, para guiarnos en nuestras acciones. El hecho de aplicar las enseñanzas bíblicas a nuestra toma de decisiones es una de las mejores formas de evitar cometer errores. Y eso es lo que significa realmente entregarte a Dios.

—Dicho esto —continuó el pastor—, me debes una

historia de la sesión pasada.

—¿Qué historia?

—El lunes pasado, antes de que pegaras un salto y salieras de aquí corriendo como un loco, ibas a contarme por qué dejaste el trabajo en la panadería Jacob, ¿recuerdas?

—Te lo dije. Me pagaban mejor en Fratelli y además, me hicieron encargado del departamento de horneado.

—Michael, conmigo no te hagas el tonto. No perdamos el tiempo. Me dijiste que una mujer tenía parte de culpa. Quiero saberlo ¿Qué pasó?

—Nada, pastor. No sé muy bien por qué mencioné a esa mujer. Quizás por que ella me influenció a la hora de aceptar el puesto de trabajo en Fratelli, no sé.

—¿Quién era esa mujer?

—Su nombre era Rachel. Era judía. Era un poco más mayor que yo. Tenía treinta y cuatro o treinta y cinco años, no lo recuerdo bien. Jacob la contrató como directora de catering más o menos al tiempo que a mí me ascendió a supervisor de producción. Jacob pensó que sería capaz de expandirlo. La primera vez que la vi, me gustó. Ella sabía cómo tratar con los hombres y cómo hacerse gustar. Era encantadora conmigo y quería que aprendiera lo máximo posible sobre panadería. Empezamos a pasar tiempo juntos. A salir. Todo el mundo a nuestro alrededor pensaba que la estaba tirando los tejos, pero lo cierto es que era muy tímido con ella. A día de hoy, no sé por qué. Nunca había sido así con ninguna mujer. Y después de ella, tampoco lo fui con ninguna. Solo la besé una vez. Nunca la cogí de la mano. Hablábamos mucho. A veces nos pasábamos toda la noche hablando en su apartamento y no la llegaba nunca a tocar.

Tenía esperanzas de que se acercara a mí, la deseaba mucho, pero nunca tuve la valentía suficiente para dar el primer paso.

Por otro lado —continuó Michael—, me gastaba dinero en ella como un loco. Quería impresionarla, así que la sorprendía con regalos caros, cenas en restaurantes exclusivos, fines de semana fuera, picnics en Central Park y rosas rojas en su mesa del trabajo cada mañana. Lo aceptaba todo sin decirme nunca que dejara de gastar y sin darme ni un solo beso a cambio.

—Madre mía Michael, no te creía yo tan inocente... realmente dejó huella en ti—dijo el pastor sonriendo con expresión de sorpresa.

—Sí, lo hizo. Un día me llevó a West Village a ver una tienda gourmet parecida a la de Jacob que iba a abrir en breve. Era Fratelli. Me presentó a los dueños, tres hermanos italianos de Brooklyn, como el panadero jefe de la panadería de Jacob. Se quedaron impresionados e inmediatamente me preguntaron cuánto les costaría tenerme dirigiendo el departamento de horneado de su local. Me quedé impactado. Nunca me había planteado dejar a Jacob. Era bueno conmigo. Entonces Rachel empezó a intentar convencerme. La llevó unas horas. Al principio mi decisión era inamovible. Ella fue persistente. Finalmente me dijo que iba a dejar su trabajo en la panadería de Jacob y que iba a venir a trabajar a Fratelli y me besó. Nuestro primer y último beso. Y eso lo pudo todo. Al día siguiente le dije a Jacob que me iba sin dar ninguna explicación. Se sorprendió y enloqueció. Mi amigo Adrián estaba furioso, pero no me importaba. Empecé a pensar en que Rachel me quería a su lado y nada me importaba más que eso. Solo pensaba en el próximo beso.

Beso que nunca llegó.

—¿Y?

—Y nada. Esa es la historia.

—¿Pero qué pasó con vosotros dos después? ¿Trabajasteis juntos en Fratelli, no?

—Sí, trabajamos juntos durante unos meses. Y después la despidieron. Me quedé allí durante dos años hasta que abrí mi propia panadería.

—¿Por qué la despidieron? ¿Continuasteis con vuestra relación o con lo que fuera que tuvieras con ella?—preguntó el pastor.

—Bueno, la despidieron por la misma razón que Jacob la había despedido antes.

—¿Jacob la despidió? No me habías dicho eso—dijo el pastor sorprendido.

—Sí, es algo que supe tiempo después gracias a Adrián. Al mismo tiempo que me llevó a Fratelli, Jacob la había dicho que no estaba contento con su trabajo y que buscara otra cosa. Claro que ella eso a mí no me lo dijo. De lo que me di cuenta después es de que era muy buena vendedora. Pero desgraciadamente, la única cosa que sabía vender bien era a ella misma. Así que iba de un trabajo a otro vendiéndose como una experta en todo solo para que la contratasen, hasta que sus jefes se daban cuenta de que no era lo que decía ser. Y claro, cuando empezó a trabajar en Fratelli, de pronto ya no tenía tiempo para mí, pero sí para su director general.

—¿Y cómo te sentiste?

—Al principio estaba desanimado. Pensaba que me había equivocando siendo así de pasivo, sin mover ni un pelo. Quizás ella pensaba que había algo que no cuadraba en mí.

Me estaba haciendo daño a mí mismo. Pero luego me di cuenta de que ella había estado jugando conmigo todo el tiempo. Si hubiera actuado, si nos hubiéramos acostado, nada hubiera cambiado. Era una persona calculadora. Sabía exactamente lo que quería. Era una de esas personas cuya filosofía de vida era conseguir lo máximo posible con el mínimo esfuerzo. Si me hubiera lanzado, probablemente no la hubiera importado. Le daba igual conseguir las cosas de una forma u otra. Lo que me molesta de esa experiencia, es que traicioné a mi jefe, que tan bueno había sido conmigo, y a mi buen amigo que me había traído a este país, y todo por un beso que no valía nada. Cuando pensaba en ello me sentía mal.

—¿Se lo contaste alguna vez a Jacob o a Adrián?

—Continué mi relación con Adrián pero ya nunca fue lo mismo. Cada vez que alguien me mencionaba, el decía medio bromeando: «¿Quién? ¿Michael? No puedes confiar en él. Le quiero como a un hermano, pero sé que vendería a su hermano por dos duros». En lo que respecta a Jacob... —Michael continuó—. Siguió enloquecido durante muchos años. Para él yo no era más que un ladronzuelo que me había llevado sus recetas secretas y que se las había entregado a la competencia. Y en parte llevaba razón. Trabajando para él aprendí muchísimo y gané mucho respeto en la profesión. En Nueva York por aquel entonces, el tener en tu currículum algo como «Jefe de horneado en la panadería Jacob» era muy importante. Significaba mucho. Y después me sirvió de mucho.

—Ya me has dicho como te sentías antes. ¿Cómo te sientes ahora por aquel episodio?

—Estoy intentando tomármelo con filosofía. Si me hubiera quedado en Jacob, ¿quién sabe cómo hubiera sido mi vida? Puede que aún estuviera allí. Adrián es todavía el director general. Claro que ahora es un puesto mucho más importante al tratarse de una panadería central y una cadena de tiendas y restaurantes. Mi vida tomó un camino diferente. Puede que fuera lo mejor. O puede que no. Nunca se sabe. Lo que sí se queda conmigo es que me equivoqué con la gente que me ayudó y que se portó bien conmigo. No había ninguna necesidad. Me dejé llevar por mis pasiones, por una mujer, me engañé a mi mismo totalmente.

—Tengo la impresión, Michael, de que esa no fue la única vez que te ocurrió algo así. ¿Me equivoco?

—¿Algo como qué?

—Tomar decisiones a lo largo de tu vida basadas en tu pasión por alguna mujer.

—Puede que sí. No sé —dijo Michel y dio un profundo suspiro—. Estoy cansado, pastor. Creo que deberíamos dejarlo aquí.

—Sí. Estoy de acuerdo. Podemos seguir el lunes que viene o, si quieres hablar antes, puedes venir a mi oficina siempre que tengas tiempo.

Michael se levantó y salió de la sala sin decir ni una palabra. El pastor Charles respiró profundamente, se giró hacia la pantalla y empezó a teclear. «Por fin hay algo sobre lo que trabajar. No será tarea fácil», pensó. Michael tenía por delante un largo camino.

Fratelli y Barbetta's

VI

Michael tocó en la puerta de la oficina del director. Estaba preocupado. No sabía por qué el director quería verle. Quizás alguien le había visto fumar en la calle mientras estaba dando su paseo de dos horas. Aunque le parecía muy raro. No tenía dinero para comprar tabaco y una vez cada mucho tiempo alguno de los estudiantes que ya estaban trabajando fuera de Mission le daba uno. Michael sabía que el hecho de dejarles sacar lo que querían del vestuario sin una nota de permiso era una especie de soborno, pero no se sentía mal por ello. Iba a dejarles de todas formas. Él no les pedía tabaco, era una especie de agradecimiento por portarse bien con ellos. Y a él le encantaba fumar. Iba diciendo que lo podría dejar en cualquier momento. Cuando no tenía tabaco no le importaba mucho. Pero disfrutaba fumando. Sin embargo, estaba en contra de las normas de Bowery Mission fumar mientras los estudiantes estaban dentro del programa. Fumar se entendía como una adicción igual que cualquier otra y estaba prohibido. Los estudiantes a los que se pillaba fumando eran sancionados con medidas disciplinarias de igual forma que se hacía con cualquier otra adicción.

—Entre—escuchó Michael decir de boca del director.

—Buenos días.

—Buenos días, Michael. Siéntese—le dijo el director.

El director Keith Johnson era un hombre de cuarenta y pocos años; sin embargo, su cara de niño le hacía parecer mucho más joven, de *veintimuchos*. Tenía el pelo grueso y rubio, los ojos de un azul vibrante, lucía una gran sonrisa y siembre llevaba vaqueros y camisetas ajustadas que resaltaban su look juvenil. Era hiberno-estadounidense, es decir, americano descendiente de irlandeses y, como otras personas que formaban parte del personal de Bowery, era un antiguo alumno con un pasado problemático que había conseguido superar sus adicciones, acabar el colegio y ascender, con el paso de los años, hasta el puesto de director del refugio. Como director era muy estricto, pero al mismo tiempo era muy caritativo y comprensivo con los estudiantes y las personas sin hogar. Muchas de las personas sin hogar del barrio de Lower East Side le veían como un amigo por el trato que recibían por su parte.

—¿Cómo le va, Michael?— le preguntó el director girando hacia él su silla.

—Estoy bien. Empezando una semana más...— contestó Michael preguntándose qué sería lo próximo.

—¿Sabe por qué le he hecho llamar?

—No—contestó Michael.

Sabía que era una pregunta trampa que usaban los consejeros solo en el caso de que la persona a la que preguntaran se sintiera culpable por algo y hablase antes de ser acusado. No era tonto.

—Bueno, hablé con su consejero, el pastor Charles, la semana pasada y pensé que se lo había dicho. Como veo que no, voy a ir al grano. Ya lleva aquí dos meses, ¿cierto?

—Sí, director, casi dos meses. Este viernes hace justo dos meses.

—Y ya está en el quinto piso. ¿Cómo se siente? ¿Se lleva bien con el resto de compañeros?

—Sí, más o menos. Todo el mundo en está planta está bien. Se está tranquilo por la tarde y a cada uno le importan solo sus asuntos.

—¿Conoce a Manuel, el capitán de la planta?

—Sí, es un tipo decente. Un chico muy activo en las clases de Biblia—contestó Michael intentando adivinar donde quería el director llegar con aquella conversación.

—Bueno, Manuel se graduará pronto y es hora de nombrar a un nuevo capitán para la planta. Pensamos que usted sería una buena opción.

—¿Yo?—preguntó Michael sorprendido.

—Sí. Le hemos estado observando. Parece un hombre serio. Está llevando a cabo todas sus responsabilidades de manera satisfactoria. Su trabajo en vestuarios es excepcional. Hasta su llegada, nunca antes había estado mejor organizado. Y sabe como tratar con la gente que es lo más importante para un puesto tal. ¿Sabe cuáles son las responsabilidades de un capitán de planta?

—No exactamente. Sé que despierta a los estudiantes por la mañana, que apaga las luces por la noche y que asigna las tareas de limpieza de la planta a los estudiantes.

—Eso es. Además, el capitán debe cerciorarse de que no haya ningún estudiante en las habitaciones durante las clases o los servicios de capilla a menos que estén de baja por enfermedad. Y, por supuesto, el capitán deberá asegurarse de que no se hace en ningún momento nada ilegal en las habitaciones. Ni fumar, ni beber, ni drogarse ni nada. Deberá garantizar que no existan conflictos entre los estudiantes de la planta y si los hubiera, deberá comunicarlo al director o consejero encargado de forma inmediata. De eso se trata. No se crea que solo son responsabilidades; los capitanes también tienen ventajas. Tienen una hora más de paseo en el exterior cada día y no tienen la responsabilidad de sacar la basura ni de limpiar. Bueno, qué dice, ¿le interesa?

—Sí. ¿Pero podré seguir trabajando en el vestuario?—preguntó Michael.

—Si usted cree que podrá con ambas cargas, lo dejo a su elección. No me importa—dijo el director.

—Perfecto entonces. Acepto. Muchas gracias. Lo haré lo mejor que pueda.

—Bien, entonces el miércoles, en la reunión semanal lo anunciaré al resto de estudiantes. Mientras puede usted hablar con Manuel para que le hable mejor de sus tareas y le muestre cómo hacer las cosas.

—Gracias, director—dijo Michael.

Estaba contento por ser el nuevo capitán de la quinta planta. El hecho de tener una hora más libre para salir cada día le gustaba mucho. Y el no tener que sacar la basura dos veces a la semana con otros estudiantes, también. Odiaba todas las tareas relacionadas con la basura. Siempre había muchísima basura que sacar. Pesaba y olía mucho. Cada vez que sacaba la basura tenía que darse una ducha y cambiarse de ropa.

—Eso es todo, Michael. Puede irse. Gracias por aceptar.

Creo que le vendrá bien—le dijo el director al tiempo que giraba su silla hacia su mesa.

Michael salió del despacho del directo y bajó hacia la oficina del pastor Charles. No sabía si estaba más contento por su nuevo puesto o porque no le hubieran pillado fuera fumando. Ahora que tenía derecho a salir cada día durante una hora, podría fumarse uno o dos cigarros.

Las puertas de la oficina del pastor Charles estaban abiertas.

—Buenos días, pastor—dijo Michael alegremente.

—Buenos días, Michael. Llegas tarde. ¿Qué ha pasado?, ¿te has quedado atascado en el baño?—preguntó el pastor y se echó a reír.

—No. Tuve que ir a ver al director esta mañana por el puesto de capitán de la quinta planta.

—¡Anda! ¿Te lo ha ofrecido?—preguntó el pastor.

—Sí, me lo ha ofrecido y yo he aceptado.

—Mmm... el director ha estado rápido. Pensaba hablar contigo antes de que te llamara—dijo el pastor con expresión de preocupación en su rostro.

—¿Por qué? ¿Qué hay de malo?

—Ahora, nada. Has aceptado así que ya está todo hecho. El director me lo comentó el viernes. No le pude decir que no porque se le veía muy optimista por darte a ti el puesto. Pero quería decirte que lo rechazaras para mantener tu puesto en el vestuario—dijo el pastor.

—¿Pero por qué? Puedo hacerlo todo. Las tareas de capitán se hacen sobre todo por la mañana y por la noche No se solapan con mis tareas en el vestuario ni con las clases de Biblia.

—Lo sé, Michael. Pero no creo que el puesto de capitán sea para ti. Eres distinto al resto de estudiantes. Vienes de un mundo diferente. Estos chicos no están acostumbrados a la autoridad. De hecho, la autoridad les da alergia. Les recuerda a la cárcel o al orfanato. Les recuerda a la policía. No querrás lidiar con los chicos de tu planta como si fueras alguien que está al mando. No tienes necesidad. Tienes que centrarte en ti. Sé que es más fácil para ti el hecho de trabajar y no pensar en las cosas a las que te tendrás que enfrentar una vez que salgas de aquí, pero eso no es más que una vía de escape. Tienes que enfrentarte a ti mismo y reconstruir todo aquello que esté roto, Michael. He visto tus notas en las clases de Biblia. Tienes en todo matrícula. Claro, que ya habías estudiado las escrituras antes y ya tenías conocimientos, pero las clases de Biblia no se centran solo en eso. Lo importante es aplicar tus conocimientos a tu situación, Michael. Tienes que aceptar a Cristo en tu vida y no solo saber de Él. Por esto pensaba hablar contigo antes de que lo hicieras con el director, pero ahora ya tendremos que lidiar con ello. Tienes que tener cuidado al relacionarte con otros estudiantes como capitán. Mantente firme pero no te metas en problemas. Si tienes cualquier problema con cualquiera de los estudiantes de la planta, acude primero a mí, recuérdalo.

—Creo que soy capaz de hacerme con ello. Con el trabajo en el vestuario he llegado a conocer a todos los estudiantes. Les caigo bien—dijo Michael intentando demostrar que tenía razón. No estaba de acuerdo con lo que pensaba el pastor. El pastor no sabía realmente que Michael tenía mucha experiencia al tratar con gente muy diferente y no conocía su habilidad única para ponerse a cualquier nivel para conectar bien con la gente.

—Efectivamente, les caes bien porque les permites hacerse con un buen armario sin pagar nada. Pero ojo. Cuando empieces a mandarles, veremos si les gustas tanto. De todos modos, Michael, retomemos la conversación del pasado lunes. Nos habíamos quedado en... —el pastor miró a la pantalla para encontrar sus notas—. Sí, nos habíamos quedado en que empezaste a trabajar en el local de Fratelli en el barrio de Village, ¿correcto?

—Lo que tú digas, pastor—dijo Michael.

—Conmigo no tienes que hacerte el listillo, Michael. Si no quieres, no hablamos. Es por tu bien. No te enfades conmigo por darte mi opinión. No voy a mentirte. No creo que sea bueno para ti ser capitán de planta. Pero ya está, lo hecho, hecho está. Pasemos a hablar de lo más importante. ¿Qué pasó en el local de Fratelli?—preguntó el pastor.

—Trabajar en Fratelli me vino realmente bien. Me dieron la posibilidad de organizar el departamento de panadería desde la base. Fui yo quien contraté a mis ayudantes, hice las recetas, tanto para la producción del pan, como para la parte de pastelería. Realizaba los pedidos de provisiones y herramientas. Me dieron trajes de chef muy elegantes con el nombre bordado en la chaqueta. Me animaron para que diera una vuelta por la tienda y hablase con los clientes. Todo para darle al local un toque personal. A todo el mundo le gustaba mi fuerte acento rumano. Para ellos no solo se trataba de un buen pan y unos buenos pasteles, era todo un espectáculo. Debía ser un *showman* culinario. Y me gustaba. Tiempo más tarde trajeron a un periodista de la revista *Food Magazine* que escribió un artículo sobre mi pan y sobre

Esa misma noche, toda la gente de Nueva York interesada en la comida gourmet me conocía. Adrián bromeaba después de leer el artículo —continuó diciendo Michael—, «¡Qué pájaro! Si la gente supiera que tan solo dos años atrás no tenía ni idea de lo que era el horneado del pan...». Seguro que decía: «Un periodista pretendiendo ser panadero. Y mira ahora, es una estrella. No me lo puedo creer. ¿Cómo lo has hecho, Michael? ¿Has escrito tú mismo el artículo?». A mí no me importaban sus bromas —dijo Michael—. Era muy bueno. Y disfrutaba con lo que hacía. Me llenaba. Un verdadero arte. Disfrutaba con el hecho de que mis clientes y mis jefes apreciaran mi trabajo. Seguí experimentando con cosas nuevas. Empecé aprendiendo a decorar los pasteles y, pastel a pastel, cada vez me salían mejor.

—Bien ¿Cómo era tu vida privada por aquel entonces?—el pastor interrumpió a Michael el relato de su historia.

—No tenía. Técnicamente hablando, trabajaba desde las séis de la mañana hasta las dos de la tarde de lunes a sábado, pero en realidad me pasaba allí los siete días de la semana desde que caía el sol hasta bien entrada la tarde, muy a menudo hasta que cerraban a las nueve de la noche. No me importaban las horas que pasase trabajando. Y a los jefes eso también les gustaba. Creo que era su trabajador preferido. Así fue todo —continuó Michael—, hasta que me mudé a la 46 entre la Octava y la Novena Avenida.

—¿Por qué te mudaste?

—La hermana de mi compañera de piso venía de Europa y necesitaba una habitación, así que me preguntó si podía buscarme otro sitio. Encontré otro apartamento en la 46. Compartí uno de dos habitaciones con jardín en una casa de arenisca con un actor de color gay.

—¿Te molestaba que fuera gay?

—No. Se portaba bien conmigo. Y no le veía demasiado. Cuando su novio venía, se metían en la habitación, cerraban las puertas y a mí no me importaba. Era muy cauto con su vida privada. Le solía traer masa de pan fresca cada día, a veces pasteles, y lo apreciaba mucho. A cambio, me hacía la colada ya que, según él, nunca tenía tiempo por estar siempre trabajando. Al menos eso decía. Pero creo que la verdadera razón por la que lo hacía era por que mi ropa sucia y apestosa en el baño le molestaba, y era más fácil para él lavarla, que esperar a que yo lo hiciera.

También le llevaba pan y pasteles a mi casero, que vivía en el apartamento de abajo, y a un chef puertorriqueño que vivía al lado. A todos les gustaba mi pan. Y por ser majo con ellos conseguí un trabajo en el restaurante Barbetta y, por último, conseguí abrir mi propia panadería.

—¡Para, para! ¡Más despacio! ¿Qué me dices?, ¿otro trabajo?, ¿al mismo tiempo?—preguntó el pastor.

—Sí. Poco después de mudarme al apartamento, conocí a mi vecino Pedro. Era el chef encargado de cocinar pasta en Barbetta, un famoso restaurante italiano que había justo bajando la calle en la que vivíamos, en la misma hilera. En Barbetta estaban buscando un chef para preparar dulces y Pedro me llevó. Al propietario le gustó mi currículum y me contrató. Me lo tomé como un desafío. Era diferente a trabajar en la panadería. Me di cuenta de que las prisas típicas de la cocina de un restaurante me apasionaban. Hacía postres, pero también los emplataba y los servía, y esto era una experiencia que no podría adquirir en la panadería, así que empecé a trabajar también allí.

—¿Cómo te las apañabas para trabajar en dos sitios al mismo tiempo?—preguntó el pastor.

—Muy fácil. Estaba en Fratelli desde las seis de la mañana hasta las dos de la tarde y, desde las tres hasta media noche, en Barbetta. Allí me daban dos días libres, así que algunos días podría quedarme en Fratelli hasta más tarde y así, todos contentos.

—Esto es de locos, ¿ganarías mucho dinero, no?—preguntó el pastor.

—Sí. Ganaba aproximadamente mil cuatrocientos dólares semanales y el total de mis gastos mensuales no superaba los quinientos del alquiler y más o menos cien entre teléfono y electricidad. Comía en el trabajo y de vez en cuando me compraba unos zapatos o algo de ropa, nada más. En año y medio trabajando así, ahorré más de sesenta mil dólares.

—Eso es fantástico. Así que estabas todo el tiempo trabajando. Nada de salir, nada de citas, nada, ¿no?

—Sí, puede decirse que no—dijo Michael dudando.

—¿Puedo decirlo o es así? ¿Qué, eh? ¿Hay algo que no me estás diciendo?

—Bueno, hubo algo con la irlandesa que trabajaba en Fratelli, pero fue solo una tontería. Nada serio.

—Vaya, ya decía yo que sería interesante. Venga, quiero escucharte.

—Vamos a dejarlo para la próxima, ¿te parece?—dijo Michael.

—Siempre cortas cuando la cosa se pone más interesante. Si crees que el lunes que viene será más fácil, te equivocas.

Cuanto antes sueltes todas tus aventuras, antes encontraremos la causa de tus problemas y la solución más apropiada. Claro que el remedio lo sabemos. Tienes que aceptar a Jesucristo, Michael. No te escondas más. No te puedes esconder de tu Salvador. Está en todos los sitios y lo sabe todo.

—Estoy con Cristo, pastor, desde que nací y me bautizaron.

—No, no lo estás. Él está contigo pero tú no estás con ÉL. Sabes su historia, a veces, cuando estás decaído le rezas, pero no estás con Él. Tienes demasiado orgullo dentro de ti, Michael. Se ve en tus ojos y en la forma en la que hablas y actúas. Es muy evidente. Para aceptar a Jesús tienes que deshacerte de todo ese orgullo. Por eso es por lo que no quería que fueras capitán de planta. Eres cabezota y te meterás en problemas con algunos estudiantes. Te lo aseguro.

—Te demostraré que no tienes razón, pastor. Te lo demostraré. Me voy—dijo Michael al tiempo que se levantaba.

—Vete. A veces eres demasiado y lo sabes. Y cómprate caramelos de menta o chicles, ¿vale?—le dijo el pastor mientras se marchaba.

—¿Por?—dijo Michael parándose en el umbral de la puerta. Se le puso la cara colorada.

—Puedo oler la nicotina, Michael. Es tu vida, a mi me da igual. Sabes que no es bueno para ti, pero no permitas que quien esté al mando te pille. Sabes que va en contra de las normas. No quiero que te castiguen. Espero que no fumes en el edificio—dijo el pastor girándose hacia el ordenador.

—No fumo—dijo Michael.

—Ya, claro. Ya. Sigue mintiéndote si es que así te sientes mejor. Pero a mí no me vas a mentir. Cierra la puerta cuando salgas. Y dile a Jeremiah que venga a verme. Quiero hablar con él.

*La segunda mujer
americana*

VII

Aquel día, durante la reunión que se hacía cada miércoles y a la que asistían todos los estudiantes y el personal de Mission, el director anunció que Michael sería el próximo capitán de la quinta planta.

La noticia sorprendió a muchos de los estudiantes que llevaban allí mucho más tiempo que Michael. Normalmente los capitanes de planta eran estudiantes que llevaban en Bowery tres o cuatro meses. Michael era prácticamente nuevo. Además, no tenía la apariencia de ser un tipo duro, algo que era absolutamente necesario para ganarse autoridad entre todos aquellos que se habían criado en los bloques del Bronx y en los barrios más pobres de Nueva York, es decir, la mayor parte de los estudiantes de Bowery.

Tras la reunión, algunos de los estudiantes de la quinta planta empezaron a hacer comentarios en voz alta: no iban a hacer caso a las órdenes de Michael. Michael no reaccionó. Sabía que lo decían para que se enterase, así que les ignoró. Su plan era muy sencillo: había treinta y ocho chicos en esa planta. Se comprometería con los que le escuchasen. A los que no, les iba a ignorar desde ya.

Sin embargo, la mejor parte de ser un capitán de planta era la posibilidad que tenían de salir durante una hora cada día. Eso se iba a convertir en la rutina de Michael hasta que finalizara su estancia en Bowery. Cada tarde después de cenar caminaría hacia el oeste por Prince, giraría a la izquierda hacia Mercer Street y se sentaría en las escaleras traseras de la tienda de Boss; se encendería un cigarro y miraría a la gente pasar caminando con prisa. Ese era su lugar secreto. Estaba lo suficientemente lejos de Bowery como para que nadie le viera fumando y lo suficientemente cerca como para poder volver caminando en pocos minutos. Se sentaría allí a contemplar las grandes ventanas que tenían los apartamentos de los edificios situados en la acera de enfrente. Los lujosos apartamentos del SoHo. Pensaba en si algún día se podría permitir vivir en uno. Si tuviera dinero, viviría allí sin ninguna duda. Pero todo eso le quedaba muy lejos. Ni si quiera sabía si podría mantenerse por sí solo una vez saliera de Bowery. El tiempo pasaba rápido y pronto acabaría el programa y tendría que salir para buscar un trabajo. Debía encontrar algo pronto, en Bowery no podría estar para siempre. Le echarían de allí. Así que el hecho de no encontrar un trabajo no era una opción, no se podía contemplar.

Seguía sin entender cómo había podido hacer de su vida un desastre tal. Veintitantos años en Nueva York en los que había hecho muchas cosas buenas, unas hijas a los que había educado con muchísimo cariño y esfuerzo, tantos amigos a los que había ayudado y ahora no podía pedir ayuda a nadie. No culpaba a su familia ni a sus antiguos amigos por ello. Sabía que era él quién tenía la culpa. Pero una vez más, se ponía en su lugar e intentaba mirarse de la manera en que ellos lo hacían y seguía pensando que él nunca les hubiera excluido de la forma en que ellos lo habían hecho. Él nunca había rechazado así a nadie.

La mayor parte de las tardes en Mercer Street Michael pensaba en su vida, en los años pasados. Sabía que la brecha más grande de toda su vida se había abierto en el momento en el que abandonó su profesión culinaria para volver al lápiz y el papel. Fue en ese preciso momento en el que tuvo ese extraño sueño al que él mismo se refería a menudo como «su visión». Eso había sucedido cinco años antes de entrar en Bowery, y tenía la sensación de que desde entonces todo había ido mal. Se divorció, perdió todos sus negocios en Nueva York y también el de Rumanía. Pero seguía teniendo la intención de encontrar su objetivo como había visto en su sueño. Sabía que solo sería posible escribiendo. Pero la inspiración no le había llegado todavía. Sabía lo que quería decir pero no tenía las palabras. Su mente estaba bloqueada. Estaba convencido de que pronto las cosas volverían a su ser, pero tenía que escribir, ya que el éxito y la prosperidad que quería recuperar no estaban en otro sitio que en la escritura.

Las tareas de Michael como capitán de planta comenzaron sin mucho estrés. Pensaba que a la mayoría de los estudiantes no les importaba quien fuera el capitán de planta y que seguiríansus instrucciones sin problema, cuadrante de limpieza semanal incluido. Algunos le ignoraban y Michael hacía lo mismo con ellos. No quería decirle nada al director. Al menos por ahora.

Al lunes siguiente Michael llegó a tiempo a la oficina del pastor. Estaba hablando por teléfono con alguien y señaló la silla que estaba a su lado para que Michael se sentase.

Michael se sentó y miró a la pantalla del ordenador. Quería ver algunas de las notas del pastor pero no pudo. Estaba demasiado lejos para verlas sin gafas.

El pastor colgó y se giró hacia Michael.

—Buenos días, Michael.

—Buenos días, pastor, ¿cómo ha ido tu fin de semana?— preguntó Michael.

—¡Ah! Muy ocupado. Hemos tenido en mi iglesia a un orador invitado el sábado y el domingo. Ha estado bien pero estoy cansado. A propósito, en un par de meses podrás ir a una iglesia exterior los domingos. Me gustaría que vinieses a la mía. Tenemos una misa bilingüe en inglés y francés.

—Claro que sí. No me importa. Me gustaría visitar diferentes iglesias y templos—contestó Michael.

—Bueno, Michael, ¿cómo te va en el puesto de capitán?, ¿algún problema?

—No, pastor. Todo genial. Me gusta.

—Bien, pues volvamos a la conversación del pasado lunes. Debo darme prisa hoy. Tengo una reunión en la parte alta de la ciudad en una hora. Así que, ¿qué ocurrió con la mujer con la que dijiste que estabas coqueteando? Soy todo oídos.

—Sí, esa es una historia interesante. De hecho nunca, ni antes ni despúes, me ha pasado algo así. Era dos años más joven que yo y trabajaba en el departamento de contabilidad de Fratelli. Era irlandesa. Se llamaba Fiona. Era alta, tenía el pelo rojo y los ojos verdes. Tenía un cuerpo muy bonito y sabía cómo lucirlo. Cada dos días venía para que le diese las facturas de los proveedores de la panadería. Le gustaba hablar. Cada vez que venía hablábamos de algo. Poco tiempo después nuestras conversaciones pasaron a ser un tonteo que a ambos nos gustaba. Yo estaba esperando al momento oportuno para pedirla salir.

Pero entonces, llegó un día y me sorprendió con una pregunta: «Bueno, Michael, ¿cuánto tengo que esperar para que me pidas salir? ¿hay algo malo en mí?».

Durante un momento me dio vergüenza, me sentía estúpido, pero reaccioné de inmediato: «¿Qué te parece esta noche, Fiona?». Eso la pregunté y ella aceptó.

Era un buen día. Ese día no tenía que trabajar en Barbetta. Así que me la llevé a un restaurante italiano en el Theater District, a un bloque de mi casa. El jefe de cocina era amigo mío y pidió que toda la comida que sirvieran fuese cortesía de la casa. Nos trataron como reyes. Después de todo, yo era un chef pastelero muy conocido y a mi amigo le gustaba que eligiera su restaurante para cenar. Estaba impaciente por que le diera mi opinión de sus postres que estaban muy buenos. A Fiona le impresionó la manera en la que nos trataron. A mitad de la cena el vino italiano ya nos había hecho efecto. Fiona llevaba una camisa de seda blanca casi transparente sin nada debajo y una minifalda negra. Hubo toqueteo cuando aún estábamos en el restaurante, como si fuéramos dos adolescentes. Luego ella me dijo: «Vamos a acabar la cena rápido y vayamos a tu casa». Fue una buena idea. Y es que nunca olvidaré lo que pasó en mi casa aquella noche. No creo que tenga nunca una experiencia como esa en mi vida. Era muy ardiente, tío. No podíamos parar. Lo hicimos mientras estábamos en las escaleras, en frente del apartamento. Gracias a Dios que nadie pasó. Una hecatombe toda la noche. Por aquel entonces era más joven y mucho más fuerte, pero sigo sin saber de dónde saqué toda esa energía. Y Fiona no quería parar. Quién sabe cuánto hubiera durado aquello si no me hubiera tenido que ir a trabajar por la mañana. Y sin nada más que decir, aquella fue mi primera experiencia sexual en Nueva York desde que llegué. Habían pasado casi tres años desde la última vez que había tocado a una mujer cuando apareció Fiona. Se quedó en mi casa a dormir y vino a trabajar mucho más tarde. Y, por supuesto, yo ya me había enamorado y las rosas rojas estaban esperando en su mesa en la oficina. Vino a trabajar a medio día y se metió en su oficina. Salió colorada y se dirigió hacia mí: «¡Michael! ¿Qué pasa contigo? ¿Quieres meterme en problemas?». Estaba confundido. No sabía qué había hecho mal. «¿Qué pasa, Fiona?», la pregunté. «¡Rosas, Michael! ¡Rosas! Estoy comprometida. ¿Qué pasa si viene mi prometido y ve estas rosas o alguien se lo cuenta? Me caso en tres meses. No quiero problemas. Nos lo hemos pasado bien y ya. No hay nada entre nosotros excepto sexo. Y espero que no cuentes nada de esto por aquí». «Por supuesto, Fiona, no lo haré», la dije. Se fue de allí, cerró la puerta de golpe y volvió a su oficina. Me quedé pasmado. No sabía que tenía novio. Nunca le había mencionado. Y no podía entender cómo había podido hacer el amor conmigo cuando amaba a otra persona.

—No hizo el amor contigo, Michael. Tuvo sexo, sin más. Es completamente diferente—dijo el pastor.

—Nunca lo entenderé. Nunca podré hacer el amor con nadie si no siento algo.

—¿Lo dices en serio, Michael? —preguntó el pastor—. ¿Nunca has tenido sexo por placer?, ¿sin sentimiento? ¿Has oído hablar de las prostitutas?, ¿nunca has estado con ninguna?

—¿Prostitutas? —preguntó Michael sorprendido—. Nunca. Y no creo que nunca pueda. Es un acto degradante, tanto para el hombre como para la mujer. Y no solo eso. No he ido nunca a un club de striptease ni he visto nunca porno. Eso son cosas de gente enferma. Me siento mal por aquellas mujeres que tienen que trabajar como prostitutas. Y a todos aquellos chulos que las hacen vender sus cuerpos les deberían violar y matar como si se tratase de bestias salvajes.

—Espera, espera, Michael. No seas tan radical. Solo Dios tiene derecho a juzgar a las personas. Ese no es nuestro cometido. Y, ¿cómo te sentiste?, ¿saliste más veces con Fiona? —preguntó el pastor.

—Solo una vez. Su novio estaba en un viaje de negocios y fuimos a su casa. Aún sigo sin creer que no hubiera nada entre nosotros. De nuevo el sexo fue maravilloso. Pero se casó dos semanas después. Yo estuve en la boda. Y les hice la tarta. Fue mi regalo. Me llevó un tiempo recuperarme de aquello. Todavía hoy cuando veo a una mujer con el pelo rojo se me acelera el corazón.

—Así que te gustan las mujeres pelirrojas, ¿no?—preguntó el pastor.

—No, no necesariamente. No sé si hay un tipo de mujer que me guste en particular. Cada mujer con la que he tenido una relación tenía algo especial, algún detalle que me gustaba, que me atraía. Lo veo como un recuerdo.

—¿Un recuerdo?, ¿un recuero de qué, Michael?

—No lo sé, pastor. La explicación más concreta que tengo es que hay un tipo de mujer ideal en lo más profundo de mi alma. No puedo percibirla por completo, pero cada vez que una mujer se cruza en mi camino, siempre hay algo que me recuerda a ese ideal, lo siento y, con frecuencia, me enamoro

—¿Puedes describirme a esa mujer ideal?—preguntó el pastor.

—No, no puedo, pastor. Su imagen me viene como si fueran destellos. O mejor aún, a través de las mujeres con las que he estado. Mi mayor problema con las mujeres es que nunca he amado a ninguna por completo. En mi cabeza siempre pienso que tienen algo de ese ideal del que te hablo, pero nunca son completas.

—Eres demasiado duro contigo mismo. Hasta donde tengo entendido, a lo largo de tu vida, todas las mujeres con las que has estado te han dejado. No las has dejado tú, quitando tu última relación.

—Sí, es cierto—dijo Michael.

—Así que, teniendo en cuenta que casi siempre has estado enamorado y has sido fiel, ¿por qué crees que nunca las has querido del todo?

—Sé que no lo he hecho. Ahora lo sé. Y estás en lo cierto, si las cosas no hubieran pasado así con mi primera mujer, o con la segunda, probablemente seguiría en alguno de esos matrimonios. Nunca las hubiera dejado por otra mujer. Pero desde que tengo constancia de esa mujer ideal, en lo más profundo de mi alma no encuentro la paz, pastor. Me persigue.

—¿Qué es lo que te persigue, Michael? ¿Quién?

—La idea de encontrar a esa mujer. Eso es lo que me persigue, lo que me obsesiona. El sentimiento de que ya hemos estado juntos y de que tenemos que hacerlo de nuevo.

—Y, si he entendido todo bien, sigues sin saber cómo es esa mujer, quitando los detalles que has reconocido en las diferentes mujeres con las que has estado a lo largo de tu vida—dijo el pastor intentando resumirlo.

—Correcto—contestó Michael.

—Bueno, todo lo que puedo decirte es que eres afortunado por ser escritor. Tu historia te dará para una bonita novela romántica. Creo simplemente que estás confundido e hipersensible. ¿Eres demasiado sensible, Michael? ¿Qué piensas?—preguntó el pastor Charles.

—Puede ser... No lo sé.

—No, puede ser no ¡Claro que sí! En mi ciudad, en Haití, tenemos una expresión que se traduce por algo así como: «un hombre que piensa con el pene». Eso es lo que más te define, Michael. No quiero decir que seas adicto al sexo o a la pornografía. No eres para nada un pervertido ¡Todo lo contrario! Eres, simplemente, demasiado sensible con las mujeres. Te enamoras en un abrir y cerrar de ojos y basas todas tus decisiones en tus pasiones hacia la mujer en cuestión. Tu mente se nubla ya que no te llega la sangre suficiente al cerebro. Y tu corazón bombea toda la sangre hacia el lado contrario, por eso te conviertes en un hombre que piensa con el pene.

—Gracias por tu vulgar explicación. Teológicamente hablando, es muy profunda—dijo Michael con ironía y visiblemente enfadado por el comentario del pastor.

—Es cierto, Michael. Tienes que aprender a controlar tus pasiones, sobre todo hacia las mujeres ¿Por qué crees si no que en la Biblia la herramienta preferida del diablo para dominar al hombre es una mujer? Por que esa es nuestra debilidad. Desde Adán hasta el hombre de hoy en día, ese es nuestro punto débil. Y me parece que te estás rindiendo a él una y otra vez. Eres demasiado sensible, débil para con las mujeres. Debes atar tus pasiones, Michael. Y tienes que rezar por ello, rezar mucho ¡Sí, mucho!—el pastor Charles estaba casi gritando.

Michael vio que la conversación se estaba torciendo y no le gustó. Había muchas más cosas que Michael podía decir al pastor sobre su visión y sobre la mujer ideal de su alma; sin embargo el pastor no lo entendería; Michael estaba seguro. Y, además, Michael tampoco quería decírselo. No podía confiar a nadie su secreto. Era suyo.

—Y bien, ¿qué propones que haga?—preguntó Michael.

—Por ahora todo lo que puedes hacer es rezar. Pídele a Dios que retenga tus pasiones carnales y que te dé la fuerza suficiente para controlarlas. Tienes que encontrar la manera de reparar tu corazón para que no se enamore de cada falda que pasa por tu lado.

—No me enamoro de cada falda. No es cierto—dijo Michael.

—Sí. Y mi nombre no es Charles. Por favor, Michael, no niegues lo evidente. No pretendo ser duro contigo. No te lo estoy diciendo como consejero. No quiero ser arrogante. Te lo estoy diciendo como un amigo que se preocupa de ti. Creo que esa imagen de la que me hablas de la mujer ideal que tienes en el alma es solo una forma que tiene tu consciencia de excusar tus comportamientos. Tú mismo te has creado esa imagen en tu mente para hacértelo más fácil. Es normal. De otra manera hubieras explotado o te hubieras tirado de un puente. Sea como sea, tengo que salir corriendo a la reunión. Seguiremos el próximo lunes. No te enfades. Ha estado bien. Estamos yendo a buen puerto. Con la ayuda de Dios y con su bendición serás capaz de hacerte con esas debilidades. Recuerda lo que dicen las escrituras: «Todo lo puedo en Cristo, Mi Señor, que me fortalece».

El sueño americano

VIII

Pasaban los días en Bowery Mission. Michael se empezaba a acostumbrar a vivir allí. Junto con Rick, Michael se encargaba del vestuario. El pastor Paul, el pastor de la capilla de Bowery, era en teoría el supervisor del vestuario y del programa de duchas para las personas sin hogar, pero no tenía tiempo para molestarse con esos quehaceres. La aparición de Michael y su activa dedicación a sus responsabilidades en el vestuario, le habían dado un respiro, al menos durante el tiempo que Michael estuviera allí.

En pocas semanas Michael se había ganado toda la confianza del pastor Paul para llevar el vestuario. El pastor Paul era alto, tenía una barba larga y venía de un pueblo Ami. Había dejado su idílica vida en Lancaster, Pensilvania, para ir a trabajar allí con las personas sin hogar.

—Te daré tu propio juego de llaves del vestuario y les diré a los encargados que ahora tú estás al mando de las operaciones y que podrás estar ahí todo el tiempo que quieras. Perfecto. Michael—dijo el pastor Paul.

Michael tenía muchos beneficios por trabajar en el vestuario. El más importante de todos es que tenía espacio para estar solo consigo mismo y con sus pensamientos. Pasar tiempo con otros estudiantes en el programa era muy deprimente. La mayoría de ellos venía de un mundo totalmente ajeno a él. Casi todos se estaban recuperando de adicciones a las drogas o el alcohol intentando, quién sabe cómo, acabar con ellas. La mayoría se habían criado en barrios pobres, pertenecían a familias rotas, no habían terminado la escuela, tenían causas pendientes con la justicia, habían pasado algún tiempo entre rejas y tenían la actitud de un superviviente en la selva ante la vida. Eran personas que pertenecían a lo que Michael llamaba «lo peor de lo peor de Nueva York».

Michael no les juzgaba ni apartaba de ellos su mirada. Les veía como las víctimas de un sistema cruel y no perdonaba a quiénes les habían dejado así. Después de todo, él también había pasado un tiempo en la cárcel cuando era joven. Pasó noches y noches en el metro de Nueva York. Sin embargo, sabía que su experiencia nada tenía que ver con la de ellos. Algunos habían pasado años, ni días ni meses, años en las calles de Nueva York siendo personas sin hogar. Otros habían vivido de las ayudas del gobierno de prestación en prestación y yendo de un refugio a otro.

Víctor le había dicho a Michael una vez que él empezó a lidiar con las drogas en la calle cuando tenía doce años y que él mismo empezó a consumir a los catorce. Cuando Michael le preguntó que por qué andaba con drogas tan joven, Víctor le contestó: «Nunca he visto comprar a mi madre comida en el supermercado con otra cosa que no fueran cupones de comida. Nunca tuve nada de ropa nueva ni zapatos hasta que no gané mis segundos cien pavos por la venta de droga».

Y entonces Michael le preguntó: «¿Tus segundos cien pavos? ¿Y qué pasó con los primeros?».

«Se los di a mi madre. Quería que comprase comida con dinero en vez de con cupones, aunque solo fuera por una vez. En vez de eso, compró droga a su camello y se drogó. Nunca más la volví a dar dinero. Poco después nos abandonó a mi hermana y a mí y desapareció».

Michael sabía que aquellos hombres con los que compartía su vida en Bowery Mission vivían en el círculo vicioso de la pobreza, las drogas, el crimen y la adicción. Era el lado oscuro de la forma de vida de América, la parte que el turista que iba a Nueva York no podía ver. Con su presencia, aquellos tipos le recordaban no solo lo bajo que había caído, si no lo tremendamente malo que podía haber sido todo si no hubiera espabilado a tiempo. Para Michael, el hecho de escuchar la historia de la vida de otros estudiantes era como mirar hacia un profundo y oscuro abismo. «El infierno -pensaba Michael-no necesitamos leer los textos sagrados para conocer una descripción del infierno. La vida de esos hombres es el infierno, el infierno en la Tierra».

Así que Michael apreciaba el tiempo que pasaba en el vestuario, lejos de la mayoría de los estudiantes y de sus realidades. Rick era un alcohólico recuperado que sobrevivió a un derrame cerebral y a un ataque al corazón y al que su mujer echó a la calle por no poder ya con su adicción a la bebida. A veces entraba en ciclos depresivos. Se tomaba la medicación y dormía durante días. Rick agradecía la presencia de Michael en el vestuario ya que pasaba muchos días en cama sintiendo pena de sí mismo. A Michael no le importaba. Le gustaba estar solo.

Había otra razón por la que a Michael le gustaba trabajar en el vestuario. Siempre le había gustado vestir bien. Los últimos dos años que había pasado en Rumanía, antes de volver a Nueva York, se había deshecho de su armario y no se había podido permitir comprarse nada.

Según las reglas de Mission, los estudiantes que estuvieran inmersos en el programa de recuperación tenían el derecho a llevarse toda la ropa que necesitaran de forma gratuita; no solo mientras estuvieran en el programa, si no también una vez que acabasen. No había límites. Y claro, los estudiantes se aprovechaban de esa oportunidad. De repente, aquellos hombres pobres que no habían tenido ropa decente en su vida, tenían decenas de vaqueros, de pantalones, de camisas, de camisetas, de chaquetas de cuero y de zapatos. Y la mayoría de lo que cogían era ropa de marca donada directamente por las marcas de ropa a Bowery Mission.

Michael disfrutaba viendo como aquellos hombres llevaban puestos trabajes de Brooks Bothers, camisas de Ralph Lauren, zapatos de Cole-Haan, chaquetas de cuero de Hugo Boss o zapatillas Nike. El hecho de que la gente tuviera que pagar fuera una fortuna por la misma ropa que estos hombres conseguían allí dentro gratis era una total ironía.

Michael sabía lo que era tener un buen armario ya que años atrás se lo había podido permitir y vestía ropa cara; sin embargo ahora era igual que cualquier otro estudiante. Era como un niño en una tienda de caramelos; colocaba pilas y pilas de ropa cara en las taquillas correspondientes. Cuando no cabía más, la metía dentro de una bolsa de basura negra y la llevaba al cuarto de depósito que había en la quinta planta. Y claro está que, al trabajar en el vestuario, era el primero en elegir lo que quería de entre las mejores piezas de ropa que llegaban.

Le había comentado al pastor Paul lo afortunados que eran al poder tener toda esa cantidad de ropa de forma gratuita y el pastor simplemente le había contestado: «Michael, esta es una de las muchas señales que manda nuestro Señor para decirnos que son pequeños regalos que nos ofrece, que son el presagio del gran regalo que será para todos nosotros la vida eterna. La ropa la dona la gente y distintas tiendas, pero es realmente un regalo de Dios. Y nosotros debemos estar agradecidos por estos presentes».

Una mañana de lunes, Michael entró a la oficina del pastor Charles vestido de blanco. Llevaba unos Levi's, una camiseta blanca de algodón y unas Converse, también blancas.

—Buenos días, pastor—dijo Michael.

—Buenos días, Michael. ¿Qué ven mis ojos? ¿Qué día es hoy? ¿La pasarela de Blessing-dale? —el pastor preguntó y se empezó a reír—. ¡Oh! Qué buena es la vida en Bowery Mission.

—No me puedo quejar —dijo Michael— ¿Te gusta este modelito? Te puedo traer uno. Tenemos todas las tallas y marcas. Y el precio es justo, ja, ja, ja.

—Gracias, Michael. Me quedaré con la tienda de rebajas de la 34. Si empiezo a comprar en Blessing-dale me temo que te acabarás acostumbrando, ja, ja, ja.

—Sienta bien parecer rico, ¿tú qué dices, pastor?

—Sí. Es mejor serlo, Michael, ser rico en Jesús. ¿Tú eres

rico, Michael?—le preguntó el pastor mientras se ponía serio.

—Creo que sí —contestó Michael—. Sé que sí lo soy.

—Mmm, veamos... ¿Dónde nos quedamos la última vez? —dijo el pastor mirando sus notas en el ordenador—. Vale, nos quedamos en que estabas trabajando en Fratelli y Barbetta y viviendo en la 46. ¿Qué pasó después?

—Que abrí mi primera pastelería en la 53 con la Novena Avenida—contestó Michael.

—¿Cómo lo conseguiste?

—¿Recuerdas que te mencioné a mi casero de la 46 al que solía llevar pan fresco cada día?

—Sí, ¿y?—preguntó el pastor.

—Bien, me dijo que debería abrirme mi propia pasteleria. Yo le dije que eso costaba mucho dinero y que me llevaría mucho tiempo ahorrarlo. Así que un día me pregunto si abriría con él una. No tenía mucho dinero pero poseía el edificio del 46 que podría usar como aval para un préstamo. Acepté y poco tiempo después encontramos el lugar ideal. Un local entre la 52 y la 53 con la Novena Avenida y que llevaba vacío durante veinte años. Pero lo mejor de todo es que originariamente había sido una pastelería y tenía aún un horno de ladrillo. El barrio estaba recuperándose, volviendo a su ser. Por aquel entonces Giuliani fue nombrado alcalde y empezó a limpiar Times Square y los barrios vecinos. Era el momento perfecto para invertir. Negociamos un alquiler de diez años con una buena cuota y tres años sin coste para reformarlo.

—¿Así que tu casero puso como aval su edificio para pedir un préstamo para tu pastelería? Qué valiente—dijo el pastor.

—Sí. Yo nunca lo hubiera hecho por nadie. Pero Timothy, que así se llamaba, creía realmente en el éxito de mi pan. Y no veía riesgo alguno. Por aquel entonces tenía sesenta y cinco, era un dramaturgo ya jubilado que había escrito una obra de éxito para Brodway en los 60, había ganado dinero y se había comprado aquel edificio. No había hecho nada importante después de aquello, pero gracias al alquiler fue capaz de vivir dignamente. Convirtió la mayor parte del edificio en una casa de huéspedes para la gente que trabajaba en el distrito del teatro, y tenía dos apartamentos completos. Yo vivía en el apartamento del jardín con mi compañero de piso. Así que sacó el dinero del banco y comenzó la construcción con un constructor del Bronx. En vez de tres meses, nos llevó seis completar la obra. En todo ese tiempo yo estuve trabajando en Fratelli y Barbetta. Finalmente terminamos el trabajo y abrimos la pastelería en abril del 90. Fue exactamente tres años después de llegar a Nueva York. Yo todavía no tenía los papeles, pero tenía mi pastelería.

—¿Cómo se llamaba?—preguntó el pastor.

—La llamamos *Famous Bread.* Y poco después se convirtió en una pastelería muy famosa. Yo aún no sé si mi pan y mis pasteles eran muy buenos o fue pura suerte, pero sin ningún tipo de publicidad, el negocio empezó a ir genial desde el primer día. Florence Fabricant, una crítica gastronómica del *New York Times,* se dejó ver un día por la tienda. Yo había oído hablar de ella, pero nunca antes nos habíamos conocido. Compró muchos tipos de pan y de pasteles y se marchó. La chica que trabajaba en la caja vino y me dijo que aquella mujer había comprado casi todo lo que teníamos en la tienda. No pensé mucho en ello. A muchos clientes les gustaba probar las cosas nuevas. Pero al día siguiente Florence me llamó, se presentó y me dijo que el próximo miércoles buscase en la sección gastronómica del *New York Times* un artículo sobre mi pastelería. Aquel miércoles la cola de clientes salía de la tienda hacia la esquina de la 53. Estuve horneando todo el día como un loco. Por la tarde, cuando cerramos, no quedaba ni una sola pieza de pan ni un solo pastel en la tienda. Timothy bromeaba, decía que si quisiéramos vender una estantería vacía, la venderíamos. A esto le siguieron artículos en el *Daily News* y en el *Post*. El negocio iba genial. Poco después abrimos otra tienda en Upper East Side, en la Segunda Avenida.

Empecé a hacer venta al por mayor. Las tiendas de gourmet más grandes, los restaurantes y los supermercados nos compraban. Estaba en lo más alto o, como Florence Fabricant escribió en su artículo, «mi vida era el Sueño Americano hecho realidad». Pero aquello tenía un precio. Cuando trabajaba en las tiendas de Fratelli y Barbetta, lo hacía durante muchas horas; sin embargo, nada se podía comparar con las horas que pasaba en mi pastelería. Muchos días trabaja de seguido durante 24 horas, me iba a dormir cuatro y volvía para trabajar otras 24. En una ocasión en la que mi transportista no vino a trabajar, fui yo quién repartí el pan a las tiendas de Upper West Side. Eran las 4:30 de la mañana. Cuando volvía me quedé dormido al volante y mi furgoneta acabó en las escaleras que hay a la entrada de la Metropolitan Opera. Gracias a Dios no golpeé a nadie.

Tenía a siete personas trabajando en la panadería, a cuatro chicas en las cajas y a un transportista. Dos de mis dependientes habían trabajado conmigo antes, en Fratelli.

Sabían lo mismo que yo y eran de confianza. Pero de alguna forma yo siempre quería estar ahí y manejar el negocio. Me sentía mal si todo el mundo estaba trabajando y yo miraba. Timothy venía por la tarde a trabajar en la caja hasta que cerrábamos. Siempre me decía: «Ve a casa y descansa. Ya estoy yo aquí. Yo vigilaré y cerraré la tienda esta noche». Pero no podía hacerlo. Me inspiraba un placer especial el hecho de cerrar la tienda, cerrar la caja registradora, contar el dinero, hacer los pedidos para el día siguiente y luego irme. No se trataba de tener el control. Se trataba de maravillarme de mi éxito.

—Así que, por aquel entonces no tenías vida privada. Todo era la panadería y trabajar, ¿no? ¿Qué fue de tu exmujer y de tus hijas en Rumanía?, ¿mantenías contacto con ellas?

—Cuando abrí mi panadería, pensé en la posibilidad de retomar mi relación con mi exmujer y de traérmelas a Nueva York. Hablé con mi madre, que vivía en Bucarest, sobre este tema. Le pedí su opinión. Al principio, no quiso decirme nada, pero después de presionarla un poco me dijo que mi exmujer se había vuelto a casar y que vivía con su nuevo marido y nuestras niñas en otra ciudad, que debía olvidarme de ella. Estaba destrozado. No estaba seguro de sentir nada por mi exmujer, pero la idea de que mis hijas llamasen a otro hombre «papá», me hacía muchísimo daño.

—¿Y cuándo conociste a tu segunda mujer?—preguntó el pastor.

—¡Oh! Mi segunda mujer entró un día en mi panadería y dos semanas después estábamos casados—dijo Michael sonriendo.

—¿Qué? ¿Dos semanas después? ¿Cómo ocurrió eso?— preguntó el pastor.

—¡Oh! Es la historia más divertida que escucharás nunca—dijo Michael.

En ese momento se abrieron las puertas de la oficina del pastor. Era el pastor Paul.

—Disculpad que os interrumpa, pastor, pero necesito a Michael en el vestuario si no te importa. Hoy es día de duchas y tiene que bajar para prepararlo todo. Hace calor y hay mucha humedad ahí fuera. Estoy seguro de que tendremos a mucha gente—dijo el pastor Paul.

—Claro, pastor, claro. Ve, Michael. Continuaremos el próximo lunes—dijo el pastor Charles levantándose y estirando las piernas.

La tercera mujer americana

IX

Michael había sentido durante toda su vida que Dios, de una extraña manera, le tendía la mano. No importaba qué pensara, lo que decidiera o lo que hiciese, independientemente de cuáles fueran las circunstancias, sentía que su vida, de una forma u otra, estaba predestinada. El único problema era que no sabía donde le llevaba ese camino; sin embargo, de una manera u otra sabía que no podía controlarlo.

Había en su vida muchos ejemplos de cosas que le habían pasado y que Michael percibía como que Dios le estaba tendiendo su mano; sin embargo no podía encontrar ninguna explicación racional por mucho que lo intentara.

Le ocurría lo mismo en Bowery Mission. Ahora era para Michael más evidente que nunca que Dios estaba en acción. En la quinta planta había cinco estudiantes que habían sido enemigos de Michael. Eran criminales en potencia que estaban recargando pilas después de pasar un tiempo en la cárcel y adictos. No querían que nadie les molestara. Su pensamiento carcelero y sus comportamientos mantenían a todo el mundo alejado. Mientras tanto, de cara a los consejeros, jugaban el papel de ser hombres con problemas que necesitaban ayuda con sus adicciones y para recuperar su vida. Michael representaba para ellos todo lo que odiaban: una persona que sabía hablar, bien vestida, educada y que estaba a cargo de la quinta planta. Era el símbolo de autoridad que más despreciaban. Ignoraban todo lo que les decía. Si Michael les pedía que hicieran algo, le insultaban y le amenazaban. Una de sus amenazas preferidas era: «Sabes bien, Michael, que en algún momento tienes que dormir. ¿Te imaginas lo que puede pasarte mientras estás durmiendo?». La otra: «Michael, hay cuatro duchas en el baño. ¿Qué crees que pasará si un día, mientras te duchas, otros tres hombres deciden compartir ducha contigo?». Michael intentaba ignorarles pero sus amenazas empezaban a afectarle. No sabía cómo manejarlo. No hasta un día. Ese día cogieron a uno de los chicos drogándose en el tejado de Bowery Mission. La falta fue grave y, tras una discusión, los consejeros decidieron echarle del programa. Michael se sentía feliz. Uno menos del que preocuparse. A la mañana siguiente, y después de que Michael encendiera las luces de la planta y empezase a caminar para despertar a los estudiantes, uno de los cuatro que quedaban le lanzó un zapato y le empezó a gritar: «¡Para de hablar, hijo de puta. Esto no es la cárcel. Quiero dormir!». «Si quieres dormir me aseguraré de que te echen de Bowery como echaron a tu colega ayer para que puedas dormir en el metro todo el tiempo que quieras», le dijo Michael. No sabía por qué había dicho eso. Él no tenía nada que ver con el hecho de que hubieran cogido al otro chico en el tejado ni de que le hubieran echado. Pero se sentía en la necesidad de decirlo. Tres días después echaron al chico que le había tirado el zapato tras pillarle teniendo sexo con un hombre sin hogar en el sótano de Bowery Mission. Una vez más Michael no tenía nada que ver con lo que había ocurrido, pero uno de los estudiantes de la quinta planta comentó durante la hora de la comida: «Mmm... Puede que no sea una buena idea ser agresivo con Michael». A lo largo del mes siguiente, los tres estudiantes que quedaban fueron expulsados por distintas faltas. Todo el mundo en Mission estaba convencido de que Michael tenía algo que ver. Y no era así. Michael pensaba que había sido la mano de Dios y lo usó en su beneficio. En la reunión mensual de la planta, mientras estaban hablando sobre las tareas rutinarias, Michael les dijo: «No tenéis que escuchar mis instrucciones. A mi me da igual. Pero si no lo hacéis, estad seguros de que vuestros equipajes estarán enseguida listos para marchar de aquí. Ya sabéis lo que les ha ocurrido a los que se oponían a mí». Solo con eso, nadie quería arriesgarse. Pero entonces, comenzaron a correr rumores por Bowery Mission de que el capitán de la quinta planta se comportaba como un dictador. El pastor Charles no se lo podía creer. Lo que le decían los estudiantes de la quinta planta no tenía nada que ver con el Michael con el que hablaba cada lunes. El director estaba muy contento. La quinta planta estaba impecable y no había problemas de ningún tipo.

—Michael, ¿qué has hecho con los estudiantes de la quinta planta? Todo el mundo te tiene miedo. No lo entiendo—le dijo el pastor Charles cuando Michael entraba a su oficina.

—Buenos días, pastor —le dijo Michael sonriendo—. ¿Qué pasa? ¿Alguien se queja de mí?

—No, no exactamente. Pero lo que se dice de ti es que eres un arrogante. Y hasta donde yo sé, ¡lo eres! También hay chicos que dicen que hay algo que les asusta en tus ojos, algo relativo al vudú. Y que si te enfadas con alguno de ellos, les ocurrirá algo malo—dijo el pastor.

—¿Y tú te lo crees, pastor?—le dijo Michael y se empezó a reír.

—No, Michael. Pero nací en Haití y sé que hay muchas cosas que no tienen explicación. Esos chicos que están hablando de ti han pasado por muchas cosas a lo largo de sus vidas. No se asustan con facilidad. De ti, Michael, de ti tienen miedo.

—Eso no tiene ningún sentido, pastor. Trato a todo el mundo con respeto y soy justo asignando las tareas de limpieza. En el resto de cosas, simplemente sigo las reglas. De hecho, la mayoría de los chicos de la quinta planta son privilegiados.

—¿Por qué?— preguntó el pastor.

—Bien, nunca he negado a ninguno que vaya al vestuario y que coja lo que quiera sin una hoja de permiso. El resto de compañeros necesita un permiso de sus consejeros.

—¿Crees que eso está bien, Michael?—preguntó el pastor.

—Puede que no. Pero tengo que hacer algo para que estén de mi lado. Para hacer que se sientan privilegiados. La autoridad que tengo sobre el vestuario es lo único con lo que puedo jugar.

—Bueno, Michael, intenta no ser arrogante y autoritario. Sabes que la mayoría de los estudiantes tienen asuntos pendientes con la justicia, así que intenta rebajar tu entusiasmo, ¿sabes lo que quiero decir, no?

—Entendido, pastor. Prestaré atención a la forma en la que actúo con los demás. Puede que tengas razón. A veces me pongo demasiado autoritario. Sin mala intención... sale de mí, sin más.

—Vale. Bien. Volvamos a tu historia. Ibas a hablarme de tu segundo matrimonio si no me equivoco, ¿no?—el pastor le preguntó mientras giraba su silla hacia Michael.

—Sí, es una historia interesante. Definitivamente desordenó mi vida en gran medida —Michael suspiró con tristeza en su voz y continuó hablando—. Un lunes por la mañana estaba con mi compañero Timothy trabajando en la tienda, en la caja. Las chicas libraban ese día y a veces nos gustaba estar allí para saludar y hablar con los clientes. Para darle un toque personal y cercano a nuestro negocio. A los clientes les gustaba. Entonces entró. Compró una bolsita de cruasanes y de magdalenas para los carpinteros que estaban reformando su apartamento. Era alta, delgada y rubia, tenía el pelo corto y los ojos grandes y azules. Pero lo que más me gustó de ella fueron sus labios. Tenía unos labios sexis que se abrían para dibujar una bonita sonrisa. Me fascinó.

—Algo inusual en ti —dijo el pastor con sarcasmo y sonrió—. Siento la interrupción, Michael. No he podido evitarlo. Eres una persona muy amorosa. Sigue, por favor.

—Bueno pues empecé a coquetear con ella. Su nombre era Sarah. Era de California y trabajaba en Wall Street como contable en una gran empresa. Sarah me dijo que su padre era rumano y que por tanto, su apellido también, pero no hablaba la lengua. Su madre era rusa-judía y Sarah tenía muchos hermanos y hermanas.

Se fue después de hablar conmigo durante media hora y prometió volver. Timothy me miró con expresión simpática. Le dije: «Una chica muy guapa, Timmy, ¿qué piensas?». «Sí, muy guapa, pero no creo que tengas ninguna posibilidad con ella». «¿Por qué no?», le pregunté.

«Creo que juega en otra liga. Es una chica de Wall Street y tú un panadero que siempre huele a pan y a levadura. Aparte de eso, hay algo en ella que no me gusta». «¿El qué?», le pregunté. Se encogió de hombros y me dijo: «No sé, pero sea lo que sea, no tienes nada que hacer». «¿Te juegas algo?», le pregunté. Aceptó. Así que apostamos cien dólares a que salía conmigo. Se lo pediría la próxima vez que viniese.

No tuvimos que esperar mucho. Vino el mismo día por la tarde a comprar unos sándwiches para los trabajadores. Hablamos de nuevo. Timothy simulaba que no estaba escuchando, pero no perdía onda. Le dije directamente: «Sabes Sarah, me gustaría pedirte que salieras conmigo, a tomar algo o a cenar; si me rechazas perderé cien dólares». «¿Y eso?», me preguntó. «Me he apostado cien dólares con mi socio a que saldrías conmigo si te lo pedía», la dije. Se empezó a reír y miró a Timothy que estaba atendiendo a otros clientes. «Vale-me dijo-. Saldré contigo pero con una condición». «¿Qué condición? Seré un perfecto caballero si es eso lo que vas a pedirme», la dije. «No, no se trata de eso. Sé que lo serás. Pero quiero que las ganancias de tu apuesta las gastes en nuestra cena. Es lo justo. Al haberme revelado tu apuesta, tienes desventaja, así que no podrás beneficiarte. Y ya que te he dejado ganar, deberás gastártela en mí», dijo Sarah y sonrió.

—¡Vaya! Una mujer astuta—comentó el pastor Charles.

—Sí, pastor. Era muy astuta. Siempre. Tenía también un buen olfato para los negocios. Era así para todo —dijo Michael y continuó—. Así que salimos a cenar al restaurante Panarella en Columbus Avenue con la 85. Me dijo que iba a dejar su trabajo y que volvería a California. El único motivo por el que estaba reformando su apartamento era porque quería alquilarlo para sacar algo de dinero. Me disgustó un poco. Acababa de conocer a una chica que me gustaba y se marchaba. La pregunté que qué tendría que pasar para que no se mudara. Y me dijo: «Solo me quedaré si alguien me pide matrimonio», y se empezó a reír. Y después de cenar fuimos a su apartamento. Era una bonita tarde de primavera en Manhattan. Todo estaba floreciente y se respiraba un aire nuevo. No paramos de hablar. Sin embargo, una vez en su apartamento, dejamos de hablar. Nos fuimos directos al dormitorio. Era tan astuta en la cama como en todo lo demás. Sabía exactamente lo que quería y cómo conseguirlo. A mí me gustaba. Me tenía que despertar a las cuatro para estar a tiempo en la panadería. Sarah me prometió que vendría conmigo a desayunar. Llegó más o menos a medio día. Le di una vuelta por la panadería, le presenté a mi personal y nos fuimos a la cafetería de al lado para tomar un desayuno tardío. Me dijo que se iba a California en tres días. Le volví a preguntar si había alguna posibilidad de hacerla cambiar de opinión. Bajó la cabeza y contestó: «No, creo que no, Michael. No me queda nada en Nueva York». Sonreí y la dije bromeando: «¿Y qué pasaría si te pidiera que te casases conmigo?». Levantó la cabeza, me miró con sus ojos azules abiertos de par en par como si no se pudiera creer lo que estaba diciendo, hizo una pausa y me dijo: «Pídemelo». Me cogió por sorpresa. No me esperaba una respuesta tan directa. Y le dije: «¿Te quieres casar conmigo, Sarah?». Dijo que sí sin dudarlo ni un instante y sin ninguna emoción, como si estuviera firmando un acuerdo laboral o como si fuera algo normal. Yo estaba tan alegre de casarme con una chica tan guapa y elegante, con una mujer americana, que no noté nada en la forma de decirme «el sí quiero». No le presté atención. Entonces se levantó y me dijo: «Bien, pues tenemos mucho de lo que hablar y mucho qué planear. Vamos. Vendré a la panadería cuando cierres y hablaremos de todo». Me levanté y quería besarla; ella dio un paso atrás. «Michael, no me gusta mostrar cariño en público. Nuestra vida privada es cosa nuestra. No tenemos que demostrarlo. No somos niños».

Esa tarde le conté a Timothy lo que le había propuesto a Sarah y también que había aceptado. Alucinando por lo que acababa de oír y sin poder creérselo durante un instante, me dijo: «Pero si la conociste ayer, Michael, ¿qué sabes de ella? ¿Qué sabe ella de ti? ¡Se os ha ido la cabeza!». Le dije que no había nada que pudiera cambiar mi opinión. Justo antes de cerrar, Sarah llegó. Se la presenté a Timothy. Estaba intentando actuar bien con Sarah y Sarah con él, pero se notaba una frialdad entre ellos y no sabía por qué. Dos semanas después fuimos al ayuntamiento y nos casamos. Su hermana, que vivía en Nueva York, y mi amigo Adrián fueron los testigos y las dos únicas personas que vinieron a la boda. Cenamos muy bien en un restaurante en la parte baja de la ciudad y luego nos fuimos a una habitación en el Plaza Hotel donde pasamos nuestra noche de bodas.

Como había planeado antes de conocerme, Sarah alquiló su apartamento y dejó su trabajo en Wall Street. Poco después alquilamos un ático en la 52 entre la Octava y la Novena Avenida, en la esquina de mi panadería. Compré muebles nuevos para arreglar el ático. Cada vez pasaba menos tiempo en la panadería y más en casa. A Timothy no le importaba. Pensaba que necesitaba tiempo para mí. Las cosas iban bien. Pero Sarah comenzó a involucrarse en mi negocio. Al principio solo era curiosidad, pero luego propuso que despidiéramos a la contable y que la dejásemos llevar las cuentas. Luego dijo que sería una buena idea contratarla como directora. No veía nada malo. Pensaba que pagar a mi mujer era como pagarme a mí. El dinero entraba en la misma casa. Timothy, sin embargo, estaba furioso. No le gustaba meter a la familia en nuestro negocio. «Michael, tú eres el director de tu panadería ¿Por qué necesitas contratar a un director, por mucho que sea tu mujer?», me dijo. No le escuché. Según nuestro acuerdo, yo era el socio mayoritario y la decisión final la tenía yo, así que lo hice. En el momento en el que Sarah empezó a trabajar en la panadería, Timothy dejó de venir por las tardes. De vez en cuando venía para ver si se pagaban las facturas.

Una vez más, y por culpa de una mujer, hice daño y rechacé al hombre que me ayudó a comenzar con mi negocio y al hombre que hipotecó su propiedad a cambio de mi éxito. Pero por aquel entonces no veía las cosas así. Estaba enamorado. Hubiera hecho cualquier cosa por Sarah. Empezó a hablar de una cadena de panaderías repartidas desde la Costa Este hasta la Oeste para franquiciar mi marca, hablaba de hacer mucho dinero y yo hablaba de niños y de una bonita casa al norte de Nueva York.

Por la noche, de vez en cuando, encontraba excusas para no hacer el amor. No me importaba. Desde que Timothy no iba por las tardes, yo pasaba más tiempo aún en la panadería y estaba cansado. En realidad, era Sarah la verdadera propietaria, venía a medio día durante unas horas y luego por la tarde contaba el dinero. De nuevo a mí, no me importaba. Era mi mujer.

Luego empezó a ir a Los Ángeles a ver a sus padres y a su familia. Las visitas eran cada vez más frecuentes. Después de un tiempo se pasaba allí al menos una semana al mes. Y una vez más, no me importaba. Me sentía culpable por trabajar tanto. Ella necesitaba tiempo para ella.

Pasaron dos años rápido. Yo era feliz. Era un hombre de negocios con éxito que había trabajado mucho, que había ganado mucho dinero y que tenía una mujer guapa e inteligente. Estaba muy orgulloso de ella. A todos los sitios a los que íbamos, siempre lo controlaba todo.

Un día llegué a casa después de pasar una larga noche en la panadería. Sarah se había ido a algún sitio. Estaba a punto de darme una ducha cuando vi la luz roja parpadeando en el teléfono. Pulsé el botón para escuchar el mensaje. Era la voz de Pamela, una amiga de Sarah de Los Ángeles. Estaba llorando y decía: «Sarah, no puedo seguir con esto. Esto no es vida. Es una tortura. Te echo de menos, amor. Echo de menos tus caricias. Echo de menos tu cuerpo rozando el mío. Tienes que tomar una decisión. Te quiero, Sarah» ¡No podía creerme lo que estaba escuchando! Escuché el mensaje una y otra vez y seguía sin creérmelo. Conocí a Pamela cuando estábamos en un viaje en Los Ángeles con Sarah. Sarah me la presentó como una amiga del instituto. Pero una amiga del instituto no diría eso. Ese era el mensaje de una amante, de una mujer que estaba enamorada de mi mujer. Estaba furioso, no sabía qué pensar. Sarah volvió. La puse el mensaje. «¿Te importaría explicarme qué significa esto, Sarah?», la pregunté. «No, Michael. No quiero explicarte nada. Te dejo. Me voy a California para estar con Pamela», me dijo y salió de la habitación como si no pasara nada. Me quedé helado. Todo mi mundo se acababa de colapsar delante de mis ojos. La mujer a la que tanto había querido me estaba dejando por otra mujer. Me dirigí a la habitación. Estaba haciendo su equipaje. «¿Cuándo te vas?», la pregunté. «Tan pronto como consiga una furgoneta grande y recoja mis cosas. Puede que en un día o dos. Quiero salir del país. Nunca he salido. Voy a pedirle a Pamela si quiere venir a Nueva York para ayudarme a recoger y para que venga conmigo en la furgoneta, si no te importa».

«Si no me importa. Es algo irónico. Creo que me iré con Timothy hasta que te vayas. No quiero ver tu equipaje. Antes de irte, deja tus llaves en la tienda. Si no te importa, no quiero verte más. Puedes llevarte lo que quieras de aquí», la dije saliendo de la habitación. Luego me fui.

Tres días después me dejó las llaves del ático en la tienda. Volví a casa. Lo único que dejó fue la cama y el mueble de la televisión. Se había llevado todo. Fui al frigorífico y cogí una botella de vodka del congelador y me fui a la terraza. Solía estar tan orgulloso de esa terraza... Teníamos vistas de Manhattan desde allí. Me sentía como en la cumbre del mundo. Me pasé allí toda la noche bebiendo hasta que acabé la botella. Si no salté entonces desde el tejado, nunca lo haré. Estaba roto completamente y pensaba realmente en saltar.

Desde entonces, todo en mi vida empezó a ir mal. Perdí todo el interés en llevar la panadería. Las facturas se amontonaban, no porque no hubiera dinero para pagarlas, si no porque ya no estaba yo allí para abrir el correo. Bebía muchísimo cada noche. Todo el mundo notaba que me pasaba algo. Empecé a retrasar los pagos del préstamo. Timothy, que había dejado la dirección de la panadería en mis manos, se estaba poniendo nervioso. Un día llegó con nuestro abogado. Me dijo: «Michael, estamos preocupados por la manera en la que estás llevando el negocio. Entendemos que estés pasando por un mal momento, pero no me puedo permitir perder mi edificio. Necesitamos poner algún tipo de control sobre lo que está pasando aquí». Timothy no quería nada malo. Estaba preocupado con razón. Pero me hizo enfadar mucho. Le tiré las llaves a la cara y le dije: «Aquí las tienes, todo tuyo. No me importa la panadería ¡No me importas tú! Coge los papeles del abogado y págame lo que consideres que es mío. No me importa». Me quité el delantal y me fui a casa.

Una semana más tarde el abogado me trajo los papeles para firmar y un cheque de 35 000 dólares. Cuando empezamos invertí sesenta y cinco. Pero no me importó. No me importaba nada.

Poco después me mudé del ático a un apartamento de una habitación en la 43.

—Espera un momento, Michael. Estoy mirando en tu ficha —dijo el pastor mirando a la pantalla del ordenador—.

Aquí dice que tenías tres hijos, dos hijas del primer matrimonio y una del segundo, pero ¿cómo puede ser que tuvieras un hijo con Sarah si te dejó?

—Bueno, pastor, esa es la segunda parte de la historia— contestó Michael.

—Michael, tu vida es realmente una novela. Voy a necesitar mucho tiempo para digerir todo esto. Eres un inocente. Se nos ha acabado el tiempo. Pero volveremos. Dios está de tu lado. Lo sabes. Siempre ha estado de tu lado—dijo el pastor Charles.

La cuarta mujer americana

X

Aquel fin de semana de mitad de junio hacía justo tres meses que estaba en Bowery Mission. Michael se estaba haciendo más fuerte tanto física como mentalmente. Aún no sabía exactamente cómo llevaría las riendas de su vida una vez hubiera completado el programa, pero poco a poco iba recuperando la confianza en sí mismo y le iban viniendo ideas sobre cómo ganar dinero. Le surgió de repente una oportunidad de hacerlo: donación de libros. Mucha gente donaba ropa, aparatos electrónicos, utensilios domésticos y muchos libros usados. La lista de títulos permitidos en la biblioteca de Bowery era muy reducida y el espacio para colocarlos, limitado. La gente sin hogar que iba a a comer y a darse una ducha tenía poco interés en los libros. Algunos de los que les gustaba leer se llevaban alguna copia de ciertas novelas muy de vez en cuando ya que vagabundear por las calles de Nueva York cargado, ya fuera de libros o de cualquier otra cosa, no era plato de buen gusto para nadie. A menudo Michael dejaba libros donados en el banco que había en frente del vestuario para que los sintecho cogieran el que quisiesen; sin embargo, cuando la pila de libros era ya demasiado alta, el pastor Paul ordenaba que se deshicieran de ellos, sobre todo si se trataba de títulos que no seguían las directrices marcadas por la fe cristiana.

Con frecuencia, un chico sin hogar de diecinueve años, blanco, alto y delgado se dejaba caer por allí con carritos de la compra preguntando si podía coger los libros. Llenaba los carros y se iba. La primera vez que Michael le preguntó que para qué quería todos aquellos libros, el chico le contestó que le gustaba leer. Michael no le dijo nada, pero sabía que estaba mintiendo. La siguiente vez que el chico apareció, Michael le dijo: —Vale, te daré tantos libros como te quepan en tu carrito, pero quiero saber cómo funciona esto.

El chico sonrió y le dijo: —Los llevo a la librería Strand. Compran libros usados. Por un carrito lleno saco normalmente veinte pavos.

—¿Cada cuánto tiempo vas?— preguntó Michael.

—Cada vez que lleno los carros. Normalmente cojo los libros que la gente tira a las papeleras de reciclaje que se encuentran enfrente de sus edificios. Pero es difícil encontrar libros ahí. Bowery es un buen sitio para dar con ellos; sin embargo, el chico que había aquí antes que tú, tiraba los libros en vez de dármelos.

—Eso es una tontería. Puedes venir aquí siempre que quieras—dijo Michael.

Ese mismo día Michael acudió a ver al pastor Paul.

—Partor Paul, tengo una pregunta que hacerle—dijo Michael.

—Adelante, Michael ¿Qué problema hay? —contestó el pastor Paul.

—Hay un chico que viene de vez en cuando y se lleva un carro lleno de libros donados—dijo Michael.

—Sí, le conozco. Probablemente los lleve a Strand. Está bien. Puedes darle los libros. Es un buen chico—dijo el pastor.

—¿Qué pasa si, de vez en cuando, llevo yo algún libro a Strand?—preguntó Michael.

El pastor sonrió y miró a Michael.

—Michael, sabes muy bien que algo así iría en contra de las normas. Y si me preguntas que si puedes hacerlo, mi respuesta es un no; sin embargo, si hago como que no he oído nada y lo haces por tu cuenta, sin preguntarme, simplemente para ganarte algo para café, no sé nada. Aprecio que seas honesto conmigo y me preguntes. De ser otro, lo habría hecho directamente. Si lo haces, asegúrate de que sea después de las cuatro de la tarde, después de que me haya ido. Y, por supuesto, nunca me has preguntado, no hemos tenido esta conversación. Y claro que no le diré al pastor Charles que me has preguntado algo así ¿Todo claro?

—Como el agua—contestó Michael.

Salió de la oficina del pastor Paul. Su cerebro empezó a trabajar para calcular cuántos libros tenía en vestuario.

En las semanas siguientes, Michael pudo conseguir entre veinte y treinta dólares a la semana con sus ventas a Strand. Además seguían quedando libros para el chico y sus carritos y para los sintecho a los que les gustaba llevarse alguno de vez en cuando.

Michael tenía dinero suficiente para comprar tabaco y café

en la panadería de Prince Street. Le gustaba aquella tienda. Le recordaba a la época en la que tuvo la panadería.

También compró un teléfono de prepago. Sabía que no tenía permiso para tener teléfono hasta que no hubiera completado cuatro meses en el programa y que no podía llamar a nadie, pero se sentía bien teniendo un teléfono. Simplemente se sentía bien.

—Pastor Charles, buenos días—dijo Michael cuando entraba a la oficina del pastor.

—Buenos días, Michael—contestó el pastor y continuó tecleando. Parecía preocupado con lo que hacía en el ordenador.

Michael se sentó. Estaba mirando a su alrededor esperando a que el pastor acabara. No le apetecía mucho hablar, pero las sesiones de los lunes con los consejeros eran parte obligatoria del programa. La idea de tener aquellas sesiones era llegar a la esencia de los problemas que estaban haciendo mella en los estudiantes y encontrar la manera de enfrentarse a ellos y de superarlos, fueran los que fuesen. Al ser un programa cristiano, las enseñanzas para enfrentarse a los problemas y a las adicciones, estaban basadas en la Biblia. La otra parte del programa estaba dirigida a posibilitar que los estudiantes consiguieran tener estudios superiores y las habilidades necesarias para conseguir un trabajo y vivir de manera independiente. Desafortunadamente, el éxito del programa no era muy alto y había muchos estudiantes que volvían tres y cuatro veces para acabar con sus adicciones.

Michael pensaba que no había ningún problema especial en su personalidad contra el que luchar. Seguía percibiendo su vida como un cúmulo de circunstancias desafortunadas que había tenido que atravesar. Lo veía como su destino. Y no se lamentaba. Seguía pensando que las cosas le volverían a ir bien y que se colocaría de nuevo en la cima de la montaña.

—Perdona, Michael, tenía que terminar este informe —dijo el pastor Charles mientras giraba su silla hacia Michael—. ¿Cómo te sientes hoy? Se te ve boyante.

—¿A qué te refieres con «boyante»?—preguntó Michael.

—Bueno, los responsables me dicen que a veces vas y te compras café en una cafetería exclusiva que hay en Prince Street. Ese dinero tiene que venir de algún sitio. Espero que no estés haciendo nada ilegal.

—¡Ah, eso! No, pastor. Recibo pequeñas cantidades de dinero por mis derechos de autor de mis ventas en Amazon por Paypal. No mucho. Lo suficiente para un café.

—Así que procede de la venta de libros ¿No me estarás mintiendo, Michael?

—Pastor, le juro por Dios que procede de la venta de libros—le dijo Michael al pastor rezando para que no le pidiera que le enseñara su cuenta de PayPal.

—Entonces bien. Tenemos que tener cuidado con el dinero que manejan nuestros estudiantes hasta que puedan salir y trabajar. Incluso entonces tendrás que darnos la mitad de lo que cobres para guardártelo mientras que estés aquí. Cuando estés listo para mudarte te daremos todos tus ahorros.

—Sí pastor, lo entiendo. Ya sabes que aunque tuviera dinero yo no me lo gastaría ni en drogas ni en bebida ni en nada así—le dijo Michael.

—Lo sé. Lo sé, Michael, pero las normas son las normas. Nuestros directores están formados para observar a los estudiantes, para analizar sus hábitos y acciones. Así que se han dado cuenta de que vuelves de tus paseos con un café. Ese café cuesta dos dólares. El del bar que está en la esquina, cincuenta céntimos. Así que les ha llamado la atención. Se preguntan de dónde sacas el dinero para comprarlo. La única persona que compra café allí, hasta donde yo sé, es nuestro director.

—Sí, le he visto allí unas cuantas veces. No puedo evitarlo, pastor, me gusta el buen café. Y allí lo tienen.

—Sí, ya veo que te gusta lo bueno y las mujeres guapas. De hecho, parece que has pagado un buen precio por ello, ja, ja, ja—dijo el pastor mientras se reía.

—Bueno, Michael, ¿qué pasó cuando rompiste la relación con tu socio y dejaste la panadería? ¿Qué hiciste después?

—Durante un tiempo estuve de bajón y depresivo. Me sentía derrotado. Más que por haber perdido el trabajo, por haber perdido a Sarah. No podía entenderlo ¿Por qué se metió en una relación conmigo si era lesbiana? ¿En qué estaba pensando? ¿Qué esperaba? No lo sabía.

—Michael, hay gente que está confundida con respecto a su sexualidad y que intenta aclararse. Hay otros que son bisexuales; eso no significa que estuviera intentando engañarte. Simplemente será que estaba muy confundida— dijo el pastor.

—Puede, pero su confusión arruinó mi vida y ahora, años después, a ojos de nuestra hija y de la gente que nos conocía, soy yo el malo, yo soy el culpable. Sabes, pastor, no le dije a nadie de por qué me dejó. Me daba vergüenza.

—¿Por qué, Michael? Estamos en el siglo XXI. Puede que tú y yo no estemos de acuerdo con eso, pero la sociedad está abierta a todo. No queda nada para que los matrimonios entre homosexuales sean legales en Estados Unidos; los medios de comunicación promueven los cambios de género para que se vea como algo normal. No hay vergüenza que valga en todo eso. Todo vale. Todo es normal excepto ser normal. Así que no debes avergonzarte. Debes perdonarla y dejarlo pasar. Dios es el único que debe ocuparse de ella y de ti. Tú debes quedar en paz. Y bueno, ¿qué pasó después?

—Bueno, una vez que me recuperé, mis amigos me convencieron para salir con ellos de copas y conocer a gente. Pensaban que mi gran error era no socializarme y no hacer otra cosa que trabajar. Les hice caso y empecé a salir, pero era una pérdida de tiempo. El tipo de mujeres con el que me gustaba estar no era para nada ninguna de las que podría encontrar en el bar o en un club de noche.

Conocí a una chica en el recibidor del edificio en el que vivía. Ella vivía dos pisos más arriba que yo. Necesitaba ayuda con la bicicleta para subir unas escaleras hasta el ascensor y la ayudé. Nos presentamos y empezamos a hablar. Me recordaba a mi panadería ya que había ido varias veces allí, le gustaba mi pan. Una palabra llevó a otra y le pregunté que si se tomaba conmigo un café. Aceptó. Dejó la bicicleta en el apartamento y fuimos a un Starbucks.

Su nombre era Audrey. Era una diseñadora de moda que trabajaba para algunos judíos en el barrio de Fashion District. Ella también era judía. No recuerdo haber coincidido con una persona más decente en toda mi vida. No tenía una belleza como la de Sarah, pero era guapa. Tenía el pelo rizado y oscuro y los ojos grises. Nos empezamos a ver con frecuencia. Quería conocerme. Y yo quería llevármela a la cama. Pero no era una chica fácil. Lo más lejos que me había dejado ir era un beso amistoso.

La conté lo de mi separación de Sarah y lo de la ruptura con mi socio Timothy sin mencionarla la razón real de nuestra separación. Le di pena y me volvió a embaucar. Audrey me animó para retomar de nuevo mi negocio de panaderías. Estuvo viendo distintos sitios y venía a mí con ideas. Eligió el nombre para el nuevo negocio. Lo llamó Cuisine d'Art. Pensaba que era apropiado. «Eres un artista, Michael», me decía con frecuencia. Cada vez estaba más prendado de ella. Pero ella se resistía. No podía llevármela a la cama. Finalmente la pregunté: «Audrey, ¿cuál es el problema? Me gustas mucho y creo que me estoy enamorando de ti y tú evitas tener relaciones íntimas conmigo. Dime qué pasa». «Michael, ¿dices que te estás enamorando de mí? Yo también estoy enamorada de ti. Pero oficialmente tengo novio, de hecho, tengo un prometido. Vive en Francia. Espera que me vaya allí a estar con él. Y me estoy preparando para llamarle y romper nuestro compromiso. Aunque esté enamorada de ti no quiero serle infiel. Una vez que rompa la relación, serás el primero en saberlo. Solo dame tiempo».

Yo no dije nada. Pero me gustaba su razonamiento. En mi cabeza era el razonamiento de una persona honesta. Y lo era. También era una persona cariñosa, amable y compasiva. Como ya te he dicho, nunca he conocido a una persona así.

Claro que una tarde, un par de semanas después de nuestra conversación, me llamo y me dijo que subiera a su apartamento. Cuando subí, no dijo nada, me cogió de la mano y me llevó a su dormitorio. Se desvistió y se tumbó.

Sabía que era la hora. Cuando terminamos me dijo: «He roto mi compromiso. Ahora soy tuya... Si quieres, claro». «Claro que quiero», la dije. Y nos lo pasamos muy bien. Era, para todo, la mujer y la socia perfecta. Parecía que nos complementábamos muy bien. Con los pies en la tierra, una chica muy racional, buena con la gestión del dinero (no tacaña), respetuosa con todas mis necesidades... Era como un sueño hecho realidad. Todavía me quedaban recuerdos de Sarah pero cada día que pasaba con Audrey hacía que se me fuera olvidando.

Después de unos meses, su contrato de alquiler cumplió y se mudó a mi casa. Insistió en pagar la mitad del alquiler. Sarah nunca mencionó nada así en todo el tiempo que estuvimos juntos. Yo, por supuesto, rechacé y tuvimos nuestra primera discusión. Audrey también insistía en compartir todos los gastos. «No quiero depender de ti, Michael. Yo también gano dinero. Y necesitas abrir una nueva panadería, no gastarte el dinero en mí. No está bien», me decía Audrey con frecuencia.

La segunda panadería

XI

Michael caminaba calle abajo por Bowery Street en dirección a Mission. Se encontraba a unos cincuenta metros del refugio cuando se dio cuenta de que en frente de Mission había un furgón de policía y dos agentes que esperaban al lado de la puerta abierta del vehículo.

Michael se preguntaba que de qué iba todo eso. No le gustaba la presencia policial. No creía que estuvieran buscándole, pero debía mucho dinero a distintas personas y tenía muchas multas de tráfico sin pagar, debía impuestos... así que siempre tenía miedo de que cualquiera pudiera tomar cartas legales en el asunto contra él.

Pasó al lado de los policías sin mirarles y entró en Mission. Luego observó que había otros dos policías de pie en la puerta de la oficina del director. Michael se giró hacia el estudiante que se encontraba sentado en la recepción y le preguntó: —¿Qué está pasando—mientras señalaba a los policías que estaban en la puerta de la oficina del director.

—¡Ah! Es una orden judicial. Cada dos meses vienen a

comprobar la lista de estudiantes para ver si sobre alguno de nosotros pesa una orden judicial. Si tienes alguna es mejor que desaparezcas. Ya han cogido a dos—respondió el estudiante de la recepción.

—¿A quién han cogido?—preguntó Michael.

—A uno de los escoltas, un tipo de la cuarta planta, no sé cómo se llama, y a tu coleguita Rick.

—¿Rick? —dijo Michael sorprendido— ¿Por qué?

—No lo sé. Le vi entrar a la oficina del director y luego un policía le llevó a la furgoneta esposado.

Michael corrió hacia la oficina del pastor Paul y abrió la puerta sin llamar. El pastor, que se encontraba sentado en su mesa, miró a Michael y le dijo: —Michael, si las puertas están cerradas, debes llamar, ¿o es que no lo sabes?

—Sí, pastor, lo siento, pero es una emergencia.

—¿Qué pasa? ¿Algún problema en vestuarios?

—No, pastor. La policía acaba de coger a Rick. Parece ser que tenían una orden judicial para detenerle—dijo Michael nervioso.

El pastor Paul miró por la ventana. Su oficina estaba justo encima de la entrada principal a Mission.

—Ah, órdenes judiciales, ya veo... bueno, pues será que tiene algo pendiente de resolver. Esperemos que no sea nada serio. Tratándose de Rick, supongo que se tratará de mala conducta o algún juicio por beber en público. Lo averiguaremos a través del director de guardia una vez se hayan ido los policías. En el vestuario, ¿va todo bien?, ¿estamos preparados para mañana, para el día de duchas?

—Sí, está todo bien. Pero si Rick no vuelve mañana, necesitaremos ayuda extra. Le puedo pedir a Jeremiah que baje a ayudarme —dijo Michael y continuó—. Espero que todo vaya bien con Rick. Preguntaré al director más tarde. Y perdón por entrar sin llamar.

—No te preocupes, Michael, nada, nada—dijo el pastor Paul volviendo la mirada a su ordenador.

Michael salió de la oficina pero no estaba seguro de saber a donde ir. La presencia de la policía le ponía nervioso. Bajó al vestuario y empezó a doblar camisetas. Michael escuchaba los sonidos que había en el exterior del vestuario y le preocupaba el hecho de que las puertas pudieran abrirse en cualquier momento y entrase la policía a por él. No podría explicar por qué estaba tan nervioso. No había hecho nada como para ser un delincuente. Era cierto que había pedido dinero prestado a mucha gente y que no se lo había devuelto. Pero nunca había sido apropósito. El hecho de no haber podido pagar había sido siempre de buena fe. Si hubiera tenido dinero, hubiera devuelto todo lo que hubiera podido. Pero las circunstancias no le habían favorecido. La mala suerte y una serie de decisiones algo arriesgadas le habían hecho situarse en ese punto. Y no es que hubiera querido llevar una vida de lujos, ni que le gustase apostar, ni que lo hubiera perdido todo por las mujeres, no: los problemas habían sido siempre por negocio. Cada céntimo que recibía prestado iba directamente a pagar facturas impagadas y para nuevas inversiones, nada más. Esperaba que algún día pudiese ganar el dinero suficiente como para saldar todas sus deudas y para dejar con la boca abierta a todos aquellos que le tachaban de estafador y ladrón.

Pasó una hora. Michael subió a la entrada de Mission. El furgón policial se había marchado. «Bien», pensó Michael.

Se fue a la oficina del director, pero no había nadie. Luego escuchó una voz: —¡Michael! Se giró rápidamente. Era el pastor Charles. Estaba de pie tras él.

—¡Ah! Pastor, eres tú. Buenos días—dijo Michael.

—¿Te he asustado, Michael?—preguntó el pastor.

—Un poco. No te he visto llegar.

—¿Por qué no estás en mi oficina? Ya son las 9:15. Llegas 15 minutos tarde ¿Te has olvidado de nuestra sesión?—preguntó el pastor.

—No, pastor. Justo ahora iba a subir. Estaba liado en el vestuario. ¿Sabes que la policía se ha llevado a Rick y a otro chico?—preguntó Michael.

—No, no lo sabía. Pero he podido ver un furgón de órdenes judiciales en frente del edificio. Vienen con frecuencia. Muchos de los estudiantes tienen asuntos pendientes con la justicia, así que vienen a comprobar nuestro archivo.

Bueno, si no pasaba ya nada más, ahora ya Michael estaba seguro de que no pesaba sobre él ninguna orden judicial. Si la hubiera, le habrían cogido. Aún seguía sin saber por qué estaba tan asustado, por qué había pensado que algo así podría haber llegado a suceder. Debía relajarse y borrar todos esos pensamientos de su mente. Pensar en eso era como atraer a lo malo, mal agüero. No necesitaba eso. Debía eliminar esos pensamientos de su cabeza inmediatamente.

—¡Michael! —gritó el pastor Charles— ¿Dónde estás? Te estoy hablando y tú estás en otro sitio.

—Perdona, pastor, estaba pensando en Rick.

—Vale, ve a por nuestros cafés y ven a mi oficina. Aquí

tienes el dinero—dijo el pastor Charles mientras subía las escaleras hacia el tercer piso.

Michael entró en la oficina del pastor Charles con una bandeja con dos cafés en su mano izquierda y se sentó al lado del pastor que estaba leyendo las notas en la pantalla de su ordenador.

—Este es el tuyo, pastor. Con una de azúcar y leche.

—Gracias, Michael.

El pastor dio un sorbito al café y dijo: —Estábamos hablando de tu vida con esa Audrey y de tus pensamientos de abrir una nueva panadería. Así que sigamos por ahí.

—Sí, fueron buenos tiempos. Audrey era para mí una gran fuente de inspiración. Me daba las fuerzas suficientes para trabajar y vivir de nuevo. Me sugirió que debía buscar un lugar fuera de la ciudad. «Ya sabes, Michael -solía decirme-. Si te vas al Condado de Rockland, encontrarás allí muchas pequeñas ciudades que aprecian la buena comida; sin embargo, no tienen muchas opciones. Los alquileres son mucho más bajos que en la ciudad y hay menos competencia. Deberías tenerlo en cuenta». Y estaba en lo cierto. Así que cogimos su coche para ir a buscar la ubicación más adecuada. Después de dos meses encontramos una tienda en Nyack, en Main Street que se alquilaba. No era un local muy grande, más o menos de unos ciento cincuenta metros cuadraros, pero era suficiente para lo que nosotros queríamos. Yo no pensaba en la venta al por mayor ni en las cadenas de panaderías. Quería tener una pequeña panadería con productos de buena calidad en el lugar correcto y que tuviera el nombre apropiado, Cuisine D'Art.

Alquilé el local e hice toda la reforma con mis propias

manos con la ayuda de algunos amigos. Audrey estaba allí cada día trabajando a mi lado. La única cosa que no pudimos hacer nosotros y para la que tuvimos que contratar a varios profesionales fue la fontanería y la electricidad. En un mes la panadería estaba totalmente reformada y equipada, lista para la gran apertura. Al ser diseñadora de profesión, Audrey se encargó del diseño interior del local. Parecía sacado de las páginas de una revista. Cuando entrabas no sabías si estabas en una panadería, en una galería de arte o en una tienda de antigüedades. Era muy bonita.

Para la inauguración, invité a todos mis amigos. Audrey invitó a sus padres y a sus amigos. Diseñé el mejor menú que había creado nunca y llené la tienda de estanterías con pan, pastas y pasteles. Muchos habitantes de Nyack que habían oído hablar de la apertura de la panadería en Main Street se acercaron. Había mucha gente. Ya que la mayoría de la gente no cabía en el pequeño local, aquello se convirtió en una fiesta en la calle. Tanto el pan como los pasteles volaron de las estanterías. Audrey estaba en la caja.

Aquel día compré un anillo de compromiso y le pedí matrimonio delante de todo el mundo. Aceptó. Para mí aquello era un nuevo comienzo. Era feliz de nuevo. Y de nuevo la panadería funcionaba a tope. Sin publicidad ni nada por el estilo, en unas pocas semanas ya nos habíamos hecho con un buen número de clientes. No se parecía en nada a la clientela que teníamos en la ciudad, pero ganábamos lo suficiente como para vivir bien. Tenía una ayudante que trabajaba los lunes y los martes y a dos chicas en la caja. Trabajaba cada día desde las cinco de la mañana hasta las ocho de la tarde. Poco después, unas buenas críticas gastronómicas publicadas en el *Rockland Journal News* y en el *New York Times* nos trajeron más clientes. Florence Fabricant escribió sobre mí de nuevo.

Tengo que admitir que era muy creativo. No solo hacía nuevos productos, si no que siempre estaba pensando en cómo atraer la atención hacia la panadería. Uno de nuestros clientes habituales era un chico joven que tocaba el violín y estudiaba en Julliard. Le gustaba el tipo de música que tenía puesta en la tienda. Supe que tocaba en el cuarteto de cámara de la escuela. Así que pensé que sería una buena idea traer al cuarteto a tocar a la panadería los domingos. Llegamos a un acuerdo y después, cada domingo, tenía en la panadería la música en vivo del Cuarteto de Cámara de Julliard. Fue todo un éxito. Compré dos bancos y los coloqué enfrente de la panadería. La gente venía, compraba magdalenas y un café y se sentaba enfrente de la panadería a escuchar música. Mi panadería se convirtió en un lugar de reunión para la gente local. Todo el mundo hablaba del panadero rumano y de su dulce prometida, y claro, de la panadería de Main Street. Éramos una especie de estrellas locales. Mucha gente tenía que dejar el coche en doble fila para venir y comprar pero la policía no multaba nunca a nadie. El comisario era también cliente nuestro. Una vez me dijo: «No te preocupes, Michael. Lo que es bueno para el negocio, es bueno para el pueblo. He dicho a mis hombres que no multen a tus clientes hasta que encontremos una solución para crear más aparcamientos cerca de tu local. No te preocupes».

Era realmente un placer llevar un negocio en Nyack. Todo el mundo era simpático, todo el mundo se conocía.

Había algo que inspiraba tanta tranquilidad en nuestro día a día... Después de un tiempo el negocio se estabilizó y pasaba lo mismo prácticamente cada día. Más o menos cada día sabía qué clientes vendrían y a qué hora, además de qué comprarían. A veces servía a los clientes regulares sus productos sin que ni siquiera me lo pidieran. Aún seguía trabajando muchas horas, pero no había presión ni tensiones de ningún tipo. Audrey venía a la tienda cada día después de que terminase su trabajo en la ciudad y se quedaba conmigo hasta el cierre. Le gustaba bailar, así que a veces, después de cerrar, íbamos a la ciudad a algún club de baile. Yo no era muy bueno en esas artes, pero ella me enseñó y enseguida nos pegábamos buenos bailes juntos.

De vez en cuando íbamos a visitar a su familia en Princeton. Era gente maja y me aceptaron como su yerno. Su padre era especialmente simpático conmigo. Audrey y yo estuvimos hablando sobre la boda después de que me diesen el divorcio y sobre comprarnos una casa en Rockland.

No le gustaba correr en nada. Tenía los pies en la tierra, era una chica muy pragmática. «Michael, nos llevará un año ahorrar dinero para boda. Luego necesitaremos probablemente otros dos para dar la entrada para una casa. Debemos mirar cada céntimo», me decía Audrey.

Fueron tiempos buenos. Y yo era feliz... pero esto ya te lo había dicho, ¿no?

—Sí, Michael—dijo el pastor y sonrió.

—Incluso mi madre desde Bucarest notaba que estaba feliz. Siempre podía notar por mi voz, incluso estando al otro lado del teléfono, si me pasaba algo o si algo me molestaba. Nunca podía esconderla nada. Pero en aquellos tiempos, cada vez que hablábamos me sentía alegre y feliz. Un día, de repente, ella me dijo: «Michael, por favor, trata bien a esa mujer. Es buena para ti». Y yo la pregunté: «¿Por qué me dices eso, mamá? Claro que la trato bien y seguiré haciéndolo». «Solo era un comentario, Michael. Te conozco. A veces eres impulsivo. Solo quiero que tengas cuidado para no enredarlo todo. Ella es la mujer perfecta para ti».

—Tu madre era una mujer inteligente. Bueno y... ¿lo enredaste todo, Michael?—preguntó el pastor.

—Sí, pastor, lo hice. Rompí el corazón de aquella preciosa chica.

El bebé

XII

Michael estaba haciendo el inventario de la ropa interior y los calcetines cuando Víctor entró en el vestuario.

—¡Hola, Mike! ¿Cómo está tu mundo hoy?

—¡Hey, Vic! Bien, simplemente bien. Blessing-dale abre hoy sus puertas para los clientes felices. ¿Qué te trae por aquí tan pronto?—preguntó Michael. Víctor estaba en la cuarta planta y trabajaba en la cocina, pero Michael y él no habían dejado de estar juntos desde el primer día en el que entraron en Bowery Mission.

—Tengo que pedirte un favor, Mike.

—Adelante. Si puedo ayudarte, sin problemas.

—¿También tenéis ropa de mujer en el vestuario, verdad? —preguntó Víctor.

—Sí, allí en la esquina. Tenemos una pequeña sección de ropa de mujeres solo para emergencias por si hay mujeres sin hogar que aparecen por aquí y necesitan ayuda. Si no, ya sabes que no tenemos ningún servicio normal para ropa de mujeres —dijo Michael y continuó su conversación entre risas—. ¿No estarás pensando en ponerte ropa de mujer, no?

—No, no. Es para mi novia—contestó Víctor.

—¿Tu novia? ¿Eso significa que la chica al lado de la que te sientas cada día durante las misas en la capilla es tu novia? —preguntó Michael sorprendido.

—Sí. La conocí aquí. Su hijo y ella son personas sin hogar desde hace seis meses. Duermen en el refugio que hay en la Plaza St. John, en Brooklyn, pero aquí está mejor la comida. Así que vienen aquí cada día a comer.

—Dios mío, Víctor. ¿No has podido buscarte una novia que tuviera un trabajo o una casa?, ¿o las dos cosas? En vez de eso, te quedas colgado de una chica que tiene un hijo y que no tiene hogar...

—No digas eso... es una buena chica, Mike. Y una buena madre. Nunca ha tomado drogas. Simplemente se enamoró de un hijo de puta de Newark que la pegaba cada día y la obligaba a prostituirse. Huyó a Nueva York y quiere empezar aquí una nueva vida—dijo Víctor.

—Y... ¿cómo puedo yo ayudarte? ¿Necesitas ropa para ella?—preguntó Michael.

—Sí. Su cumpleaños será enseguida y quiero regalarla algo bonito, algo que la haga parecer realmente una señorita, algo que parezca nuevo... ¿sabes lo que te digo?, ¿tienes algo así?

—¿Qué talla tiene?

—¡Ay! No lo sé... tú la has visto. Es casi de mi altura y un poco más rellenita... no sé nada de tallas de mujeres; ni si quiera sé la mía—contestó Víctor simulando algo de vergüenza en su voz.

Michael se dirigió a la estantería que había al final del

vestuario en la que estaba la ropa de mujeres. Miró todo lo que había en las perchas y cogió un bonito traje de dos piezas en color beige de falda y chaqueta. Era de Liz Claiborne.

—Este puede que le quede bien. Es una L. Puedo buscar una camisa blanca que le pegue—dijo Michael mientras cogía una percha y se la enseñaba a Víctor.

—¡Fantástico, Michael! Se volverá loca cuando lo vea. Muchas gracias. Eres un buen amigo—dijo Víctor.

—De nada, Vic. No le digas a nadie que te lo he dado. Y no dejes que nadie vea cómo se lo das.

—No te preocupes, Michael y... hablando de cómo dárselo... tengo un favor más que pedirte—le dijo Víctor con una sonrisa en la cara.

Michael miró a Víctor entendiendo lo que este le iba a pedir.

—No, Vic ¡No! El vestuario no es un hotel. Me meteré en problemas.

—Mike, Mike, escúchame, amigo. Solo déjame hablar. Mi novia está arriba esperándome en la capilla. El desayuno acaba de terminar. Solo necesito quince minutos. Dame solo quince minutos, por favor Mike, por favor.

—¿Y qué pasa si viene el pastor Paul, Vic?

—Si alguien me coge les diré que he sido yo, que las puertas no estaban cerradas y que no tienes nada que ver.

—Sí claro, nadie va a creerte —le dijo Michael caminando hacia la puerta. Sabía que no iba a rechazar hacerle ese favor a un amigo, pero no quería que se convirtiera en costumbre. —. Volveré en veinte minutos, Vic. Cuando vuelva, ¡no quiero verte aquí! Y cierra las puertas cuando hayas acabado. Y no dejes restos o ¡te mataré! ¿está claro?

—Más claro que el agua, Mike.

Víctor subió corriendo las escaleras pasando a Michael en dirección a la capilla.

Michael se fue al tercer piso a ver al pastor Charles. Sabía que lo que había hecho podía provocar que le echaran de Bowery tanto a él como a Víctor, pero no podía decir que no. Si él tuviera una novia allí dentro, seguramente también lo haría en el vestuario, así que, ¿por qué evitar que su amigo fuera feliz al menos durante unos minutos? Sonrió pensando en Víctor con aquella mujer. Tenía un gran culo y seguro que a Víctor le gustaba.

Las puertas de la oficina del pastor Charles estaban cerradas. Las luces estaban encendidas pero el pastor no estaba dentro. Miró a ambos lados, confundido, sin sabe qué hacer. Puede que el pastor estuviera en el baño, así que esperaría.

—Buenos días, Michael—dijo el director que llegaba por el pasillo.

—Buenos días, señor. ¿Sabe dónde está el pastor Charles? Se supone que tengo sesión con él ahora—dijo Michael.

—¡Ah! Los consejeros tienen su reunión trimestral hoy. Probablemente se le olvidó decírselo. Yo voy ahora mismo a la sala de reuniones. ¿Quieres que le diga que está aquí?— preguntó el director.

—Si no le importa, director... más que nada para saber qué hacer.

El director caminó por el pasillo hacia la sala de reuniones y cerró las puertas tras él. Pocos minutos después el pastor Charles salió y se dirigió a Michael.

—Perdona, Michael. Me olvidé de decirte lo de nuestra reunión. Pero ya ha acabado para mí. Esto me ha servido como excusa para dejarles ahí. No puedo escuchar más a esos tipos. Cada reunión, los mismos temas, como si no nos hubiéramos reunido nunca antes. Es frustrante —dijo el pastor mientras abría las puertas de su oficina—. Entra, Michael, siéntate. Vamos a hacer una sesión corta, de unos treinta minutos—dijo el pastor mirando en el ordenador a la ficha de Michael—. Vale, Michael, ¿cómo rompiste el corazón de Audrey? ¿Qué es lo que hizo este granuja para romper el corazón de su prometida?—preguntó el pastor con una sonrisa en la cara y mirando a Michael con expectación.

—No me hace gracia—dijo Michael al ver la expresión en la cara del pastor Charles.

—No he dicho que sea divertido, simplemente he sonreído. Intento ser majo. ¿No te gusta, Michael?

—No, no... es que sea lo que sea lo que pienso de esa chica, me deprimo. Era una chica tan maja... me siento mal por haberla perdido... pero supongo que fue por nuestro bien. Si lo que pasó no hubiera pasado, no tendría una hija preciosa—contestó Michael con una sonrisa de tristeza.

—¿Y eso? —preguntó el pastor.

—Bien, esto es lo que pasó. Era diciembre, justo antes de Navidad cuando Sarah me llamó desde Los Ángeles. Audrey estaba en un viaje de negocios en París. Pensaba que Sarah me llamaba para hablar sobre nuestro divorcio. Estaba esperando a que cerráramos aquello. Pero me dijo: «Michael, voy a Nueva York durante dos días por un viaje de negocios.

Me gustaría que nos viéramos y habláramos». «¿Cuándo vienes?», la pregunté. Me dijo que llegaba al día siguiente por la tarde y que se iba al otro día por la noche cuando acabase su reunión. Así que me preguntó que si quería cenar con ella cuando llegara. Y pensé que sí, ¿por qué no? Sería más fácil tratar el tema del divorcio mientras cenábamos. Así que le dije que sí.

Al día siguiente quedamos en la esquina de mi calle con la Novena Avenida. Vino directa del aeropuerto y aún llevaba las maletas. «¿Puedo dejar la maleta en tu casa hasta que cenemos para no tener que cargarla en el restaurante?», me preguntó. La dije que sí de nuevo. La miré. Estaba incluso más guapa que cuando la conocí. Algo me apretaba en el corazón. En ese momento supe que todavía no la había olvidado. Sabía que estaba enamorado de Audrey y que adoraba su encanto y el cuidado que me tenía, pero la aparición de Sarah abrió una herida que ya casi se había cerrado.

Fuimos a mi apartamento. Cuando entramos le dije que si quería algo de beber. Me pidió una copa de vino blanco. Abrí una botella de Pinot Grigio fría. Habló del apartamento, de lo acogedor que parecía, estaba decorado con mucho gusto. No habló de ninguna de las cosas de mujer que había por allí. Estaba sentada en el sofá bebiendo vino. De repente, dejó caer el vaso de vino al suelo y comenzó a llorar. Nunca antes la había visto llorar. Estaba sorprendido y confuso a la vez. No sabía qué hacer ni qué decir. Estaba sentado a su lado contemplando cómo la belleza de su cuerpo se estremecía por la situación. No entendía qué estaba pasando. Luego se calmó y empezó a hablar: «Michael, siento muchísimo lo que te hice. Todavía te quiero. Fue un gran error el dejarte. Quiero que retomemos nuestro matrimonio. No quiero el divorcio. Noche tras noche he soñado contigo teniéndome entre tus brazos. Te quiero, Michael». Dicho eso, se secó las lágrimas y se acercó a mí. Su cara estaba muy cerca de la mía, podía sentir su respiración en mis labios. Mi corazón explotó. No estaba seguro de estar haciendo lo correcto. Nos besamos.

Por su puesto que no fuimos a cenar. Fuimos directos a la habitación. Cerca de la media noche pedimos comida china. Nos la comimos y seguimos haciendo el amor. Aún no sé si ese día era consciente de lo que estaba haciendo. No creo que estuviese pensando en nada en concreto, solo en la magia de su cuerpo. No pensé en Audrey ni en lo que ella pensaría.

Por la mañana, después de dormir dos horas, Sarah se dio una ducha y me dijo con ironía que mi novia no tenía muy buen gusto para los perfumes; se vistió y se fue a la reunión. Y ¡puf! Volvió a ser la misma Sarah que conocí, una espléndida mujer de negocios. «Michael, gracias por esta fantástica noche. Me iré a Los Ángeles esta noche después de la reunión. Te llamaré mañana». «¿Quieres que te lleve al aeropuerto, Sarah», la pregunté. «No, ya he contratado el viaje», dijo. Me besó en la mejilla y salió del apartamento.

Al día siguiente no me llamó. Yo intenté llamarla. No me cogió el teléfono. La dejé un mensaje para que me llamara. No me llamó. Me di cuenta de que estaba en un momento de debilidad. Así que quería olvidarme de aquella tarde. Hice una buena limpieza del apartamento antes de que llegara Audrey. No quería que se diera cuenta de la visita de Sarah.

Cuánto más lo pensaba, más me enfadaba por haber sido tan débil. Sentía que había traicionado el amor de Audrey.

Cuando volvió, fui aún más majo con ella. Notó que había limpiado el apartamento. «No esperaba que hicieras una gran limpieza antes de mi vuelta. En mi vuelvo de vuelta estaba pensando en el desastre que debía haber en el apartamento por haber dejado a un hombre solo durante una semana. Me equivocaba. Estoy impresionada». Yo la sonreí pensando en qué pasaría si supiera lo que había provocado la limpieza.

Las cosas fueron con normalidad. Pasó la Navidad. Nuestras vacaciones estuvieron muy bien. Estábamos pensando en cogernos una semana en marzo, para mi cumpleaños, y en irnos a algún sitio unos días. Audrey me sugirió las islas caribeñas. A mediados del mes de febrero, sonó el teléfono en la panadería. Era tarde noche, justo antes de cerrar. Audrey estaba en el mostrador. Yo estaba dentro. Cogí el teléfono.

«Hola, Michael, soy Sarah, ¿cómo estás?».

«Bien, ¿y tú?», contesté.

No quería preguntarla por qué no me llamó ni nada. Tenía miedo de que Audrey se enterara de algo que no quería que supiera.

«Estoy bien. Te estoy llamando porque tengo noticias que darte. Buenas noticias».

«¿Qué noticias?», la pregunté.

«Michael, vamos a ser padres. Vamos a tener un bebé ¿No es fantástico?».

Me quedé helado. No sabía qué decir. Estaba conmocionado por lo que acababa de oír. Balbuceé: «¿Nosotros? ¿Qué significa "nosotros"?». «Tú y yo, Michael ¿Te acuerdas de aquella noche en diciembre? Bueno, pues ahí fue». Solo fui capaz de decir: «Te llamaré luego, cuando cierre», y colgué. Audrey entró justo en ese momento. Me miró y me preguntó: «Michael, ¿qué pasa? Estás pálido ¿Quién te ha llamado? ¿Está todo bien?». «No es nada, Audrey. Creo que alguien está gastándome una broma... respirando profundamente al teléfono. Algún bicho raro».

No dormí en toda la noche pensando en lo que Sarah me había dicho. Si me estaba diciendo la verdad, ¿qué significaba eso? ¿Querría volver conmigo? ¿Qué le iba a decir a Audrey? ¿Cómo la iba a explicar que había tenido un bebé con Sarah cuando se supone que estaba con ella? ¿Qué iba a ser del bebé? ¿Era mío realmente? Tenía muchas preguntas sin respuesta. Al día siguiente cuando llegué a la panadería, no pude esperar para llamar a Sarah. Finalmente contacté con ella más o menos a medio día.

«Sarah, ¿es verdad lo que me dijiste ayer?».

«Claro que sí. No bromearía con algo así», contestó tranquila.

«¿Y qué propones que hagamos ahora?», la pregunté.

«Nada. Espero que no te olvides de que tienes un hijo en Los Ángeles y que seas un buen padre que está presente y que cumple con sus obligaciones», dijo Sarah.

«¿Quieres que volvamos a estar juntos?», la pregunté.

«No. Seguiremos con nuestro divorcio como estaba planeado. Estoy con Pamela y somos felices. Está encantada con lo del bebé. Pero si quieres estar cerca de nuestro hijo, creo que sería una buena idea que trasladases tu negocio a

Los Ángeles. A la gente de aquí también le gusta el buen pan. Tendrás mucho éxito».

«¿Eso es todo?», la pregunté. Estaba empezando a enfadarme.

«Sí, así es. Deberías estar feliz por nuestro bebé».

«Querrás decir feliz con el bebé de Pamela y tuyo, ¿no?». Estaba a punto de explotar.

«No, Michael, el bebé es tuyo y mío ¡Es nuestro hijo!», Sarah subió el tono de voz.

«Y simplemente pasó. En una sola noche de debilidad en la que no tenías nada mejor que hacer que venir a llorar a mi hombro, ¿no?».

«Michael, no es tan sencillo. Quería tener un hijo. Tú todavía eres mi marido. Puede que haya calculado mis días de ovulación, ¡y mira! Quería un bebe, ¡y aquí está!», dijo Sarah y colgó.

No estaba seguro de qué hacer. Un niño no es algo que puedas esconder. Aparecería en los papeles del divorcio. Tendría que pasarle una pensión. Al final Audrey se enteraría. Tenía que decírselo. No sabía cómo. No sabía cómo iba a reaccionar. No podía decir simplemente: «Sabes, Sarah estuvo aquí cuando estabas fuera, nos acostamos y ahora tenemos un niño».

Por supuesto que no la conté mi secreto. Pasaron siete meses. En agosto recibí una carta de Sarah. Dentro había una foto del bebé con unas palabras escritas en la parte de atrás: «Esta es tu hija. Su nombre es Blanca Nicolau».

Estaba sentado en el mismo sofá en el que besé a Sarah aquella noche manteniendo la foto entre mis manos cuando Audrey llegó.

«¿Qué está pasando, Michael? Estás fatal ¿Qué pasa amor?», me preguntó Audrey.

La enseñé la foto y la conté toda la historia hasta el más mínimo detalle, intentando que pareciese que me habían engañado para hacer algo que no quería. Pero no funcionó. No aceptó mis excusas. Sus palabras fueron: «¿Cómo has podido? ¿Cómo pudiste hacerlo? En nuestra cama... Michael, ¿cómo has podido?».

Lloró sin emitir un solo sonido durante toda una hora. Luego se quitó su anillo de compromiso, lo dejó en la mesa, se fue al dormitorio y recogió todas sus cosas. Se fue esa misma noche. No la volví a ver.

*La quinta mujer
americana*

XIII

Eran las seis de la mañana del lunes. Michael estaba esperando fuera de la terminal del Aeropuerto de La Guardia un avión desde Atlanta, Georgia. El pastor Charles le había pedido ir al aeropuerto a recoger a un joven latino que había enviado una iglesia. Este hombre era un adicto a la heroína y alcohólico y no habían podido ayudarle con los programas normales así que querían intentarlo con un programa basado en el cristianismo que le había ofrecido Bowery Mission.

A Michael le gustaba que el pastor le hubiera asignado esa tarea. Era una oportunidad de tener más tiempo libre fuera de Mission. Podía sentirse normal por un momento. También podía fumar sin que nadie le viera.

Estaba viendo a los pasajeros mañaneros y pensando en los muchos viajes que él había hecho durante años. En los buenos tiempos, como él solía decir, viajaba mucho, sobre todo a Europa. Pero su último viaje, el viaje de vuelta a Nueva York, no había sido tan feliz como el resto. Era el movimiento desesperado de un hombre derrotado para salvar su pellejo. Si no se hubiera marchado, ahora mismo se estaría pudriendo en cualquier cementerio de Bucarest.

Una muchedumbre de gente que apareció de pronto en la terminal, sacó a Michael de sus pensamientos. Estaba buscando a un chico de unos veinte años, de poco más de medio metro, con la piel oscura, el pelo corto y negro, que llevara puesta una chaqueta de los Yankees y unos vaqueros y que cargase con una maleta roja de Malboro.

Pasados unos minutos vio al chico caminando entre la multitud.

—Hola, ¿eres Andrade?—le preguntó Michael al chico al que paró con la mano.

—Sí. Y tu debes ser Michael. El Pastor Charles Joudan me dijo que me estarías esperando—contestó el chico.

—Sí. Soy yo. ¿Este es todo el equipaje que llevas?—preguntó Michael señalando a la maleta del chico.

—Sí, eso es todo.

—Está bien. Vamos. Primero tenemos que coger al autobús que nos llevará al metro y luego el tren hacia Spring Street. Desde allí solo tendremos que caminar un par de manzanas hasta llegar a Bowery.

Salieron de la terminal en dirección a la estación de autobuses.

—¿Tú también eres consejero?—preguntó el chico.

—No, yo soy un estudiante del programa, como tú.

—Ah, vale, perdona. Pareces consejero—dijo el chico.

—¿Por qué?—preguntó Michael con una sonrisa en la cara.

—No sé... puede que sea por cómo vas vestido, o simplemente por tu imagen. No pareces ni un alcohólico ni un drogadicto. ¿Por qué estás en el programa?

—Por las mujeres y por empinar de vez en cuando el codo... eso creo— dijo Michael y continuó caminando.

Se pararon en la estación de autobuses.

—José, ¿fumas?—preguntó Michael.

—Sí, pero no llevo tabaco—contestó el chico.

—¿Sabes que durante el programa no nos permiten fumar? —preguntó Michael.

—Sí, me lo han dicho.

Michael sacó un paquete de tabaco de su bolsillo, cogió un cigarro y se lo encendió. Le ofreció uno a José. —¿Quieres uno?

José dudó por un momento pero, finalmente, cogió el cigarro. —Gracias—dijo.

—Y, nada que decir de que si alguien te pregunta, no hemos fumado, ¿vale?

—Por supuesto, bro. Por mí no tienes que preocuparte— contestó el chico sonriendo al tiempo que se encendía el cigarro.

Cuando terminaron de fumar se cogieron el autobús hasta la estación de metro que había en Roosevelt Avenue donde cogieron la R line hasta Union Square; allí cambiaron a la seis que les llevaría hasta Spring Steet.

Cuando salieron del metro Michael dijo: —Desde aquí solo tenemos que caminar dos manzanas hasta Bowery Street; allí se encuentra Bowery Mission.

—¿Crees que nos podemos fumar un cigarro más antes de entrar?— preguntó el chico.

—Claro que sí—contestó Michael y sonrió.

Se pararon bajo una sombra creada por un árbol de lino en

la esquina entre Spring Street y Mulberry Street, justo al lado de un parque infantil.

—Aquí está bien. Si alguien viene podremos verle antes de que él nos vea a nosotros—dijo Michael sacando el paquete de tabaco.

Llegaron a Mission sobre las 8:30 de la mañana y Micharl llevó a José a la oficina del pastor Charles.

—Pastor, buenos días, aquí está tu chico, sano y salvo—dijo Michael entrando en la oficina.

El pastor se levantó y tendió a José su mano.

—Bienvenido, José ¿Cómo ha ido tu vuelo?

—Me he dormido hasta llegar a Nueva York—dijo el chico.

—Muy bien, pues siéntate—dijo el pastor señalando a la silla que había junto a su escritorio—. Michael, danos media hora. Necesito hablar con José. Cuando haya terminado, te llamaré.

—Sin problemas, pastor—dijo Michael y se marchó.

Michael se fue a vestuarios. Unos cuarenta y cinco minutos después llegó Jeremiah. —Michael, el pastor Charles te quiere en su oficina.

Michael miró su reloj. Ya se habían consumido quince minutos de su sesión con el pastor. Subió a la tercera planta y entró en la oficina del pastor Charles sin llamar.

—Michael, necesito que me hagas un favor más en relación con José—le dijo el pastor.

—Sí, pastor, dime, ¿en qué puedo ayudarte?

—Necesitamos mandar a José al centro médico de desintoxicación Beth Israel durante una semana antes de insertarle en el programa. He llamado y le han reservado una plaza. Solo tienes que ir con él hasta la recepción. Están en la Primera Avenida con la 16. ¿Podrías hacerlo?—preguntó el pastor.

—¿Ahora?

—Sí. Te llevará quince minutos. Cuando vuelvas, podremos empezar nuestra sesión.

—Vale, vámonos chico—le dijo Michael a José mientras salían de la oficina.

Se fueron a Beth Israel. Hasta que llegaron allí se fumaron otro cigarro. José le habló de su vida en Georgia. Era uno de los cinco hijos de una familia de inmigrantes ilegales de Guatemala. Sus padres habían trabajado mucho para llevarles a la escuela, pero a los trece años dejó de estudiar y se unió a una banda. Después todo había sido una pesadilla, una pesadilla que había durado ocho años. Ocho años de idas y venidas a la cárcel, de entrar y salir de programas de desintoxicación, y de una serie de etcéteras que nunca habían funcionado. Tocó fondo a los diecisiete años cuando sus padres le echaron de casa. Había de todo en su lista de delitos; de todo menos asesinato y violación. Había tenido hacía un mes una sobredosis. Le salvaron la vida por los pelos. Su abuela le pidió ayuda a un cura y este fue quién llamó a Bowery Mission. Le convencieron para venir a Nueva York y unirse al programa, la iglesia de Atlanta pagaría su billete de avión. Y allí estaba. Antes de dejar Atlanta había estado bebiendo durante cuatro días sin parar, así que el pastor no quería arriesgarse con él sin que antes pasara por un centro de desintoxicación.

Michael dejó a José en la recepción de Beth Israel. —

Bueno chico, buena suerte. Te veo en una semana—le dijo Michael y salió de allí.

Había sido una mañana de lunes muy ocupada para Michael. Disfrutaba con toda actividad que tuviera que realizar fuera de Bowery Mission. Le gustaba caminar. Le daba la oportunidad de pensar sin distracciones.

—Órdenes completadas, señor —dijo Michael con una sonrisa en la cara cuando entraba de nuevo en la oficina del pastor Charles—. José Andrade está en el centro de desintoxicación.

—Gracias, Michael. Ahora es tu turno. Nos quedamos en el momento en el que Audrey te dejó por engañarla, ja, ja, ja, suena divertido. Eres un experto en desordenar tu vida. Tenías una prometida cuando técnicamente aún estabas casado.

—Llevaba ya separado casi un año, pastor —dijo Michael—, cuando nos prometimos. En ningún momento planeé casarme antes de divorciarme, claro que no.

—Por supuesto que no, pero no me sorprendería que te hubieras casado antes de obtener el divorcio, ja, ja, ja. Sigue, Michael —dijo el pastor mientras se reía—. Lo siento, Michael, pero tu vida es muy diferente ¿Has pensado alguna vez en escribir tus memorias? Eres escritor y quizás sería interesante que la gente leyera tu historia.

—Odio las memorias. Pero estoy seguro de que escribiré un libro sobre Bowery Mission —dijo Michael—. Bueno, ¿quieres escucharme o no?—le preguntó al pastor impaciente.

—Sí, sí, claro, no te interrumpiré más. Perdona.

—Cuando Audrey me dejó, estaba enfadado. Enfadado

porque Sarah me había utilizado de la peor manera posible y para lo que había querido. Enfadado porque Audrey no aceptara ni mi historia ni mis disculpas. La quería. Todo lo que había pasado había ocurrido en un momento de debilidad. ¿Por qué no podía entenderlo? Mi corazón estaba muy confundido. No sabía si quería llorar o reír por tener una hija más. Yo sabía que iba a tener que pagar un precio muy alto por su llegada, pero era un precioso ser humano inocente que no tenía que pagar por el deseo egoísta de una mujer. Después de todo sabía que necesitaría un padre. Algún día, y ese día llegaría y me necesitaría.

Fuera como fuese, la vida tenía que seguir. Mi panadería no volvió a ser el mismo lugar alegre desde que Audrey se marchó, pero las cosas iban tirando. Me tiraba casi todo el día trabajando allí, quitando algún respiro que me tomaba para ir a Long Island Sound a pescar con algunos amigos. Poco más tarde mi dependienta se marchó. No pude encontrar a la persona adecuada para ocupar su puesto. Debía trabajar los siete días de la semana.

Un día, sin ninguna intención, así, de repente, empecé a coquetear con una de mis clientes más habituales. Era la mujer de un famoso director de cine y trabajaba en la industria del espectáculo. Tenía dos hijos ya adolescentes. Su nombre era Alice. Era unos diez años más joven que yo, tendría unos cuarenta y cinco, pero estaba en muy buena forma; era delgada, tenía unas bonitas curvas, unos ojos azules vibrantes y una melena rubia que le pasaba los hombros. No recuerdo cómo empezó todo, lo que sí recuerdo es que se empezó a distanciar de su marido que la dejó por otra mujer y que se mudó de su casa. No sé si estaba intentando probarse, vengarse o qué, pero un día acabamos follando en mi mesa de trabajo que estaba todavía llena de restos de trabajar con el pan, mientras sus hijos la esperaban en el coche enfrente del establecimiento.

—Michael, por favor, cuida tu lenguaje—dijo el pastor levantando las cejas.

—Perdona, pastor —dijo Michael y continuó—. Después de eso estuvimos quedando cada día intentando esconder nuestra relación a ojos de la gente. Así duró más o menos un mes. Siempre estaba caliente, nunca tenía suficiente. A mí eso me ponía cachondo y disfrutaba al ver cómo me deseaba. Al final me invitó a su casa para quedarme a dormir. Después de esa noche, todo Nyack, incluyendo su marido, sabía de nuestra relación. A sus hijos no es que les entusiasmara demasiado que durmiera con su madre, pero no decían nada, al menos delante de mí. Un día el cura de la localidad vino a hablarme de Alice y de su matrimonio. Él había estado aconsejándoles e intentando mediar entre Alice y su marido para salvar su matrimonio. Según él, yo había sido el obstáculo en aquel proceso. De una forma muy sutil me pidió que dejase de ver a Alice. Por su puesto que le eché de la panadería. Pronto me di cuenta de que me había equivocado. Empezó a hablar mal de mí en Nyack. Y como resultado, muchos de mis clientes habituales dejaron de venir.

Luego Alice firmó los papeles del divorcio y solicitó una orden de alejamiento contra su marido. Como ya me quedaba a dormir casi cada noche en su casa, me pidió que me mudara. Sabía que a sus hijos no les iba a gustar demasiado, pero insistió. Así que rompí el contrato de alquiler de mi apartamento en la ciudad y me fui a su casa. Era una casa antigua de la época victoriana muy bonita con un gran patio trasero.

Éramos la comidilla del pueblo. Todo el mundo la conocía tanto a ella como a su marido y se acordaban también de mi dulce prometida, Audrey. Les asombraba el hecho de vernos juntos, sobre todo cuando íbamos con los niños. Alice, sin embargo, no escondía el cariño que me tenía en público. Cada vez que veía que alguien nos miraba, se giraba y me daba un apasionado beso y me decía «¿Quieren algo de lo que hablar? ¡Pues aquí lo tienen!».

La panadería iba bien, pero el estilo de vida de Alice era superior al que yo podía afrontar. No es que pagara sus facturas ni nada por el estilo, pero creo que tenía a su marido cogido por los huevos por estar casado y que pagaba todos los gastos de los niños. El hecho de estar con ella se me hacía demasiado caro aunque yo solo pagara mi parte.

Me di cuenta de no le gustaba que dudara en ir a algunos sitios solo porque fuera demasiado caro. Ella había nacido y se había criado en el entorno de una familia rica, se había casado con un hombre rico y no sabía lo que era no tener dinero o no poder permitirse algo.

Sonó el teléfono en la oficina del pastor. El pastor lo cogió.

—Hola, sí, pastor, el señor Jourdan, dígame. Después de estar en silencio escuchando un rato dijo: —Pero si acabamos de dejarle allí hace apenas una hora... ¿Seguro? Oh... eso no es bueno... le llamaré más tarde.

El pastor se giró hacia Michael.

—Michael, dime una vez más con todo lujo de detalles,

¿dónde has dejado a José? —le preguntó el pastor. Su voz tenía un tono serio.

—Fui con él al centro de desintoxicación, fuimos a la mesa de la recepción, José le dio a la enfermera su DNI y su tarjeta de la seguridad social, ella le dijo que se sentara y esperase y me dijo que me podía ir. Así que me marché. ¿Por qué me lo preguntas?

—Me acaban de llamar del centro de Beht Israel. Mientras que la enfermera iba a hablar con el doctor, José ha salido de la recepción y no le encuentran —dijo el pastor—. Ahora debo llamar a Atlanta... no es esto lo que necesito... espero que esté todo bien.

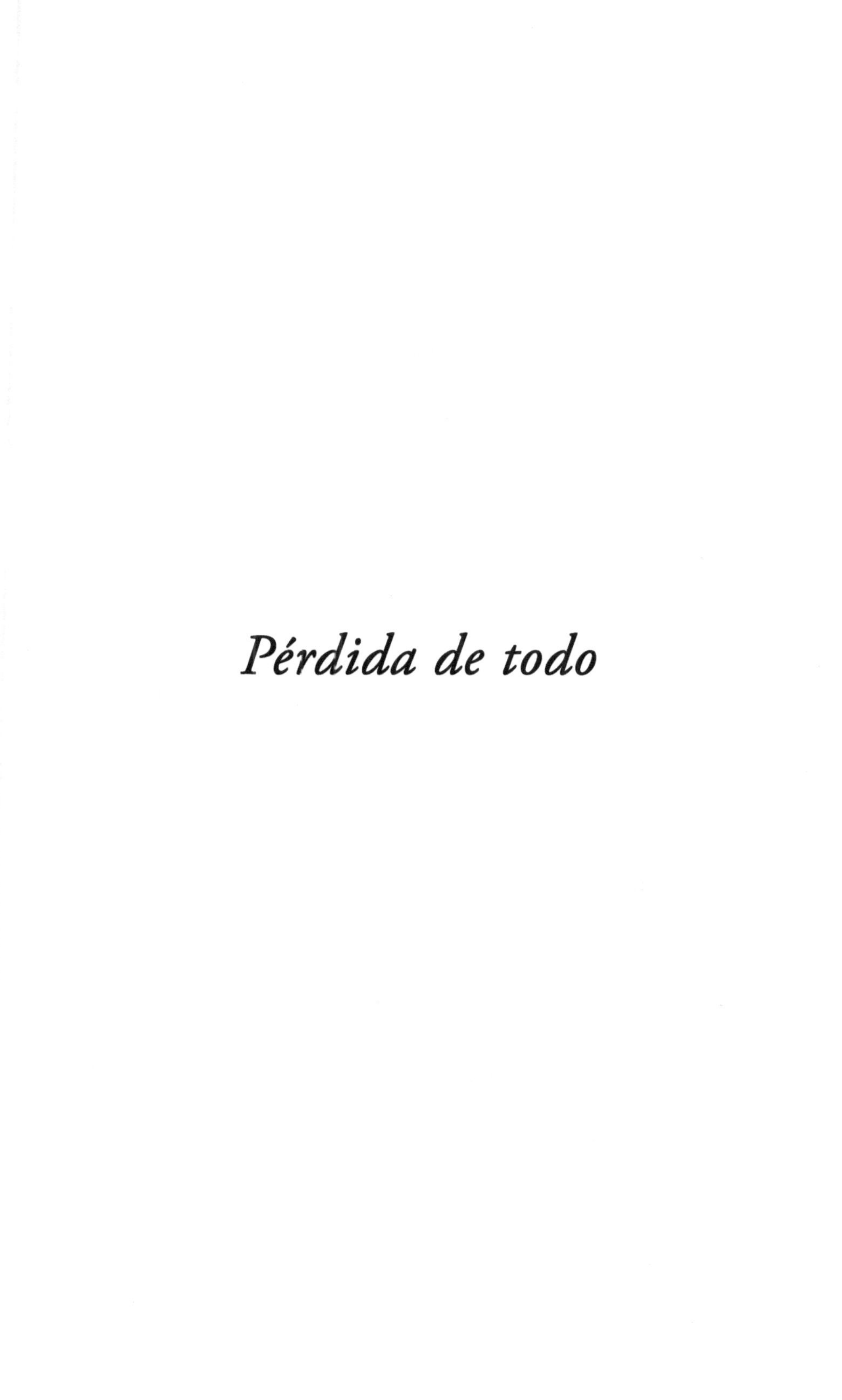

Pérdida de todo

XIV

Era una mañana de lunes, en pleno mes de junio, lluviosa y oscura. Michael no había dormido bien. El domingo anterior dos detectives de la división de homicidios habían estado en Bowery Mission hablando con Michael sobre José Andrade que se había escapado de Beth Israel el lunes anterior. Después hablaron con el pastor Charles, que ese domingo había ido a trabajar. El cuerpo de José había aparecido en los bloques del Bronx, en el barrio de Lower East Side de Manhattan. Le habían disparado en la cabeza al puro estilo «ejecución». Nadie sabe cómo ni por qué había pasado, pero algunos chivatos habían dicho a la policía que el mismo día en el que el chico había dejado el centro de desintoxicación se oía que un joven latino había intentado atracar a un camello en la esquina de Willet con Grand Street. Parece ser que el camello se dio cuenta. De lo que había pasado después, los chivatos no sabían nada.

Los detectives querían saber todos los detalles de la llegada de José Andrade a Nueva York, sobre todo querían conocer los detalles que precedieron a su desaparición en el centro.

Tanto Michael como el pastor Charles estaban intranquilos por lo que había ocurrido. Michael se sentía culpable de no haberse quedado allí hasta que José hubiera entrado y el pastor se culpaba así mismo por no haber sido él quién llevase a José hasta el hospital. El director estaba enfadado con el pastor Charles por haberle pedido a Michael que fuera al aeropuerto y a llevar al joven al centro de desintoxicación. Pensaba que algo así siempre lo tenía que hacer un empleado de Mission, preferiblemente un consejero. Pero lo hecho, hecho estaba. El hecho de que en el momento de la desaparición José se encontrara bajo la supervisión del centro de desintoxicación, era circunstancia atenuante tanto para Michael como para el pastor. De esa manera, la desaparición del joven era responsabilidad del hospital.

Michael se sentía fatal y se pasó todo el fin de semana pensando en el joven al que había conocido en el aeropuerto de La Guardia hacía tan solo una semana. José no parecía un mal chico; no era más que un alma perdida que necesitaba ayuda. Sus destinos se habían unido por un instante. Hablaron, fumaron juntos y ahora se había ido para siempre. El telón había cerrado la tragedia titulada «La vida de José Andrade».

En ocasiones, las historias de la gente que había en Bowery Mission eran demasiado para Michael. En comparación con los demás, él tenía una buena vida y había sido afortunado en muchas cosas. Otros estudiantes probablemente no tuvieran nunca nada bueno que recordar sobre su pasado. Sentía compasión por ellos, pero no quería formar parte de sus historias. Eran como una pesadilla, y no quería tenerlas. Pero a cada momento escuchaba una nueva historia que era incluso peor que la anterior. «¿Dónde estaba el fin de aquello?», se preguntaba. «¿Dónde estaba el fin del sufrimiento y la calamidad humana?». Los que habían visto el final de todo eso en Bowery Mission eran realmente los afortunados. Muchos otros morían en las calles de Nueva York; personas a las que habían abandonado, no solo los suyos, si no también Dios.

Los primeros se habían convertido en los consejeros y en el personal que trabajaba en Bowery Mission. Su dedicación con las personas sin hogar era digna de admirar. No tenían salarios muy altos ni trabajos maravillosos. No se les pagaban las horas extra ni tenían vacaciones. Trabajan muy duro por el bien de esos pobres, enfermos y gente sin hogar, hombres y mujeres que pedían ayuda desesperadamente. No tenían una cafetería aparte. Comían en las mismas mesas que las personas sin hogar, a los que trataban y hablaban con el máximo respeto.

Mientras Michael esperaba de pie en la entrada de Mission, vio al pastor Charles cruzando la calle sujetando un gran paraguas negro en una mano, y una bandeja con dos cafés en la otra. A medida que se acercaba, el pastor le dijo a Michael: —Buenos días, Michael. ¿Cómo te encuentras?

—Buenos días, pastor. Me siento fatal. No he dormido desde el domingo.

—Ya, te entiendo. Yo estoy igual. Por esto traigo estos cafés de esa cafetería tan elegante que tienes en Prince, para animarnos y para ver si me doy cuenta de lo que tiene de especial este café.

—No es mi panadería, pastor ¡Ya me gustaría a mí!

Trabajan muy bien —dijo Michael sonriendo—. Es mi favorita en el barrio.

—Puede que algún día tengas una panadería de nuevo— dijo el pastor mientras subían las escaleras hacia la oficina.

—Oh, no, no pastor. Ese capítulo de mi vida se cerró ya hace muchos años. Soy escritor y escribir será lo que haré hasta el final de mis días—contestó Michael.

—¡¿Por qué no, Michael?! Puedes abrir una librería-panadería, algo parecido a Barnes and Noble. Tus libros y tu pan juntos.

Entraron en la oficina. Michael se sentó mientras el pastor dejaba el paraguas. El pastor se sentó, tomó un sorbo del café y dijo: —Sabes, puede que el director tome contra mí medidas disciplinarias por lo que le pasó a ese pobre chico y por el modo en el que lo gestioné todo. Puede que pierda mi puesto. Si eso ocurre, se te asignará un nuevo consejero. Y me gustaría que si quieres vengas a mi iglesia cuando te permitan ir a una iglesia de fuera los domingos.

—No te preocupes, pastor. No perderás tu trabajo.

—¿Cómo lo sabes, Michael?—le preguntó el pastor con una expresión de tristeza en la cara.

—Lo sé porque Dios es bueno y compasivo, y además está de nuestro lado—respondió Michael.

—Ahora qué, ¿estás siendo tú mi consejero, no?

—No veo nada malo. Somos de la misma edad. Podemos aconsejarnos el uno al otro. No te cobraré nada. En Blessing-dale todo es gratis—le dijo Michael. Ambos se rieron.

—Bueno, es momento ahora de volver al trabajo. Sigamos con tu historia ¿Qué pasó con tu relación con esa mujer mayor? Alice... ¿Se llamaba Alice si no me equivoco, no?

—Sí, Alice. Pues esto es lo que pasó. Vivimos juntos durante unos meses. Intentaba hacerme con su estilo de vida: comprar ropa cara, ir a restaurantes caros, comprar entradas en las primeras filas de la Metropolitan Opera y comprar joyas en Tiffany. Cada día se me hacía todo más cuesta arriba. Cada vez ganaba menos y me gastaba más. Claro, el dinero tenía que venir de algún sitio y venir venía de mi panadería. Y como resultado, facturas sin pagar por todos lados. Mi principal proveedor dejó de suministrarme hasta que le pagara todo lo que lo debía. Tenía que ir a las fábricas de pan para comprar yo mismo lo que necesitaba cada día. Me cansé y tuve que dejar de hacerlo. Después mi casero me demandó para echarme del local. Le debía el alquiler de seis meses. Y con toda esa cantidad de problemas, la presión crecía entre Alice y yo.

Llegó una orden judicial que me ordenaba abandonar la panadería en tres días. Seguí trabajando intentando llegar a algún acuerdo con el propietario pero no funcionó. Él ya tenía a alguien que quería alquilar el local. La mañana del cuarto día, la policía se presentó, colocó una pegatina en la puerta de la panadería y me pidió las llaves. Cogí el dinero de la caja, mis papeles y me marché.

Cuando llegué a casa de Alice y le conté lo que había ocurrido, perdió los papeles. Ese día tuvimos nuestra primera pelea. Perdió el control, gritaba y despotricaba: «¡¡Has perdido la panadería!? ¿No tienes 12 000 dólares para devolver lo que debes? ¿Me estás diciendo que no tienes ni un duro? ¿Cómo pretendes vivir? ¿Crees que voy a mantenerte? No me puedo creer que no tengas ni 12 000 dólares, ¡cómo si eso fuera mucho! Y ahora qué, todo el mundo en Nyack se va a reír de mí. Esa rata de mi exmarido estará pletórico ¡¡Alice se ha juntado con un perdedor!? ¡Como si fuera eso lo que yo necesito ahora!».

La dije que quería salir de esa situación cuanto antes y recuperar mi negocio. Pero no la convencí. Lo cierto era que había perdido todo. No tenía nada más que unos cuantos cientos de dólares que había sacado de la caja registradora cuando la policía había venido a mi tienda.

Y lo peor estaba aún por venir. Poco después el banco se quedó con mi furgoneta ya que tampoco podía pagar las letras. Así que perdí la herramienta más preciada que tenía para ir a buscar oportunidades de trabajo.

Sabía que la única forma de salir adelante era encontrar un trabajo ¡Y rápido! Así que hablé con algunos amigos y me hablaron de un tipo griego que vivía en Upper East Side que estaba abriendo una panadería-cafetería. No tenía ni idea sobre ese tipo de negocios y estaba buscando a un panadero que horneara el pan y llevara el negocio por él. Fui a verle y compaginamos al instante. Era una familia griega encantadora. Trabajaban todos juntos: aquel tipo griego, Peter, su mujer, su hija, su madre, su padre, todos, todos trabajando juntos. Yo era el único allí que no pertenecía a la familia. Acordamos que me pagarían cien dólares al día al contado, trabajando los siete días de la semana hasta que el negocio funcionara y, después de eso acordaríamos una paga semanal. Así que empecé a trabajar allí. Desafortunadamente Alice no estaba contenta (una vez más) «¿Qué? Muy bien, vas a trabajar toda la noche y la mitad del día en la panadería de otro por cien dólares al día. Eres todo un perdedor ¡Me he equivocado contigo completamente! ¿Y qué pasa conmigo? ¿Esperas que lave tu ropa llena de mierda cuando vengas a casa cansado del trabajo? ¡Ni que fuera yo una chacha! ¿Crees de verdad que porque follas como un toro me rebajaré hasta ser tu sirvienta?».

Después de solo llevar una semana en aquel trabajo me llamó y me dijo que quería acabar conmigo, que me buscara un sitio nuevo en el que vivir, que mis cosas estaban fuera, en el porche y que debía pasar a recogerlas o las tiraría a la basura por la mañana.

Mi jefe, Peter, que estaba a mi lado mientras estaba hablando con ella, lo escuchó todo. Estaba muy estresado y enfadado, así que me dijo que me quedara allí y trabajara y que él iría a recoger mis cosas. Vino con una caja de cartón con toda mi ropa sucia. Eso es todo lo que había dejado en el porche. Se quedó con mis muebles y con todos mis cuadros que había llevado allí de mi antiguo apartamento. Se quedó con mis joyas. Las guardaba en una mesilla de noche que había al lado de la cama. Y cuando la llamé y la dije que iría al día siguiente a recoger todas mis cosas, me dijo que la estaba amenazando y que pondría una orden de alejamiento contra mí. De hecho, el jefe de policía local vino a decirme que se me acercaba a su casa de Nyack, tendrían que arrestarme. Así que, se lo montó bien conmigo. De nuevo, exactamente igual que con Sarah, me sentí utilizado y robado. Sabía que toda la culpa era mía.

—¡Eso es! —dijo el pastor—. Llegamos a la misma conclusión que antes. No pensabas con la cabeza —dijo señalando a la cabeza de Michael—. Si no con esa otra cabeza—le dijo señalando a su pene.

—Lo perdí todo. Por aquel entonces llevaba ya en Nueva York ocho años y después de todo lo que había trabajado y de todo el dinero que había ganado en todas las panaderías que había tenido, estaba de nuevo como al principio. Me sentía fatal.

Gracias a Dios tenía un trabajo. Esa gente era encantadora conmigo. Me trataban como si fuera de su familia. Peter me dejaba que durmiera en la oficina de la panadería en el sofá después de que hubiera hecho todo mi trabajo por la noche. Por la mañana, cuando venían a abrir la tienda, me daban las llaves de su casa para que fuera a ducharme y me durmiera durante otras dos horas para volver después a trabajar. Viví así durante tres meses hasta que tuve el dinero suficiente como para alquilar una habitación en un apartamento en la 81 con la Primera Avenida.

El bolígrafo de la firma

XV

Michael llevaba ya en Bowery Mission cuatro meses completos. Por fin se le permitía tener teléfono móvil y usar Internet en el ordenador de la habitación. Ya no tendría que esconder su teléfono más.

Debido a su dedicación en vestuarios, el director y el pastor Paul acordaron darle un ordenador portátil para su uso personal.

—Eres escritor, Michael, y sabemos que necesitas un portátil no solo para comunicarte, si no porque es para ti una herramienta de trabajo indispensable—le dijo el pastor Paul al tiempo que le daba un IBM de 15 pulgadas.

Michael estaba muy feliz. Era un ordenador de segunda mano y con unos cuantos años, pero le daba igual. Después de cuatro meses podía volver a escribir. Tenían tantas cosas en la cabeza que quería plasmar en un papel... ahora podría hacerlo. Podría conectarse cada día y buscar trabajo.

Estaba recuperando su fuerte confianza en sí mismo. Ya no volvería a buscar trabajo en Craigslist. Buscaba la forma de conseguir trabajos como escritor y editor independiente. Veía el hecho de estar en Bowery Mission como una buena manera de organizar su trabajo como freelance. Le quedaban otros dos meses en el programa y, si encontraba trabajo, serían seis meses más. Pero en ningún sitio ponía que tuviera que trabajar para nadie. Podía trabajar de forma independiente mientras ganara el dinero suficiente como para poder vivir por sí solo una vez dejara Bowery. Así que, en la práctica, tenía al menos tres meses para desarrollar su trabajo como *freelance* hasta el punto en el que los consejeros lo aceptaran como una fuente de ingresos legítima y suficiente y aprobaran que se quedase en Bowery durante el segundo periodo de programa, otros seis meses.

Era una oportunidad y Michael quería aprovecharla. Michael le contó al pastor Charles, al pastor Paul y al director sus planes. Ellos estaban algo escépticos al respecto. Normalmente la mayoría de los estudiantes buscaban trabajos en los que tuvieran un sueldo regular. Y una vez que lo encontraban, era fácil ayudarles a que se organizaran para vivir de forma independiente. Michael hablaba de un plan con el que nunca se habían encontrado. Sin embargo sabía que Michael era un autor publicado, un profesional con experiencia en la industria editorial, un empresario y, además, ellos estaban ahí para abordar su plan de forma distinta a las anteriores. Finalmente le dijeron que podía segur así y que le ayudarían si necesitaba ayuda para organizar su trabajo como autónomo.

Seguro que sí la necesitaría. Para publicitar sus escritos y sus servicios editoriales necesitaría una página web. El director de Bowery Mission aprobó el nombre de dominio «michaelnicolau.com» y el hecho de que Mission pagara el alojamiento en Internet para su página durante un año. Una vez más Michael estaba muy feliz. Diseñó y creó una página web muy bonita. El director y el pastor Charles estaban impresionados. Le enseñaban la página de Michael a todo el personal. Esto ayudó a Michael a conseguir su primer proyecto. El pastor Lee Quinones vio la página y acudió a Michael.

—Michael, no sabía que sabías hacer páginas web. El director me ha enseñado la que te has hecho. Es fantástica, chico. Necesito una web para mi iglesia. ¿Crees que podrías hacerla y sabes cuánto me costaría?—le preguntó a Michael el pastor Lee.

—Claro, pastor, estaré encantado de crear una página para tu iglesia. El precio depende de lo que quieras, del número de páginas, de si la quieres estática o interactiva.. hay muchas cosas que afectan a eso, pero sería mejor que me dijeras lo que estás dispuesto a gastarte, y entonces yo te diré lo que puedo hacer por ese precio. O tengo una idea mejor, ¿qué te parece si miramos las páginas web de otras iglesias? Me dices cuál es la que más te gusta y entonces yo te digo cuánto costaría hacer algo así—contestó Michael.

A Michael le llevó unas dos semanas hacer la web del pastor Quinones. Tanto al pastor como a toda la gente de la iglesia les gustó mucho el resultado. Le pagaron quinientos dólares. Ese fue el primer sueldo que Michael consigió desde que había llegado a Nueva York. El pastor Charles estaba muy feliz de que Michael empezara a ganar dinero incluso antes de completar los seis meses de programa.

—¿Sabes cuántas iglesias hay sin página web, Michael?

Puede que sea esta una buena oportunidad para que busques ahí trabajo—le dijo el pastor Charles a Michael.

Michael escuchó el consejo del pastor y, al mes siguiente hizo dos páginas para otras dos iglesias. El director estaba muy orgulloso de Michael; él fue uno de los que le ayudó dándole el portátil y pagando su web. A nadie le quedaba ya ninguna duda de que Michael lo harían bien.

Sin embargo, el pastor Charles seguía estando preocupado por el tema emocional. Por ahora sabía que Michael era un hombre capaz de ganar dinero y vivir de forma independiente, pero veía en él mucha debilidad emocional que debía cuidar. Tenía que ayudar a Michael a ser capaz de controlar sus emociones, sobre todo las que versaban sobre las mujeres. Según el pastor, todos los problemas de Michael se acabarían si se entregara a Cristo sinceramente y viviera siguiendo la palabra de las Escrituras. Eso sería tan fácil para Michael... Se conocía la Biblia de *pe a pa*. Sabía mucho sobre teología y filosofía. El pastor a veces se sentía intimidado por el conocimiento de Michael, mucho mayor que el suyo; sin embargo, Michael tenía dentro de sí tanto orgullo y pasión por sí mismo, que eso hacía que no pudiera usar ese mismo conocimiento en guiar su propia vida.

El pastor sabía que Michael era una persona que necesitaba tener una relación, una familia, que necesitaba amar y ser amado. Se sentía mal por toda las tristes circunstancias que habían rodeado la vida de Michael, pero al fin y al cabo había sido su propio orgullo y sus pasiones lo que le había hecho volver a caer. Ahora necesitaba aprender a evitar que eso volviera a suceder.

El lunes por la mañana Michael entró en la oficina del pastor Charles con dos tazas de café de la panadería de Prince Street.

—Buenos días, pastor —dijo Michael—. He traído café.

—Gracias, Michael. Qué bien... café del bueno... ya veo que el negocio va bien. ¿Algún proyecto nuevo?—preguntó el pastor.

—Alguien me ha contratado para hacer la portada y el formato de su libro para publicarlo. Serán más o menos cuatrocientos dólares, así que no está mal.

—¡Para nada! Te queda un mes más en el programa y luego serás liberado de todas tus responsabilidades en Bowery Mission para que puedas concentrarte al completo en tu trabajo. Si sigues así creo que lo harás muy bien. La clave está en que ahorres dinero. Aprovecha el tiempo que estás aquí para ahorrar todo lo que puedas, no tienes que pagar ningún gasto. Después será mucho más costoso todo.

—Sí, estoy de acuerdo, pastor—contestó Michael.

—Michael necesitamos profundizar en tus cosas e intentar encontrar soluciones a lo que hace que no tengas éxito siempre en todo lo que haces. Y es que realmente puedes ser un hombre de éxito. Ya lo has visto muchas veces. Pero necesitar aprender a mantener ese éxito, tanto con las mujeres como en el negocio. Así que tienes que completar la historia de tu vida tan pronto como puedas para que podamos pasar más tiempo hablando sobre esos temas en detalle ¿Te parece una buena idea?—preguntó el pastor.

—Tu eres el consejero, pastor. No soy yo el que tiene que decidir —dijo Michael con una sonrisa—, pero sí, suena bien.

—Vale, así que... ¿Qué pasó mientras estabas trabajando en esa panadería griega en Upper East Side?—preguntó el pastor.

—Como te dije, me trataban bien y yo hacía todo lo posible para que estuvieran contentos. No le prestaba atención al número de horas que trabajaba.

Cuando puede por fin alquilar mi propio apartamento, Peter me dio una cama de estilo japonés y algunos muebles que les sobraban. Su mujer me dio sábanas y su madre y su padre me dieron un juego de porcelana china para cuatro personas como regalo.

—¿Y qué era de tu vida privada? ¿Tenías? ¿Buscabas a alguien? Quiero saber esa parte. De ahí es de dónde vienen la mayor parte de tus problemas—dijo el pastor impacientemente.

Michael miró al pastor con un gesto de desaprobación por lo que acababa de decir. Seguía sin aceptar que sus relaciones y su pasión hacia las mujeres fuera el origen de todos sus problemas.

—Bueno, no estoy seguro de que estés en lo cierto, pero sea como sea, mientras estuve trabajando donde Peter tuve algo así como una relación con una chica judía.

—¿Otra judía? ¿Qué pasa contigo y con tu afinidad con las mujeres judías, Michael?—preguntó el pastor.

—No sé... creo que fue solo una coincidencia. Y con esta chica era sobre todo una relación de amistad. Nunca llegamos a intimar. Salíamos y hablábamos mucho, disfrutábamos de la compañía que nos dábamos el uno al otro, pero ella quería que las cosas fueran despacio. Era muy seria con todo lo que hacía y entendía nuestra relación como un proceso. Me atraía mucho. Si ella no se hubiera echado atrás, yo lo hubiera hecho con ella el primer día que salimos, pero ella no era de ese tipo de chicas. Me hacía saber que le gustaba, pero no quería correr. Así que lo respeté y fuimos despacio.

Su nombre era Miriam. Era bajita, medía más o menos metro y medio, delgada, con un bonito pelo castaño claro y rizado y ojos grisáceos. Su nariz era un poquito más grande de lo que debería para sus proporciones, una verdadera nariz judía, pero la quedaba bien y le daba un carácter especial a sus facciones. Llevaba gafas y yo solía bromear con que parecía una bibliotecaria picante.

—¿Cómo la conociste?—preguntó el pastor.

—Nos conocimos en la panadería de Peter. Era cliente y le gustaba mi pan. A mí me gustaba ella —dijo Michael sonriendo—. Con ella tenía de nuevo la sensación de haberla conocido siempre. Todo en ella me recordaba a algo que ya conocía, algo que ya había experimentado antes, pero no sabía a qué exactamente. Era un sentimiento raro. Podía hablar con ella de todo abiertamente y sin titubeos. A su lado me sentía siempre completo, éramos como dos partes de una misma entidad. Sabía que eso significaba que estaba enamorado, pero era algo más que eso.

Ella respetaba mucho mi persona. No me veía como un simple panadero, sino como un escritor y periodista con talento. Le traduje algunos de los poemas que había escrito cuando era joven. Ella los memorizaba y me los recitaba. Le gustaban y me decía que debía olvidarme de hornear pan y volver a escribir.

Antes de estar con Miriam, nunca antes había pensado en

ser escritor. Me gradué en Periodismo, trabajé como periodista en Rumanía, pero excepto los poemas que escribí cuando era joven y algunas noticias y ensayos, nunca había escrito nada más. Ella me dijo que le gustaban mis narrativas, hablaran de lo que hablasen. «Michael, la narración es un talento excepcional que tienes. Deberías escribir tus historias. Tendrías mucho éxito como escritor. Sería tu fan número uno», solía decir Miriam.

Para mi cumpleaños me regaló una bonita pluma de plata. «Michael, esta pluma es para que firmes tus libros, para cuando publiques tu primer libro y te conviertas en un escritor famoso». «¿Por qué crees que llegaré a escribir un libro?», la pregunté. «No lo sé. Pero estoy segura de ello. Cada vez que me cuentas tus historias, parece que estoy pasando las páginas de un libro. Es un sentimiento muy agradable».

Miriam nunca supo cuanta razón que tenía. Me llevó diez años hasta que empecé a escribir, pero nunca paré desde entonces. Escribí dieciséis libros y muchos ensayos y artículos. Para la primera firma de libros, y para todas las que vinieron después, utilicé la pluma que Miriam me regaló. Aún la tengo. Nunca me convertí en un escritor famoso... pero sigo trabajando en ello.

—¿Y qué pasó contigo y con Miriam? ¿Si la querías tanto por qué no duró?—preguntó el pastor Charles.

—¡Ah! Por mi maldita vida... Cada vez que encuentro una mujer perfecta, pasa algo malo—dijo Michael con tristeza en su voz.

—¿Y qué pasó entonces?

—Un día, mientras terminaba mi trabajo en la panadería,

sonó el teléfono. Era mi exmujer de Rumanía. Nunca me había llamado desde que me fui. Estaba perplejo y sorprendido de que hubiera conseguido mi número de teléfono. Me dijo que se lo había dado mi hermana.

Para acortar un poco aquella historia te diré que el día antes de llamarme se había escapado con nuestras dos hijas ya que su segundo marido abusaba de ella y de nuestras niñas. Se habían venido a St. Louis, en Missouri, donde su hermana ya llevaba viviendo varios años. Me pidió que si me podía ocupar de los papeles de nuestras hijas para que pudieran seguir yendo a la escuela aquí, en Estados Unidos. Por aquel entonces yo ya tenía mi permiso de trabajo y estaba en proceso de conseguir la nacionalidad.

—Sí, tú nunca me habías hablado de eso. Sabía que cuando abriste tu primera panadería, aún estabas aquí de forma ilegal. ¿Cuándo conseguiste los papeles?—preguntó el pastor.

—¡Oh! Esa es buena... los conseguí por la hija que tuve de mi matrimonio con Sarah. Gracias a ese matrimonio conseguí mi permiso de trabajo—contestó Michael.

—Claro, tiene sentido —dijo el pastor—. Michael, continúa, por favor.

—Bueno, llamé a un abogado y me dijo que para conseguir los papeles para mis hijas, deberían vivir conmigo. En un principio no supe qué hacer. Sabía que ya no sentía nada por mi primera mujer. Habían pasado ya ocho años. Me había vuelto a casar. Y ella también. Pero eran mis hijas. No podía dejarlas allí en St. Louis. Así que llamé a mi exmujer y le dije que las niñas debían estar conmigo para conseguir sus papeles. Claro que para ella la cuestión estaba clara. «Donde vayan mis hijas iré yo. Donde vaya yo irán mis hijas. No las he traído al mundo para dejarlas ir», me dijo. Lo pensé por un momento y le pedí que se viniera a vivir conmigo y con las niñas. «¿Quieres que vivamos juntos de nuevo, señor Nicolau?», me preguntó. «No, solo quiero que criemos a nuestras hijas juntos ¿No es lo que quieres?» , contesté. Y aceptó.

Al día siguiente le dije a Miriam que mis hijas venían a Nueva York y que vivirían conmigo. No mencioné que su madre venía también. Pero no tenía por qué. Miriam lo pensaba así. Me dio: «Oh, Michael, estoy tan feliz por ti por que te reúnas con tus hijas...»; sin embargo yo noté tristeza en su voz.

Durante el resto del día estuvo callada, no sonrió. Esa tarde, cuando caminaba con ella a casa y la dije que nos veíamos al día siguiente, me contestó: «No, Michael, tus niñas te necesitarán más que yo. No quiero quitarte tiempo». Y eso fue todo. Nunca más contestó a mis llamadas ni volvió a venir a mi panadería.

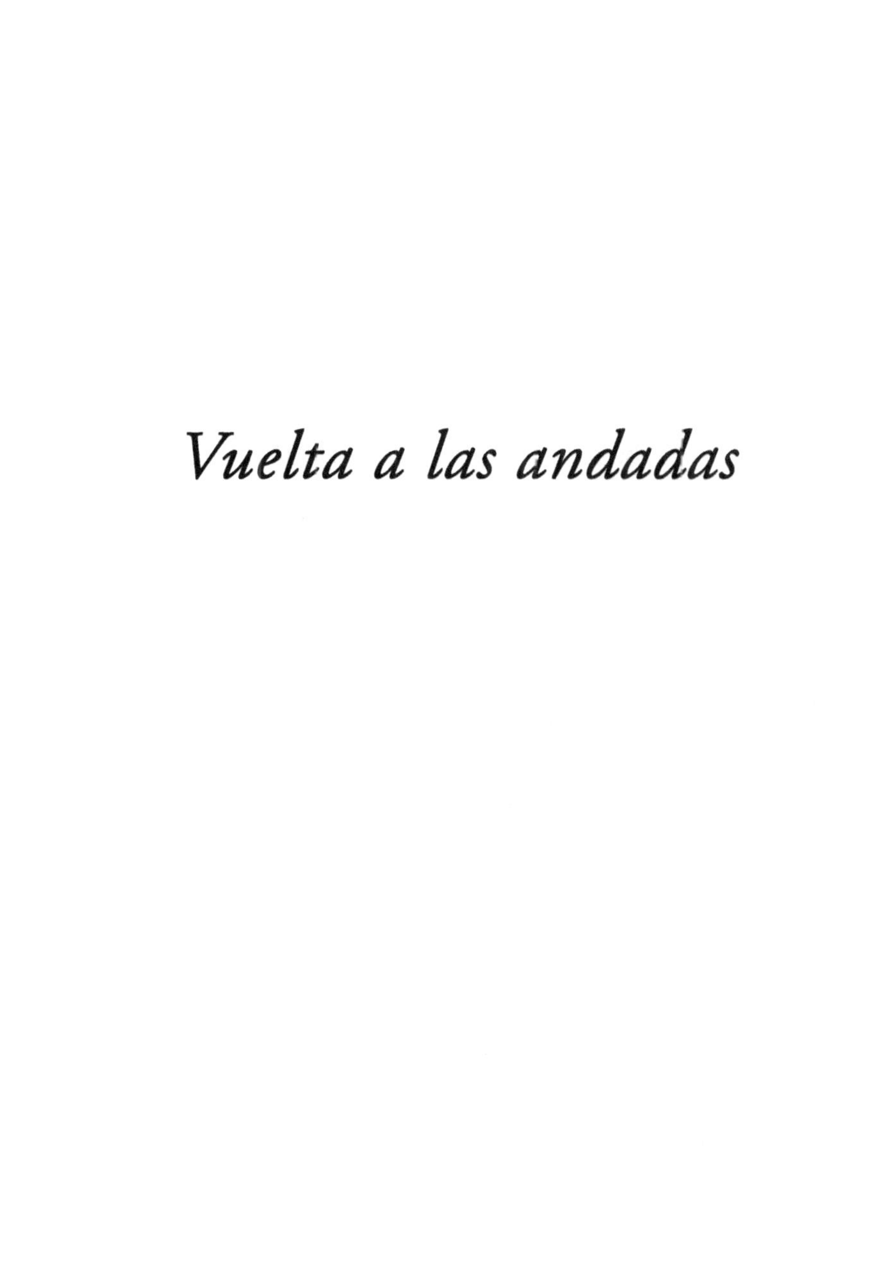

Vuelta a las andadas

XVI

Otros estudiantes privilegiados que llevaban en el programa cuatro meses, podían salir los domingos a escuchar misa a una iglesia exterior. Detrás de esto estaba la idea de que poco a poco los estudiantes se fueran insertando en la sociedad interactuando con la gente del exterior que no les juzgase por sus errores y adicciones. Una iglesia exterior era el entorno perfecto. Los consejeros tenían una lista de iglesias que estaban dispuestas a aceptar a estudiantes de Bowery, pero los estudiantes no estaban limitados a elegir solo las iglesias de la lista. Podían escoger cualquiera siempre que los consejeros lo supieran y lo aprobaran.

La mayoría de los estudiantes hacían uso de este privilegio ya que esto significaba estar fuera de Bowery Mission durante casi todo el domingo. Mientras para algunos de ellos eso significaba escuchar la palabra de Dios, y rezar y rezar, para otros era una ocasión para salir y reunirse con alguna mujer.

Según los estudiantes de Bowery, las iglesias exteriores eran el lugar perfecto para conocer a una mujer. Estaban llenas de mujeres solteras y solas de todas las edades. Por defecto, al ser mujeres fieles, eran personas, normalmente, llenas de compasión por aquellos hombres con problemas que intentaban ir por el buen camino y recuperarse de sus adicciones. Los hombres de Bowery, bien vestidos y bien alimentados gracias a Blessing-dale y las comidas del su cafetería, lucían normalmente muy atractivos.

Entre la gente de Bowery Mission se contaban historias de estudiantes que habían conocido a mujeres en las iglesias, que se habían enamorado, casado y que habían empezado una nueva vida juntos. Esa era la parte feliz.Había también historias sobre algunas mujeres que rondaban a los hombres de Bowery solo para satisfacer sus placeres sexuales el domingo. La información sobre estas mujeres y sobre las iglesias en las que se las podía encontrar, se pasaba con sumo cuidado de generación en generación de unos estudiantes a otros.

Víctor, que quería mucho a Michael, quería juntarle con alguna mujer de la Baptist Church, iglesia que se encontraba en el Upper West Side.

—Mike, tío, escucha. Las dos últimas veces que estuve en el programa de Bowery, solía ir a esa iglesia. Las dos veces estuve con esa mujer jamaicana. Era una verdadera fiera, tío. Tendrá unos cincuenta años y está muy bien. No sé por qué está soltera. Sea como sea, le gusta una polla más que el pan, y folla como si no hubiera mañana. La misa es de once a una. Vive cerca de la iglesia. Me llevaba a casa y allí pasábamos toda la tarde lamiéndonos como perros. Después me llevaba a Bowery. Y lo mejor de todo es que creo que prefiere a los blancos. Si quieres, podemos ir allí un día juntos y te la presento. Si no estuviera con mi novia, seguro que iría de nuevo a buscarla—dijo Víctor.

—Gracias, Víctor. Pero si necesitara una mujer, la buscaría yo mismo. No estoy tan desesperado como para convertirme en un gigoló—contestó Michael.

Michael decidió ir a la iglesia del pastor Charles. Meses antes el pastor le había dicho que le gustaría que Michael fuera a visitarle y Michael le había prometido que lo haría. Estaba en el Bronx, en White Plains Road. Se había construido como una iglesia católica, pero la congregación del pastor Charles se había instaurado allí hacía ya algunos años y la habían convertido en una iglesia pentecostal llamada The Pentecostal Church of God. A Michael le gustaba que el mobiliario interior y la decoración estuvieran intactos. Le gustaba que tuviera la apariencia de una iglesia tradicional.

El pastor Charles era el pastor mayor de la gran congregación mixta. Aunque en su mayoría estaba formada por haitianos, había franceses, canadienses, afroamericanos, latinos, chinos y blancos. La misa se daba tanto en inglés como en francés.

El hecho de ir a una iglesia pentecostal en el Bronx era una experiencia agradable. Nunca antes había asistido a una y era interesante analizar lo distinta que era la misa de la que se daba en una iglesia tradicional. Los feligreses de la iglesia del pastor Charles fueron amables con Michael, aunque exceptuando las conversaciones cordiales, no habló demasiado con ellos. Pensaba que no iría allí una vez que dejara Bowery Mission y no quería acercarse demasiado a nadie.

Pero el hecho de poder salir los domingos desde las ocho de la mañana hasta altas horas de la tarde le sentaba bien. La misa era de nueve a once, y el resto del tiempo Michael lo pasaba dando vueltas por la ciudad. A menudo, cuando volvía a Bowery, cogía el tren número 4 en la 86 con Lexington Avenue y andaba camino abajo por Bowery Street.

A veces se paraba en St. Stephan, la iglesia católica que había en la 31 con Lexington. Llegaba justo a la hora de la comunión, al final de la misa. Le gustaba esa iglesia y le gustaba tomar la comunión siempre que podía. En la iglesia pentecostal del pastor Charles, solo había comunión el primer domingo de cada mes. Además, en vez de vino tomaban zumo de uva. Michael prefería vino de verdad.

Después de volver a Mission, Michael se cambiaba la ropa de domingo, se ponía algo más normal y se iba al vestuario para deshacer y colocar las cajas que habían llegado de las donaciones del domingo. El domingo era un día importante para las donaciones porque la gente solía hacer limpieza de sus armarios los fines de semana y entregaba lo que donaba el domingo.

Por la tarde se daba su paseo de rigor por Mercer Street, siempre después de cenar. Lo último que había apuntado en su horario para el domingo era, antes de irse a la cama, organizar a los chicos de la quinta planta para que sacaran la basura. Era un trabajo asqueroso y duro para la mayoría, y lo odiaban, pero se tenía que hacer dos veces a la semana, los miércoles y los domingos. Para Michael era como jugar con ellos al juego del gato y el ratón. De alguna forma, siempre que se tenía que sacar la basura la gente desaparecía y Michael tenía que recorrerse Mission de arriba a abajo para encontrarles. Algunos obviaban sus responsabilidades a veces, pero a Michael no le importaba. Sabía que él mismo actuaría de la misma forma si estuviera en su lugar. Los que les tocaba sacar la basura iban quejándose a Michael por aquellos que no querían ocuparse de sus tareas, así acababa el día. Michael siempre decía que se ocuparía de los tramposos, pero cuando apagaba las luces de la habitación, todo se olvidaba hasta el día siguiente.

—Buenos días, pastor—dijo Michael mientras entraba a la oficina del pastor Charles.

—Buenos días, Michael —dijo el pastor sonriendo—. Veo que después de más de cuatro meses aquí, sigues sin saber que hay que llamar a la puerta antes de entrar.

—Pastor, las puertas de tu oficina son de cristal. Puedo ver a través de él si estás ocupado o no ¿Qué sentido tiene llamar? Me ves al otro lado de la puerta, ¿o no?

—Sí, Sí, señor filósofo. Volvamos a tu historia ¡Vamos a trabajar un poco! Acabo de mirar mis notas ¿Sabes que tengo más de cien páginas de anotaciones sobre ti? Puede que algún día escriba un libro —dijo el pastor dirigiéndose a Michael—. Te escucho.

—Bien. Nos quedamos en que mis hijas y mi primera mujer venían a Nueva York. Pues así fue. Recuerdo que vinieron a finales de marzo. El invierno era todavía bastante duro en Nueva York, y ese día estaba nevando. Peter me dejó su pequeña furgoneta y fui hacia el aeropuerto de La Guardia a recoger a mis hijas y a su madre.

—No me acuerdo si me habías dicho el nombre de tu

primera mujer ¿Me lo has dicho?—interrumpió el pastor a Michael.

—No, creo que no. Se llamaba Natasha. Un nombre ruso. Su padre era comunista y le gustaban los nombres rusos —dijo Michael y continuó—. Sigamos. En el momento en el que vi a Natasha salir de la terminal con las niñas supe que me había equivocado. Pero era demasiado tarde.

—¿Por qué dices eso?—le preguntó el pastor subiendo las cejas.

—No sé, pastor. Algo me decía que me estaba equivocando. Natasha parecía distinta. No tiene que ver con la edad. Es que parecía otra persona distinta a la mujer de la que me enamoré, con la que me había casada y había tenido dos niñas. Parecía una persona a la que nunca había conocido. Como una completa extraña. Las niñas estaban más grandes. Después de todo habían pasado ocho años. Cuando me fui, una tenía dos años y la otra uno. Pero bueno, reprimí mis pensamientos, abrí mis brazos y me agaché para abrazar a mis hijas. Las llevé a mi apartamento y al día siguiente me fui a matricularlas en una escuela pública que había en la 82 con la Segunda Avenida, en la esquina de mi calle.

Los diez años siguientes mi vida privada se centró en criar a mis hijas. No sé si fui un buen padre o no, pero trabajé mucho para darles lo mejor.

—¿Qué pasó con tu hija de tu segundo matrimonio?— preguntó el pastor.

—Blanca venía con su madre a Nueva York con frecuencia desde Los Ángeles, unas cuantas veces al año. Normalmente en vacaciones. Sarah la dejaba quedarse en mi casa unos cuantos días. Con el tiempo las niñas se pudieron conocer y se gustaron. Eso me hacía muy feliz.

—¿Y qué pasó con Natasha?

—No sé. No sé lo que pretendía. Yo no la pedí otra cosa que cuidar de las niñas. No trabajaba. Y legalmente tampoco podía hacerlo porque no tenía papeles. Por las niñas y por el resto del mundo pretendíamos ser un matrimonio, pero nunca quise casarme con ella de nuevo. Así que estaba esperando a que le dieran otro visado de trabajo. Pero los años pasaban.

—¿Por qué no querías casarte con ella de nuevo?—le preguntó el pastor.

—Creo que nunca me recupero del todo de mis enfados. Y estaba enfadado por muchas cosas. Lo primero de todo es que nunca le perdonaré el hecho de que se divorciara de mí la primera vez. Sí, es cierto, fui yo el que lo lió todo. Pero la razón por la que lo hice fue porque quería una vida mejor para nosotros. Ella debería haberlo sabido y haber seguido a mi lado, no divorciarse. Luego, cuando abrí mi primera panadería y estaba pensando en traerme a mis hijas y a ella de Rumanía y en reunirme con ellas en las mejores circunstancias, ella ya estaba liándose con ese loco abusador con el que se casó. Y cada vez que la miraba mi acordaba de Miriam. Miriam era una chica tan dulce... Y también de Audrey. Ambas era perfectas para mí y me habían dejado por mis exmujeres. Eso no podía olvidarlo. Era un hombre muy enfadado. Una cosa era criar a mis hijas. Ellas eran mi responsabilidad tanto como la suya. Pero casarme con ella era una historia completamente distinta. Sería como aceptar una derrota.

—Pero Michael, casi todo lo que ocurre en nuestras vidas, exceptuando pocas cosas, pasa como resultado de nuestras decisiones. No estoy diciendo que Natasha o Sarah o cualquiera de las otras mujeres estuvieran en lo cierto ni que no, pero parece que más a menudo de lo que crees, eras tú el que tomaba las decisiones. Si tú hubieras tomado decisiones distintas, probablemente las cosas no hubieran sido igual— dijo el pastor.

—Creo que no me has entendido bien. No estoy culpando a Natasha ni a Sarah por nada. Todo lo veo como la mano de Dios, como nuestro destino, como algo que tenía que pasar. Si a alguien culpo es a mí mismo. Estaba enfadado conmigo mismo y aún lo estoy. Siento como que en dos ocasiones Dios me ha mandado a dos ángeles para que me cuiden y que yo les he echado a un lado con mis acciones. He sido un hombre débil. Cuando me acosté con Sarah y la dejé embarazada no fue porque quisiera follármela una vez más. Fue porque me engañó viniendo a llorar a mi hombro. Y Audrey se marchó. Cuando le dije a Natasha que viniera a Nueva York con las niñas, no fue porque quisiera avivar la llama de nuestro amor. Allí ya no quedaba nada. Fue por las niñas. Y luego Miriam se marchó.

—Michael, eso fue algo bueno. Tener niños implica tener responsabilidades. Y tú las tuviste. Hay veces en la vida en las que tienes que sacrificar ciertas cosas en beneficio de tus hijos. Los queremos como nuestro Padre hace con nosotros. Nuestro Padre mandó a su hijo a morir en la cruz por nuestra salvación. Se sacrificó Él mismo por nosotros, pecadores. Es algo que todos los que somos padres tenemos que pensar y de lo que tenemos que aprender. Dios no nos pide que muramos en la cruz por nuestros hijos, pero sí que les amemos y les cuidemos como Él lo hace con nosotros. Así que creo que hiciste lo correcto a pesar de tus pensamientos. Así lo hiciste y así es como yo lo veo, al menos no fuiste egoísta —dijo el pastor y añadió—. Tuviste un nuevo comienzo para tu vida.

—Para mí fue más como una vuelta a las andadas que como un nuevo comienzo —dijo Michael con tristeza—. Sea como sea, dejémoslo estar.

Los días de Waldorf

XVII

A finales del quinto mes, Michael era uno de los estudiantes más queridos. Todo el mundo le conocía y todo el mundo tenía algo bueno que decir sobre él. Al director le gustaba por estar en la quinta planta como capitán. Al pastor Paul le gustaba por llevar el vestuario y el programa de duchas con entusiasmo y dedicación. A los estudiantes del programa les gustaba por darles la ropa adecuada, incluso cuando no tenían la hoja de permiso de sus consejeros. A la gente sin hogar les gustaba por estar siempre dispuesto a ayudarles en todo lo que necesitaban. Les dejaba ducharse cuando no entraba en el programa, les daba zapatos nuevos, ropa de abrigo, mantas y, casi siempre, algún que otro cigarro. Ellos sabían que no rechazaría ningún cigarro si se lo daban. Siempre estaba dispuesto a dar buenos consejos a los estudiantes nuevos y a tutorizar a aquellos que se estaban preparando para los exámenes. Escribía currículums para los estudiantes que buscaban trabajo y a menudo rellenaba sus solicitudes de trabajo. Los consejeros notaban que tenía una influencia positiva sobre los demás y le respetaban por eso.

En una ocasión el pastor Lee Quinones le dijo que debería considerar el hecho de quedarse en Bowery Mission, de convertirse en un entrenador y de trabajar como consejero o director.

«Michael, si te quedas aquí a trabajar con nosotros, sería beneficioso para ti en muchos sentidos. El salario no es muy alto. No podrás hacerte rico. Pero podrías vivir aquí sin pagar nada, tener tu propia habitación, comer sin pagar nada en el comedor, trabajar con los estudiantes y, en tu tiempo libre, podrías escribir sin preocuparte por nada. Además, rodeado de todas estas historias de nuestros estudiantes y de la gente sin hogar, tendrás una fuente inagotable de inspiración para tus escritos. Es un entorno perfecto para un escritor».

Sin embargo Michael esperaba con ansia el día que saliera de Bowery. A pesar de todos los beneficios que tenía estar en Bowery Mission, este lugar era demasiado depresivo para él. Era además, un recordatorio constante del último error que había tenido en su vida, de estar en la calle sin tener ningún sitio al que ir ni ningún amigo al que pedir ayuda. Estaba muy agradecido al personal por aceptarle en el peor momento de su vida y por darle toda la ayuda que le habían dado para recuperar su fortaleza, su confianza y su dignidad. Él les respetaba por el trabajo que habían hecho. La dedicación que tenían para con los necesitados era obvia a cada paso que daban. Era la cosa más noble que se podía hacer por el ser humano. A pesar de todo eso Michal no quería formar parte de ello.

Le gustaba el pastor Charles, pero no le veía ningún sentido a las sesiones que tenía con él. Si no fueran parte obligatoria del programa, nunca las hubiera tenido. Claro que nunca antes había estado en ningún tipo de terapia, así que no sabía cómo funcionaba o cuales eran sus propósitos. Pero en su cabeza lo único que había es que le había estado contando la historia de su vida durante cinco meses. Puede que el simple hecho de contarle su vida a alguien le diera la oportunidad de analizarla desde una perspectiva diferente; algo así podría ser beneficioso. Pero no se sentía distinto.

Michael estaba convencido de que todo en su vida no era más que destino; cosas que tenían que pasar como habían pasado, cosas que no habrían cambiado por mucho que hubiera querido. Sí, sentía mucha añoranza por la gente a la que quería y a la que había perdido, pero creía que todo había pasado por alguna razón. Llegado el momento, obtendría la recompensa por todo el sufrimiento.

Aquel lunes por la mañana, antes de ir a la oficina del pastor Charles, Michael compró dos cafés, un trozo de pizza de queso y un *bagel* tostado con crema de queso.

—Buenos días, pastor. He traído algo bueno para desayunar. Espero que no hayas comido. Esto es tuyo—le dijo Michael mientras entraba en la oficina.

—No, sabes que nunca como antes de venir ¿A qué le debemos esto? ¿Has conseguido un nuevo trabajo?—preguntó el pastor mientras cogía el café y la bolsita con el trozo de pizza de la mano de Michael.

—No, pero hoy hace exactamente cinco meses desde que llegué a Bowery. Es un tipo de aniversario. Pero lo mejor es que solo me queda un mes para irme.

—Sí, pero te quedarás otros seis meses hasta que completes el programa para ahorrar dinero, ¿no?—preguntó el pastor.

—No necesariamente seis meses. Tan pronto como crea que tengo lo suficiente como para alquilarme un apartamento, me iré.

—No tienes que correr, Michael, lo sabes. Tienes que estar seguro de que podrás vivir por ti solo. No quiero verte aquí de nuevo en unos pocos meses.

—No, pastor, esto no volverá a pasar ¡Nunca!—dijo Michael.

—Bien, así que tienes claro que nadie te está empujando a salir de aquí. Usa tu tiempo libre para ahorrar dinero y hacer más fuerte tu negocio. Es una oportunidad —dijo el pastor Charles antes de morder su trozo de pizza—. Mmm... está buena... tiene una masa crujiente.

—Solía hacer buenas pizzas cuando estaba en Fratelli. A todo el mundo le gustaban. La gente compraba mis pizzas y se las llevaba hasta Texas—decía Michael.

—¿En serio? Deberías venir un día a mi casa y podríamos cocinar juntos. A mi mujer le encanta la comida italiana y, por supuesto, a mis niños les encanta la pizza. Podrían vivir solo de comer pizza, hamburguesa y Coca-cola.

Terminaron su desayuno y el café. Michael disfrutó de aquel bagel tostado con sésamo y crema de queso. Le encantaban. El bagel era un tipo de pan que nunca había llegado a dominar. Aunque pensaba que algún día lo haría. Siempre había soñado con tener una casa con un patio y con un pequeño horno de ladrillo en el exterior parta que pudiera hacer pan casero a diario.

—Bueno Michael, me gustaría oír algo sobre tu vida profesional durante el tiempo que pasaste con tus dos hijas y tu exmujer ¿Cuánto tiempo estuviste con Peter en su panadería y qué hiciste después?—preguntó el pastor.

—Estuve con Peter durante otro año. Era un buen lugar para trabajar. El negocio iba bien pero no crecía. Hiciéramos lo que hiciéramos, los ingresos medios eran siempre los mismos. No me hubiera importado estar solo. Pero necesitaba ganar dinero. El apartamento en Upper East Side no era barato. Las niñas estaban en una edad en la que lo querían todo y no podían entender que no hubiera dinero para ciertas cosas. Y no solo eso. Quería darlas más de lo que podía.

Peter sabía que pasado un tiempo no podrían pagarme. Y yo intentaba ser justo con ellos. Tenía un ayudante, un chico mejicano ilegal. Su nombre era Chicco. Era joven, tenía unos veinte años, pero era inteligente. Le enseñé bien. Después de un tiempo, sería capaz de trabajar solo. También enseñé al padre de Peter a hornear pan. No quería irme de allí ni hacer que se hundiera nada.

Pronto me llegó una buena oportunidad de trabajo. El hotel Waldorf Astoria estaba buscando a un ayudante de chef para repostería. No solo era un puesto bien pagado en un hotel de renombre, si no que era un puesto de trabajo muy seguro. Teniendo en cuenta que era un trabajo con sindicato, tendría todos los beneficios que tienen ese tipo de puestos.

Así que lo solicité y fui a muchas entrevistas: con el chef ejecutivo John Doherty, con el encargado de la alimentación y la bebida y con el director de Recursos Humanos. Nunca antes había trabajado para una empresa grande, así que todas esas entrevistas eran una novedad para mí. Finalmente el chef ejecutivo me pidió que presentara un ejemplo de lo que sabía hacer sobre repostería. Me fui por la mañana, trabajé todo el día e hice muchas muestras de mis mejores postres. Conseguí el trabajo.

Estaba emocionado. El hecho de trabajar en el hotel Waldorf Astoria era para cualquier chef el nivel más alto al que se podía aspirar. Y de nuevo me sentía en lo más alto. La primera vez que me había sentido así fue cuando abrí mi primera panadería y escribieron un artículo sobre mí en el New York Times.

También era la primer vez que tenía un horario de trabajo normal. Trabajaba de siete de la mañana a tres de la tarde y me pagaban las horas extra. También pagaban más por trabajar en vacaciones y durante los fines de semana.

A pesar de mi amplia experiencia culinaria y de trabajar durante ocho horas en panaderías y restaurantes, el trabajo en Waldorf Astoria era completamente diferente. La cantidad de postres de calidad que hacíamos a diario era increíble. El chef ejecutivo de repostería se encargaba de la tienda y tenía dos ayudantes. Yo era uno de ellos. Por debajo nuestra había dieciséis cocineros con experiencia.

También fue la primera vez en mi vida en la que trabajé para clientes famosos. La gente que se hospedaba en el Waldorf Astoria era gente poderosa, rica y de las personas más famosas dentro del mundo de la política, los negocios y el ocio de todo el mundo. En una ocasión durante una de las sesiones anuales de las Naciones Unidas, hice postres para más de cien presidentes y primeros ministros de todo el mundo, también para el presidente de los Estados Unidos.

Después de un tiempo me convertí en el primer ayudante del chef. Entre mis responsabilidades se encontraban hacer pasteles especiales para cumpleaños, aniversarios y bodas.

Mis habilidades como decorador de pasteles mejoraron hasta alcanzar la perfección. Recuerdo el pastel de cumpleaños que le hice al cardenal O'Connor. Era un pastel de cinco pisos rodeado de merengue. Era una obra de arte.

La gente del hotel y de la industria de la restauración empezaba de nuevo a apreciar mi trabajo. El perfil de celebridad que una vez tuve como maestro panadero y que había muerto cuando perdí mi panadería de Nyack, volvió en sí.

Mis niñas disfrutaban de los beneficios de mi trabajo. Casi cada domingo venían al hotel Astoria para almorzar. Y ni que decir tiene que tomaban el almuerzo más caro de todo Nueva York sin pagar nada. Era uno de los muchos beneficios que tenía por ser chef en Waldorf.

Les gustaba que su padre trabajara allí. Cada día, cuando volvía a casa, me preguntaban que para qué famoso había cocinado.

—¿Cómo era tu vida privada por aquel entonces?—le preguntó el pastor Charles interrumpiendo la narración de Michael.

—Era estable y normal. Las niñas iban al colegio, Natasha cuidaba de la casa, se ocupaba de todas las responsabilidades del hogar y ayudaba a las niñas con los deberes. Cada día volvía a casa, ya tenía mi comida preparada y mi camisa planchada para el día siguiente. Los viernes por la noche, las llevaba a todas a cenar a un restaurante cercano. Compré una Pontiac y los fines de semana me las llevaba al norte de Nueva York o a las montañas de Pocono para pasar el día. A las niñas les gustaba que saliéramos de la ciudad. A veces salíamos y les dejaba elegir qué carretera coger e íbamos donde la carretera nos llevase. Lo pasábamos bien... o al menos eso pensaba yo.

—¿Por qué dices eso Michael? ¿Eras feliz con las niñas y con Natasha?—preguntó el pastor.

—Sí y no. No sé cómo explicarlo. Estaba feliz por ver crecer a mis hijas y por verlas convertirse en bonitas señoritas. Estaba orgulloso de ellas y de su inteligencia. Estaba orgulloso de sus logros en la escuela. Eran buenas niñas. Nunca tuve ningún problema con ellas como lo tienen otros padres.

Pero había algo dentro de mí que me angustiaba. No puedo explicarlo. Sabía que lo estaba haciendo bien. Pero me encontraba fuera de lugar. Como si no perteneciera a ese mundo.

Después de un tiempo empecé a compartir cama con Natasha. Creo que a ella le gustaba. Creo que volvía a verme como su marido. Pero sabía que no la quería. Para mí era más el hecho de tener cerca el cuerpo de una mujer en mi cama para satisfacer mis necesidades, que el hecho de que estuviera amando a alguien. Durante todos aquellos años no me fijé en ninguna mujer. Coqueteaba con toda falda que se ponía en mi camino, pero nada más. Probablemente no tuve nada por no hacer daño a mis hijas. Créeme, pastor, no fue fácil. En el trabajo estaba rodeado de mujeres bonitas y libres. Mujeres que lucían tremendamente guapas con aquel uniforme de trabajo blanco.

Me odiaba a mí mismo por pretender que todo era normal con Natasha. Pero una vez que la acepté en mi cama, no hubo vuelta atrás. De nuevo tenía miedo de hacer daño a mis hijas. Así que por eso digo que era feliz y no al mismo tiempo. En lo más profundo de mí sentía que mi lugar estaba en otro sitio. Por otro lado, me sentía muy culpable por pensar así. Mi alma era como una bomba a punto de estallar. No sabía cuando, pero lo era.

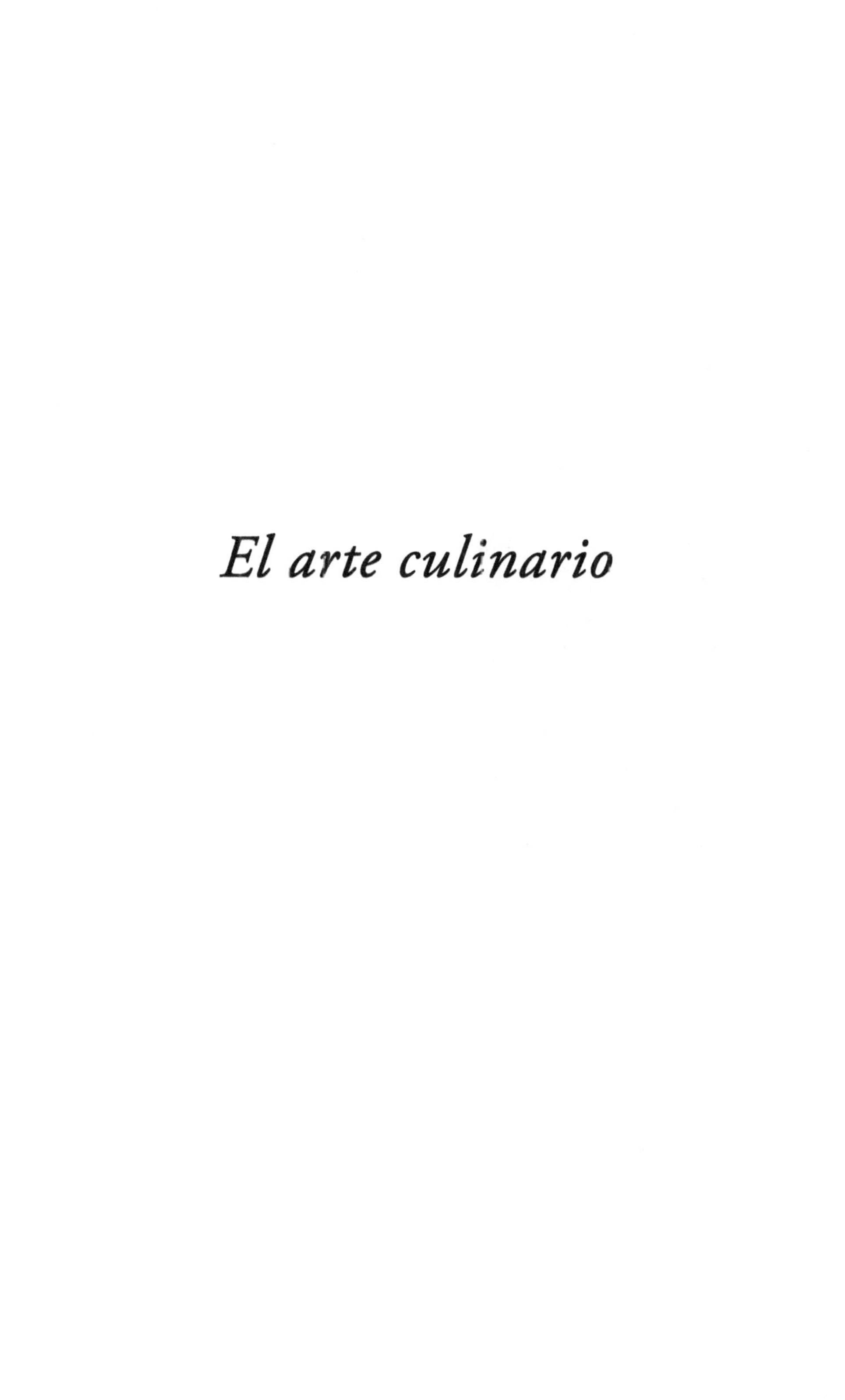

El arte culinario

XVIII

Rick entró en el vestuario. Aquella mañana parecía estar de mal humor. El día anterior había llegado de la cárcel de Brooklyn County, situada en Atlantic Avenue. Había pasado allí los últimos treinta días por una antigua orden de arresto por conducta desordenada.

Había completado el programa en Bowery Mission hacía un mes, le habían aprobado la pensión por invalidez y le quedaba poco para irse. Estaba esperando a recibir la aprobación de su sección, la ocho, por el apartamento que había solicitado.

Jeremiah y Michael estaban allí colocando la ropa que había llegado de las donaciones el fin de semana.

—¿Qué pasa contigo, Rick? No pareces muy contento esta mañana—preguntó Jeremiah.

—Tú tampoco estarías contento si hubieras pasado treinta días entre rejas. Si la policía no me hubiera encontrado, ya estaría fuera de Bowery Mission en mi nuevo apartamento. La puta de mi mujer se negó a pagar la multa así que tuve que pasar treinta días en el talego. ¿Te lo imaginas? Después de todo lo hice por ella. Hablé con esa puta ayer. No dejará a mi hija venir a visitarme al apartamento. Le dije que iba a salir de Bowery y que me iba a un bonito apartamento en el Bronx. No quería escucharme. Así que si quiero ver a mi hija, tendré que ir a Brooklyn. No me dejará a solas con ella. No sé como pude casarme con esa puta—dijo Rick mostrando enfado en su tono de voz.

—Ja, ja, ja, no te quejabas cuando te la follabas—dijo Jeremiah riéndose.

—Sí, esa puta ha sido mi perdición. Si hubiera pagado a una puta de verdad, me hubiera salido mejor la jugada. Esta es demasiado cara. Compré una casa y la puse a su nombre. Compré un coche a su nombre. Nunca ha trabajado ni un minuto mientras hemos estado casados. La he tratado como a una reina—dijo Rick.

—Venga, Rick, cuando estabas borracho tú mismo me has dicho que le has dado muchas palizas, que le has tratado como a una mierda. Ha ido a urgencias en muchas ocasiones y ha tenido que mentir para que no te arrestaran diciendo que alguien la había atacado en la calle. Eso no es tratar a nadie como a una reina—dijo Michael.

—Sí, pero todo eso fue después de que me diera a la bebida. Perdí los papeles. Ese no era yo. Empecé a beber más cuando ella me rechazó. Siempre encontraba alguna excusa para no acostarse conmigo. Luego se cambió a la habitación de nuestra hija. Cuando le preguntaba que por qué hacía eso, me decía que le molestaban mis ronquidos. No la he molestado durante 10 años—contestó Rick.

—Bueno, deberías haber pensado en todo eso cuando te casaste con ella. Ella era veintisiete años más joven que tú —

dijo Jeremiah—. Ahora tienes sesenta y dos y ella treinta y cinco. Ella no necesita a un vejestorio enfermo a su lado; lo que necesita es una buena polla que la mantenga ocupada toda la noche, ja, ja, ja.

—¡Controla esa boca, chico o te mantendré yo a ti ocupado toda la noche! Mi polla funciona muy bien. Pero una puta será siempre una puta. Te camela, te echa un polvo, te quita todo tu dinero y te tira a la calle como si fueras basura. Sabes —continuó Rick—, cuando me dio el ataque al corazón y luego el derrame cerebral, ella nunca me visitó en el hospital ni llevó a mi hija. Me podría haber muerto y mi hija no hubiera visto a su padre por última vez ¿No es eso obra de un demonio? Cuando la pregunté que por qué lo había hecho me dijo que no quería que nuestra hija se pusiera triste por ver a su padre así. Menuda puta. Vino a mí con una pequeña maleta y con unas chanclas de noventa y nueve céntimos. Yo la he dado todo. Era ilegal. Conseguí sus papeles. Nunca ha trabajado. Incluso ahora, no está trabajando. Alquila habitaciones en nuestro apartamento. Tenemos siete habitaciones de más. ¿Sabes la cantidad de dinero que es eso a la semana? Y todavía quiere un tercio de mi pensión para mantener a la niña. Se queja incluso porque no tiene suficiente ¡Cómo si yo ganara dinero! ¿De dónde lo saco?, ¿de dónde?

—Vale, Rick, olvídalo. Es agua pasada. No puede deshacerse ya —dijo Michael interrumpiendo a Rick—. Dime otra cosa, ¿tienes ya todo lo que necesitas para tu apartamento?

—Bueno, el director me ha dicho que coja una de las televisiones que donan a Bowery que está en el sótano. La ropa de casa, el edredón y la almohada las he cogido de aquí. Ya está todo empaquetado. La vajilla me la ha dado también el pastor Paul. He oído hablar del Departamento del Hogar, así que cuando tenga la dirección del apartamento iré para comprar un sofá cama, una mesa y unas sillas. Y ya estará todo—contestó Rick.

—¿Qué pasará con la mudanza? ¿Has hablado con el director para que te dejen una furgoneta?—preguntó Jeremiah.

—Sí. Me dijo que se lo dijera un día antes y que la furgoneta de transportes de Bowery Mission llevaría todas mis cosas desde aquí a mi apartamento en el Bronx.

—Y después, cuando te mudes, podremos ir a visitarte y llevar chicas —dijo Jeremiah—, y algo de bebida.

—Oh, no... bebida no... no bromees con eso. Quiero ver a mi hija crecer. No más bebida en mi vida. Si sigo así, me matará. Eso si las catorce pastillas que me estoy tomando a diario no me matan antes. Pero chicas sí puedes traer—dijo Rick sonriendo.

—¿Tomas catorce pastillas al día? —preguntó Michael sorprendido— ¿Para qué, tío?

—Para todo: para la diabetes, el colesterol, el corazón, para la bipolaridad... Todo lo que digas, yo lo tengo—contestó Rick.

Michael miró su reloj. Era hora de ver al pastor Charles.

—Bueno chicos, me voy a ver al pastor Charles. Terminad esto sin mí. Estaré de vuelta en una hora—le dijo Michael a Jeremiah y a Rick y se marchó.

Mientras subía las escaleras pensaba en Rick y en su nuevo comienzo. Con suerte no volvería a beber, cuidaría su corazón y pasaría en paz el resto de sus días. Era otra de las tragedias sobre las que Michael no quería oír hablar, pero quisiera o no le tocaba. Le inquietaba. Había ochenta estudiantes en el programa de Bowery Mission. Y todos tenían una historia peor o igual a la de Rick.

—Hola, pastor, ¿cómo estás esta mañana?—dijo Michael mientras entraba en la oficina del pastor Charles. Se sentó de un salto en la silla que había al lado de la mesa del pastor.

—Buenos días, Michael. Parece que estás alegre y animado esta mañana.

—Oh, pastor, es que tengo que estarlo. Después de escuchar a los chicos del programa hablando de sus vidas he llegado a la conclusión de que no estoy tan mal. Podría ser peor—dijo Michael y sonrió.

—¿Por qué? ¿Qué has escuchado ahora?—preguntó el pastor.

—Nada, ahí abajo, en el vestuario, he estado hablando con Rick. Llegó ayer de la cárcel. Y como siempre, estaba quejándose de su mujer. No le defiendo, pero no entiendo muy bien por qué ella no pagó la multa para que no pasara treinta días en la cárcel. Después de todo, es su mujer.

—Michael, Rick no ha sido bueno durante muchos años. Me sorprende que no haya terminado en la cárcel por violencia de género. Hay también historias que cuentan que abusó sexualmente de su hija cuando tan solo tenía ocho años, pero eso no va ya a ningún sitio. Parece que su mujer no quiere someter a su hija a más torturas psicológicas ni que la asuste de por vida. No quiero cooperar con la investigación, pero fue cuando echó a Rick de casa cuando puso contra él una orden de alejamiento. Así que la misma historia tiene muchas versiones. Cuando miras a Rick, al que tú llamas «mi Rick», parece un hombre dulce que no es capaz de hacer daño a alguien. Se compadece de todo el mundo. Pero es un gran impostor con un alma horrible. Estoy contento de que se vaya pronto. Nuestro programa no le ha ayudado mucho. Tiene por delante un largo camino en el que se tendrá que enfrentar a sí mismo y al Señor. Claro que, de esto, nada, por favor. No debería estar hablándote así. Espero que el Señor me perdone—dijo el pastor bajando la cabeza y su tono de voz.

—No te preocupes, pastor. Guardaré el secreto. A propósito, me gustó el sermón que diste ayer en la iglesia—dijo Michael.

—¿Sí? ¿Qué es lo que te gustó?, ¿qué sacaste de él?—preguntó el pastor elevando la cabeza.

Le había pillado en una mentira innecesaria. No recordaba mucho de lo que había contado el pastor en el sermón. Solo quería decir algo para cambiar de tema y que el pastor se alegrara.

—Bueno es que cada vez que te oigo hablar —empezó a decir Michael intentando desesperadamente encontrar las palabras que taparan un mentira—, siento que quiero saltar, subir al púlpito y dar mi testimonio. Tus palabras siempre suben la moral y son muy inspiradoras, pastor.

El pastor sonrió. —Gracias, Michael. Lo que has dicho es muy bonito. Puede que no sea mala idea que subas a dar tu testimonio uno de estos domingos. De hecho, hablaré con nuestro secretario para que te incluya en el programa para el próximo domingo ¿Qué piensas?

Michael se sentía atrapado, pero ya no había marcha atrás. Él mismo se había metido ahí por se tan bocazas. Odiaba los testimonios. El hecho de ponerse ahí, delante de un montón de gente a la que no conocía y de hablar de su experiencia espiritual y de cómo Dios había hecho el bien en su vida no iba con él.

—Claro, pastor. Me gustaría—dijo Michael.

—Bien. Llamaré a nuestro secretario y tendrás una semana para pensar en lo que vas a decir. Ahora volvamos a lo nuestro. El pasado lunes me hablabas de los días que pasaste en Waldorf y de tu vida con las niñas y con Natasha. Continuemos con esa historia. Te escucho—dijo el pastor y se echó hacia atrás en la silla intentando ponerse cómodo.

—Sí, me acuerdo donde nos habíamos quedado. Bueno, estuve en el Waldorf Astoria durante casi cuatro años. Mientras estuve allí, el chef ejecutivo de repostería se marchó y todo el mundo pensaba que me ofrecerían el puesto; sin embargo, el chef Dohery pensaba de forma distinta y trajo a otro chef de fuera para que llevara la tienda. A mí no me importó mucho. No me dolió. Pero fue ahí cuando empecé a pensar que yo podría llegar a ser jefe ejecutivo de repostería.

No tendría que esperar mucho para que me ofrecieran la oportunidad. La oferta de trabajo me llegó del Hotel Península, situado en la Quinta Avenida con la 55. Pagaban mucho mejor que en el Waldorf así que, acepté.

El Península era un hotel tipo *boutique* para los ricos y famosos. Para conseguir el trabajo tuve que firmar un acuerdo de confidencialidad en el que declaraba que nunca revelaría los nombres de los huéspedes ni hablaría de ellos. Todo lo que tenía que ver con el hotel era secreto de sumario. El director general del hotel no esperaba menos de mí.

Fue allí donde llevé mis habilidades en el arte culinario hasta la perfección. Y de mí hablaron de nuevo los críticos gastronómicos. Ruth Rachel, del *New York Times* escribió una bonita crítica sobre mis postres. Pronto empecé a formar parte de la temática culinaria de Nueva York. Me invitaban a cocinar en actos benéficos en el James Beard House con otros chefs de renombre y en muchos otros sitios como en el Museo Metropolitano y en el Lincoln Center. No se celebraba ningún acontecimiento de carácter benéfico sin los postres del chef del Hotel Península.

Mis amigos me aconsejaron meterme en el mundo del espectáculo gastronómico. Pensaban que mi acento y mis fuertes rasgos serían muy atractivos; yo, sin embargo, no me imaginaba haciendo ese tipo de cosas. Me gustaba cocinar no era un animador.

Mientras estaba en el Península, acepté varios trabajillos que podía compaginar para preparar comida judía en algunos salones de hoteles que alquilaban. Cada día después del trabajo, me iba y trabajaba en alguno de esos banquetes como chef de repostería hasta bien entrada la noche. Algunas semanas trabajaba los siete días. Ganaba bien. Los catering de comida judía pagaban a los chefs doscientos dólares al final de cada fiesta por solo unas pocas horas de trabajo. Era un buen curro. De él me gustaba también el hecho de aprender sobre la comida judía. Al mismo tiempo, me gustaba porque era el dinero extra que necesitábamos. Pese a que el sueldo del Península estaba bien, nunca era suficiente. Las niñas crecían y sus necesidades eran cada vez mayores.

Natasha seguía sin trabajar. Y cada año los gastos domésticos subían un poco más en Nueva York.

A mí me sentaba bien trabajar mucho. Disfrutaba con lo que hacía. Por otro lado, era mi vía de escape. A veces me sentía mal por no pasar tanto tiempo con las chicas como cuando estaba en el Hotel Waldorf Astoria. Aunque, por otro lado, me excusaba a mí mismo con el hecho de traer más dinero para ellas.

De vez en cuando Natasha me hablaba de sus papeles y de que sería bueno que me casara con ella para que pudiera trabajar, pero yo la ignoraba. A veces la decía: «Hay doce millones de inmigrantes ilegales trabajando en este país. Si realmente quisieras trabajar, trabajarías».

Finalmente y después de muchos años, me hundí. No podía escucharla más. Empecé a pensar que realmente conseguiría un trabajo si nos casábamos. Sería más fácil para todos. Así que un día nos fuimos a una oficina del ayuntamiento que había en Brooklyn y nos casamos de nuevo.

Una vida mejor

XIX

«Desde el día en que nací, Dios todopoderoso y misericordioso ha estado siempre conmigo; yo, sin embargo, no siempre he estado con él». Está fue la línea general del testimonio de Michael el siguiente domingo en la iglesia del pastor Charles. Esto lo repitió en varias ocasiones mientras estaba hablando delante de toda esa cantidad de gente sobre las desgracias que le habían llevado a estar en Bowery Mission. No sabía si era un sentimiento verdadero o falso, pero sonaba bien y era algo que a los creyentes les gustaba oír. Al contrario, pensaba que muchas veces Dios le había dado la espalda. Y de nuevo, tampoco estaba seguro de esto último. Después de todo había tenido muchas buenas oportunidades en su vida. En la mayoría de los casos, no había sacado provecho de ellas por su propia elección. Había sido panadero jefe en la panadería de Jacob y se había marchado. Había sido socio de una panadería de éxito, y también lo había dejado. Había sido chef de repostería en el Waldorf Astoria y se marchó. Había sido chef ejecutivo pastelería en el Hotel Península y también lo había dejado. Su vida estaba llena de ejemplos de oportunidades que se le habían presentado y que había dejado marchar y en cada una de esas marchas había siempre una historia sobre una mujer. Siempre dejaba tras de sí un completo desastre.

«Sabes, Michael, hay hombres que se drogan y crean verdaderos desastres mientras que están drogados; otros beben y se comportan como bestias estando bajo la influencia del alcohol. Tú, Michael, tú te enamoras y pierdes el norte», solía decirle a menudo el pastor Charles. «Es lo mismo que drogarse. Tú también eres un adicto. Un adicto a las mujeres. Pero no en el sentido de la pornografía ni de la perversión sexual. El sexo es solo una parte de todo. Tu adicción se basa en el amor. Eres adicto a enamorarte. Y el único remedio para tu adicción es el amor incondicional, el amor de y por Dios. Ponte de su lado, Michael. Él te ama. Demuestra tu amor por Él y sanarás».

Michael no estaba de acuerdo con las conclusiones a las que había llegado el pastor Charles sobre su estado. Él no era un adicto. Sí, amaba a las mujeres. Lo admitía, pero, ¿es que había algún hombre que no lo hiciera? Él también amaba a Dios, pero a su manera. No necesitaba demostrar el amor que le tenía. Pensaba que su relación con Él era algo reservado para su intimidad. Además, los conceptos de «destino» y «misión divina» habían estado siempre presentes en su vida más que cualquier otra cosa. Siempre había tenido una extraña sensación de que todo estaba en su vida predestinado y de que él mismo era una misión de Dios. Lo que ocurría es que no sabía exactamente qué misión era ni dónde le llevaría ese destino.

Eran las cuatro de la mañana del lunes cuando Víctor despertó a Michael agitándole el hombro y susurrándole:

—Michael, Michael, despierta.

Michael abrió los ojos sin estar seguro de si estaba soñando o despierto. Aún estaba oscuro. Reconoció la voz de Víctor pero solo podía ver una sombra sobre su cabeza.

Michael miró a su reloj.

—Víctor, ¿qué pasa contigo? Son las cuatro. ¿Por qué no estás en tu cama durmiendo? —preguntó Michael—. Si el director te ve andando por ahí, se te caerá el pelo.

—Michael, necesito tu ayuda. Necesito veinte pavos. Por favor, Mike.

—¿Qué? ¿Por qué? —preguntó Michael sorprendido—. No tengo dinero ahora mismo. ¿Qué está pasando? ¿Estás metido en algún lío?

—Mi novia está fuera, en la calle. Necesita dinero para irse a Albania. Es una emergencia familiar. Quiero ayudarla. Está desesperada. Por favor, Mike. Te lo devolveré en cuanto pueda—dijo Víctor.

Michael sabía que algo iba mal. Víctor no sonaba convincente. Y la regla número uno era no dar dinero nunca a chicos como Víctor. No porque no lo fuera a devolver, si no porque lo más probable era que se gastase ese dinero en droga.

—Lo siento, Vic, no puedo ayudarte. Pídeselo a Jeremiah. Hoy no tengo nada. Con el dinero que me quedaba compré anoche un paquete de Malboro. ¿Por qué no esperas un par de horas hasta el desayuno y vemos qué podemos hacer?

Michael quería que Víctor esperara hasta que amaneciera.

Tenía una extraña sensación que le decía que no estaba metido en nada bueno.

Víctor se giró y salió de la habitación sin decir nada. Michael suspiró y se volvió a la cama. Tenía una hora más antes de que tuviera que levantarse. Normalmente se levantaba a las cinco, se afeitaba, se daba una ducha y se vestía; luego encendía las luces y despertaba a los demás. La hora oficial para levantarse eran las cinco y media.

En el desayuno Michael miró a su alrededor y no vio a Víctor. Luego vio a Jeremiah aproximarse a la mesa con su bandeja de comida.

—Jeremiah, ¿has visto a Víctor?—le preguntó Michael.

Jeremiah cogió su bandeja y la colocó en la mesa al lado de Michael. Se quitó las gafas y las limpió con una servilleta de papel.

—¿Y?—le preguntó Michael impaciente.

—¿Víctor? Veamos... ¿Te refieres al chico que me despertó a las cuatro de la mañana y que me zarandeó para que le diera cuarenta dólares que no volveré a ver? Sí, creo que le he visto, o al menos he visto su silueta. Todavía estaba oscuro.

—¿Y le diste los cuarenta dólares? ¿Estás loco?—le preguntó Michael sorprendido.

—¡Insistió! ¡¿Qué podía yo hacer!? ¡No se hubiera ido hasta que no le hubiera dado el dinero! Sabes como es Víctor cuando quiere algo. Me contó una historia sobre su novia, una emergencia o no sé qué. No entendí ni la mitad de lo que me dijo. Ha sido esta mañana, cuando me he despertado, cuando me he dado cuenta de lo que había pasado. Eran cuarenta de los sesenta dólares que mi abuela me había dado por mi cumpleaños. Debería haberme durado todo el mes—dijo Jeremiah.

—¿Y después de eso no le has visto, no?—preguntó Michael de nuevo.

—No, y no creo que se acostara anoche. Está en la litera que hay enfrente de la mía y anoche, cuando se apagaron las luces, él no estaba allí—dijo Jeremiah.

—Espero que no haya hecho ninguna tontería. Llegamos aquí el mismo día y solo le queda un mes para completar el programa. Además, esta es su tercera vez aquí. Sería una pena si recayera de nuevo—dijo Michael y siguió desayunando.

En ese momento el pastor Lee Quinones se dirigió a la mesa y se quedó de pie entre sus sillas.

—Buenos días, señores —dijo y continuó sin esperar a que los demás le diesen los buenos días—. ¿Visteis por casualidad alguno de vosotros anoche o esta mañana a vuestro compañero Víctor?

Michael y Jeremiah se miraron por un momento. Luego Michael elevó la cabeza y miró al pastor Lee.

—¿Por qué lo preguntas?—preguntó Michael.

—No, esa no es la respuesta correcta, Michael. No debes contestar a mi pregunta con otra pregunta. Eso me hace pensar que me estás escondiendo algo. Pero si lo quieres saber, parece que tu amigo no volvió ayer de la iglesia. No firmó, eso es lo que dijo el encargado de ayer. Todo lo que quiero saber es si se le olvidó firmar cuando llegó o si por el contrario, se ha ausentado sin permiso—dijo el pastor.

—Disculpa, pastor, pero yo no le he visto. Espero que esté por aquí—dijo Michael y miró a Jeremiah.

—Yo tampoco. Debe de estar por ahí con su novia. Viene

para comer cada día—dijo Jeremiah mirando a Michael.

—Mmm... veo que os habéis puesto de acuerdo. Vale, ya veré. Solo para que lo sepáis, he hablado con otros chicos de la cuarta y la quinta planta y me han dicho que Víctor despertó a algunos de ellos en mitad de la noche para pedirles dinero. Sacó más o menos cien dólares. Si le disteis dinero, no lo volveréis a ver. De todas formas, gracias por vuestra colaboración—dijo el pastor y se marchó.

Michael y Jeremiah se miraban.

—Mierda, ha recaído —dijo Jeremiah—. No me importan los cuarenta pavos, me siento mal por él. Lo estaba haciendo bien. Ambos habíamos aprobado el examen GED el mes pasado y estábamos listos para solicitar trabajo como botones en varios hoteles. Parecía decidido a vencer su adicción.

—Estas cosas pasan, Jeremiah. Le puede pasar a todo el mundo. Acuérdate de cuando te pillaron bebiendo. Si no hubiera sido por el pastor Charles, estarías fuera de aquí. Y quién sabe donde estarías ahora, en qué mierda estarías metido. Todos tenemos momentos de debilidad. Llegan cuando menos te lo esperas—dijo Michael son una sonrisa de tristeza.

Mientras subía las escaleras hacia la oficina del pastor Charles, Michael pensaba en Jeremiah y en todos los otros chicos que le habían dado dinero a Víctor. Pensaba en lo estúpidos que habían sido. No solo porque de forma desintencionada le había hecho daño, si no porque sabía que así se estaban saltando las reglas. El hecho de prestarse dinero entre estudiantes estaba totalmente prohibido. Técnicamente ninguno de ellos, excepto aquellos que ya habían completado el programa y estaban ya trabajando, podía tener dinero; sin embargo, muchos estudiantes encontraban la forma de tenerlo. Algunos de ellos solicitaban cupones de alimentos sin el consentimiento de sus consejeros. Luego los vendían en los bares cercanos, los cambiaban por dinero. Obtenían setenta dólares en efectivo por cien dólares en cupones de alimentos. Otros vendían ropa nueva en la calle que conseguían en Blessing-dale. Lo más solicitado eran las playeras. Era lo que se vendía con más facilidad.

Michael podría sacar mucho dinero de los relojes, los teléfonos, los portátiles y la joyería que la gente donaba. Podía llevárselo todo. Pero nunca lo hacía. Cuando llegaba algún aparato electrónico, algún reloj o algo de joyería de las donaciones, lo llevaba siempre a la oficina del director. No es que no estuviera tentado a llevárselo. A veces pensaba en llevarse algunas cosas o en venderlas, pero no podía hacerlo. Era feliz con la venta de libros donados a Strand. Parecía que ya todo el mundo conocía su pequeño negocio secreto. Pero nunca nadie le decía nada.

El pastor Charles subió las escaleras rápidamente detrás de Michael y le sacó de sus pensamientos.

—Buenos días, Michael

Michael miró hacia atrás.

—Oh, buenos días, pastor. No te he oído llegar.

—Sí, estabas en tu mundo. Mira, esta vez he sido yo quien ha traído el café. Es del bar de la esquina. Espero que no te importe—dijo el pastor.

—Claro que no—dijo Michael.

Entraron en la oficina del pastor y se sentaron. El pastor se giró hacia su ordenador y empezó a mirar el informe del fin de semana. Elevó las cejas y miró a Michael.

—¿Qué ha pasado con Víctor? El encargado ha informado de su ausencia.

—Creo que ha recaído. No volvió ayer de la iglesia pero parece que anoche se pasó por aquí, que pidió dinero a varios chicos y se volvió a marchar. Probablemente ahora ya esté drogado en alguna parte del este de Nueva York o en el Bronx—dijo Michael con desilusión.

—Bueno, me sorprende que haya durado tanto. Puede que lo consiga la próxima vez, si es que hay próxima vez. El problema es que nunca tiene la fuerza suficiente como para ponerse mejor. Nunca ha creído en Dios ni cree que exista una vida mejor. Una vez, cuando le pregunté que si creía en Dios me dijo: «No, pastor, no creo. Si vinieras a vivir a mi barrio durante el tiempo que quisieras, tú tampoco creerías » —el pastor dio un sorbo de café y continuó—. Bueno, ya vale de hablar de Víctor. Hablemos de ti. ¿Tú crees que existe una vida mejor? Me parece que tenías una buena vida cuando estabas con Natasha y con tus hijas, ¿no?

—Sí, esa es una buena pregunta. No lo sé. Ahora, mirando al pasado, diría que sí. Pero de nuevo te digo que nunca fui del todo feliz. En lo más profundo de mi alma siento un gran anhelo por algo o por alguien. No sé qué es ni por quién, ni tampoco sé dónde puedo encontrarlo. Es una tristeza inexplicable. Por otro lado, cada año que pasaba, trabajaba más y más. Ganaba más y más dinero, pero nunca sentía conseguir nada. Me sentía como si viviera con lo justo. No puedo decir que era como si sobreviviéramos con lo justo porque a mis hijas nunca las faltó de nada, pero en esencia, vivíamos prácticamente gastando un sueldo y esperando al siguiente. Nunca podía ahorrar nada. No importaba cuánto ganase, siempre se acababa todo pagando facturas, comida, ropa y otros útiles. Eso también me cabreaba. Veía a la gente de mi alrededor que ganaba lo mismo o menos dinero que yo, que se compraban casas, coches nuevos, barcos, casitas de verano y relojes caros ¡y no es que fuera por no tener familia a la que mantener! Podías ver cómo se hacían más ricos, cómo eran gente próspera. La única vez en la que yo he sentido algo así fue cuando tuve mi primera panadería. Después de eso, nunca más. Y lo normal es que hubiera sido diferente. Tenía más experiencia, un buen puesto, un buen sueldo, algo de dinero que me llegaba por otro lado, pero nunca ocurría.

No importaba lo duro que trabajase, me sentía estancado. Y no es que culpe a Natasha o a las niñas por ello. Salió de mí el hecho de mantenerlas, nunca me he arrepentido de ello. Así que... ¿tenía con ellas una vida mejor? No lo sé, pastor. No lo sé.

—¿Ibas a la iglesia, Michael? ¿Rezabas?—preguntó el pastor.

—¿A la iglesia? Sí, íbamos a la iglesia casi todos los domingos, pero no era muy fan del rezo, lo admito.

—¿Has pensado alguna vez que una vida mejor no se basa solo en acumular riqueza y en tener una vida cómoda? Para mí una vida mejor comenzó cuando acepté a Cristo y dediqué mi vida a predicar su palabra. Hasta entonces, viví experiencias parecidas a las tuyas. Fui durante años un vendedor de coches, uno bueno. Tenía un buen sueldo y ganaba buenas comisiones, pero al igual que tú, me sentía estancado. Me sentía vacío, como si hubiera algo más ahí fuera que necesitara. Una vez que acepté a Cristo, descubrí que podía tener una relación individual con Dios. Con un Dios que me amaba y que llenaba esa carencia que yo no sabía que tenía. Me entregué a Dios y Él me dio a cambio una vida mejor —dijo el pastor, que miró fijamente a Michael a los ojos durante un momento y continuó—. Puede que lo que tanto anhelas y no puedes explicar, sea Cristo. Te lo garantizo, Michael. Entrégate a Él, y te dará una vida mejor. Tu alma dejará de estar confusa.

Michael miró al pastor y sonrió. Admiraba su fe, pero no podía confiar en él lo suficiente como para contarle todo sobre Cristo, todo sobre la forma en la que se sentía.

Masones

XX

Michael se despertó con dolor de cabeza. Debía ser del aire acondicionado que tenían en las habitaciones de la quinta planta; estaba muy fuerte. Estaba encendido durante toda la noche. Michael prefería abrir las ventanas y tener aire natural, pero la mayoría de los estudiantes se quejaba, sobre todo durante las tan calurosas y húmedas noches de verano de Nueva York. Así que tenía que dejar encendido el aire acondicionado.

No necesitaba dolores de cabeza. Aquella mañana tenían un examen en la clase de Biblia que requería memorizar versos. Durante el fin de semana había estado bastante vago y pensaba en poder memorizarlas la mañana del lunes.

Las clases de Biblia eran desde las diez de la mañana hasta el medio día. Empezaban con media hora de rezos. Los estudiantes podían rezar en voz alta; mientras, los demás, podían acompañarles en sus oraciones. Los consejeros creían que el hecho de aprender a rezar era muy importante para los estudiantes. Y no solo eso, tenían que aprender también a cómo hacerlo de forma regular. Era una parte importante del proceso de recuperación y fortalecimiento. Si una persona creía en el poder y en la omnipresencia de Dios, tenía que aprender a como comunicarse con Él rezando; sin embargo, había gente que rezaba todo el día y otros que no lo hacían nunca. Si se hacía el silencio durante el tiempo de rezo, el consejero que estuviera encargado de la clase en ese momento empezaba a rezar en alto hasta que le siguiera otro estudiante. Michael no se hacía notar mucho durante el rezo comunitario. Rezaba todos los días por la mañana y por la tarde, y a veces en otros momentos del día, pero siempre en silencio. Pensaba que Dios escucharía sus rezos y peticiones aunque no lo hiciera en alto. A su modo de ver, el hecho de que se tuviera que rezar en voz alta durante el tiempo de rezo comunitario servía para que los demás le apoyaran en su oración; él sin embargo, no estaba acostumbrado a eso. Durante los meses que había asistido a las clases de Biblia en Bowery Mission, solo había rezado en voz alta una vez o dos. Aparte de esto, Michael era una persona que estaba activa durante las clases de Biblia. Le gustaba hablar de los temas que estudiaban. Algunos de los consejeros que llevaban las clases se sentían intimidados con los constantes comentarios de Michael y evitaban a menudo que hablara. Otros disfrutaban con su iniciativa y le dejaban hacerse con el debate. Michael tenía una gran habilidad para estimular a los demás para que hablasen. A veces las clases de Biblia parecían un club de debate gracias a él. Los chicos que no solían hablar se sentían decididos a expresar sus pensamientos. Para Michael era interesante escuchar a otros estudiantes hablando sobre Dios. La mayoría de ellos no tenían estudios. Se habían criado en los bloques del Bronx o en barrios pobres y la mayor parte de los conocimientos que poseían procedían de los golpes que habían recibido en la escuela. Aún así, a veces los pensamientos que poseían sobre Dios, la fe, la verdad y la vida eran sorprendentemente inteligentes. Michael sabía que la sabiduría natural era un regalo de Dios y que nada tenía que ver con el nivel de educación o la cantidad de conocimientos académicos que uno poseyera. Por esto, aún estaba impresionado con la profundidad espiritual de algunos estudiantes.

Aquel lunes tenían un examen escrito sobre proverbios. Tenían que memorizar los siete versos que más les gustasen del Libro de Proverbios, escribirlos en el examen y comentar lo que habían aprendido de ellos. Michael eligió los siguientes versos del Proverbio 22:

1. *De más estima es la buena fama que las muchas riquezas;*
Y la buena gracia más que la plata y el oro.

2. *El rico y el pobre se encontraron:*
A todos ellos hizo Jehová.

3. *El avisado ve el mal y se esconde;*
Mas los simples pasan y reciben el daño.

4. *Riquezas, y honra, y vida,*
Son la remuneración de la humildad y el temor de Jehová.

5. *Espinas y lazos hay en el camino del perverso:*
El que guarda su alma se alejará de ellos.

6. *Instruye al niño en su carrera:*
Aun cuando fuere viejo y no se apartara de ella.

7. *El rico se enseñoreará de los pobres;*
Y el que toma prestado, siervo es del que empresta.

No sabía por qué había escogido esos versos. «Puede que fuera porque eran sencillos y fáciles de explicar», pensó. Pero aquel lunes con ese dolor de cabeza, nada le resultaba fácil.

Escribió los versos en un trozo pequeño de papel e intentó memorizarlos durante la misa de la mañana en la capilla y mientras desayunaba. Funcionó porque parecía que no era el único que se había dejado la memorización de los versos para el último minuto. En la mesa del desayuno, la mayor parte de los estudiantes tenían la Biblia abierta en los Proverbios e intentaban memorizar su parte. Nadie estaba distraído hablando.

Michael escuchó un susurro por su izquierda.

—¿Puedo sentarme a tu lado durante el examen? ¿Te importa?

Se giró y sonrió cuando vio la expresión de nervios que tenía la cara de Jeremiah.

—Claro, mientras que no copies textualmente todo lo que pone en mi hoja—le dijo Michael.

—¿Qué significa tex-tual-mente?—preguntó Jeremiah.

—Significa exactamente. No quiero que copies cada palabra que escribo. Podemos tener problemas.

—Oh, no. Solo quiero copiar tus versos y luego escribiré yo mis comentarios. Nunca he sido bueno memorizando, así que no he podido memorizar ninguno.

—Tú lo que eres es un vago, Jeremiah—le dijo Michael y continuó leyendo sus versos mientras saboreaba una magdalena de arándanos.

Michael entró en la oficina del pastor Charles recitando los versos entre dientes y se sentó en la silla.

—Buenos días para ti también, Michael—dijo el pastor Charles mientras sonreía.

—Perdona, pastor. Buenos días. Estaba recitando los versos de los Proverbios que tengo que memorizar para hoy. Tenemos un examen—dijo Michael.

—Mmm... memorizar. A medida que me hago mayor me resulta más complicado memorizar cualquier cosa, ¿y tú, Michael?, ¿memorizas las cosas con facilidad?—preguntó el pastor Charles.

—Sí. Puedes entrenar para enseñar a tu cerebro a memorizar. Es una habilidad mental adquirida. Cuanto más memorices, mejor lo harás. Además, el hecho de memorizar es una herramienta excelente contra muchas de las enfermedades mentales que provocan la disminución del funcionamiento del cerebro. Está comprobado que la gente que estudia cuando ya es mayor, vive más tiempo—dijo Michael.

—No esperaba una tesis sobre memorización, pero parece que estás puesto en el tema —dijo el pastor con una sonrisa.

—Sí. Nunca me he parado a pensar en lo que sé sobre el tema, pero cuando estuve metido en el tema de la Masonería, solía memorizar muchos rituales. Llego un momento en el que me sabía de memoria más de ciento veinte páginas de rituales. Podía recitar cualquiera en cualquier momento del día sin pausa—dijo Michael orgulloso.

—¿Fuiste masón? No lo sabía —dijo el pastor sorprendido—. ¿Sigues aún perteneciendo a la Masonería?

—No, ya no pertenezco a ninguna logia masónica si eso es lo que estás preguntando. Para mí la Masonería es más un punto de vista sobre la vida que pertenecer a una organización en particular. Si lo ves así, cualquiera puede ser un masón independientemente de la institución a la que pertenezca.

—Bueno, eso será cierto si se pertenece a una institución que representa una serie de creencias e ideologías. El simple hecho de pertenecer a una iglesia no hace a alguien cristiano. Uno tiene que tener y practicar los valores cristianos y entregarse a Cristo para poder ser un cristiano real; sin embargo, Dios nos dio las iglesias por una importante razón —dijo el pastor Charles e hizo una pausa. Luego preguntó—. Bueno, Michael, entonces, ¿sigues siendo masón?

—Sí —contestó Michael—. Creo que los masones nacen y mueren con tal condición—contestó Michael.

—¿Cómo te metiste en eso?—preguntó el pastor Charles. La expresión de su cara mostraba el desacuerdo con lo que Michael acababa de decir. Obviamente no tenía una muy buena opinión sobre la Masonería. Y eso no le sorprendía a Michael. Sabía que muchos baptistas y nuevos cristianos tenían ideas muy equivocadas sobre la Masonería.

—Me veía de familia. Mi padre era masón en Rumanía y su padre también lo había sido. Un día, cuando yo tenía treinta y tres años, un hombre se acercó a mí en la calle, aquí en Nueva York, y se me presentó como un antiguo amigo de mi padre. Me contó una historia sobre él que yo no conocía, no lo sabía ni de mi padre ni de mi madre. Era una historia sobre la Masonería. Me impresionó. Le pregunté que si podía convertirme en masón y me dijo: «Sí, solo tienes que pedirlo». Así que se lo pedí. Me dijo que me pondría en contacto con miembros de la logia a la que pensaba que me debía unir. Pasaron unos meses y no ocurrió nada. Luego nos volvimos a reunir. Se lo pregunté de nuevo. Me dijo que no me preocupara, que estaba en ello. Pasaron más meses. Me paré a pensar en ello. Pensé que probablemente no pasara nada. Entonces, nos encontramos otra vez. Le dije: «Escucha, no tienes que preocuparte si no puedes hacer nada. No quiero molestarte cada vez que te veo. Así que, te lo pediré solo una vez más». Sonrió y me dijo: «Eso es lo que estaba esperando». Puso la mano en el bolsillo de su chaqueta y sacó una solicitud para hacerme socio y me la dio. «Como puedes ver —dijo—, tu padre era un viejo masón. Yo también lo soy. Pensamos que un hombre debe pedir unirse tres veces antes de que se le dé una solicitud. Tu padre estaría orgulloso de ti». Me dio todas las instrucciones necesarias: donde ir, con quien reunirme, qué hacer... y en seis meses estaba iniciándome en la Masonería y me convertí en un novato aprendiz de una de las seis logias más antiguas del estado de Nueva York. Creo que unirme a la Masonería fue uno de los momentos cruciales de mi vida. Además afectó a la dirección que llevaba mi camino.

—¿Qué te hace pensar así?—preguntó el pastor Charles. Estaba escuchando la historia de Michael con mucha más atención de lo habitual. Sabía poco sobre Masonería, pero lo poco que sabía le servía para saber que era una religión falsa, que manifestaba actitudes satánicas contra la Biblia, la divinidad de Jesucristo y hacia su muerte.

—Antes de unirme a la Masonería, viví una vida superficial basada en valores temporales materiales. Me creía un hombre espiritual que creía en Dios, que se había bautizado y se había criado como un cristiano, pero nunca pensé en lo que todas esas cosas significaban realmente. Nunca había tenido tiempo para pararme a reflexionar sobre de dónde venía, hacia dónde iba o hacia dónde estaba mi vida dirigida. La Masonería me dio las herramientas necesarias para meterme en mi mundo interior, en mi alma, y entenderme a mí mismo. Me dio las herramientas para trabajar con las materias abstractas, con mi corazón, con mi alma y con mi mente. Y al mismo tiempo, pude hacer más fuerte mi fe en Dios.

—Así que, ¿durante cuánto tiempo perteneciste a la Masonería?

—Durante casi veinte años—contestó Michael.

—Madre mía, debes tener mucha experiencia. Hace poco he visto libros en Internet que has escrito sobre Masonería. Creía que habías escrito sobre ello como periodista e historiador y no presté mucha atención, pero ahora veo que eras uno de ellos. Mmm... qué interesante. Por favor, cuéntame más—le dijo el pastor Charles recostándose en su silla como si estuviera a la espera de escuchar cualquier buena historia.

—Bueno, la Masonería es una parte muy importante de mi vida. Fui miembro activo en la organización desde el principio. Llevaba a cabo todas mis responsabilidades con mucha dedicación. Me hacía notar y avancé por los diferentes niveles y rangos relativamente rápido. Cuanto más trabajaba, más responsabilidades me daban. Así que pronto la Masonería se hizo con mi vida. Casi cada noche estaba en los templos masónicos haciendo cualquier ritual o diferentes reuniones. Me convertí en uno de los miembros más activos de la Gran Logia. Todo el mundo precedía sobre mí un muy buen futuro dentro de la Masonería.

—¿Qué quieres decir cuando hablas de «hacer rituales»? ¿De qué tipo de rituales hablas?

—Rituales masónicos—contestó Michael sin estar muy seguro de lo que el pastor Charles quería saber.

—Sí, pero, ¿de qué se trataban los rituales? —preguntó el pastor impacientemente—. Perdona mi ignorancia, pero sé muy poco sobre la Masonería. Y lo poco que he aprendido es negativo. Nunca he hablado con ningún masón sobre Masonería, así que siento curiosidad por lo que me puedas contar.

—Es difícil de explicar con pocas palabras. La Masonería utiliza símbolos e historias alegóricas para enseñar a sus miembros la importancia de las lecciones morales y para convertir a sus hombres en miembros más útiles y mejores para la sociedad. Esas lecciones morales se comunican en un entorno de rituales mediante la representación simbólica del templo del rey Salomón. Los masones operativos utilizan herramientas para racionalizar las enseñanzas éticas filosóficas y hacen uso de enseñanzas masónicas y de sus más importantes símbolos. No sé si me explico.

—Sí, pero cuéntame más sobre los rituales.

—Vale, eso es lo siguiente. En la Masonería, todo es un símbolo y todos los símbolos se comunican por medio de rituales. Los masones se reúnen en sus logias que simbólicamente representan el templo del rey Salomón. El templo tiene un altar en el que hay una Biblia, una escuadra y un compás. Esos son los tres símbolos más importantes de la Masonería y reciben el nombre de «Las tres luces de la logia». El altar está situado al este o en el centro del templo. El Maestro de la logia y otros dos Vigilantes presiden todo el trabajo. Abren y cierran la logia y llevan a cabo casi todos los trabajos del ritual. Abrir y cerrar la logia es también un ritual en el que se recuerda a cada uno de los miembros presentes cuáles son sus deberes y responsabilidades. Cuando se abre y se cierra, se reza invocando la ayuda y la bendición del Gran Arquitecto del Universo, que así es como los masones se refieren a Dios.

—Sí, he leído ese término en algún sitio, pero, ¿por qué el Gran Arquitecto del Universo?

—Por que la Masonería es algo universal y libre para todos los hombres independientemente de la religión a la que pertenezcan. Para hacer que se sientan cómodos e iguales, se emplea una expresión no dogmática cuando se refieren a Dios. Sea como sea, los rituales más importantes de la Masonería son: la Iniciación al Primer Grado, el paso hacia convertirse en Compañero y la elevación o ascenso hacia Maestro Masón. Durante el periodo de Iniciación, al candidato se le presenta un nuevo comienzo de vida y se le dan las lecciones básicas morales de este grado. Se le lleva al altar y debe arrodillarse y colocar una mano sobre la Biblia abierta, la escuadra y el compás y dejar constancia de su obligación como aprendiz. Una vez ahí, se le dice la palabra secreta, se le enseña la forma de dar el apretón de manos y su signo de aprendiz; esto le permitirá ser capaz, a partir de ese momento, de reconocer a cualquier otro aprendiz en el exterior.

—Cuéntame, por favor, de qué hablas cuando dices

«palabras secretas, signos y apretones de manos». He oído hablar de eso ¿Realmente los usan los masones?

—Antiguamente se usaban como forma de reconocimiento entre los masones. Hoy en día son solo símbolos. De todas formas, la mayor parte de todo eso, así como el contenido de todos los rituales, puede encontrarse en Internet. Claro que leerlos así no es lo mismo que experimentarlos. Con esto te quiero decir que cuando las teorías conspiratorias hablan de «secretos masónicos», como verás, no son realmente secretos. Hoy en día todo está al alcance de todos.

—¿Y qué me dices de las obligaciones? ¿Es cierto que se castiga duramente a los masones que no cumplen con sus obligaciones?

—Como ya te he dicho, todo tiene un significado simbólico. A pesar de eso, muchos masones disfrutan del morbo del secretismo y la mística que les rodea, y hacen uso de eso para evitar ciertas preguntas. Lo hacen para que ese morbo del que te hablo incremente de cara al exterior. Yo no estoy seguro de que esto sea bueno. A veces creo que es contraproducente, pues genera muchas teorías conspirativas y propaganda antimasónica.

—Bueno, Michael, me has explicado todo como si no hubiera nada malo, pero tú bien sabes que cuando el río suena es que agua lleva. No quiero decir que todo lo malo que dice la gente sobre la Masonería sea cierto, pero sí creo que hay cosas que no están bien. Yo no soy católico, me importan muy poco los papas, pero hubo varios hace tres siglos que condenaron la Masonería y prohibieron a todos los católicos que se unieran a ellos. Alguna razón tiene que haber—dijo el pastor.

—Sí, la relación entre la Iglesia y la Masonería es una historia larga y complicada. Pero tú me has preguntado por los rituales y estoy intentando acabar con eso primero.

—Lo siento. Me he adelantado. Por favor, continúa.

—Después de la Iniciación, los Aprendices se instruyen en cosas sobre la Masonería y participan en los trabajos de la logia durante un año. Todo esto antes de pasar al siguiente grado, el de Compañero. Como Compañeros, aprenden de arte y de ciencias y sobre sus aplicaciones éticas y morales. Y de nuevo, pasado un año, ascienden al grado de Maestros Masones. Este es el grado más alto de la Masonería. Se le llama también Grado Filosófico ya que es aquí donde se aprenden las lecciones más importantes sobre nuestra existencia.

—Antes has dicho que «pasan al siguiente grado» y cuando te has referido a los Maestros has empleado el verbo «ascender». ¿Cuál es la diferencia?

—Sí. «Pasar» significa que adquieren nuevos conocimientos y que están en un puesto diferente. Cuando hablo de «ascender» me refiero a la forma en la que se dan las lecciones en el tercer grado. En este grado se mata al candidato de forma simbólica y luego asciende de nuevo a la vida. Es aquí donde se dan lecciones sobre la inmortalidad del alma a los recién ascendidos Maestros Masones. Estas son las lecciones más importantes en la Masonería.

—Has dicho que el tercer grado es el más alto en la Masonería; sin embargo yo he escuchado hablar del grado

33, el grado de los Caballeros Templarios, de los Rosa Cruz y de muchos otros. ¿Qué pasa con esos?

—Esos son grados adicionales. Algunos les llaman los grados mayores. Pero en esencia se basan simplemente en profundizar en las lecciones del tercer grado. En la Masonería americana hay dos ramas principales, dos ritos, como algunos las llaman. El Rito Escocés, en el que el grado más alto es el 33, y el Rito de York, en el que el grado de los Templarios es el mayor.

—Y bueno, ¿dónde llegaste tú dentro de la Masonería?—preguntó el pastor.

—En el Rito Escocés llegué al nivel 32, en el de York, fui Caballero Templario. Estaba a punto de ser ascendido al grado 33 pero justo antes de suceder, dejé la Masonería.

—¿Y qué pasó? ¿Por qué te fuiste?—preguntó el pastor.

—Por muchas razones. Por un lado sentía que la Masonería americana era demasiado dogmática y que estaba estancada; que debía abrirse a las ideas de la Masonería europea que es mucho más liberal. Escribí sobre ello en publicaciones masónicas, y no fue del gusto de muchos masones, y eso me decepcionó mucho. Por otro lado, tenía negocios con varios miembros de la Gran Logia y, cuando mi negocio quebró, me culpaban a mi. Sí, fue mi culpa. Invertí mal. Podría haberle pasado a cualquiera. Pero fueron a por mí como si yo robara dinero, como si les hubiera estafado. Eso me enfadó. Y todo esto ocurrió en el momento en el que decidí irme a Rumanía y empezar a publicar desde Bucarest. Así que un día me sentí tan saturado por la presión de mi vida masónica que me senté y escribí una carta de dimisión renunciando a todas mis obligaciones con la Gran

Secretaría de la Gran Logia. Poco después, me marché a Bucarest. Nunca más he vuelto a saber nada de ellos.

—Corrígeme si me equivoco, ¿tú no te habías ido a Bucarest por una mujer?—preguntó el pastor con una sonrisa en su cara.

—No, me fui a Bucarest para empezar un negocio y allí conocí a una mujer.

—Así que la mujer que conociste en Bucarest no tiene nada que ver con que dejaras la Masonería, ¿cierto?

—Eso es. Correcto—dijo Michael.

El pastor Charles no dijo nada después de que Michael contestase. Se quedó mirando a Michael. Michael sentía que el pastor no le creía. Después de todo, de ser así, tenía razón. Michael estaba mintiendo. Pero no podía admitirlo aún. La razón por la que se fue a Bucarest y empezó allí un negocio editorial es por que conoció a una mujer, y porque pensaba que era esa la mujer que buscaba. Así que sí, en realidad esa mujer sí tenía algo que ver con que hubiera dejado la Masonería.

—¿Y qué hay de la industria editorial? Nunca me has contado cómo pasaste de ser panadero y chef de repostería a empezar a publicar, a ser autor y editor. Quiero decir, sé que eres periodista, pero ejerciste cuando eras joven, cuando aún no habías salido de Bucarest.

—Pastor, yo todavía soy joven—dijo Michael y sonrió.

—Sí, sí, claro, como yo, ja, ja, ja. Bueno, cuéntame, has escrito dieciséis libros, ¿no?

—Sí. La Masonería tiene mucho que ver con el hecho de que volviera a escribir. El aprendizaje continuo y el estudio es requisito imprescindible para los que practican la Masonería.

Así es como volví a escribir. Primero haciendo investigaciones obligatorias. Después me enganché al hecho de escribir sobre temas esotéricos. Mis escritos aparecieron en publicaciones masónicas de todo el mundo. Entonces un día pensé que sería buena idea hacer de mis escritos un libro. Y lo hice, y ese fue mi primer libro sobre Masonería. Recibí muy buenas críticas y tuve mucho éxito. Eso ocurrió hace más de quince años. Escribí más libros, dieciséis en total. Cuando mis niñas crecieron y se emanciparon, dejé el negocio gastronómico completamente y me dediqué a escribir y a editar. No daba mucho dinero. Nada que ver con lo que ganaba en la panadería o en los caterings, pero era feliz. Feliz hasta que me mudé y empecé mi negocio en Bucarest. Ahí fue cuando todo empezó a ir cuesta abajo.

—Mmm... una historia interesante. Siempre he admirado a la gente que es capaz de escribir un libro —dijo el pastor Charles—. Siempre he querido escribir uno.

—Pastor, todo el mundo debería escribir un libro. Hay un libro siempre en cada uno de nosotros. Es cuestión de sacarlo fuera. Hay gente capaz y que quiere hacerlo, y gente que no. Yo aún recuerdo el día en el que decidí dedicarme completamente a la escritura. Estaba en la sala de lectura de la Biblioteca Livingston en Nueva York. Estaba trabajando en un artículo y estaba usando como referencia un libro antiguo escrito por alguien en el siglo XVIII, hace casi trescientos años. Miré a la sala y había un chico joven sentado en la mesa de la esquina. Enfrente suya, mi libro. Estaba usándolo para escribir algo. Al principio me sentí orgulloso. Mi libro estaba en una biblioteca y la gente lo leía. Pero después miré al libro que tenía conmigo y me vino. Lo mejor de escribir es que dentro de trescientos años alguien seguirá leyendo mi libro en esta o en otra librería al igual que yo estoy haciendo con un libro de un autor que vivió en el siglo XVIII. Con sus palabras me hablaba y yo hablaré a mis lectores dentro de trescientos años. Escribir un libro hace que tus pensamientos se queden en este mundo para siempre. Así que, de una forma u otra, tu espíritu nunca muere. Escribir es la mejor forma de conseguir la inmortalidad.

El mundo interior

XXI

Michael estaba mirando por la ventana de la habitación de la quinta planta. Era una mañana de lunes gris y lluviosa. Una mañana que nadie esperaría en el mes de agosto. Pero después de semanas de ola de calor, estaba bien que bajaran las temperaturas del asfalto neoyorquino.

Cruzando la calle había una parada de autobús cubierta para el bus M103. Michael podía ver a Francis tirado en el banco de la parada durmiendo. Como era habitual, iba sin camiseta y llevaba unos pantalones de vestir sucios y rotos. Esos pantalones eran nuevos; Michael se los había dado después del día de duchas, hacía solo cinco días. Había gente esperando en la parada que se mantenían distanciados de Francis. «A nadie le gusta estar cerca de un hombre sintecho dormido», pensaba Michael.

Michael escuchó pasos tras de sí. Era Jeremiah, venía con un pedazo de pastel de zanahoria en la mano.

—Aquí está tu pastel —dijo dándole el trozo de tarta a Michael—. El chico de la cocina me ha dicho que te lo diera. Llegó a noche en las donaciones del Starbucks.

Michael tenía un tipo de pacto con los estudiantes que trabajaban en la cocina. Él les daba buena ropa y ellos le daban comida a cambio. Los pasteles del día anterior que donaban los Starbucks del barrio a Bowery Mission eran los favoritos de Michael. Cada noche antes de irse a la cama alguno de los chicos de la cocina le traían pasteles de Starbucks. Si se iba a dormir antes de que llegara la donación, se lo daban por la mañana.

—Mmm... me encanta el pastel de zanahoria. Está muy jugoso—dijo Michael mientras daba un mordisco al pastel.

—¿Qué estás mirando?—preguntó Jeremiah.

—¡Ah! Estoy mirando a Francis. Ha dormido toda la noche en el banco de la parada del autobús de ahí enfrente. Anoche hizo frío. No sé cómo lo aguanta.

—Hace lo mismo en mitad del invierno, así que, ¿por qué no iba a hacerlo en verano?—preguntó Jeremiah.

—Ya, aunque si yo me durmiera así, me congelaría.

—Oh no, no lo harías. Aprenderías rápido. Yo he dormido en la calle durante siete meses. Hay trucos—dijo Jeremiah.

—¿Qué quieres decir? Yo he dormido en el metro durante diez días. No es lo mismo que dormir en la calle. La única razón por la que me quedaba dormido es porque estaba tan cansado y hambriento que no podía mantener abiertos los ojos. Aún puedo sentir el frío que entraba en el vagón cada vez que se abrían las puertas.

—Eso es al principio. Después aprendes. Verás, el truco estás en separar tu mente de tu cuerpo. Una vez que lo haces, eres capaz de soportar el frío y el calor extremo. Simplemente no lo sientes. Puede que te congeles, pero no lo sientes. No estás ahí para sentirlo—dijo Jeremiah.

—¿Y dónde estás si no estás en tu cuerpo?

—Oh, sí estás en tu cuerpo, pero no en lo más profundo de él. En tu mente estás en el mundo de los sueños, siempre te sentirás bien y, poco a poco, empiezas a perder la noción de las cosas. Antes de que puedas darte cuenta, dejarás de sentir el frío, el viento soplar, la lluvia o la nieve. No sentirás nada. No eres inmune a morirte congelado si es que hace frío, ni a desmayarte si hace muchísimo calor, pero no lo notas porque estás en otro mundo, en un mundo mucho más profundo que hay dentro de ti, en un mundo en el que todo está bien y en el que no eres un hombre sintecho que duerme en las calles. Algo así es lo que le está pasando a Francis ahora mismo. He visto a chicos sintecho durmiendo en cajas de cartón cubiertos con un pie de nieve y si les miras a la cara, están sonriendo, soñando con vete tú a saber qué.

—Así que, ¿me estás diciendo que están en un mundo interior que hay dentro de ellos mismos en el que todo es maravilloso? Según tú es muy fácil ser un sintecho y vivir en la calle—dijo Michael irónicamente.

—No, no estoy diciendo eso. No manipules mis palabras ¿Por qué crees que hay tantos hombres sintecho enfermos mentales? Atraviesan unas circunstancias tan horribles derivadas de vivir en la calle que, normalmente, la única solución posible es escapar de ellas y negar la realidad. Así duele menos. Y, de negar la realidad a volverte loco hay una línea muy fina—dijo Jeremiah alterado por los comentarios de Michael.

—Bueno, pues llevaré bien lo de ser un sintecho —dijo Michael riéndose—. Soy un gran soñador.

—Michael, si hubieras pasado más de diez días en la calle no te estarías riendo—dijo Jeremiah.

—Cierto. No bromeaba. A veces me río cuando no me siento cómodo por algo. Esos diez días fueron los peores de mi vida. Nunca los olvidaré. No quiero volver a pasar por algo así nunca más —dijo Michael y continuó—. Y ahora tengo que ir a ver al pastor Charles para mis confesiones del lunes.

—¿De qué habláis durante tanto tiempo? Yo nunca le digo nada. Nuestras sesiones duran cinco minutos. Creo que me da por perdido, ja, ja, ja—dijo Jeremiah mientras salía de la habitación.

—Jeremiah, ¿me haces un favor?—preguntó Michael.

—Sí, ¿qué necesitas?

—¿Puedes coger una sudadera del vestuario y llevársela a Francis? Asegúrate de que es gris. Es muy detallista con los colores que lleva de ropa. Se volverá loco si se la das verde o marrón.

—Sí, es raro que Francis se vuelva loco por algo, ja, ja, ja —dijo Jeremiah—. Pero lo haré. No te preocupes.

Michael tocó en la puerta de la oficina del pastor Charles y esperó la respuesta.

El pastor Charles le miró a través de la puerta de cristal.

—¿Quién es?—preguntó con una gran sonrisa.

—Michael, tu estudiante favorito—contestó Michael.

—Entra—contestó el pastor sonriendo.

—Wow, Michael —dijo el pastor cuando Michael entró y se sentó al lado de su mesa—. Este programa está funcionando contigo. Por fin has aprendido ciertos modales.

—Qué puedo decir, pastor. Soy una historia de éxito— dijo Michael y se empezó a reír.

—Lo veremos cuando salgas de aquí. Espero que lo seas. Creo que has aprendido la lección por ahora. Bueno, ¿cómo ha ido tu día? ¿Has aprendido algo de los rezos de esta mañana en la capilla?

—No he ido a la misa esta mañana—contestó Michael.

—¿Por qué?—preguntó el pastor.

—He tenido que tratar con los chicos de la quinta planta que no quieren ocuparse de sus tareas de limpieza. Así que he tenido que supervisarlos. Aún así, sí he recibido una lección esta mañana.

—¿Cómo?—preguntó el pastor.

—Mirando por la ventana he visto a Francis durmiendo en el banco de la parada de autobuses que hay cruzando la calle y eso nos ha inspirado a Jeremiah y a mí a tener una conversación muy reveladora sobre nuestros mundos interiores.

—¿Jeremiah? ¿Qué sabe Jeremiah de mundos internos? ¿Y qué tiene Francis que ver en vuestras conversaciones?— preguntó el pastor con un gesto de incredulidad.

—Oh, puede que Jeremiah se haga el tonto contigo, pero no es tonto para nada. Parece que sabe mucho. Le he comentado que Francis estaba durmiendo medio desnudo y que había hecho una noche muy fría. Según Jeremiah, la razón por la que no siente el frío es porque ha aprendido a separar la mente del cuerpo y permanece en su mundo interior en el que no puede sentir ningún tipo de frío.

—¿Jeremiah te ha dicho eso? Tengo que empezar a hablarle diferente ¿Y qué piensas tú? ¿Qué crees que es nuestro mundo interior?—preguntó el pastor.

—No sé pero para mí, mi mundo interior es «mi yo real». Es la parte de mí que nadie conoce y que siempre intento ocultar a todo el mundo. Son mis sueños, mis inspiraciones, mis pensamientos, mis sentimientos, mis ideas; es quién yo realmente soy, quién quiero ser.

—¿Conoce alguien tu yo interior o ha tenido alguien acceso a él? —preguntó el pastor.

—Cada ser humano tiene dos personalidades, dos caras distintas. Una cara interior que, según mi opinión, solo unos pocos podemos ver. El segundo tipo de personalidad se representa en nuestra cara exterior, la que todo el mundo ve. La personalidad exterior es como una imagen borrosa de mi verdadero yo; sin embargo, la mayor parte de la gente no sabe si esa cara es real o no, a no ser sean capaces de vislumbrar mi mundo interior.

—¿Y cuál piensas que es el papel y el propósito de tu mundo interior?

—A través de mi mundo interior interpreto y analizo todo lo que me rodea y cómo todo eso me hace sentir. Gracias a este mundo me hago preguntas como: «¿Cómo me hace sentir?» o «¿Por qué?».

—Muy bien, Michael —dijo el pastor—. Esta es una buena conversación. Tus ideas sobre lo que representa ese mundo interior están muy cerca de lo que pienso. El mundo interior es un complejo conjunto de pensamientos, creencias, valores, ideas, estereotipos, suposiciones, fe, ideologías, actitudes, objetivos, necesidades, deseos, y de muchas más cosas que vamos recogiendo a lo largo de nuestras vidas, que experimentamos y vamos almacenando en nuestra mente. Nuestro mundo interior, de algún modo, determina cómo nos comunicamos con los demás. Como podrás imaginar, no existen dos personas que tengan el mismo mundo interior ya que nadie experimenta las mismas cosas a lo largo de la vida. Cuando hablamos de algo describimos ideas, impresiones, interacciones y conclusiones que se originan en nuestra mente o, para decirlo de otra forma, que se crean en nuestro mundo interior. Muchos problemas comunicativos ocurren porque nuestras experiencias internas son diferentes. Tenemos, con frecuencia, una percepción diferente de las mismas cosas y de los mismos temas. Michael —continuó el pastor—, para aceptar a nuestro salvador, Jesucristo, y para que te rindas a su voluntad, es muy importante que comience el proceso por el cual, en tu mente, vuelves a nacer o, si lo prefieres, en tu mundo interior. Como dijo Pablo el Apóstol en la Epístola a los romanos: «No os conforméis a este mundo, sino transformaros por medio de la renovación de vuestro entendimiento». Entonces podrás probar y ratificar la voluntad de Dios, su buena, gratificante y perfecta voluntad ¿Entiendes lo que intento decirte?

—No estoy seguro, pastor.

—Lo que quiero decirte es esto: Dios no nos da nuestra mente para que nos limitemos a quedarnos ahí dentro y ya. Nuestro mundo interior no existe, así que podemos huir de la realidad. No es un lugar para soñar con cosas que nunca se harán realidad ni para despertarse y chocar con la cruda realidad de nuestras vidas. Incluso en el más profundo y oscuro abismo de nuestro interior, ese lugar en el que nada más que la muerte aguarda a nuestras almas, es un buen sitio para encontrarnos, no solo con nuestro verdadero ser, si no con Cristo, para conectar con Dios y para volver a nacer. Y eso es exactamente lo que necesitas, Michael.

Michael miró al pastor sin palabras. Pensaba que la fe y las convicciones del pastor eran muy profundas, pero no podía entender cómo el pastor no se daba cuenta de que estaba hablando con alguien que ya estaba con Cristo, y desde hacía mucho tiempo.

El camino del peregrino

XXII

Michael estaba sentado en el vestuario con su ordenador. Era una mañana de lunes perezosa. Había doblado toda la ropa que había llegado de las donaciones la noche anterior, así que no había mucho que hacer. No le apetecía ir al servicio de la mañana a la capilla. Aunque todavía no había completado el programa y, por tanto, los servicios en la capilla eran obligatorios, los encargados les excusaban a menudo por su trabajo en el vestuario. Así que a veces hacía uso de esa excusa y se escondía en la esquina del vestuario.

Miró su correo de Google pero no tenía nada, aparte de correos basura. Nadie le escribía. Hacía ya cuatro meses desde la última vez que Eliza le había escrito desde Bucarest. Era un correo corto en el que le decía que rompía con él y que no volviera a escribirla ni a llamarla. Michael vio el correo nada más recibir el portátil, es decir, tres meses después de que ella lo hubiera escrito. No contestó. Probablemente no lo hubiera hecho aunque lo hubiera leído antes. Michael se sintió mal durante un tiempo, pero sabía que era lo mejor para los dos. Era como tenía que ser, el destino. Fue bonito mientras duró.

Había disfrutado mucho de la juventud de su cuerpo. Tenía una piel blanca y delicada. Con solo tocarla, todo su cuerpo temblaba. Era muy sensible al tacto. Michael lo sabía, así que sus manos la acariciaban constantemente. Sonreía mientras lo pensaba.

Michael buscó en Google su nombre. Siempre le gustaba comprobar si había algo nuevo sobre él. Había unas diez páginas de referencias relacionadas con sus libros y su trabajo. «No está mal para un tipo sin hogar», pensaba. Pero no había nada nuevo. La única referencia nueva que había era su nueva página web.

Las puertas del vestuario se abrieron. Michael se giró para ver quién era. Era Rick.

—Buenos días, señor Rick—le dijo Michael con una sonrisa y girándose hacia su ordenador.

—Hola, Mike ¿Qué haces? ¿Viendo porno?—preguntó Rick.

—No, Rick. Eso no es lo mío. Yo no veo porno.

—¿Por qué no? ¿Qué hay de malo en una buena peli porno?

—Prefiero hacerlo yo mismo antes que verlo—dijo Michael molesto con la conversación.

—Bueno y entonces, ¿qué ves?—contestó Rick mirando por encima del hombro de Michael para ver qué veía de la pantalla.

—Estas son las referencias que hay en Google sobre mi—contestó Michael.

—¿Qué quieres decir con «referencias»? Alguien te busca y lo pone en Internet, ¿no? —preguntó Rick.

—No, Rick —sonrió Michael—. Son todos los artículos y

webs sobre el trabajo que he hecho durante muchos años, sobre mis libros, sobre las cosas que he conseguido y los proyectos que he hecho. Todo lo que se ha recopilado sobre mí en medios digitales, lo que cualquiera puede encontrar en Google.

—Ah... ya veo —dijo Rick mirando a la pantalla—. Así que no puedes mentirle a nadie sobre nada ¡Todo está ahí!

—Sí, más o menos. Incluso mi faceta en Bowery Mission, ja, ja, ja—sonrió Michael.

—¿Bowery? Estás bromeando. ¿Cómo?—preguntó Rick sorprendido.

—¿Recuerdas que hace un par de meses había unos chicos de la tele grabando en el comedor mientras cenábamos?—preguntó Michael.

—Sí, lo recuerdo.

—Bueno, pues yo estaba en la cola para coger la cena y le dije al chico de la cámara que no podía grabar sin permiso de quiénes estaban allí. Me miró con una expresión de «y tú quién coño te crees que eres», y siguió grabando. Así que mandaron el vídeo que grabaron a Bowery y el director lo subió a la página del refugio. Así que todo el mundo que lo vea me verá en la cola con más personas sin hogar esperando a que me den la cena. Espero que nadie lo vea. Es vergonzoso.

—Ja, ja, ja, así que ya no solo eres un famoso escritor, si no que eres también un famoso actor, ¿no? Rick no podía parar de reírse. ~

—No le veo la gracia—comentó Michael.

—Ja, ja, ha, claro que no es divertido, es triste, pero tú también te estás riendo, entre dientes, pero te estás riendo —

Rick siguió riéndose—. Ja, ja, ja. La vida de Michael Nicolau desde Rumanía, pasando por ser famoso y rico en Nueva York, hasta convertirse en un hombre esperando en la cola de la cena de Bowery Mission, ja, ja, ja. Tío, es mejor que veas porno. Así lo único que conseguirás es deprimirte.

Jeremiah entró en la sala.

—¿De qué os estáis riendo, chicos? ¿Qué me he perdido? —preguntó Jeremiah.

—Ah, Michael es ahora actor de cine en Bowery Mission. Puede que le nominen para un Óscar, quién sabe.

—He visto el vídeo. Fue en las noticias de la 2—dijo Jeremiah.

—¡¿Qué?! ¡¿En serio, Jeremiah?!—preguntó Michael sin creérselo mucho.

—Sí. Pero no te preocupes. Solo salió en las noticias que dan por la noche y tú solo sales un segundo o dos—contestó Jeremiah.

—¿Pero tú me reconociste?—preguntó Michael incrédulo.

—Claro que sí. Te veo aquí todos los días. Es fácil reconocerte.

—Mierda —dijo Michael—. Espero que nadie más lo haya visto.

—¿Por qué no? ¿A quién le importa, Michael? Es tu vida. Le pasa a mucha gente. No debes avergonzarte de ello —dijo Rick—. Qué les follen a todos. Quién diga algo malo de ti por el tiempo que has pasado en Bowery, es que no es tu amigo.

—Rick, no se trata de eso. No me quedan muchos amigos. Si los tuviera, ¿crees que habría acabado aquí? Eso no me preocupa. Es solo que no quiero que mis hijas o algunos de mis amigos lo vean. No quiero que se avergüencen de su padre o que piensen que su padre es un perdedor—contestó Michael.

—Vale, Michael, eso lo entiendo —dijo Jeremiah colocándose de tal forma que parecía estar en un club de debate—. ¿Cuántos años tienen tus hijas?

—Dos tienen casi treinta y la otra tiene diecinueve, ¿por qué?—preguntó Michael.

—¿Ya han terminado la escuela? ¿Trabajan?—Jeremiah siguió haciendo preguntas.

—Sí, las dos mayores trabajan. La pequeña aún está estudiando.

—Contéstame a esto: ¿saben que su padre ha sido un *sintecho* en Nueva York y que está en Bowery Mission?—le preguntó Jeremiah.

—Saben que estaba en Nueva York sin dinero. Las llamé para pedirlas algo...

—¿Y?—insistió Jeremiah para escuchar la respuesta completa.

—Me dijeron que no podían ayudarme—contestó rápidamente.

—¿Y te avergüenzas de que sepan que has estado en Bowery Mission? ¡Estás loco! Si yo fuera tú las escribiría una postal de Bowery Mission y las diría: «Mirad, aquí es donde está vuestro padre. El mismo padre que os crió, que trabajó duro toda su vida para que vosotras pudierais estar donde estáis hoy». ¡Siéntete orgulloso! Eso es lo que yo haría, ¡no te avergüences!

Mientras hablaba, Jeremiah movía sus manos haciendo gestos que apoyaban su teoría.

—Jeremiah, para ti es muy fácil decir eso. Tú no eres padre. Sí, yo las he traído al mundo y las he criado. Pero no he sido un buen padre. Hay mucho enfado y mucha decepción en mis hijas. Y creo que no es porque haya dejado a sus madres. Sé que he intentado ser un buen padre, pero no creo que las haya dado todo lo que esperaban de mí. Nunca me han dicho que estuvieran enfadas conmigo, pero sé que no creen que yo haya sido un buen padre—dijo Michael.

—¡Bueno o malo! Da igual, Michael. Un padre es un padre. Por desgracia, uno no puede elegir el padre que tiene. Según tú, si nuestro padre fuera un fracasado, deberíamos abandonarle y darle la espalda. ¿Qué debería yo entonces decir sobre mi padre? Es un alcohólico, un vagabundo que no ha tenido nunca un sitio permanente en el que estar. Nunca ha tenido tiempo para mí, nunca ha pagado por mí manutención alguna. Las únicas veces que le veía era cuando venía a acosar a mi madre para que le diera algo de dinero, o para beber ginebra hasta acabar con las existencias. Ahora, mientras estoy en el programa, viene a verme solo a principios de mes cuando recibo los cupones de comida para conseguir un trago. Me da pena. A veces me hace enfadar. Me gustaría que fuera diferente, pero es mi padre y siempre lo será. Tengo que vivir con ello—dijo Jeremiah y se sentó.

—Jeremiah tiene razón, Michael —dijo Rick—. Ahora cuando lo pienso, recuerdo cuando mi padre tenía en la mano el gran y pesado cinturón que usaba para pegarme por los pequeños errores que cometía. Una de las razones por las que me fui de casa cuando tenía dieciséis años fue el cinturón. Dejó a mi madre y vivía como un lobo solitario, no hablaba a nadie en el pueblo. Luego le dio un derrame cerebral. Le encontraron dos días más tarde en el suelo de la cocina. Cuando salió del hospital querían llevarle a algún tipo de residencia. Yo nunca lo permití. Le enviaba dinero desde Nueva York para que le visitara un servicio de enfermería a domicilio y para que tuviera en casa un servicio de ayuda todo el día. Lo hice durante diez años hasta que murió. Nunca me dio las gracias. No sé si me reconocía cuando iba a verle, pero no me importaba. Era mi padre. Es lo que se supone que tenemos que hacer como hijos.

—Bueno, no sé. Yo solo pienso que no estuve el tiempo suficiente con mis hijas mientras crecían. Y me sentí mal cuando las llamé para pedirlas ayuda. Y peor aún cuando me la negaron. Pero no las culpo. Nunca las debería haber llamado. Me sentí como que las estaba traicionando. Sé que, si ellas supieran todas las circunstancias de mi vida, hubiera sido diferente. Pero, una vez más, es mi culpa. Nunca he compartido nada con nadie. Nunca he sabido cómo comunicarme con mis hijas—dijo Michael.

—Te vuelvo a decir que nada de eso es importante —dijo Jeremiah—. El amor entre padres e hijos debe ser incondicional. Y si los padres no les dan a sus hijos el amor suficiente, esto no será una excusa para que un hijo no quiera a sus padres y viceversa.

—Verás, Michael —dijo Rick—. Tú mimo has mencionado el camino de tu vida. Puede ser que tu camino estuviera predestinado a ir como ha ido. Puede que no existiera nada que tú pudieras hacer al respecto. Así que no te culpes por cómo tus hijas han actuado contigo. Algún día, cuando tengan hijos, se darán cuenta. Por desgracia, lo que le ocurre a la mayoría es que para cuando quieren tener hijos y darse cuenta de lo que significa ser padre, sus padres ya no están.

El teléfono sonó en el vestuario. Michael contestó. Era el pastor Charles.

—Michael, ¿te has olvidado de mí? Son las nueve y cuarto y no estás aquí.

—Perdona, pastor —contestó Michael—. Se me ha ido el santo al cielo hablando con Jeremiah y con Rick. Ahora mismo estoy allí.

Michael entró en la oficina del pastor Charles después de llamar, pero sin esperar respuesta.

—Ya estoy aquí. Perdón—dijo.

—Bueno y, ¿qué era tan importante como para que te olvidaras de tu sesión?—preguntó el pastor.

—Oh, nada. Estábamos hablando de nuestras vidas y de cómo el camino de la vida de cualquiera pude afectar a la forma en la que los hijos crecen y se relacionan contigo— contestó Michael.

—¿Eso es nada? Eso es un tesoro. Sería buena idea que siguiéramos con eso mismo. ¿Cómo percibes tú el camino de tu vida?

—Es difícil de explicar. O bueno, es que me temo que no lo entenderías. Desde el respeto te lo digo, pastor. Tú eres pastor y consejero, pero a veces siento que incluso las personas que están cerca de Dios no entienden de lo que hablo cuando intento explicar el camino de mi vida.

—Bueno, inténtalo, Michael. Si no me lo dices, no creo que pueda entenderlo—dijo el pastor algo molesto por el comentario de Michael.

—Todo mi vida ha sido como el camino del peregrino. Haya hecho lo que haya hecho e ido donde quiera que haya ido, siempre me ha faltado algo en el alma. Faltaba algo. Y la única forma de encontrarlo era entregarme a Dios, rezarle y honrarle constantemente. Pero de alguna forma ese mismo Dios me ha estado esquivando siempre, como si estuviera jugando conmigo, como si quisiera poner a prueba mi fe. Solía bromear con que el día en el que nací, Dios estaba echándose la siesta y por eso no se dio cuenta de que había nacido. Desde que era jovencito siempre he venerado muchísimo al Todopoderoso. Pero de una manera u otra yo siempre he sentido que prestaba más atención a cualquiera que no fuera yo, incluso a todos aquellos que no creían en Él. Y en vez de abandonarle, seguí buscándole, intentando encontrarle para que supiera que estoy aquí, para que me ayudara a encontrar lo que fuera que me faltaba —dijo Michael quién se quedó callado por un instante y después, continuó—. Por eso es por lo que me uní a la Masonería. Pensé que la Masonería iba a darme respuestas, que iba a indicarme alguna dirección qué seguir y cómo encontrar aquello que me faltaba. Disfrutaba con los misterios de los rituales masónicos y con el significado de sus símbolos.

—¿Y conseguiste las respuestas que buscabas en la Masonería?—preguntó el pastor.

—Por un instante pensé que sí, pero no fue así; sin embargo, aprendí mucho—contestó Michael.

—¿Qué aprendiste?—preguntó el pastor de nuevo.

—Muchas cosas, pero la lección más importante que aprendí es que nunca se debe abandonar, que nunca debo dejar de buscar aquello que me falta. La clave de la realización en la vida es no dejar nunca de buscar.

—¿Y qué piensas de cómo afectó tu vida de peregrino a tus hijas y al modo en que ellas se relacionaron contigo?— preguntó el pastor.

—Creo que yo estaba preocupado de mí mismo y de mi búsqueda interior y que nunca les di la atención que se merecían. Incluso cuando estaba con ellas, no lo estaba en realidad. Quiero decir que cumplía mis obligaciones como padre lo mejor que podía, pero ellas se sentían desatendidas por mi parte. Sentía como si todo me importara más que su bienestar. Se sentían abandonadas. Y por eso es por lo que luego se enfadaron.

—¿Y estaban en lo cierto? ¿Qué es lo que piensas tú?— dijo el pastor interrumpiendo a Michael.

—Sí, llevaban razón hasta un cierto punto —contestó Michael y continuó—. Pero yo no podía parar. Había algo dentro de mí más fuerte que mi voluntad que me mantenía en el camino del peregrino. Sentía como si fuese mi obligación el hecho de seguir. Como si hubiera prometido a alguien que encontraría lo que me faltaba.

—¿Cuándo empezaste a sentirte así, Michael? ¿Recuerdas cuáles eran tus circunstancias cuando empezaste a sentirte así?—preguntó el pastor.

—De alguna forma, pastor, siempre me he sentido descolocado. Nunca he estado en el mismo sitio por mucho tiempo. Cuando era un niño era un ermitaño, un niño muy introvertido. Prefería caminar por las calles de la antigua ciudad de Bucarest y por los pasillos del Museo Nacional durante horas que jugar con mis amigos. Como si siempre estuviera buscando algo. Era un gran soñador. Y creo que todavía lo soy. A veces la gente me habla, yo les miro, pero no estoy escuchando ni una puta palabra porque mi cerebro está en otro sitio, en otro mundo.

—Michael, por favor, deja lo de p*** fuera de aquí. Debes aprender a hacerlo. Esta es la casa de Dios. Muestra respeto, ¿vale?

—Perdona, pastor. Me ha salido sola. Todos esos chicos a mi alrededor... Cada palabra que dicen va siempre acompañada de p***. Parece que es la moda.

—En vez de coger lo malo de ellos, ellos deberían aprender algo bueno de ti. Bueno, ¿qué es eso que buscas en la vida, Michael?

—No sé explicárselo a nadie, pastor. Toda mi vida he estado como perdido en el espacio. Nunca he estado feliz con lo que he tenido y siempre he buscado algo más sin saber exactamente qué es lo que buscaba. Entonces, hace cinco años, tuve un extraño sueño que lo cambió todo. Y toda mi vida dio un nuevo vuelco como si no fuera suficientemente complicada.

—¿Un sueño?—preguntó el pastor arqueando las cejas.

—Sí, un sueño, pastor.

—¿Sobre qué iba el sueño?

—En el sueño me visitaba el arcángel Michael y me decía quién era y lo que tenía que hacer.

Dicho esto, Michael miró directamente al pastor para ver su reacción.

Durante diez segundos el pastor no dijo nada. Luego le preguntó.

—¿Puedes decirme qué es lo que te dijo el arcángel Michael?

—Lo siento pastor, no estoy seguro de si debería decírtelo—dijo Michael.

—Vale, piénsatelo. Me gustaría hablar contigo de tu sueño, pero depende de ti. Vamos a rezar.

El pastor tomó la mano derecha de Michael con su mano izquierda y puso su mano derecha sobre la cabeza de Michael. Cerró sus ojos y empezó a rezar en alto.

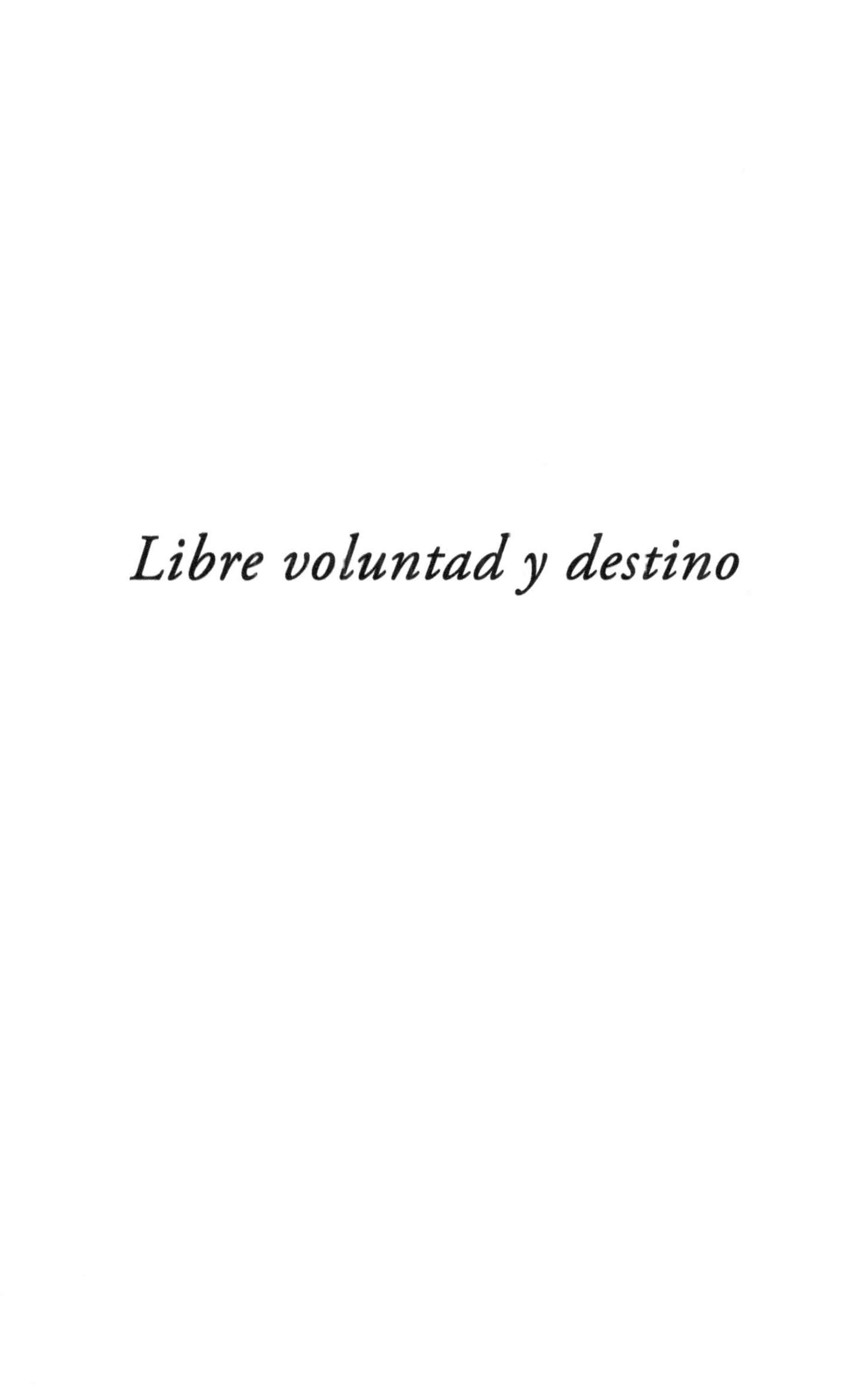

Libre voluntad y destino

XXIII

No quedaba casi ni un sitio cuando Michael subió al balcón de la capilla de Bowery Mission. El servicio de la mañana iba ya por la mitad. El pastor Paul estaba hablando de la libre voluntad y el destino. En realidad, leía más de lo que hablaba.

Michael se sentó en la repisa de la ventana, al final del balcón. Sonrió pensando por un momento en el sermón del pastor. Aquello parecía más un seminario dirigido a estudiantes que una sesión de rezos hacia un montón de personas sin hogar. Pero era el estilo del pastor Paul. Daba la sensación de que le gustaba escuchar su propia retórica.

En los últimos dos meses, rara vez estaba Michael en la capilla durante los servicios. Sus responsabilidades como capitán de la quinta planta y el vestuario eran la excusa perfecta para no asistir a las misas. Pero esa mañana sentía que tenía que ir a la capilla y estar en silencio. Había demasiadas cosas en su mente.

El día anterior, el domingo, Rick se había ido de Bowery

Mission y se había mudado a su apartamento en el Bronx. Michael y Jeremiah le ayudaron a cargar la furgoneta con sus pertenencias. Esa misma tarde, Víctor, que ahora vivía otra vez en la calle, se paró en Bowery Mission a cenar y a ver si le dejaba quedarse a pasar la noche. Por desgracia, ya estaban todos los sitios ocupados y tuvo que volver a la calle. Michael le dio una tarjeta del metro de cuatro dólares para que pudiera meterse allí y echar una cabezada. Nunca más volvió a ver a Víctor.

A Michael solo le quedaban dos semanas para completar el programa. Pronto debería dejar la seguridad que le ofrecía Bowery Mission y volver a la incertidumbre que suponía independizarse en algún lugar de Nueva York. Lo estaba deseando, pero estaba nervioso. Aún no ganaba el dinero suficiente como para alquilarse solo un apartamento. El otro problema era que cualquier casero le pediría referencias bancarias. No tenía ninguna. Su vida bancaria era un completo desastre. Había perdido su apartamento en Nueva York por no pagar la hipoteca mientras estaba en Rumanía. La última vez que había alquilado un apartamento había sido hacía ya diez años, antes de comprar el apartamento de Brooklyn. No sabía si podría pedir información sobre esto a su último casero. Todo apuntaba a que tendría que coger una habitación en una casa de huéspedes o compartir habitación con alguien que tuviera ya un apartamento. No le gustaba ninguna opción, pero esa no era la peor de sus preocupaciones. Se sentía solo. Con la forma de actuar del pasado se había enemistado con todo el mundo y se había alejado de sus hijas, de su familia, de sus amigos, de sus socios y de cualquier persona con la que hubiera tenido contacto alguna vez. La vida que había tras de sí era como un cuaderno vacío lleno de algunas marcas de escritura borrada que eran los restos de algo escrito hacía mucho tiempo.

Por extraño que pareciera no se sentía culpable por separarse de su pasado. Hacía cinco años había escuchado claramente en uno de sus sueños un mensaje del arcángel Michael traído directamente de Dios que le decía que debía tirar para delante y dejar todo atrás, que su sitio no estaba allí y que era el momento de ir a buscar su verdadero ser y su verdadero destino.

Ahora, cinco años más tarde, estaba sentado en la capilla de Bowery, siendo un hombre roto que seguía intentando encontrar lo que estaba buscando; sin embargo, no se arrepentía de nada de lo que había hecho en esos últimos cinco años. En su mente no era él mismo. Él creía sinceramente que había entregado su voluntad a la de Dios y que todo lo que le pasaba, bueno o malo, le pasaba por alguna razón. Era Dios el que actuaba. Era su destino. Él lo único que tenía que hacer era saber el por qué.

Recordaba las palabras que el ángel le había dicho en su sueño aquella noche de hacía ya cinco años. El ángel le dijo: «Ella te está esperando. Encuéntrala y completa tu destino. Tu familia está en el futuro, no aquí. Tu felicidad está en obedecer a tu Señor. Le debes lealtad. Ve ahora. Tienes por delante una carretera dura y peligrosa. Tus enemigos estarán al acecho tras de ti a cada paso que des. Pero no debes tener miedo. Nunca vuelvas atrás. A partir de ahora debes confiar en Dios, tu Señor, y seguir a tu corazón. Tu corazón te guiará hasta ella.

Michael no sabía lo que significaba aquel sueño, pero

desde entonces todo había cambiado en su vida. No era el mismo hombre que se había ido a dormir la noche anterior. Se levantó siendo una persona distinta, y a pesar de lo difuso que era el sueño, actuaba como si hubiera recibido unas instrucciones muy claras. Michael no tenía pistas sobre a quién buscar ni dónde buscarlo; tampoco sobre quién le esperaba ni sobre por qué sus enemigos andaban tras él ni quiénes eran. Lo único que sabía era que no podía seguir así.

El problema era que no sabía por dónde empezar. Michael se pasó los dos años siguientes analizando su vida, intentando encontrar una pista que le indicase dónde ir y a quién buscar. Estaba en un estado de ansiedad constante. Sentía un deseo terrible por ir hacia ello y, con el paso del tiempo, ese deseo se convirtió en algo incluso doloroso. Todo el que estaba a su alrededor notaba que su comportamiento había cambiado. A él no le importaba. Para él toda la gente que estaba a su alrededor, incluida su familia, parecía alguien extraño que nunca había conocido.

Al principio se sentía culpable por tener esos pensamientos. Era padre, un padre que había pasado años y años criando a sus hijas y ahora tenía esos pensamientos; un sentimiento que le alejaba de ellas y eso no era normal. Las quería, pero no podía hacer nada.

Noche tras noche se iba a dormir pensando en ella. ¿Quién era y por qué se supone que debía encontrarla? ¿Cuántos años tenía? ¿Cómo era? Después se dormía y se le aparecían imágenes de una mujer que nunca antes había visto. No duraban mucho. Aparecían durante un par de segundos y se esfumaban. Por la mañana no recordaba mucho. No sabía quién era esa mujer, pero sentía un apego extraño hacia ella. «¿Será esa la mujer que debo encontrar?», se preguntaba. Después de un tiempo fue capaz de dibujar una imagen de esa mujer en su cabeza. No podía exactamente ponerla cara porque las imágenes aparecían y desaparecían muy rápido y a veces eran borrosas, pero tenía una idea general de cómo era. No era alta, medía más o menos un metro sesenta, tenía la piel clara, era delgada y tenía unas bonitas curvas y el pelo oscuro y rizado que le caía sobre los hombros. Tenía los ojos azules o verdes. No estaba seguro. A veces llevaba gafas y a veces no. Tenía los labios pequeños. Pero aún no era capaz de dibujar su cara del todo.

Cinco años más tarde aquellas imágenes seguían apareciendo en sus sueños. Era como una obsesión; sin embargo, no estaba más cerca de ella que al principio. Entre tanto, y debido a su obsesión con sus sueños, desordenó toda su vida y lo perdió todo, dignidad incluida. Pero de alguna forma no perdió la esperanza y la determinación por completar lo que había emprendido. Sí, no importaba lo extraño que pudiera parecerle a cualquiera. Él creía que aquel extraño encuentro con el ángel y sus palabras eran una orden que debía seguir a pesar de todo y de todos.

Michael salió de sus sueños justo para darse cuenta de que el servicio de la mañana había acabado hacía ya un rato y que estaba sentado solo en el balcón de la capilla. Ya se había pasado el momento del desayuno así que habría pasado allí solo alrededor de una hora cuando ya todo el mundo había salido; sin embargo, se sentía bien de haber estado allí solo un rato. Había algo muy poderoso en el interior de la capilla de Bowery, un tipo de magia sagrada. «Seguro que era la presencia obvia del espíritu de Dios», pensaba Michael.

Ya era hora de ir a la sesión con el pastor Charles. Michael disfrutaba hablando con el pastor, pero a veces dudaba del concepto de aquellas sesiones con el consejero. No estaba seguro de que hubieran servido de algo durante los meses que llevaba allí, ni tan siquiera de si eran del todo necesarias. Por ahora, el pastor sabía casi todo sobre la vida de Michael.

Michael salía de la capilla hacia la entrada principal de Mission y subió dos tramos de escaleras hacia la oficina del pastor. Mientras pasaba por la recepción pudo ver a un hombre sin hogar preguntando cosas sobre el programa. En los cinco meses y medio anteriores que había estado en Bowery Mission, había visto a muchos hombres entrar y salir. A dos semanas de completar el programa él ya era uno de los estudiantes más experimentados de Bowery.

En dos semanas tendría que dejar todas sus tareas en Bowery Mission y concentrarse totalmente en su trabajo del exterior. Estaría un paso más cerca de la realidad del mundo exterior. Sabía que siempre podría contar con el apoyo y la ayuda del director y de los consejeros de Bowery. Era práctica habitual que los estudiantes que ya se habían mudado de Bowery tras completar el programa y que podrían financiarse de forma independiente, siguieran yendo a Mission durante otro par de años para conseguir comida gratis, ropa si lo necesitaban, y cualquier otra cosa que pudiera ayudarles a ir mejor en su nueva vida.

En vez de sentir un deseo enorme por irse de allí, tenía miedo de la incertidumbre del mundo exterior. El trauma de haber pasado varias noches en el metro estaba todavía fresco en su mente y el hecho de pensar que algo así podría volverle a pasar era devastador.

Llegó a la oficina del pastor Charles justo cuando salía otro estudiante. Era uno de los nuevos que le habían asignado al pastor. Michael no recordaba su nombre, pero sí se acordaba de su cara desde que le había visto en el vestuario el primer día.

Michael le miró mientras pasaba por su lado. Tenía en su cara una expresión muy triste y sus ojos estaba rojos y llenos de lágrimas, como si hubiera estado llorando. El hombre le dio a Michael los buenos días y siguió su camino rápido.

—Buenos días—respondió Michael y miró hacia atrás mientras el hombre caminaba.

—¿Qué le pasa a ese chico?—preguntó Michael mientras entraba a la oficina del pastor.

—¡Ah! Una de las muchas historias de Bowery—contestó el pastor mirando a sus archivos en el ordenador.

—Debe ser duro para ti el hecho de estar ahí sentado todo el día escuchando historias trágicas de los estudiantes. Seguro que te afecta ¿Cómo puedes dormir por la noche?—preguntó Michael.

—Rezando mucho. Todos esos hombres están, de una forma u otra, en peligro de ser atacados por un demonio que quiere destruirles, tanto a ellos como a sus esperanzas de tener una vida mejor. Este trabajo es como enfrentarse a los demonios de otros cada día, y es que alguien tiene que hacerlo. Es nuestra misión ayudar a la gente a que vuelva con el Señor. Es lo que Dios quiere que hagamos. Sí... son necesarios muchos rezos.

—¿Has pensado alguna vez en dejar tu trabajo como pastor y consejero de personas sin hogar?—preguntó Michael mientras tomaba asiento.

—¿Ser pastor? Eso era lo último en lo que yo pensaba cuando tenía veinte y treinta años. Soñaba con tener mi propio concesionario de BMW y, si hubiera seguido en ese negocio, probablemente lo hubiera conseguido. Pero entonces, desordené toda mi vida. Como muchos estudiantes aquí, toqué fondo. Fue entonces cuando Jesucristo Nuestro Señor me encontró, me levantó y me enseñó el camino hacia una nueva vida. Acepté a Cristo cuando tenía treinta y cinco y, desde entonces, toda mi vida ha estado dedicada a su Ministerio.

—Nunca me has contado cómo desordenaste tu vida ¿Qué pasó?—Michael siguió con las preguntas.

—¿No? Creía que sí lo había hecho. Normalmente le cuento mi vida a todos los estudiantes. Bueno, cuando tenía treinta y pocos años era un vendedor de coches con mucho talento que trabajaba para el mayor concesionario del área del Bronx y de Yorkers. Ya llevaba allí diez años. Mi jefe mi apreciaba mucho y me nombró subdirector. Todo el mundo sabía que tenía un futuro brillante en el negocio. Así que, un verano mi jefe me dejó al mando de la empresa y se tomó unas largas vacaciones por Europa por su vigésimo aniversario de boda. Estuve al mando del negocio durante dos meses. Durante ese tiempo algunos antiguos amigos del colegio vinieron a visitarme con la idea de falsificar papeles para coches robados de lujo y venderlos así a través de mi concesionario. Supuestamente iba a ser un solo golpe con cuatro vehículos. Mi beneficio iba a ser muy bueno, y yo necesitaba el dinero. Me gustaban los coches de lujo, la ropa cara, el quedar con mujeres bonitas e ir a los clubs. Pensé que no me afectaría. Nadie lo descubriría. En dos meses habíamos vendido cincuenta vehículos por más de un millón de dólares a través de mi concesionario. Cuando mi jefe volvió, no pude parar. Y no pensaba lógicamente. Pronto después el FBI llamó a la puerta de mi oficina y todo acabó. Cooperé con ellos y les conté todo lo que sabía y me libré con una sentencia suspendida y una gran multa que sigo aún pagado cada mes a plazos. Perdí mi trabajo y mi reputación. Nadie me contrataría nunca más. No había ningún lugar al que acudir para pedir ayuda. Y lo peor de todo es que acababa de casarme y de tener un bebé con mi mujer cuando pasó todo esto. Fue mi mujer la que me dijo que debía ir a la iglesia y rezar.

Antes yo era un católico no practicante que iba solo a la iglesia en Navidad y Semana Santa. Sin embargo, la primera vez que fui con mi mujer a una iglesia pentecostal de nuestro barrio, algo surgió en mí. Me di cuenta de que había estado perdiendo el tiempo. Y justo después de que el demonio me llevara a su profundo abismo, yo me levanté y empecé a gritar al Señor. Él respondió a mis rezos.

En poco tiempo encontré un trabajo de nuevo. Y adivina qué, era el trabajo apropiado para un pecador como yo. La misma iglesia pentecostal a la que iba a rezar me contrató como conserje. Así que, en pocos meses, pasé de ser subdirector en un prestigioso concesionario de coches, a portero en una pequeña iglesia en el Bronx. Sin embargo, en cinco años ascendí al puesto de pastor asociado. Me gradué en Teología en el Campus de St. Joseph. Y después de esto y gracias a la ayuda de mi pastor, conseguí este puesto en Bowery Mission.

El día de mi cuarenta y tres cumpleaños estaba yo en la

iglesia rezando la misa de los viernes y Dios me llamó para empezar mi trabajo en el Ministerio. Hablé con mi pastor y me animó para dirigirme a la gente haitiana que había aquí en Nueva York y ser su pastor. Pronto después tenía ya un grupo de cincuenta feligreses. Alquilamos un espacio en otra iglesia del Bronx para fundar otra. Y así fue todo.

A veces me digo a mí mismo que, de no haber tocado fondo, no estaría aquí ahora hablando contigo—dijo el pastor y terminó su historia.

—Sí, yo también me hago la misma pregunta a veces. A pesar de lo duro que haya sido para mí el hecho de dormir en el metro y de llamar a las puertas de Bowery Mission, no puedo dejar de pensar en que puede que todo haya pasado por alguna razón, que mi camino estaba predestinado a sufrir este bache —dijo Michael y le preguntó al pastor—. ¿Piensas que las cosas están predestinadas en nuestras vidas y que debemos seguir nuestro destino?

—Según la teología cristiana —comenzó a decir el pastor—, Dios lo sabe todo, es todo poderoso y está siempre presente; esto significa que no solo sabe Dios las decisiones que tomaremos mañana cada uno, si no que las determina. Quiero decir, nosotros creemos en Él y, debido a lo que Él ya sabe de antemano, influencia nuestras decisiones y, gracias a su omnipresencia, controla todos esos factores. Si tenemos esto en cuenta, sí, podemos decir que simplemente estamos siguiendo nuestro destino.

—Bueno y entonces, ¿qué pasa con nuestra libre voluntad? ¿Elegimos nosotros realmente las circunstancias de nuestra vida o es simplemente una ilusión?—preguntó Michael.

—Bueno, esa es una cuestión en la que muchos teólogos no se ponen de acuerdo —continuó el pastor—. A mí me gustar usar a este respecto la parábola del hombre ahogándose. Dios le manda un barco y los marineros le lanzan una cuerda, pero es elección del hombre el coger o no la cuerda. De alguna forma la omnipresencia de Dios trabaja en sincronización con la voluntad humana.

—Así que, lo que quieres decir es que sí que existe el destino, pero que este está conectado de alguna forma y que trabaja de manera paralela con nuestra libre voluntad. O, dicho de otra forma, que somos y actuamos como en esos libros en los que el lector puede decidir cuáles serán los acontecimientos más importantes y la conclusión final de la historia—dijo Michael.

—Sí, algo así. Creo que tanto nuestras vidas como la dirección que estas deben tomar están predestinadas. Si hacemos uso de nuestra libre voluntad a la hora de tomar decisiones, no estamos haciendo más que escoger entre una de las varias opciones ya predestinadas. A nosotros nos parece que somos nosotros los que estamos tomando las decisiones cuando en realidad solo estamos eligiendo entre una de las muchas posibilidades que ya forman parte de nuestro destino.

—¿Crees que Dios es tan poderoso que es capaz de hacernos creer que tomamos decisiones cuando en realidad es Él el que las está tomando por nosotros?—preguntó Michael.

—Sí. Sabes, las interpretaciones teológicas de la libre voluntad y del destino no son completamente claras. Incluso dentro de la comunidad cristiana no se ponen de acuerdo con la relación entre estos dos conceptos. Bueno, ¿y cómo es que estás dando vueltas a este tema?—preguntó el pastor.

—No lo sé. Puede que sea porque el pastor Paul ha estado hablando de ello durante la misa de esta mañana. Y ya te he dicho antes que a veces pienso que todo lo que me ha pasado en la vida ha ocurrido porque tenía que ocurrir, porque estaba predestinado. Así que intento entenderme a mí mismo—contestó Michael.

—No te relajes, Michael. Aunque sea así realmente, ese pensamiento no te ayuda. Parece que te alivia la conciencia, te da una excusa para justificar tus caídas, pero no te ayuda a superarlo todo. Es hora de que hagas punto y aparte y te digas a ti mismo: «Vale, he desordenado mi vida por esto, por esto y por lo otro. Estos fueron mis problemas: x, x e y. Voy a levantarme como un hombre y a enfrentarme a ellos con responsabilidad, a vencer a todos mis demonios. Yo puedo hacerlo todo al lado de Cristo, mi Señor». Eso es lo que tienes que decir. Si dices que todo es cosa del destino, que todo pasó porque tenía que pasar, es solo una manera de salir al paso. No te lo recomiendo porque vas a volver a caerte de nuevo y eso es lo último que quieres, ¿no, Michael? —preguntó el Pastor.

—No nos entendemos. No estoy intentando liberar mi consciencia. Estoy intentando entender por qué han pasado las cosas así—le dijo Michael al pastor.

El pastor y Michael continuaron su conversación sobre la libre voluntad y el destino durante una hora. Michael no aceptaba mucho el punto de vista del pastor Charles. El pastor insistía en que Michael debía olvidarse de cualquier pensamiento relacionado con el destino y concentrarse en los remedios prácticos a sus problemas. Michael pensaba que, en cierto modo, tenía razón, pero no podía dejar sus sueños así como así. No podía abandonar su búsqueda. Creía en sus sueños y estaba decidido a continuar hasta dónde le llevasen y tan pronto como pudiera.

Dar y recibir

XXIV

Michael entró en el vestuario. Estaba lleno de un montón de bolsas llenas de ropa donada y de cosas de la casa. Al lado de la mesa, en el suelo, había otra pila bolsas que no cabían en la mesa. «Un buen comienzo de semana. El fin de semana la gente ha sido generosa», pensó Michael.

A menudo pensaba que quizás algún día cuando volviera a ser el mismo y fuera económicamente independiente, traería donaciones a Bowery Mission. Ahora, al igual que el resto de personas sin hogar, él era una de las personas que recibía la generosidad y la compasión de otros. Sin embargo, algún día quería estar al otro lado. Recordaba leer una cita de San Francisco de Asís que decía que dando es cómo mejor se recibe. A Michael le gustaba ese proverbio. Él sabía cuánta felicidad se sentía al dar. Había dado mucho a los demás, pero nunca intentó sacar provecho de ello ni recordar a los otros lo que les había dado. Siempre intentaba que su generosidad fuera casi invisible. «Es la única forma correcta de dar algo, de forma anónima», pensaba.

Era bueno haciéndolo, dando cosas a los demás sin que la gente se diera cuenta. Muchas de las personas que habían tenido relación con Michael a lo largo de su vida, incluidas sus hijas y los miembros de su familia, no se habían dado cuenta nunca de todo lo que Michael les daba en muchos sentidos. A él no le importaba. Según su pensamiento, el recibir cosas de los demás era, más que una forma de ganarse a los demás, un estilo de vida.

Como en todo, él se lo llevaba al extremo. Como agradecimiento, a menudo escuchaba decir: «Oh, tú nunca me has dado nada», de gente a la que había dado mucho. Esto ocurría porque esa persona nunca se había dado cuenta de la gran generosidad de Michael para su bienestar. Michael simplemente sonreía con tristeza, pero no decía nada. «Puede que algún día se den cuenta de lo mucho que les he dado», pensaba.

Michael clasificó el contenido de las bolsas. Esa era su tarea favorita dentro del vestuario. A veces sentía como que abría regalos de Navidad. Uno de esos regalos que mientras se abren, uno nunca sabe qué va a encontrar dentro. A veces era ropa nueva de marca procedente de las tiendas que aún tenia la etiqueta con el precio. Otras veces era ropa tan vieja que se rasgaba en el primer intento de doblarla. A veces Michael se encontraba dinero en los bolsillos de la ropa donada. La mayoría de las veces eran billetes pequeños o monedillas que la gente olvidaba sacar antes de donarlas. Pero a veces era obvio que el dinero se había dejado allí como donación.

Michael se sentía tentado muchas veces a quedarse el dinero y callarse, como muchos otros estudiantes que habían trabajado antes que él en el vestuario hacían ya por rutina, pero él nunca lo hizo. Siempre llevaba lo que encontraba al director.

Recordaba una vez que había llevado al director un billete de cien dólares que había encontrado en el bolsillo de una chaqueta de cuero de mujer.

—Mmm... te has encontrado un billete de cien dólares— le dijo el encargado.

—Sí, así es. En el bolsillo de una chaqueta de cuero— contestó Michael.

—¿Se lo has contado a alguien?

—No, he venido aquí directo tan pronto como lo he encontrado—dijo Michael.

—Bien, pues hay tres cosas que puedes hacer con él. Bueno, ya son dos. La primera ya no puedes hacerla —dijo el encargado con una sonrisa y continuó—. Podemos repartirlo entre los dos, cincuenta para cada uno y callarnos, o puedes meterlo en la caja de donaciones y yo te daré un recibo como que has devuelto el dinero.

—¿Y qué es lo primero, lo que ya no puedo hacer?— preguntó Michael.

—¡Ah! Pues podías haberte quedado el dinero tú solo y no decírselo a nadie, pero has sido tonto y no lo has hecho — dijo el encargado y empezó a reírse—. Ahora tendrás que compartirlo conmigo o ser un tonto todavía más grande y meterlo en la caja de donaciones.

Michael le miró. El mismo hombre estaba en el programa de recuperación el año anterior. Completó el programa y se convirtió en aprendiz. Ahora era uno de los gerentes de turno. «Este debe ser uno de los que revisa las bolsas antes de que bajen a vestuario, buscando las cosas de valor. Qué pena, qué pena», pensó Michael.

—Vale, dame el recibo por entregar estos cien pavos. Seré un imbécil de todas todas—dijo Michael y soltó el billete dentro de la caja de metal de donaciones al tiempo que se sentaba en la esquina de la mesa del gerente con una sonrisa en la boca.

El gerente le miró con expresión de extrañeza. Su mirada era una mezcla de rabia, desprecio y sorpresa. Luego dijo:

—Vale, señor Nicolau, si ese es tu deseo... —escribió un recibo, lo firmó y se lo dio a Michael—. Supongo que sabrás que cuándo decía que podíamos repartirlo estaba de broma. Estaba poniéndote a prueba, ya sabes.

—Claro. Nunca se me pasó por la cabeza que de verdad estuvieras pensando en hacer algo así—dijo Michael y salió de la oficina.

Desde entonces, ese mismo gerente miraba a Michael constantemente intentando ver en él la más mínima irregularidad para poder ir en su contra.

Escribió quejas contra Michael al pastor Charles en dos ocasiones. Michael se tiró mucho tiempo intentando explicar al pastor que él no había hecho nada malo.

—Michael, ¿por qué iba el gerente de turno a notificar cargos contra ti si no has hecho nada?—preguntaba el pastor.

—No lo sé, pastor. Por alguna razón no le gusto. Pero no sé por qué.

Michael no quería destapar lo que había pasado. Sabía que los consejeros intentarían esclarecerlo y sería su palabra contra la de un gerente de turno. Y parecía que desde que el gerente había presentado cargos contra él, Michael estaba intentando vengarse, así que Michael se quedó callado y evitó cualquier tipo de interacción con el gerente.

Esa mañana de lunes, casi toda la ropa donada era casi nueva. Había también muchas camisas grandes. En Bowery Mission siempre faltaban las camisas de talla grande. Muchos de los estudiantes de Mission, así como muchos de los hombres que venían a darse una ducha y a cambiarse de ropa, eran hombre altos y grandes. Michael no podía comprender lo irónico que era que aquellos hombres sin hogar fueran altos y grandes, unos tíos de noventa a cien kilos que mantenían su peso a pesar de que su nutrición era esporádica y pobre y a pesar de sus condiciones de vida: pasar noches y días en la calle, algo espantoso.

Dejó apartadas seis camisas grandes para dos de sus compañeros de la quinta planta. Pensaba que estarían contentos de tener camisas nuevas. Le daría tres a cada uno. Disfrutaba mucho de esa parte de «dar» de su trabajo en el vestuario. No iba muy acorde con las regulaciones de Bowery Mission el dar ropa a los estudiantes sin el permiso adecuado de los consejeros, pero Michael no le prestaba mucha atención a eso. Disfrutaba haciendo a la gente feliz.

Después de cinco meses trabajando en el vestuario, conocía las tallas de prácticamente los ochenta estudiantes del programa y sabía qué ropa les gustaba. Así que cada día encontraba algo que les quedaba bien y se lo daba. Muchos de los estudiantes iban a Michael con peticiones especiales y este se lo daba todo a medida que iban llegando.

Claro que también cuidaba de sí mismo. Tenía un gusto exquisito en la ropa y sabía como elegir las mejores prendas.

Jeremiah a menudo comentaba: «Sabes Michael, eres indudablemente el hombre mejor vestido de los cuatrocientos sintecho que hay en todo Nueva York, ja, ja, ja».

Para Michael, el hecho de poder conseguir tanta ropa cara y de calidad de forma gratuita era el resultado de la intervención divina. Siempre le había gustado vestir bien, pero en los últimos dos años había perdido toda su ropa y no tenía dinero para comprarse nada nuevo. El estar en Bowery Mission y trabajar en el vestuario le había permitido tener acceso ilimitado a la misma ropa que siempre le había gustado y que siempre llevaba. No podía explicar aquello de otra forma que como una intervención divina. Dios le había dado lo que le había quitado. De nuevo estaba prestándole atención. Michael lo veía como una buena señal.

Michael entendía casi todo en su vida como el resultado de la voluntad de Dios. No significaba eso que creyera ciegamente en el poder del destino, pero sí que a menudo pensaba durante horas en los acontecimientos que habían condicionado la dirección en la que iba su vida. En cada caso pensaba en las decisiones que podía haber tomado y en cómo estas habrían influido en el desarrollo de ese acontecimiento en particular y en qué curso habría entonces tomado su vida; sin embargo, siempre llegaba a la misma conclusión. Fuera cual fuera la decisión, siempre era el mismo resultado. Creía que, por cualquier razón, la historia de su vida estaba ya escrita mucho antes de que él naciera. Simplemente no sabía por qué. Todo esto fue hasta que soñó con que el arcángel le visitaba y le hablaba. Desde aquel día estaba dentro de una misión en la que tenía que cumplir con la voluntad de Dios. Y con Bowery Mission y su puesto en el vestuario, lo veía como una doble bendición. Por un lado, podía da a los demás lo que necesitaran y desearan. Por otro, estaba dando mucho A veces se sentía como el hijo pródigo de la parábola bíblica que volvía a su padre quién ordenaba a sus sirvientes que vistieran a este hijo perdido en las mejores ropas y con las joyas más caras.

—Bueno, Michael, ¿cómo te sientes hoy? —preguntó el pastor Charles mientras entraba en su oficina—. En tres días completarás el programa. ¿Te sientes preparado para dar el próximo paso?

—Supongo que sí. Ya lo veremos, ¿no, pastor?—dijo Michael sonriendo y sentándose donde siempre, en la silla de al lado de la mesa del pastor.

—Bueno, todo lo que tienes que hacer ahora es trabajar y ahorrar dinero mientras estás aquí. Sé listo y no te gastes nada hasta que no te vayas. Después lo necesitarás todo —dijo el pastor—. ¿Tienes idea de cuánto te quedarás en Mission? ¿Sabes que puedes quedarte seis meses hasta que ahorres dinero?

—Sí, lo sé, pero me gustaría salir de aquí en dos meses como mucho si todo va como lo he previsto—contestó Michael.

—No tienes que correr. Nadie te presiona. Sé que quieres salir de aquí, pero debes ser prudente. Alojamiento y comida gratis significa más dinero en tu bolsillo —dijo el pastor—. Y hasta ahora no has ahorrado demasiado. No querrás quedarte sin dinero cuando tengas que pagar tu primer mes de alquiler y el mes de fianza. Siempre tienes que tener algo ahorrado por lo que pueda pasar.

—Sí, estoy de acuerdo, pero si es posible quiero pasar el Día de Acción de Gracias en mi casa. Y con la ayuda de Dios, lo conseguiré. No es que tenga a nadie a quién invitar a cenar ese día, pero es algo que quiero experimentar como símbolo de mi vuelta a la vida normal, no sé si me entiendes —dijo Michael—. Quiero sentarme en mi casa el Día de Acción de Gracias y darle gracias a Dios por esa liberación.

—Sí, sí, es de lo que se trata ese día. Es un día para detenerse a dar las gracias a Dios por las múltiples bendiciones que nos ha dado a lo largo de todo el año. Un momento para disfrutar de la unidad. ¿Has dicho que no tienes a nadie a quién invitar ese día?—preguntó el pastor.

—No —dijo Michael con una sonrisa de tristeza—. No creo que tenga a nadie a quién poder llamar.

—¿Qué hay de tus hijas? ¿Has hablado con ellas desde que llegaste aquí?—preguntó el pastor.

—No, pastor. No he hablado con ellas. No sé si me hablarían aunque las llamara. Están enfadadas conmigo— contestó Michael.

—¿Pero sientes que deberías hablarlas?

—No estoy seguro, pastor. El sentimiento que tengo es raro. Me gustaría verlas y hablarlas, pero siento de alguna forma siento que deben ser ellas las que se dirijan a mí y no al contrario. He pasado años criándolas. Creo que me lo merezco. Aunque no hubiera sido un buen padre, aunque se sintieran dolidas o enfadadas, sigo siendo su padre y deberían hacerlo—contestó Michael.

—Por un lado llevas razón, Michael. Si lo dices así, parece que estás en lo cierto. Tus hijas ya son mayores. Tienen sus vidas, sus familias y sus trabajos. Las has criado. Es justo que te tiendan la mano. Pero, por otro lado, son tus hijas. Siempre lo serán. Aunque te den la espalda, tú nunca debes dársela. Tú debes siempre tenderlas la mano. Llámalas. Mándalas un correo. Si no te contestan, hazlo una y otra vez. Llámalas durante las vacaciones y en los cumpleaños. Muéstralas tu cariño. Y algún día volverán a ti. Buscarán a su padre— dijo el pastor.

—No es así de simple, pastor. En la relación con mis hijas, hay cosas más complicadas que una simple falta de comunicación—dijo Michael.

—¿Por qué dices eso? ¿Qué es más complicado? ¿Hay algo más que yo no sepa? ¿Has hecho algo que no debías?—dijo el pastor elevando la voz.

—No te emociones, pastor. No es nada de eso. Creo que siempre he sido un padre cariñoso que ha trabajado por su familiar todo lo que ha podido, por supuesto que sí. Pero hay algo más. No sé si te lo he comentado antes... puede que sí... —Michael estaba intentando encontrar las palabras adecuadas para empezar—. Siento que toda mi vida he estado fuera de lugar. Como si todo lo que he hecho fuera malo, en el mal momento y con la gente inadecuada. Como si no perteneciera a este mundo.

—Sí, ya me has comentado lo del sentimiento de encontrarse fuera de lugar. Te repites, Michael. Y mencionaste un sueño que nunca me has explicado, pero, ¿qué quieres decir cuando hablas de cosas malas, en mal momento y con la gente inadecuada?—le interrumpió el pastor.

Bueno, quiero decir que estaba haciendo lo que hace la gente normalmente hace. Terminé la escuela, conseguí un trabajo, me casé, tuve hijos, me divorcié, me casé de nuevo, conseguí otro trabajo, tuve otra niña, me divorcié otra vez... Durante todo ese tiempo he sentido que no estaba con las personas con las que debía estar. No puedo decir que no quisiera o no amara a la mujer con la que me casé o tuve relaciones. No puedo decir que no quiera y haya cuidado de mis hijas. Pero haciendo todo eso siempre he estado alejado de mí mismo. Como si estuviera atrapado en el cuerpo de otro hombre que hacía todas esas cosas. Como si estuviera perdiendo el tiempo. Como si tuviera que estar en algún otro sitio. Y ahora que todo esto se ha acabado, no siento nada por las mujeres con las que he estado ni ningún sentimiento de unión hacia mis hijas. Como si no lo fueran. Mi siento terriblemente culpable por esto porque no es normal que ningún padre sienta esa frialdad hacia sus hijas. Y me gustaría que me tendieran una mano y me ayudaran a tener una relación normal «padre e hijas» con ellas.

—¿Por qué crees que te sientes así? —preguntó el pastor.

—No lo sé. Solo sé lo que siento. Por un lado, quiero tener una familia, una esposa, unos hijos, cuidarlos compartir con ellos la felicidad de la vida en familia, pero no creo que haya encontrado a mi mujer verdadera ni tampoco a mis hijos todavía. Puede parecer que soy un loco, sobre todo con mi edad, pero es exactamente como me siento.

—Así que, ¿me estás diciendo que te casarías y volverías a tener hijos si pudieras?—dijo el pastor mirando a Michael con sorpresa.

—Sí, pero no con cualquiera. No se trata de casarse y tener una mujer e hijos. Se trata de una mujer en concreto. Siento como que en algún lugar hay una mujer a la que pertenezco, una mujer a la que siempre he pertenecido, una mujer que me está buscando al igual que yo a ella y por eso nos debemos encontrar. Es mi misión, pastor, y estoy obsesionado con eso. Sé que parezco un loco, pero es lo que pienso.

—¿Es eso lo que te dijeron en el sueño, Michael? ¿O es simplemente un sentimiento que tienes?

Michael no contestó. Bajó la cabeza.

—No sé qué decirte, Michael. En primer lugar, nunca vas a volver a ser joven. En segundo lugar, tienes que salir de aquí, trabajar y recuperar tu vida. Creo que lo conseguirás rápido, pero a menudo lleva mucho tiempo y mucho trabajo, sobre todo en tu situación. No estás consiguiendo un sueldo semanal que te garantice estabilidad. Tendrás que luchar cada día por conseguir trabajo. Es difícil ser autónomo, pero es tu decisión y nosotros te apoyamos. Eres bueno en lo que haces, pero por desgracia, eso no te garantizará siempre el éxito. Así que tienes que andar siempre con cuidado en tu vida. Empezar una nueva relación y una nueva familia está relacionado con gastos. Para eso necesitarás una estabilidad y una seguridad económica —el pastor paró por un momento, como si estuviera pensando en lo que iba a decir y luego continuó—. Debes intentar reconstruir tu relación con tus hijas y puede que incluso también con tu exmujer. Hay mucho que puedes darlas. Pronto ellas tendrán sus propios hijos y esos niños necesitarán un abuelo. Hay una felicidad enorme ahí y es algo que deberías desear.

—¿Abuelo? —dijo Michael y le miró con sorpresa—. No me imagino como abuelo.

—¿Por qué no? — preguntó el pastor—. Estás en edad y

tus hijas están en edad de tener niños. No hay nada malo en ello ¿Tienes miedo de ser abuelo por que eso significará que eres viejo? Yo soy abuelo y es mucho más feliz que ser padre, ja, ja, ja —dijo el pastor y se empezó a reír.

—¿Por qué?—preguntó Michael.

—Porque puedes jugar, disfrutar y pasar tiempo con ellas y luego te levantas y les dejas con sus padres para que ellos se ocupen de sus responsabilidades como padres—dijo el pastor.

—Pastor, yo no soy un tipo corriente de cincuenta años que tiene miedo de hacerse mayor y de morir. De hecho pienso en una mujer joven y en un nuevo comienzo. Nada de lo que tú dices. Yo hablo de volver a mí mismo, a quién yo realmente soy. Hablo de recuperar mi alma, pastor. De dejar mi voluntad y de someterme a la voluntad de Dios. De completar mi misión a toda costa. No pienses ni por un instante que no soy consciente de todas las dificultades y desafíos que se presentarán en mi camino. Desearía que todo fuera fácil, que saliera de aquí, estabilizara mi vida, trabajara, escribiera y viviera en paz, pero no es eso lo que quiero. Te hablo de lo que tengo que hacer.

—Dices que necesitas volver a ser quién realmente eres. ¿Quién piensas que realmente eres, Michael?—preguntó el pastor.

—Mi nombre estaba escrito en el Libro de la Vida a su lado. Estábamos unidos por la voluntad de Dios y por una razón que solo Él sabe.

El libro de la vida

XXV

Era el primer lunes de septiembre y hacía seis meses y medio que Michael había entrado en el programa de recuperación de Bowery Mission. El primer lunes de cada mes se reservaba para las celebraciones de graduación.

A las seis de la tarde, Michael, Jeremiah y otros cuatro chicos vestidos con sus mejores trajes, todos ellos con origen en el Blessing-dale, subieron las escaleras hasta el escenario que había tras el púlpito de la capilla de Bowery para recibir su certificado de haber completado el programa discipulado de Bowery.

Se sentaron en las sillas que había alineadas al lado derecho del escenario. Sus consejeros estaban sentados a la izquierda. El pastor Paul y el director estaban sentados en medio del escenario, justo detrás del púlpito. La capilla estaba llena de personas sin hogar que acudían normalmente a las misas de la tarde que había antes de cenar. El pastor Paul se subió al púlpito y pronunció su oración como apertura de la ceremonia. Después el director se levantó y dio un discurso sobre el programa de recuperación de Bowery Mission. La mayoría de la gente que estaba en la capilla eran personas que venían normalmente a comer a Mission y que ya habían escuchado este discurso muchas veces. Algunos eran estudiantes en formación.

Michael miró a su alrededor. En los seis meses que llevaba en Bowery Mission había conocido a casi todo el mundo que estaba en esa habitación. La mayoría eran personas sin hogar que venían a darse una ducha y a cambiarse de ropa dos veces a la semana a Mission. A algunos les conocía por el nombre e incluso por la talla de ropa. «Si hay algo de lo que estoy seguro es de que una vez que salga de aquí nunca volveré a mirar lo hacía antes de estar en Bowery Mission a las personas sin hogar», pensó Michael.

Giró su mirada hacia Jeremiah y hacia los estudiantes que estaban sentados a su lado. De todos los estudiantes que habían accedido al programa en marzo, Jeremiah y Michael eran los únicos dos que lo habían completado. Los otros cuatro habían llegado en abril.

—El índice de éxito de marzo no ha sido muy alto ¿Fuimos casi veinte los que vinimos en marzo, no?—suspiró Michael al oído de Jeremiah.

—Sí... es difícil... ¿Te acuerdas de Víctor? Nunca pensé que caería de nuevo —contestó Jeremiah. Después de un segundo continuó—. ¿Y quién dice que somos el éxito de marzo, Michael? ¿Qué pasa si volvemos en seis meses?

—Oh, nunca más. Nunca—contestó Michael.

Los consejeros fueron presentando a sus estudiantes graduados y entregándoles los certificados. Cada certificado contenía una cita de las Escrituras que cada consejero había escogido para su estudiante. Después de recibir los certificados, los estudiantes daban un discurso. El de Jeremiah fue el más corto:

«Hola a todos. Y adiós. Espero no volveros a ver nunca más... Y bueno... Muchísimas gracias a Dios, al pastor Charles y a Bowery Mission».

Michael fue el último en recibir su certificado. El pastor Charles leyó su nombre. Todo el mundo aplaudía y animaba cuando Michael se levantó y se dirigió al púlpito.

—¡Eh, Micky, necesito unas Nike de la talla 43,5! ¡Nuevas!—le gritó alguien del público. Todo el mundo se rió.

Luego el pastor Charles leyó la cita del certificado: *«El que habita al abrigo del Altísimo, morará bajo la sombra del Omnipotente. Diré yo a Jehová: esperanza mía, y castillo mío, mi Dios en ti confiaré».*

Entregó a Michael el certificado y le dio la mano. Era el momento de que Michael hablara.

Era la primera vez que daba su testimonio en la capilla. El pastor Paul le había pedido muchas veces que hablara durante las misas diarias, pero siempre encontraba la excusa perfecta para no hacerlo. No se sentía cómodo compartiendo sus sentimientos más íntimos sobre su fe y su relación con Dios. Ahora tenía que hablar.

«He estado pensando durante todo el día en lo que debía decir. Nunca antes he dado un discurso. Siempre he pensado que lo que hay entre Dios y yo y el hecho de cómo me siento es solo asunto mío. En los últimos seis meses he oído a muchos estudiantes hablar en este púlpito sobre los milagros que Dios había hecho en sus vidas. Luego les he vuelto a ver aquí dos semanas más tarde, sentados de nuevo como personas sin hogar. Se ha hablado mucho de milagros. No significa esto que no crea en ellos. Creo, pero para que los milagros sucedan, Dios necesita de nuestra cooperación. Como me dijo una vez el pastor Charles, Dios puede lanzarnos una cuerda para salvarnos, pero somos nosotros los que debemos agarrarla. Como ya he dicho, he estado todo el día pensando en algo inteligente qué decir esta noche para impresionar a todo el mundo, pero luego me he dado cuenta de que no creo que pueda decir nada inteligente. Si fuera listo no habría acabado nunca en Bowery Mission. Sin embargo, aunque no seamos listos y no nos demos cuenta de nuestros actos, Dios siempre nos está viendo. Así que, en vez de intentar ser listos, debemos intentar confiar y tener fe en Dios; Él nos garantizará sabiduría a cambio, y gracias a su misericordia y por medio de nuestra confianza y fe en Él, los milagros ocurrirán. Por otro lado, ¿qué puedo yo decir a un montón de personas sin hogar para impresionarles? Bueno, tenemos sopa de pollo caliente, puré de patatas y filete para cenar. Vamos a comer antes de que se enfríe. Y demos gracias a Dios por lo que recibimos».

Para que la ocasión fuera más festiva, se preparó una cena tipo buffet en la sala de conferencias de la segunda planta para los graduados, sus invitados, los consejeros y demás personal de Bowery Mission. En realidad, no vinieron muchos invitados. Los consejeros animaron a los graduados a invitar a su familia y amigos a la graduación. Sin embargo, los estudiantes del programa eran, en la mayoría de los casos, gente sin amigos y con familias rotas.

Ese lunes en concreto el único invitado que vino fue el padre de Jeremiah.

—Bueno, Mike, Jeremiah me ha dicho que te irás pronto de Bowery, ¿no?—le dijo el padre de Jeremiah que tenía un pedazo de pizza en una mano y un perrito caliente en la otra.

Michael miró a aquel hombre bajito, delgado y calvo de unos cincuenta años con bigote. Sonrió.

—Bueno, es mejor irse que qué te echen , ¿no?

—Sí, pero tú, Michael, eres un tío listo. Deberías quedarte por aquí. Es un buen lugar para ti. Te he estado observando. Podrías ser gerente, incluso consejero. Podrías estar aquí engañando a los adictos todo el día. Una vida fácil. Sabes lo que quiero decir—dijo el padre de Jeremiah que se metió todo el perrito en la boca.

—Bueno, estarás orgulloso de que Jeremiah se haya graduado y de que consiga un trabajo en UPS, ¿no?—dijo Michael intentando redirigir el camino de la conversación.

—Está bien. No es lo que quisiera para él, pero es un cabeza de chorlito. Hace lo que quiere. Cuando entró en el programa le dije que se hiciera el loco todo lo que pudiera y que pidiera una pensión mientras que estaba aquí. Sé que muchos chicos de su edad que lo han hecho, lo han conseguido. Él lo hubiera tenido fácil. Nació tonto. Pero no. El señor tonto quería trabajar para conseguir su dinero en vez de conseguirlo por la cara, ¿no es eso una tontería?

—Creo que no llevas razón. Es fantástico que quiera trabajar. Ser guardia de seguridad en una fábrica no es un trabajo tan duro. Puede pasarse el día estudiando y graduarse en la universidad—dijo Michael.

—¿Jeremiah?, ¿universidad? Ja, ja, ja, sería el primero. Nadie en nuestra familia ha ido a la universidad.

—¿De que estáis hablando?—Jeremiah se unió y preguntó.

—Le estaba diciendo a tu padre que podrás estudiar en la universidad mientras trabajas como guardia de seguridad— contestó Michael.

—Tengo que empezar a trabajar primero y ganar algo de dinero.

—Lo harás ¿Cuándo es tu primer día?—preguntó Michael.

—El próximo lunes. Este viernes tengo que ir a coger mi uniforme y mi tarjeta de identificación.

—Hablando de dinero —interrumpió el padre de Jeremiah—. Jeremiah, ven aquí a mi vera. Necesito hablar contigo de algo en privado. Perdona, Mike—dijo llevando a Jeremiah hacia la puerta de la habitación.

Michael les miró. «Mmm... ya va a pedirle de nuevo dinero... Vaya padre», pensó Jeremiah.

—¡Michael! —dijo el pastor Charles saludándole desde el otro lado de la habitación—. Ven.

Michael caminó hacia el pastor Charles.

—¿Qué, pastor?

—¿Qué? Nunca te he oído hablar así. Ja, ja, ja. Me suena divertido oírtelo. No obstante, el hecho de que ya tengas tu certificado no significa que estés libre para conmigo. Me debes dos sesiones. Podemos dar una mañana por la mañana y otra el próximo lunes si te va bien.

—Claro, pastor —dijo Michael con una sonrisa—. Luego puedo empezar yo a darte consejos. Ya sabes, como en el chiste del loco en el psiquiátrico persiguiendo al doctor pasillo abajo con un gran cuchillo, ja, ja, ja.

—¿Y qué pasaba?—preguntó el pastor.

—Pues que el doctor se metió en un callejón sin salida y tuvo que enfrentarse al loco con el cuchillo. El loco se le acercó gritando y, de repente, se paró, le dio la vuelta al cuchillo y se lo ofreció al doctor diciendo: «¡Te pillé! Ahora te toca a ti».

—Sí, Michael. Cuando haya terminado contigo seré yo quién necesite un consejero.

Michael llamó a las puertas de la oficina del pastor Charles y entró sin esperar respuesta.

—Buenos días, pastor. Aquí estoy como te prometí.

El pastor le dio la mano como agradeciéndole su presencia pero sin decir nada. Estaba preocupado leyendo sus notas en la pantalla del ordenador.

Michael se sentó y miró alrededor de la habitación ¿Hay algo diferente? Entonces se dio cuenta. Todos los diplomas y cuadros que estaban colgados en la pared estaban fuera guardados en una caja de cartón en la esquina de la oficina. «Algo pasa aquí», pensó Michael.

Después de un par de minutos el pastor paró de leer y se giró hacia Michael.

—Perdona, Michael, tenía que ver unas cosas en mis notas. Hemos hablado de muchas cosas durante estos seis meses. En nuestra última sesión mencionaste algo muy interesante. El Libro de la Vida ¿Qué sabes sobre el libro de la vida, Michael? ¿Qué piensas que es?

—Tanto para los cristianos como para los judíos, el Libro de la Vida, Sefer HaChaim en hebreo, es el libro en el que Dios registra el nombre de cada una de las personas que está destinada a tener una vida eterna en el paraíso. Se menciona en la Biblia catorce veces. Seis de ellas en el Apocalipsis.

—Sí, es eso en términos generales, pero para ti, ¿qué es el Libro de la Vida? Personalmente, ¿cómo lo percibes? La última vez me dijiste que tu nombre estaba escrito junto al de ella en el Libro de la Vida ¿Qué significa eso para ti?

—Siempre he visto el Libro de la Vida como el último paso en la Creación, como el lugar en el que nos reunimos con nuestro Creador. Un lugar en el que nuestros destinos estaban ya escritos antes del comienzo de los tiempos. Una vez que llegamos allí, nuestros círculos de la vida material acaban y nos enfrentamos a la vida eterna en presencia de nuestro Creador.

—¿Y qué hay de Jesús? ¿Qué tiene él que ver con el Libro de la Vida?

—Está allí para iluminar nuestro camino con sus enseñanzas y para inspirarnos con su ejemplo para que podamos llegar bien a nuestro destino.

—Mmm... ¿Para inspirarnos? ¿Y qué hay de su sacrificio, de su sangre derramada y de su muerte en la cruz?

—Jesús es mi Señor, pastor. No me malinterpretes cuando digo esto, pero a veces creo que derramó su sangre en vano. No aprendimos nada de su sacrificio. Lo que es peor, la mayoría de los cristianos piensa que, en relación a su muerte en la cruz, quiénes lo hicieron estaban libres de pecado, pues al final, aceptaron también a Cristo.

—Tú dijiste que nuestros destinos estaban ya escritos, entonces, ¿cómo es posible que controle los pecados si forman parte de nuestro destino?

—Nuestras acciones y nuestras elecciones no están predestinadas, solo lo está el destino final, la consecuencia de nuestras acciones. Por ejemplo, yo puedo saltar por la ventana. Es una mala acción, una mala elección. Es un pecado intentar suicidarme. Pero está en manos de Dios, o si lo prefieres, en mi destino, el hecho de que yo muera o sobreviva. Si voy a morir o no. A menudo he sentido a lo largo de mi vida que hiciera lo que hiciese, las cosas iban a ir como tenían que ir fueran cuales fuesen mis acciones o decisiones. El resultado final siempre era el que yo no pretendía. Entonces me di cuenta de que era el destino.

—Sí, ya me has contado algo así. Pero antes de que sigamos, déjame que te dé mi punto de vista sobre el Libro de la Vida. Lo primero, es importante entender que todos somos pecadores. Deja que te lea algo. La epístola del Apóstol Santiago a los Romanos, 3:23 dice: «Por cuanto todos pecaron y están destituidos de la gloria de Dios». Pecar significa perder la marca que Dios ha fijado para nosotros. La pena por pecar es la muerte. El 6:23 dice así: «Porque la paga del pecado es la muerte, pero la dádiva de Dios es vida eterna en Cristo Jesús, Señor nuestro». Este verso dice que la muerte es el precio que debemos pagar por pecar. Es lo que nos ganamos. Nos merecemos morir y vivir separados de Dios para siempre. Sin embargo, este no es el final del mensaje. En la misma epístola, el capítulo 5 versículo 8 dice así: «Más Dios demuestra su amor para con nosotros, en que, siendo aún pecadores, Cristo murió por nosotros». Jesucristo murió en nuestro lugar, en tu lugar, Michael. La buena noticia es que puedes salvarte gracias a tu fe en Cristo y, como dice la epístola a los efesios en su capítulo 2, versículos del 8 al 9: «Porque por gracia sois salvos por medio de la fe; y esto no de vosotros, pues es don de Dios; no por obras, para que nadie se gloríe». Así que, solo será a través de nuestro Salvador como tu nombre podrá aparecer en el Libro de la Vida. Has dicho que Jesucristo es tu

Maestro pero, ¿de veras le has recibido, Michael? Recibir a Jesús consiste realmente en pedirle que venga a tu vida, que perdone tus pecados y que se convierta en tu Señor y tu Salvador. No es una tarea simplemente intelectual, sino un acto de fe verdadera y de voluntad sincera, No es un ritual basado en ciertas palabras como los que tenéis en la Masonería, es una guía dedicada solo y exclusivamente a preparar tu gesto de fe sincera. El Libro de la Vida no lo ha hecho la mano humana. Es eterno, se ha hecho en el paraíso, es el Libro del Cordero de Dios.

—Pastor, has dicho lo mismo que yo pero con otras palabras.

—No, Michael. Lo que tu has dicho sonaba como si estuvieras hablando de algo mágico, de algún libro oculto. «Reunirnos con nuestro Creador, círculo de vida material...», cosas así son las que has dicho. Yo estoy hablando de nuestro Salvador, de recibir a Jesús. Olvídate de círculos de vida material y de toda esa palabrería del ocultismo ¡Recibe a Jesús!—gritó el pastor.

—A veces cuando estamos hablando sobre ciertas cosas, parece como si un mudo estuviera hablando a un sordo. Te lo digo otra vez. Jesús es mi Maestro. Yo ya estoy con Jesús. No necesito recibirle de nuevo.

—¿Por qué no? Yo puedo recibir a Jesús tres veces al día, todos los días. Diciendo palabras en alto no le estás volviendo a recibir, simplemente estás confirmando tu fe en él. Es un simple acto ¿Tienes miedo?

—No tengo miedo de nada. Vemos las cosas de diferente manera. Para ti recibir a Jesús significa gritar alabanzas a los cuatro vientos. Para mí es una experiencia mística profunda e íntima. Para ti vivir en el mundo de Dios significa tener una vida estabilizada y medida, no fumar, no beber y obedecer sus órdenes bíblicas de la manera más estricta posible. Para mí vivir en el mundo de Dios significa intentar encontrar mi verdadero camino y destino. Aprender quién soy, por qué estoy aquí y qué es lo que Dios quiere que haga. Para saber todo eso a veces tengo que indagar en libros mágicos y ocultos, esos libros que tú rechazas con tanta facilidad.

—El único libro que necesitas, Michael, es la Santa Biblia. Todo está escrito ahí. Ahí están todas las respuestas que buscas. Pero tienes que leerlo con el corazón, no con la cabeza. Todos los demás libros no hacen más que confundirte y nublar tu mente.

—No estoy de acuerdo. No puedo creer que esté escuchando eso del pastor de una iglesia del siglo XXI ¿Estás seguro de que no te metiste en una máquina del tiempo y vienes directo de la Inquisición?—le dijo Michael irónicamente.

—No, Michael. Voy en serio. Todos esos libros de materias ocultas no son buenos. En ellos no hay ningún tipo de poder mágico ni de conocimiento secreto. Son obra del demonio y el demonio quiere confundirnos. El demonio es un mentiroso.

Michael miró al pastor por un instante pensando en qué decir. Sabía que no valía de nada discutir de este tema con el pastor. «Tiene una comprensión muy limitada», pensó Michael.

—¿Qué? ¿Por qué no dices nada?—preguntó el pastor.

—Es que no sé qué decirte. He pasado muchos años de mi vida estudiando Masonería y muchas otras enseñanzas esotéricas. He escrito muchos libros sobre ello. Tengo una gran colección de libros exclusivos y antiguos sobre materias esotéricas. He aprendido mucho de ellos. Durante un tiempo el coleccionar este tipo de libros fue mi pasión. Incluso me aceptaron como miembro del Club Grolier de Nueva York.

—¿Y qué ha pasado con tu colección de libros?—preguntó el pastor.

—Unos años antes de irme de Bucarest la vendí a un coleccionista de libros de Islandia. Me sentí mal, pero tenía que hacerlo. Necesitaba el dinero. A cambio el coleccionista donó mi colección a la biblioteca local con la condición de que todos mis libros debían siempre permaneces juntos bajo el nombre: «Biblioteca de Michael Nicolau». El comprador era un hombre que respetaba mucho mi formación masónica y que trabajaba en el campo de las ciencias esotéricas y quería honrarme con ese gesto. Yo por mi parte agradecí que mi trabajo fuera recordado y que quedase en algún sitio. Ese es el final de mi carrera como coleccionista de libros. Nunca he vuelto al Club Grolier.

—Pero aún no has contestado a mi pregunta. ¿Qué quieres decir cuando dices que tu nombre estaba escrito junto al suyo en el Libro de la Vida? ¿De quién estás hablando?

—Hablo de la mujer a la que tengo que encontrar.

—¿Quién es esa mujer? —preguntó el pastor—, ¿tu novia de Bucarest?

—Pensaba que era ella, pero no.

—¿Qué significa que pensabas que era ella? Explícamelo.

—Que pensaba que era la mujer de mis sueños. La mujer a la que pertenecía. Pero no sé dónde ni cómo encontrarla.

—¿Qué te hizo pensar que la chica de Bucarest era ella?

—El momento en el que apareció en mi vida. No pensé que fuera casualidad, pero me equivoqué. Perdí el tiempo, el dinero y mi energía.

—Nunca me has dicho que fue lo que pasó exactamente en Bucarest.

—Sí... puede que sea mejor que lo dejemos aquí hasta la próxima sesión.

—Si es lo que quieres... está bien, Michael—contestó el pastor con duda.

—Pastor ahora tengo yo una pregunta para ti. ¿Qué significa esa caja con tus fotos y diplomas? ¿Te cambias de oficina?

—No lo sé, Michael. Está mañana he tenido una discusión muy acalorada con nuestro director. Aparentemente no están contentos con mi trabajo como consejero... después de veinte años... así, de repente, ¿te lo puedes creer? Estoy pensando en irme antes de que me despidan. Estoy muy cabreado.

—No hagas nada, pastor. No hagas ninguna estupidez. Piensa en tus estudiantes. Te necesitan. El director tiene que jugar a algo con la junta directiva. Son los que pagan. Si las cosas van mal, tiene que echarle la culpa a alguien.

—Ja, ja, ja, estás empezando a darme consejos —dijo el pastor y sonrió—. Por favor, no se lo digas a nadie, o sentiré mucha presión. Nuestra tasa de éxito no es muy alta. Y los donantes quieren resultados. Si nos comparas con otros programas, nuestros números no son muy buenos. Algunos están incluso hablando de eliminar el cristianismo de nuestro programa. Dicen que la Biblia no funciona con adictos. Si lo hacen, será el fin de Bowery Mission como lo conocemos hasta ahora.

La historia de Bucarest

XXVI

Después de la graduación, los días en Bowery Mission pasaban mucho más rápido para Michael. Ya no trabajaba en el vestuario ni era el capitán de la quinta planta. Tampoco debía asistir a los servicios de la capilla. Lo único que tenía que hacer era trabajar un día a la semana en recepción. Aunque trabajaba como autónomo y tenía un horario de trabajo fijo, cada día se iba a trabajar a las nueve de la mañana con su portátil a la cafetería de la tienda de Barnes and Noble de Union Square o al Starbucks de Astor Place, donde estaba hasta las cinco de la tarde.

El hecho de ser autónomo y diseñar páginas web era una tarea muy competitiva teniendo en cuenta el gran número de jóvenes con talento que había en Nueva York; sin embargo, Michael lo hacía cada día mejor. Algunos de sus principales clientes eran iglesias locales asociadas a Bowery Mission. Sus ahorros iban aumentando y buscaba diferentes opciones para conseguir casa. A principios de octubre se le presentó una oportunidad.

Uno de los clientes de Michael era una agencia inmobiliaria de Brooklyn. Michael había trabajado en su página web durante un mes y había hecho un muy buen trabajo. Tanto al propietario como a los diferentes trabajadores les había gustado su trabajo y su actitud. Michael sabía que era algo arriesgado el preguntarles por un apartamento teniendo en cuenta que su línea de crédito era un verdadero desastre, pero lo hizo.

Nunca sabrá si se hicieron los suecos con la falta de ingresos regulares en su cuenta bancaria o si simplemente no se molestaron ni en mirarla, lo que si supo es que un día le llamaron y le dijeron que tenían para él un apartamento disponible. Y no solo eso, cuando fue a firmar el alquiler, solo le pidieron el primer mes; el mes de fianza no se lo pidieron por el trabajo que había hecho para ellos. Se supone que debía mudarse el 1 de noviembre. Michael estaba contentísimo. De nuevo tendría su propio hogar, y antes del Día de Acción de Gracias. Como lo había deseado.

No tenía muebles, pero estaba seguro de que conseguiría algo para el momento en el que tuviera que mudarse. Habló con el director que le dijo que mirara en las donaciones de muebles y artículos del hogar.

—¡Caray, lo conseguiste! —le dijo el pastor Charles con una gran sonrisa en la cara al tiempo que Michael entraba en su oficina—. El director me ha hablado de tu nuevo apartamento. Es una gran sorpresa. Tan rápido. Cuéntame más. Quiero saber los detalles.

—Bueno, no hay mucho qué decir. Tiene una habitación y está en la tercera planta de un gran edificio situado en el área de Midwood, en Brooklyn. Está a una manzana de la línea

Q. Cuesta novecientos dólares al mes, electricidad, agua y calefacción incluido. He firmado un año de alquiler y me mudaré el 1 de noviembre, cuando lo hayan pintado.

—¡Novecientos dólares! ¡Está muy bien! Dios ha sido bueno contigo. ¿Hay muebles?

—La cocina tiene un horno de gas y un gran frigorífico. En la habitación hay un armario empotrado grande. Eso es todo. También tiene un cuarto de la lavadora en el sótano. Tendré que conseguir algún mueble básico.

—Seguro que hay algo en nuestro almacén que te sirva. Hablaré también con gente de mi iglesia por si alguien tiene algo que pueda valerte. Por ahora solo necesitas una cama con un buen colchón, una mesa y unas sillas.

—Cierto. La mayoría de las cosas pequeñas ya las he cogido de las donaciones. Tengo ropa para la cama, dos lámparas, un juego de porcelana básico, la cubertería, un tostador, un microondas, una radio y una tele. Así que estoy casi listo. Necesitaré una estantería, eso seguro, pero eso siempre es fácil de encontrar.

—Fantástico. Fantástico. Ahora tienes que asegurarte de que sigues adelante con las facturas. Mira cada céntimo. Es muy fácil dejar de pagar el alquiler y empezar a tener problemas.

—Sí, pero también tengo suerte en ese sentido. El edificio lo lleva una agencia inmobiliaria cuya página web he diseñado yo mismo y tendré que actualizarla a diario. Así que mantendremos una relación comercial. Estoy seguro de que los ingresos que me dejarán me ayudarán a mantener las cosas en orden. Cambiando de tema, pastor —dijo Michael cambiando el tono de voz a uno más serio—. En los últimos días he estado pensando en tu conflicto con el director ¿Se han calmado las cosas? ¿Estás bien ahora?

—No te preocupes por el director y por mí, Michael. Tienes cosas más importantes en las que pensar ahora. Sea lo que sea lo que pase, será porque Dios lo quiere así. He estado rezando mucho tiempo por esto y ya estoy en paz. Dios me ha dicho que esté tranquilo y que todo saldrá bien. Volvamos a lo importante. Me debes una historia más y yo te debo mi evaluación final. Está es nuestra última sesión oficial. Bueno, ¿por qué y cómo acabaste en Bucarest?

—Bien —dijo Michael tocándose las cejas—. No sé cómo empezar con esta historia. Es complicado.

—Ja, ja, ja, eso es algo que ya sé de ti. Eres un artista complicando las cosas cuando se trata de mujeres. Como si no fueran lo suficientemente complicadas ya.

—No, no es eso ¿Recuerdas lo del sueño que te conté?

—Sí. El que tuviste hace cinco años. Con el arcángel Michael. Pero nunca me has contado de qué iba el sueño ¿Qué te dijo el arcángel Michael?

—No estoy seguro de si debería contártelo.

—¿Por qué no?

—Porque pensarás que estoy loco.

—Mmm... Eso es fácil de superar. Te diré ahora mismo que estás loco y tu me contarás el sueño. Estás loco. Es la tercera vez que mencionamos este sueño. Suéltalo.

—No es fácil pastor. Pero tengo que decirte una cosa. Una parte del mensaje que me transmitió el arcángel Michael, iba sobre una mujer. Una mujer en concreto. Tengo que encontrarla, casarme con ella, tener con ella un hijo y protegerla y cuidarla para siempre.

—Oh, oh. Aquí lo tenemos. Sabía que lo ibas a complicar. Por eso es por lo que me dijiste que querías volverte a casar y tener de nuevo familia, ¿no? Bueno y, ¿cómo encontrarás a esa mujer? ¿Quién es y por qué quieres tener un hijo con ella?

—Ya te lo he dicho, pastor. No puedo contarte todo.

—Bueno, pues cuéntame lo que puedas. El pastor empezaba a estar impaciente.

—De la información que me dio el arcángel Michael sé su edad, cómo es físicamente y su carácter. El arcángel me dijo que esa mujer y yo habíamos estado juntos antes y que nos reconoceríamos al instante.

—¿Antes? ¿Antes como en otra vida?

—Sí. Algo así.

—¿Y? ¿Qué pasó?

—Justo unos meses después de tener el sueño, uno de mis libros se tradujo y se publicó en Rumanía por una editorial de Bucarest y me invitaron a una Feria del Libro para promocionarlo. Acepté la invitación. Era la primera vez en veinte años que volvía a Rumanía. La promoción de mi libro fue un evento muy importante con mucha prensa. Allí tuve una entrevista con una periodista. Una mujer. Una mujer muy interesante. Cuando volví a Nueva York seguimos escribiéndonos. Pensé que podía ser ella la mujer a la que debía encontrar. Era de esa edad. Pero no estaba seguro. Para su cumpleaños me invitó a volver. Era más que nada un coqueteo. Ella no se imaginaba que me sentaría en un avión de Nueva York a Bucarest solo para asistir a su cumpleaños. Lo hice. Se sintió sorprendida e impresionada. Después de que los invitados se hubieran ido me propuso quedarme.

Pasamos toda la noche juntos. Fue entonces cuando decidí mudarme a Bucarest.

—Ja, ja, ja, está saliendo la verdad ¿Recuerdas cuando me dijiste que te habías ido a Rumanía por negocios y que fue allí dónde conociste a una mujer? Sabía que estabas mintiendo.

—¡No estaba mintiendo! —dijo Michael elevando la voz—. Me mudé a Rumanía por trabajo. Como escritor independiente y editor no me ganaba la vida en Nueva York. Pensé que, si mantenía el mismo nivel de ingresos que estaba llevando, sería más fácil vivir en Bucarest que en Nueva York. Los gastos eran una cuarta parte.

—Vale, vale, sigue, por favor—dijo el pastor.

—Bueno pues volví a Nueva York y le dije a Natasha que me mudaba a Rumanía.

—¿Y cómo reaccionó?

—Estaba impactada, pero le dije que era algo que tenía que hacer.

—¿La dijiste por qué?

—No todo... la conté el tema del trabajo, pero ella sabía que había algo más. Luego me abrí y la hablé de mi sueño. Ella pensó que era la crisis de los cincuenta. Que iba detrás de las jovencitas.

—¿Estaba dolida?

—Creo que sí. También la preocupaba su futuro. Aún no trabajaba.

—¿A ti te preocupaba eso? Después de todo estuvisteis juntos durante muchos años. Tenías ciertas responsabilidades, aunque ya no sintieras nada por ella.

—No. Yo solo pensaba en irme a Bucarest tan pronto

como me fuera posible. La dije muchas mentiras. Ahora cuando lo pienso me da vergüenza. Pasara lo que pasase entre nosotros, no se merecía eso. Actué como un tremendo cerdo egoísta.

—¿Le contaste a tus hijas tu decisión?

—No, nunca las dije nada.

—¿No creías que era importante? Quiero decir... dejaste a su madre, te mudaste a otro país a vivir con otra mujer.

—Como te he dicho, solo pensaba en llegar a Bucarest. Sabía que nadie aprobaría nunca ninguna de mis acciones, así que no me molesté en explicarlas. Hice dos maletas, metí todo lo que pude y me fui a Rumanía días después.

—¿Así, sin más?—preguntó el pastor.

—Sí, así.

—¿Sin planear, sin preparar nada, sin decírselo a nadie?, ¿y qué pasó con tus negocios en Nueva York? Allí tenías obligaciones y responsabilidades, ¿no?

—Lo dejé todo sin terminar y dejé que las cosas se colapsaran. Dejé de pagar todas mis facturas de Nueva York incluyendo la hipoteca del apartamento. En pocos meses Natasha tuvo que mudarse porque el banco iba a quedarse con el apartamento. No me importaba donde iba a vivir. Ni tampoco me importaban mis cosas del apartamento. Muchas obras de arte, una gran colección de más de 2 000 libros, ordenadores, electrónica, muebles, ropa... dejé todo y no me importaba nada.

—¿Todo lo que te importaba era cómo meterte entre las piernas de una joven de Bucarest?—dijo el pastor sarcásticamente.

—Ya lo ves, pastor. Incluso tú piensas en mis acciones de

la forma más baja y vulgar posible. Ni tú puedes aceptar que tenía una misión que completar. No se trataba de lujuria y pasiones. Era una llamada de Dios.

—Eh, eh, eh, para, Michael. Yo solo te estoy diciendo lo que parece. Si tu crees que el arcángel o Dios te dijo que lo hicieras, no esperes que nadie lo apruebe, aunque de veras sea así. Tú mismo has dicho que actuaste como un cerdo con Natasha, que colapsaste tu negocio y que el banco se quedó con el apartamento. Dejaste todo y a todo el mundo. Venga, Dios nunca le pediría a nadie que hiciera algo así.

—¿Nunca?—preguntó Michael.

—Nunca—dijo de nuevo el pastor.

—¿Y qué hay de cuando Dios le dijo a Abraham: «*Toma a tu hijo único, al que quieres, a Isaac, y vete al país de Moría y allí ofrécemelo en sacrificio, sobre uno de los montes que yo te indicaré*». O cuando Pedro le dijo a Jesús: «*Lo hemos dejado todo por seguirte*», ¿qué le contestó Jesús, pastor? ¿Qué famoso verso?

—«*De cierto os digo que no hay nadie que haya dejado casa, esposa, hermanos, hermanas, padres o hijos por el reino de Dios que no haya de recibir mucho más en este tiempo, y en el siglo venidero la vida eterna*»—dijo el pastor.

—Ya lo ves. Lo sabes. Todo el mundo se sabe ese verso. Es aceptable y entendible si está escrito en la Biblia y si pasó hace miles de años, pero si le pasa a alguien hoy en día, no es posible y se le ha de condenar. Vale, así que, si por casualidad Jesucristo se muestra mañana en el Vaticano diciendo que es el hijo de Dios, probablemente digan que es un loco que se cree Jesús y le encierren, como hicieron hace más de dos mil años.

—Ah, así que ahora te comparas con Jesús o Abraham ¿no?

—No, solo estoy diciendo...

—Michael esta discusión no nos va a llevar a ningún sitio. Volvamos a nuestra historia. Hiciste dos maletas y te fuiste de Nueva York ¿Qué pastó en Bucarest?—preguntó el pastor impaciente e irritado por la dirección que estaba llevando la discusión.

—Vale. Cuando llegué a Bucarest, alquilé un apartamento amueblado en un sitio muy bonito de la ciudad y rellené los papeles con el estado para abrir un negocio. Alquilé un local en un centro comercial del centro de Bucarest para abrir una librería y una oficina. Creé un plan de negocios, contraté a quince personas para trabajar en la editorial y en la tienda y las cosas iban en la dirección correcta.

—¿Y qué pasa con la mujer con la que estabas? ¿Cuál era su nombre?

—Su nombre era Hanna. Era bajita, delgada, tenía el pelo rojo y los ojos azules. Tenía mucha energía. Como una bombilla, y era una periodista excelente.

—¿Y qué la pasó? ¿Vivisteis juntos? ¿Os casasteis?

—Bueno, ella se mudó a mi apartamento cuando llevábamos dos meses saliendo, pero no quería ni casarse ni tener hijos.

—¿Por qué?

—Su padre era de mi edad. Su madre dos años más joven. Me decía que me quería pero que nunca podría ir a su padre diciéndole que quería casarse conmigo.

—¿Cómo te sentías?

—No me gustaba, pero pensaba que en un tiempo se haría

a la idea. También pensé que se quedaría embarazada. Pero no pasó...

—¿Y?

—Así estuvimos un año y medio. Por desgracia mi negocio editorial no iba tan bien como esperaba. Invertí dinero con un par de inversores de Nueva York, pero nada. No funcionaba. Por más que lo intentaba, no daba resultados. Entonces, un día me levanté solo para darme cuenta de que estaba completamente acabado. Mis fondos de inversión y mis inversores de Nueva York dejaron de invertir en mí. Las facturas se amontonaban y los ingresos no eran suficientes para cubrir los gastos básicos. Hacía todo lo que sabía sobre la industria editorial y el marketing, pero no tenía ningún efecto. Creció la tensión en mi relación con Hanna y empecé a beber mucho. Entonces, un día volví a casa de la oficina y Hanna no estaba allí. Se había mudado. Estaba devastado. Poco después me vi obligado a cerrar mi librería y mi editorial. Muchos de mis amigos de Bucarest acudieron en mi ayuda y me buscaron un trabajo como director de la biblioteca local para que pudiera tener algunos ingresos para sobrevivir. Eso ayudó. Volví a escribir. También empecé a trabajar como editor en una revista literaria. Las cosas volvían a la normalidad, pero me sentía solo, seguía pensando en Hanna.

—¿Intentaste volver con ella?

—Sí. Lo intenté. Incluso vino dos veces a cenar, pero me dijo que no iba a volver. «Yo no soy la mujer a la que buscas, Michael. Te has equivocado», me dijo.

—¿Pensabas en volver a Nueva York?

—No. Pensaba en volver a empezar con un negocio

editorial. Con abrir una nueva empresa. Seguía pensando que era posible. Y entonces conocí a otra chica. Estaba esperando en las mesas de una pizzería del barrio. Al principio solo coqueteamos, como puede coquetear cualquiera con la camarera del restaurante al que suele ir, pero se volvió serio. No se parecía en nada a la mujer que buscaba. Ni a Hanna. Era mucho más joven. Tenía veinticuatro años, era rubia, alta y tenía unos grandes ojos azules. No sé qué vio en mi. Tenía dos veces más años que ella y poco dinero. Pero parecía que se tomaba muy en serio nuestra relación. Fiel y cariñosa. No pedía mucho. Disfrutaba estando con ella. Mis amigos hacían bromas sobre nuestra relación. Me decían: «Vale, podríamos entenderlo si fuera un hombre de dinero, pero es un viejo apestoso sin dinero. Debe estarla haciendo algo bien, ja, ja, ja». O a veces decían: «Oh, es buen momento para que tengas un bebé. Tu mujer podrá usar los mismos pañales para los dos, ja, ja, ja». No me importaban esas bromas. Aumentaban la confianza en mí mismo, confianza perdida cuando Hanna me dejó. Cada vez estaba más impaciente y ambicioso por volver a abrir mi negocio. Así que pedí ayuda a algunos de mis amigos de Bucarest para que me ayudaran a financiar mi nuevo negocio editorial. Les ofrecí a cambio una buena cantidad que les llegaría rápido. No tenía nada en lo que basarme para decirles eso, pero quería que pasara. Les dije lo que querían oír y me ayudaron.

—Mmm...muy listo—dijo el pastor.

—No, no fui listo. Fui muy tonto. Dar falsas esperanzas a tus inversores es lo peor que puedes hacer. De nuevo estaba haciendo todo lo que sabía sobre negocios, la industria editorial, el marketing y las ventas. Creía que lo estaba haciendo todo bien, pero una vez más, no funcionó. Los amigos que me habían dado el dinero empezaron a ponerse muy nerviosos.. Yo les pedí más. Mi novia, Eliza, me dijo: «Mike, ¿por qué no lo dejas? Ya tienes tu sueldo como director de biblioteca. No es mucho, pero es suficiente para vivir. Puedes trabajar y vivir escribiendo en paz. Sin tensiones, sin pánico».

—Te estaba dando un buen consejo—le dijo el pastor.

—Sí, pero ya era demasiado tarde. Estaba de deudas hasta arriba y no había forma de devolver el dinero rápido. Pronto mis prestamistas perdieron la paciencia y vendieron mi deuda a un cobrador muy peligroso. Vino a mi casa y me dio cuarenta y ocho horas para devolverle el dinero. En ese momento supe que había traspasado los límites. Era principios de marzo. En menos de veinticuatro horas me fui de allí y vine a Nueva York. El resto ya lo sabes. Y bueno, esta es mi historia

—Michael, Michael... —dijo el pastor sonriendo mientras intentaba adivinar qué decir—. En todos estos años muchos hombres han sido los que han pasado por esta silla; hombres con distintas adicciones, hábitos y personalidades diferentes, historias distintas, pero ninguna como la tuya. Sí, claro que he tenido estudiantes adictos a la pornografía, al sexo y a las mujeres. Pero no puedo encajarte en ninguna de esas tres categorías. Tú no eres adicto a la pornografía. Pero las mujeres y el sexo son indiscutiblemente gran parte de tu problema. La parte más importante. Podría incluso decir que eres un adicto a las mujeres. Sin embargo, no miras a las mujeres como un objeto de deseo sexual y pasión. Aunque cuando se trata del sexo, parece que eres un adolescente. En el momento en el que una mujer te invita a meterte entre sus piernas, toda tu sangre baja directa a tu pene y eres totalmente incapaz de pensar. Y hay muchos ejemplos a lo largo de tu vida que lo prueban. Así que ese es el gran problema sobre el que tienes que pensar y en el que tienes que trabajar. Todo lo que puedo sugerirte es que reces. Reza mucho a Dios para que te proteja de tus deseos carnales. Además, te enamoras en un abrir y cerrar de ojos. Y cada vez que lo haces, lo haces profundamente, con sinceridad y con pasión. En ese sentido puedo decir que eres un adicto al amor. Algo que es difícil para mí de comprender es tu sueño y lo lejos que estás dispuesto a ir para completarlo. Hay algo que no me estás diciendo así que no puedo opinar. Pero estás en cierto modo obsesionado con eso. Incluso ahora veo que todo lo que piensas es en ir detrás de tu sueño —el pastor se giró al ordenador para mirar las notas y después de un momento continuó—. No estoy seguro de si creer en tu sueño o no. Sí, es posible que tu sueño sea solo el resultado de los esfuerzos de tu inconsciente por excusarte de tus actos y por restar presión en tu mente. Así que, puede que por eso te hayas convencido de que tuviste un sueño. Pero, por otro lado, eres tan persistente que me haces dudar. ¿Y qué pasa si realmente tuviste un sueño? ¿Qué pasa si el arcángel Michael te visitó de verdad y te habló? Sea lo que sea, la única solución, Michael, es siempre la misma. Acude a tu Salvador, Jesucristo, para que te guíe. Con él todo es posible. Me has dicho que tienes una misión por completar. Si es cierto, con Jesús a tu lado, triunfarás. Hasta ahora para cumplir tu sueño has ido como un toro, con la cabeza mirando hacia delante y sin ver nada más, haciéndote daño a ti mismo y a los demás. No hay necesidad de hacer eso. Estabas provocando que los demás estuvieran enfadados, decepcionados o que te odiaran. Eres un buen hombre. Tienes mucho que dar, a Dios y a los demás. Confía en Dios y ve en paz. Entonces tendrás tu recompensa —el pastor acercó su silla a la de Michael, se echó hacia detrás y continuó—. Pero primero, y lo más importante, es que te hagas fuerte y estabilices tu situación. Aún estás muy estresado y tu situación se tambalea. Como autónomo necesitas al menos tener dinero guardado para seis meses. Hasta ahora tus ahorros solo cubren tres meses de alquiler. No es suficiente. Así que tu prioridad debe ser ahora tu situación y, por supuesto, tu salud. Olvídate de las mujeres por ahora. Y si tu sueño se va a hacer realidad, Dios encontrará el camino para completarlo para ti. No te olvides de que ya no eres un jovencito. No puedes permitirte el tropezarte de nuevo. Te matará. Personalmente creo que deberías acercarte a tus hijas. Ya son adultas, pero estoy seguro de que necesitan un padre. Y tú las necesitas. Hay mucha felicidad en el hecho de formar parte de la vida de tus hijos. No te olvides de quererlas, Michael. Si aprendes de nuevo, solo te hará bien. Y, por último —dijo el pastor elevando la voz—. Ya has alquilado un apartamento, así que ya es tarde para decirlo pero, has corrido mucho. Sí, era una buena oportunidad, pero creo que te deberías haber quedado aquí el máximo tiempo posible, ahorrar dinero y tranquilizar tu espíritu, pero ya está hecho, así que dejémoslo aquí y veamos a ver qué pasa. No te olvides de que mi oficina estará siempre abierta para ti. Cuando necesites hablar, aquí estaré.

Además, gustas a todo el mundo en mi iglesia, Michael. Así que puedes seguir viniendo con frecuencia. No pierdas el contacto con la gente y piensa en unirte a nuestra congregación. Claro, si quieres.

Esta fue la última sesión que Michael tuvo con el pastor Charles. Cuando Michael se marchó de la oficina del pastor, el pastor se quedó sentado durante un tiempo ojeando los documentos de Michael en la pantalla del ordenador. Empezó a rezar.

La fe y la acción

XXVII

El miércoles 31 de octubre hacía siete meses y medio desde que Michael había llegado a Bowery Mission. Ese día pronto por la tarde Michael se mudaba a su apartamento en Midwood, Brooklyn. El pastor Charles le dejó la furgoneta de su iglesia y un conductor para que le ayudara en la mudanza. Un miembro de la iglesia le donó un gran sofá cama, una mesa y cuatro sillas. Bowery Mission le dio una televisión vieja y un DVD. Con todo lo que Michael había coleccionado durante bastante tiempo de las donaciones de Bowery Mission, ya tenía todos los muebles básicos y los útiles para su apartamento.

Cuando llegó a Bowery Mission, en marzo, Michael solo tenía una mochila, un móvil de Rumanía y casi no llevaba ropa. Ahora, cuando se mudaba de Bowery Mission, aparte de todas las cosas para el apartamento, tenía doce bolsas grandes llenas de ropa nueva y zapatos, un ordenador portátil, dos móviles, unos cien libros y tres relojes. No tendría que pensar en comprarse nada de ropa ni calzado durante al menos dos o tres años. También el supervisor de cocina de Bowery Mission le había dado tres grandes bolsas de congelados y latas para su despensa.

Michael no era el único estudiante que se iba así de Bowery Mission. Bowery Mission daba muchísimas cosas a sus estudiantes. No solo durante la estancia en Bowery, también cuando se marchaban. Mientras que había trabajado en el vestuario, Michael había conocido a muchos estudiantes nuevos que venían a por un nuevo traje, una chaqueta de cuero o a por un par de zapatos sin pagar nada. También acudían normalmente a la cocina para conseguir cosas para la despensa. Detrás de todo esto estaba la idea de permitir a los estudiantes graduados que se incorporaran a la vida de fuera de forma independiente, pero con el mínimo sufrimiento posible; les daban lo que necesitaban y les ayudaban a ahorrarse los gastos de la comida y la ropa. Era una idea muy generosa y gracias a las grandes donaciones que recibía Bowery, era posible que se siguiera haciendo. Y, lo más importante, las puertas de Bowery Mission estaban siempre abiertas para los estudiantes que vinieran a hablar con sus consejeros o con el pastor de Mission. En caso de recaída, los estudiantes podían volver al programa pasados seis meses; sin embargo, con respecto a esta estrategia, no todo era de color de rosas. Muchos estudiantes abusaban de la generosidad de Bowey Mission y acumulaban ropa. Muchos, antes de entrar al programa, nunca habían tenido más de un par de zapatos o de vaqueros. Durante el programa acababan teniendo veinte o treinta pares de zapatos y los mismos de pantalones. A veces los consejeros sacudían la cabeza cuando les veían salir cargados. El director amenazaba con imponer algún tipo de restricción, pero todo acababa en agua de borrajas.

Michael tenía la teoría de que en realidad les gustaba ver cómo los estudiantes salían con ese montón de ropa. Durante las clases de Biblia los consejeros mencionaban a los alumnos la parábola del hijo pródigo que volvía a su padre y en la que este último le decía a sus sirvientes: «Servidle con las mejores ropas y ponédselas; ponedle un anillo en la mano y zapatos en los pies. Traed el becerro más tierno y grueso y matadlo, nos lo comeremos para celebrarlo». Para los consejeros, todo lo que los estudiantes sacaban de Bowery Mission era el premio que Dios tenía para ellos por haber vuelto a estar con él. Era motivo de alegría y celebración y no de queja. Además, muchos estudiantes volvían para trabajar como voluntarios en Mission durante los meses de vacaciones o de vez en cuando por muchos años. Algunos de ellos traían a veces donaciones de ropa y comida. Para Michael era muy bonito ver como los antiguos estudiantes traían donaciones. El devolver era tan importante como el recibir. Lo sabía y a veces pensaba en el día en que pudiera volver y traer alguna donación a Bowery Mission.

A Michael le llevó más o menos una hora el despedirse de todo el mundo al que quiso decir adiós antes de marcharse. El pastor Charles, el director, el pastor Paul, el resto de gerentes y consejeros, las enfermeras que había en plantilla, los estudiantes a los que Michael había conocido a lo largo de todos esos meses y muchos hombres sin hogar que pasaban por Bowery Mission y a los que Michael gustaba por su generosidad y buen trato siempre que habían necesitado algo. El pastor Charles salió a la calle para hablar con el conductor de la furgoneta de su iglesia. Cuando vio toda la furgoneta llena y sin apenas sitio para sentarse, le dijo a Michael:

—¡Michael! Madre mía, sí que ha sido provechoso tu trabajo en el Blessing-dale, ¡ja, ja, ja! Dios ha sido bueno contigo. Es mejor que corras. No quiero que venga el director y vea esto. Se pasa el día protestando sobre el exceso de los estudiantes. Tienes aquí ropa suficiente para vestir a todo un ejército, ja, ja, ja.

Varios estudiantes ayudaron a Michael a cargar la furgoneta con sus pertenencias. Dos de ellos obtuvieron permiso de sus consejeros para acompañar a Michael a su apartamento y ayudarle a descargar. Jeremiah no estaba allí para ayudarle. Estaba fuera todavía trabajando, pero prometió ir a visitarle el fin de semana. Decidió quedarse en Bowery hasta después de Navidad para después mudarse con su abuela materna que vivía sola en el Bronx y necesitaba ayuda en la casa.

El apartamento todavía olía a recién pintado cuando Michael entró. Era de un color marfil bonito. La cocina y los baños tenían azulejos de cerámica y el resto del apartamento se había reformado con suelos de madera. La terraza del salón daba a la calle. El apartamento estaba al este del edificio. A Michael le gustaba eso. Le gustaba levantarse con el calorcito y la luz del sol mañanero.

El sofá quedaba perfecto en la larga pared del salón. Michael decidió dejarlo ahí. La mesa y las cuatro sillas quedaban bien bajo la ventana de la terraza. Le dijo a los estudiantes que le estaba ayudando a descargar que dejaran las bolsas en mitad de la habitación. La habitación tenía un gran armario empotrado y ahí era donde Michael quería poner la mayoría de su ropa.

Después de que hubieran descargado todo, Michael les dio diez dólares a cada uno y agradeció al conductor la ayuda prestada pidiéndole que dejara a los estudiantes en la puerta de Bowery Mission de camino al Bronx. Se marcharon. Michael cerró las puertas del apartamento y se giró. Se encendió un cigarro. Durante un momento se quedó ahí parado, fumando y mirando a su alrededor. Estaba en su propia casa. De nuevo.

¿Y ahora qué? Su cabeza estaba llena de pensamientos. Pensaba en sus últimos días en Bucarest, en su huida a Nueva York, en sus días en el metro y en su refugio en Bowery Mission. Todo estaba aún tan fresco en su mente que parecía que hubiera pasado ayer.

«Después de todo, siete meses y medio no es mucho tiempo para recuperarse», pensaba. Ahora estaba en su propia casa con un alquiler apropiado, tenía unos 3 000 dólares de ahorros y dos proyectos de diseño de páginas web. Las cosas eran muy diferentes al primer día que había aterrizado en el JFK en marzo.

«Puedo incluso comprar un billete a Eliza para que venga conmigo», pensó. Pero sabía que era demasiado tarde. Rompió con él después de no saber nada de él durante un tiempo y tenía ya un nuevo novio. Después de que le devolvieran el teléfono y el ordenador, le mandó varios mensajes y varios correos, pero Eliza nunca contestó. Sabía que se había terminado. Era el momento de seguir con su vida.

Lo más importante era que volvía a escribir. Sentía que

había muchas cosas que necesitaba decir. Antes tenía que estrujarse la cabeza para encontrar las palabras adecuadas cada vez que se ponía a escribir. Ahora, sin embargo, le salían solas. Era difícil controlar y escribirlo todo, pero sabía que era parte de su misión, le costara lo que le costase. El arcángel le dijo en su sueño que era muy importante que siguiera escribiendo sus pensamientos. Con ellos encontraría el camino hacia ella, la mujer a la que estaba buscando, eso le dijo el arcángel. Con sus pensamientos inspiraría a mucha gente. Con ellos alcanzaría la fama y la inmortalidad.

Los días siguientes Michael se los pasó consiguiendo los servicios básicos para la casa e Internet. Su línea de crédito estaba tan mal que no pudo poner ni el teléfono, ni la televisión por cable ni el Internet a su nombre. Los miembros de la iglesia del pastor Charles vinieron y le ayudaron de nuevo. La misma mujer que le dio el sofá cama, la mesa y las cuatro sillas, puso a su nombre el teléfono, la televisión por cable y el Internet. Michael prometió pagarle las facturas a tiempo para que no se metiera en problemas. Hizo una muy buena acción por un hombre que a penas conocía. «Tiene mucho mérito hacer algo así», le dijo Michael. Estaba muy agradecido. Internet era muy importante para su trabajo. La mujer lo único que comentó fue: «Tú tienes fe y yo obras. Muéstrame tu fe sin las obras correspondientes y yo te mostraré la mía por medio de mis actos».

Michael se sabía esa cita, era de Juan, capítulo 2 versículo 18. Decía que la fe sin sus obras correspondientes no tenía ningún significado ni razón por la que existir. Eso era algo con lo que Michael había estado luchando durante muchos años. Sabía que era también el problema de mucha gente. Se presentaban como religiosos y creyentes, como personas que creían en Dios y como seguidores de muchos dogmas religiosos, fuera cual fuese la religión de la que fueran devotos. Pero en realidad todos ellos tenían vidas profanas, retorcidas y egoístas y justificaban todo lo que pasaba y tenían a su alrededor con temas como la tolerancia universal, la libertad y la igualdad y la libre consciencia. «Cuán lejos podemos ir con nuestra libertad de consciencia sin ofender a Dios ni alterar el curso natural de las cosas», se preguntaba Michael.

Michael admiraba tanto al director como al resto del personal de Bowery Mission por su dedicación a ayudar a los adictos y a las personas sin hogar de Nueva York. Bowery Mission era el lugar de la fe verdadera. Era la primera fila para contemplar la lucha entre el diablo, nosotros mismos y la gente que está a nuestro alrededor. El lugar en el que la fe y las buenas acciones se daban la mano. El lugar en el que la única forma de expresar la fe aceptable era trabajar por el beneficio de los hermanos.

«Esos consejeros deben de poner a prueba su fe cada día cuando van a trabajar. Permanecen firmes en su dedicación por ayudar a los que caen en el abismo de las adicciones, a aquellos que están estancados en una pobreza constante y que viven un sin hogar al que acudir. Si no tuviera ya mi propia llamada de Dios, definitivamente me quedaría como alumno y trabajaría con ellos. Es el trabajo más noble que un hombre podría hacer», pensaba Michael.

Esas palabras de la Biblia sobre la fe y las obras tenían para

Michael también otro significado. Para él eran la justificación para todos sus actos de los últimos años, desde que había tenido su sueño. En su cabeza Dios le estaba llamando a actuar. Al mismo tiempo Dios estaba poniendo a prueba su fe. Para conseguir su objetivo y completar su misión, no había precio. Michael sabía que, si le decía eso al pastor Charles, probablemente su comentario fuera: «Ah bueno, solo estás intentando excusar tus errores para que tu consciencia se libere». Pero las cosas no eran tan fáciles. Sí, puede que se sintiera mal por muchas de las cosas que había hecho, pero creía que todo había pasado porque tenía que pasar. Estaba seguro de que todo tenía su por qué y de que todo formaba parte de un plan mucho más grande. Lo único es que aún no podía ver la imagen completa. Pero tenía que seguir.

Trabajando como diseñador de su página web, Michael se relacionó con muchas iglesias evangélicas y pentecostales de la ciudad de Nueva York El hecho de escribir para estas páginas hizo que se convirtiera en un experto en sus enseñanzas. No estaba de acuerdo con todo lo que postulaban, pero sabía cómo escribirlo para que sonara convincente. Era buen escritor a pesar de que el inglés era su segunda lengua. Esa cualidad de Michael llamó la atención de los pastores de las iglesias que le pidieron escribir para ellos artículos, entradas en blogs e incluso sermones. Casi nunca les cobraba por ese trabajo. A cambio los pastores hablaban bien de él y de su trabajo como diseñador web y le ayudaban así a conseguir más clientes.

Como lo había deseado, estaba en casa para el Día de Acción de Gracias. Durante ese día acudió a Bowery Mission a ayudarles a servir la comida a los *sintecho*. Preparó una buena cena de Acción de Gracias e invitó a Jeremiah, a Rick y a la mujer de la iglesia del pastor Charles que le había dado los muebles. Su nombre era Grace. Era una mujer americana negra de descendencia haitiana que rondaba casi los sesenta.

Vinieron todos. Jeremiah hablaba de su trabajo, Rick criticaba a su mujer y alardeaba de los logros de su hija en la escuela y Grace ayudaba a Michael en la cocina; Michael mientras andaba de acá para allá entre la cocina y el salón, llevando más y más comida y hablando sobre cómo estaba preparando los platos. Llevaba mucho tiempo sin estar dentro del mundo gastronómico, pero seguía disfrutando de cocinar buena comida y de ser el anfitrión. Cuando se fueron, Michael se quedó fregando los platos hasta tarde mientras escuchaba a Lucio Dalla cantando Caruso y bebía vino blanco. «La última vez que bebí vino fue el día que llegué a Nueva York», pensó Michael.

Los meses siguientes Michael los pasó centrado en escribir y en su trabajo como diseñador web. Estaba escribiendo una novela sobre un hombre obsesionado con los libros ocultos. Ese tema le era muy familiar. Él mismo había sido coleccionista de libros exclusivos y ocultos durante mucho tiempo.

El trabajo como diseñador web era un flujo constante de dinero y una manera de aumentar sus ahorros. Tan pronto como terminaba un proyecto, empezaba con otro y así. Sus diseños eran originales, limpios y rápidos. Aparte de esto, daba un servicio completo de escritura de contenido y no les cobraba nada más. Sus clientes estaban contentos. Michael les recordaba que siguieran hablando a los demás de su trabajo. Sabía que esa era la clave y la mejor publicidad.

En diciembre Natasha le llamó para decirle que la había llegado un correo suyo del Servicio de Impuestos Internos de los Estados Unidos. Estaba dirigido a su antigua dirección en Brooklyn. Ella ahora vivía en Queens y trabajaba en una oficina de una compañía de seguros. Michael no sabía cómo había sobrevivido después de que el banco la hubiera quitado el apartamento y de que se hubiera tenido que mudar, pero era obvio que había salido adelante con su vida y que estaba ya viviendo en otro sitio por sí sola. Michael se sentía feliz. «Qué ironía que para que Natasha descubriera sus puntos fuertes y sus destrezas haya tenido que haberla dejado caer en el abismo», pensó. Cuando estaban juntos siempre era él el que lo llevaba todo para delante.

Quedaron para tomar un café en el Starbucks de la 14. Ella le dio su correo y le dijo que tenía algunos de sus libros y obras de arte del viejo apartamento, que si los quería. La dijo que sí y dos días después Grace le llevó a Queens a recoger sus cosas. Como se esperaba, Natasha no le dejó entrar en su apartamento. Le sacó las cajas fuera. Michael estaba contento por tener de nuevo consigo sus cosas. Mientras cargaba sus pertenencias en el maletero del coche, Natasha miraba a Grace que estaba sentada en el asiento del conductor.

—¿Es tu novia? — preguntó ella irónicamente—. Es un poquito mayor para tu gusto, ¿no?

—No, Natasha —contestó Michael—. Es solo una amiga de la iglesia a la que voy.

Cuando se fueron, Grace se giró hacia Michael mientras conducía y le dijo: —Tu mujer debe estar muy dolida con tu marcha.

—No es mi mujer. Es mi exmujer—le dijo Michael.

—Ah, lo siento —dijo Grace con una sonrisa—. ¿Por eso piensa que soy tu novia, no?

—Sí, imagino.

—¿Y cómo te sentirías si lo fuera? ¿Te gustaría?

Michael la miró. Sabía que le gustaba. Desde que se conocieron en la iglesia del pastor Charles le llamaba todas las tardes solo para hablar. Siempre estaba ahí para ayudarle en lo que necesitara. La única vida social que Michael había tenido desde que había dejado Bowery Mission eran algunos cafés ocasionales con Grace en la cafetería de Barnes and Noble. Pero era más mayor que él. Y él no necesitaba otra relación ahora. Le gustaba su compañía, admiraba su fe y apreciaba su ayuda y su apoyo, pero no le atraía.

—No estoy seguro de si sería una buena idea empezar una relación en este momento.

—¿Por qué?—preguntó Grace.

—A veces siento que tengo una misión por completar y que no debería dedicarme a otra persona. No sería justo.

Grace no dijo nada más. Siguió conduciendo.

Entonces Michael empezó a pensar en ella. «Estaba bien para su edad. Se conservaba bien», pensaba Michael. «Estaría bien acostarse con ella. Nunca había tenido sexo con una mujer negra. Sería una experiencia interesante». Con esos pensamientos tuvo una erección. No había tenido sexo con nadie desde que se había marchado de Bucarest.

Cuando llegaron a Brooklyn, Grace le ayudó a subir las cajas al apartamento. Se sentaron en el sofá a descansar tras haber subido las cajas con los libros. Siguieron hablando de la relación. Era obvio que ella se sentía atraída por él.

Michael intentaba ser respetuoso. Por un lado, no quería herirla. Por otro, estaba excitado y todo lo que quería era penetrarla. Pensó que encontraría un motivo para levantarse e irse, pero siguió hablando. Hablar era lo último en la mente de Michael. La habitación cada vez estaba más oscura y ninguno de los dos se levantó a dar la luz. Entonces, se besaron. Por ahora Michael solo quería una cosa y sabía muy bien cómo conseguirla. Su beso fue largo, apasionado y la dejó sin respiración. «Siempre funciona», pensó. Sus manos recorrían el cuerpo de Grace. Puso su mano entre sus piernas. La respiración de Grace se aceleraba. Estaba excitada.

—No, Michael, no. No deberíamos, Dios nos castigará por esto—decía al tiempo que intentaba apartar su mano.

—No, Grace, Dios no castiga a quiénes están enamorados—dijo Michael bajándola las medias.

Cuando se la metió en su húmeda y caliente vagina, lo único que dijo fue:

—Oh, Micky...

Cuando acabaron, sonrió y le preguntó:

—¿Quieres hacerlo de nuevo?

Y lo hicieron. Y otra vez más. Luego se vistió, le besó y se marchó.

Michael se quedó sentado en la oscuridad en el sofá pensando. El pastor tenía razón. Era adicto a las mujeres. Haría y diría lo que fuera solo para conseguir lo que quería. Grace era una chica buena y con fe, con sentimientos sinceros y honestos hacia él y Michael había utilizado sus pasiones solo para conseguir su cuerpo. La había mentido. Se sentía mal. Estaba enfadado consigo mismo ¿Cómo iba a completar su misión si asaltaba a cada mujer que se ponía en su camino y que mostraba un poquito de interés en él? ¿Qué iba a hacer ahora con Grace? Vendría y querría más. Querría una relación seria con unos objetivos serios. Y todo lo que él podía darle eran mentiras.

Y Grace siguió yendo. Siempre estaba allí cuando Michael necesitaba algo. Al principio Michael se sentía mal por dejarla creer que había algo de futuro allí, pero luego se convenció de que Dios la había puesto en su camino por alguna razón. «No estaría aquí si no tuviera algún significado. Dios no es tonto. Sabe lo que hace», pensaba Michael a menudo.

Pasó casi un año. Era octubre. Desde fuera parecía que todo iba bien. Sus ingresos crecían, su cantidad de trabajo era importante, pagaba sus facturas a tiempo, era voluntario en Bowery Mission de vez en cuando, sus escritos iban bien, había casi terminado su libro, era miembro de la iglesia del pastor Charles e iba casi cada domingo y tenía a su lado a una buena mujer que cuidaba de él y estaba atenta a todas sus necesidades. Pero Michael se sentía solo y deprimido. A veces pensaba en su sueño, en que tenía que completar su misión. No sabía por dónde empezar ¿Dónde buscar? ¿Cómo encontrar a la mujer de sus sueños?

María

XXVIII

Un día, mientras navegaba por Internet en una red social de sobre lecturas recomendadas buscando algo interesante, dio con la página de una joven. Su nombre era María. Era portuguesa. La primera cosa que vio fue la lista de libros que ella indicaba como sus favoritos. Todos los libros y, exactamente en el mismo orden en el que ella los había escrito, eran también sus preferidos. «Vaya coincidencia», pensó. Estaba intrigado, así que la envió una solicitud de amistad. María aceptó. Empezaron a intercambiar mensajes sobre libros y escritos. Ella escribía poesía. Después de solo dos semanas, Michael empezó a sentir una cercanía inexplicable con aquella mujer que, en aquel momento, era una completa extraña. No sabía exactamente qué le hacía estar unido a ella. Sea lo que sea, seguían en contacto.

Cada día que pasaba sus conversaciones eran más personales. A medida que hablaban por Internet, se iban dando cuenta de que ambos tenían cuestiones sin resolver en común con respecto a su día a día. Los dos sentían que no pertenecían a este mundo, que estaban en un lugar no correspondido. Ambos soñaban con vidas diferentes que les llenaban más que la que vivían. María le habló de su sueño. Sí, ella también tenía un sueño. Michael no sabía detalles, pero empezó a pensar que quizás era esta la mujer a la que debía encontrar. Era de esa edad. 33 años. Cuanto más lo pensaba, más se convencía.

Los dos meses que estuvieron hablando por Internet pasaron muy rápido. María y Michael se pasaban horas y horas hablando, hasta altas horas de la madrugada. Algunos días acaban a las cinco. Al principio lo hacían a través del chat de gmail, pero luego empezaron a utilizar las videollamadas de Skype. Era una locura. Un día se pasaron dieciséis horas hablando sin interrupción. Parecía que estaban encantados el uno con el otro. Como si nada más existiera en el mundo excepto ellos y sus conversaciones. Y tenían mucho de qué hablar.

Grace notó un gran cambio en Michael. Para Navidad fue a cenar con él. Le compró un bonito regalo y esperaba pasar una buena noche con él, pero María le llamó durante la cena y Michael se pasó el resto de la noche en frente del ordenador hablando con ella. Grace no podía oír su conversación porque Michael se llevó el portátil a la habitación y cerró la puerta, pero sabía que pasaba algo. Estaba dolida. Era una ocasión especial, una cena de Navidad, y él había decidido compartir ese momento con otra mujer.

Así que, solo después de dos meses, María y Michael, dos personas que no se habían visto nunca físicamente, se enamoraron. Era una relación virtual a distancia extraña e increíble. Solo entendible si le estuviera ocurriendo a dos niños. Tal vez... pero ellos no eran niños. Eran ya dos personas mayorcitas que no conocían más que sus perfiles. Sea como sea, sentían que se conocían desde siempre, sentían como si estuvieran destinados a estar juntos. Solo había un pequeño problema. Él estaba en Nueva York y ella en Portugal.

Cada día que pasaba, María expresaba un poco más su deseo por tener a Michael siempre presente y por tener contacto físico. A veces le mandaba fotos de su cuerpo desnudo y tenían conversaciones eróticas. A Michael le volvían loco y lo disfrutaba. Él nunca antes había experimentado esta sensación. A veces se preguntaba si todo lo que le estaba ocurriendo formaba parte del mundo real o de un juego. Un videojuego que tenía por protagonistas a una joven y a un hombre mayor y loco.

Michael estaba completamente enamorado de María. Era exactamente como la mujer que aparecía en su sueño. Tenía el pelo castaño claro y rizado, los ojos grises y la piel clara, era bajita, no medía más de 1,60 y tenía un cuerpo muy proporcionado definido por unas curvas muy sexis.

—¡Eres preciosa, María!—le decía a veces.

—No, no lo soy, soy normal. Del montón. Lo que ocurre es que tú estás ciego de amor.

—No, no lo estoy. Sé muy bien de lo que hablo. Soy bastante objetivo ¡Eres preciosa!—repetía.

María sonreía y decía de nuevo: —No, no lo soy.

Esta misma conversación tenía lugar varias veces al día, todos los días. Nunca se cansaban.

María era profesora de inglés en un instituto de Portimao, una ciudad del distrito de Faro, en la región del Algarve, el sur de Portugal. Durante los últimos diez años, desde que se graduara en la Universidad de Lisboa, había trabajado para el Departamento de Educación de Portugal como profesora de inglés con contratos anuales. Casi cada año lo hacía en colegios distintos y en lugares diferentes dentro del marco de Portugal. El hecho de tener que moverse tanto era para muchos una carga. A María, sin embargo, le gustaba ir de ciudad en ciudad y de pueblo en pueblo conociendo gente nueva y haciendo nuevos amigos. Disfrutaba de su soledad y no quería relaciones largas. Ese estilo de vida era lo que ella quería.

Al igual que Michael vivía en su mundo de sueños. Leía mucho, escribía poesía, soñaba despierta, caminaba dándose largos paseos, hablando a los animales y a las plantas... En ese mundo no había mucho lugar para nadie más. Le contó a Michael que toda la vida había soñado con un hombre inalcanzable, un hombre que nunca podría encontrar ya que solo existía en sus sueños. Y nunca creyó encontrar a ese hombre en la vida real. Así que se quedó con él para siempre en sus sueños y nunca se entregó cien por cien en ninguna relación en su vida real. Fue entonces cuando dio con Michael y empezó a pensar que quizás era él el hombre de sus sueños. No estaba segura todavía, pero nunca antes había sentido por un hombre lo que sentía por él.

Era prácticamente increíble como su historia eran tan sorprendentemente similar a la suya. «¿Qué probabilidades hay de que esto sea pura coincidencia?», pensaba Michael. Él no creía en las casualidades. Creía realmente que él era el hombre que ella deseaba y que ella era la mujer que debía encontrar.

María escribía poesía en portugués y de vez en cuando se la traducía para que Michael pudiera leerla. A Michael le encantaba leer su poesía. Claro que estaba enamorado y todo el mundo diría que no era objetivo; sin embargo, él pensaba que nunca antes había leído algo tan impresionante.

—María, tú no te das cuenta de lo buenos que son estos poemas. Deberías publicarlos y posibilitar que todo el mundo disfrutara con ellos. Son las palabras de un ángel. No eres una poetisa. Eres un ángel.

—¡Ay, Michael! No sabes lo que dices. No eres objetivo. Esto son solo versos que escribo para mí, y ahora para ti. A veces los comparto con uno o dos amigos por Internet y ya. No quiero compartirlos con nadie. ¿Sabes que mis padres aún no saben que escribo poesía? Empecé cuando tenía dieciséis años.

—¿Por qué no lo saben? ¿Por qué no se lo dices?

—No lo entenderían. Son personas serias. Para ellos escribir poesía es algo tonto, insignificante. No quiero que ellos piensen que yo soy tonta también. Ya de por sí piensan que soy algo rara por no haberme casado aún, teniendo ya treinta y tres. Cada vez que voy a visitarles en verano, cuando tengo vacaciones, me traen a chicos de la ciudad y me los presentan ¡Como si tener marido fuera la única cosa que busco! Y tengo que pasar por esto cada verano. Así que, imagínate si, además de eso descubren que escribo poesía.

—¿Qué pasa? Estarían felices. Creo que deberías traducir tus mejores poemas al inglés. Yo los publicaría como una edición bilingüe en Nueva York. Puedo diseñar las portadas y el formato del libro también.

—¡Michael estás loco!

—No, estoy hablando en serio. Creo que es algo en lo que deberíamos empezar a trabajar ya. Y no me digas que no, porque no acepto un no por respuesta.

En realidad, María estaba sorprendida con la idea de que Michael quisiera publicar su poesía. Nunca antes había publicado ninguno de sus escritos. Algunos de sus amigos que ya habían leído parte de sus poemas ya le habían dicho que debería considerar el tema de su publicación. Ella, sin embargo, era demasiado tímida para mostrar su trabajo en cualquier revista o publicación. Y ahora venía Michael con su alocada idea. Así que, después de varios días de negativa, aceptó la oferta de Michael y empezó a trabajar en su libro de poesía.

El plan era que, en tres meses, más o menos para el cumpleaños de Michael, en el mes de marzo, tuvieran los suficientes poemas traducidos como para formar un libro. Michael estaba emocionado de que estuvieran trabajando juntos en ese proyecto. Pensaba que la publicación de un libro podría ser una gran oportunidad para ir a Portugal y llevar a María algunas copias.

—Cuando el libro esté acabado me sentaré en un avión y te llevaré personalmente tus copias de autor.

—¿Estás hablando en serio, Michael? ¿Vendrás a Portugal?

—¡Sí, claro que iré! Ya lo he decidido.

—Estamos hablando de tres meses, Michael. Pasarán rápido.

—Lo sé.

—¿Y dónde te quedarás? No podrás quedarte en mi casa. Vivo muy cerca del instituto y no creo que la mujer que me alquila el piso quiera que traiga más huéspedes. Sobre todo, si son hombres. Me daría mucha vergüenza.

—Debe haber algún hotel en Portimao.

—Por supuesto, pero Portimao es un sitio muy pequeño. Sería mejor si te quedases en Faro. Es más grande y hay muchas más cosas que ver allí.

—No voy a ver cosas, María. Voy a estar contigo.

—Lo sé, pero yo tengo que trabajar, Michael. No puedo cogerme vacaciones. Esto no funciona así. Podré estar contigo los fines de semana y quizás cogerme el lunes si le pido a algún compañero que dé la clase por mí. ¿Durante cuánto tiempo te quedarás?

—Para siempre.

—Michael, en serio. ¿Cuántos días estarás?

—No lo sé. Todo depende... puede que una semana o diez días.

—Así que si vienes para una semana entera podremos pasar dos fines de semana juntos. Uno de ellos podría ser un puente si me cojo el lunes y el segundo fin de semana sería solo desde el viernes por la tarde hasta el domingo. ¿Qué te parece?

—Perfecto. Será fantástico. Empezaré a buscar cosas sobre Faro para ver dónde puedo hospedarme.

Fue la última semana de diciembre cuando Michael y María empezaron la cuenta atrás para su primera cita en marzo. El hecho de que fueran a verse hizo que las insinuaciones eróticas en sus conversaciones fueran cada día más intensas. Lo que se harían cuando se vieran era el tema principal de conversación.

La diferencia horaria entre Nueva York y Portugal era de cinco horas. Se conectaban cuando María volvía del trabajo, sobre las seis de la tarde, la una del medio día en Nueva York. Después se quedaban hablando hasta altas horas de la madrugada por Skype, a veces hasta las cinco de la mañana, hora portuguesa. No querían dejarse. Comían delante de las pantallas al mismo tiempo. Trabajan en el ordenador mientras tenían encendido el Skype. No querían dejarse. A veces, cuando se hacía muy tarde, Michael le decía a María que apagaran el ordenador para irse a dormir ya que ella entraba a trabajar a las ocho de la mañana del día siguiente. Le preocupaba que estuviera demasiado cansada, pero ella siempre se negaba diciendo que lo único que quería era estar con él.

A principios de enero había pasado solo una semana de la cuenta atrás.

—¡Setenta días más, Michael!

—¿Has contado el día de mi llegada?

—No.

—Entonces quedan sesenta y nueve días—Michael la corregía.

—Michael, el tiempo pasa tan despacio...

—Cierto —contestó Michael—. Estoy de acuerdo. Y el segundo pensamiento que se me viene a la cabeza es que por qué tenemos que esperar hasta marzo. ¿No puede ser antes?

—Pero dijiste marzo porque querías traer los libros terminados.

—Sí, es que también puedo ir en marzo, pero, ¿qué pasa si voy antes solo a verte?

—¡Michael! No bromees. ¿Quieres que me de un infarto?

—No, María. Estoy hablando en serio. He estado pensando en esto esta mañana. No hay nada aquí que me retenga para irte a ver antes. Si sigo así, delante del ordenador, esperando a que pasen los próximos sesenta y nueve días, voy a volverme completamente loco. Si quiero, puedo ir mañana mismo. Puedo trabajar desde cualquier lugar con el ordenador. Ya esté en Faro o aquí, no hay diferencia alguna siempre que tenga Internet. ¿Qué dices?— preguntó Michael.

—Michael, dime que no es una broma, por favor.

—No, María, estoy hablando en serio. ¿Qué piensas?

—Si puedes, sería estupendo, ¿pero no será muy caro venir ahora y en marzo otra vez? ¿Cuándo vendrás?

—No lo sé. Tengo que buscar un buen vuelo. Aunque como no es temporada alta, los billetes serán baratos. Voy a ver y te digo.

—¡Ay, Michael! Será maravilloso. No puedo creer que finalmente vayamos a estar juntos. Sueño cada noche con tenerte cerca, con nuestros cuerpos rozándose... no puedo esperar.

Michael había encontrado un vuelo para el próximo miércoles, dentro de dos días. Estaría en Lisboa el jueves por la mañana y cogería un tren a Faro donde llegaría pronto por la tarde. María dijo que llegaría a Faro el viernes por la tarde, cuando saliera de trabajar, y que se quedaría con Michael hasta el lunes. Ambos estaban muy emocionados por sus planes.

Michael buscó cosas sobre Faro. Se sorprendió al ver que el precio de vivir en Portugal era mucho más bajo que en Nueva York. Según sus cálculos, con el 50 % de un sueldo mínimo estadounidense, cualquiera podría vivir mediana-amente bien en Portugal. Los precios de los hoteles eran también mucho más bajos. Michael descubrió que el hotel más antiguo que había en Faro se llamaba Santa María. Y la habitación en ese hotel costaba solo treinta y nueve dólares. «Sería una buena idea, y muy apropiada, quedarme ahí con María», pensó Michael. Fue a la página web del hotel y reservó una habitación para dos para una semana.

Cuando María se desconectó y se fue a la cama, Michael se quedó delante del ordenador pensando el lo que acababa de hacer. La decisión de ir a Portugal tan rápido había sido una decisión muy atrevida y loca. Claro que Michael no sería Michael si no tuviera este tipo de ideas. Decidió viajar a Portugal para estar cerca de la mujer a la que amaba. Esto había pasado en menos de tres meses desde que habían empezado a hablar. Para Michael era un comportamiento normal. Hacer las cosas rápido, sin mucha preparación, era algo común en su vida. De alguna forma estaba seguro de que María era la persona a la que debía encontrar. Era está la solución a toda la angustia e infelicidad que siempre había sentido hacia todo lo que le había rodeado en su vida. Sentía que su destino le había llevado al lugar, a un punto en el que debía unirse con esta mujer. Y todo lo que ella le decía, encajaba a la perfección con todos sus pensamientos. «¿Qué había de raro en afirmar que ambos sentían lo mismo si no era verdad? Debe ser verdad», pensaba Michael.

Pero Michael tenía otro problema ¿Qué le diría a Grace?

—Me voy mañana a Portugal—dijo Michael.

—¿Qué? Quiero decir, ¿por qué?

Grace estuvo a punto de escupir su café cuando Michael le

dijo eso mientras ambos tomaban un café en la cafetería de Barnes and Noble.

—Estoy editando un libro para un autor portugués. Así que voy a reunirme con él.

—¿Tiene eso algo qué ver con la mujer con la que hablas por ordenador cada día? ¿Es ella ese escritor?

—Sí, ella es.

—Michael, ¿qué tienes con esa mujer? Cada día, sea la hora que sea cuando voy a tu casa, estás hablando con ella. No paras. ¿Estás enamorado de ella?

—Grace, no me preguntes cosas así Ya te dije cuando te conocí que tenía una misión por completar y que nunca abandonaría mi sueño. Este viaje entra dentro de la misión. No sé donde voy, pero sé que tengo que ir. Es la voluntad de Dios, no la mía. Es más fuerte que yo.

—No pongas esas cosas en la boca de Dios. Tú sabes bien lo que pasa. Es tu deseo quién te controla. Debe ser joven, ¿no?

—No quiero hablar de esto. Tengo que irme y me voy mañana.

Grace no dijo nada durante un rato. Miró a la taza de café que había en frente de la mesa. Y preguntó:

—¿Durante cuánto tiempo estarás en Portugal?

—Durante una semana. Estaré de vuelta el lunes por la tarde.

—¿Dónde vas?

—A Faro, al sur de Portugal. Primero volaré a Lisboa y luego desde allí cogeré un tren.

—¿Y el apartamento?

—Estaba pensando en decirle a Jeremiah que se quedara

aquí durante una semana, pero tú también puedes venir cuando puedas.

—¿Estabas pensando? Si te vas mañana y aún no le has dicho nada ¿Cuándo se lo vas a decir?, ¿desde el aeropuerto?

—Claro. Ya sabes que yo lo dejo todo para última hora. Hablaré con él esta noche. Ahora está trabajando.

—¿Necesitas dinero? ¿Tienes suficiente para el viaje? Debe ser caro.

Michael no contestó. Miró a Grace. Nunca había conocido a nadie como ella. Sabía que iba a estar con otra mujer y aún así le ofrecía su apoyo y su ayuda. Realmente le quería. Se sentía mal por ella, pero de nuevo pensaba que estaba con él por alguna razón. Que era parte de un plan mayor. Dios la había puesto a su lado en su misión. La ironía de la situación era que, ayudándole no haría otra cosa que perderle. Fuera como fuese, Michael pensaba que nunca había pertenecido a ella y, por la misma razón, que nunca había pertenecido a ninguna otra mujer. La única mujer a la que pertenecía y a la que siempre había pertenecido era la mujer a la que iba a conocer en Faro. María era su destino Era la reina de su alma.

—Bueno qué, ¿necesitas algo de dinero? Debe ser caro ir detrás de una mujer joven a un país extranjero, ¿no? Dijo Grace irónicamente y con mucha rabia en su voz.

Enero en Faro

XXIX

Si no fuera por la barba, el bigote y el pelo gris, nadie diría que Michael Nicolau tenía cincuenta y cinco años. Medía más o menos metro ochenta, era delgado, vestía unos Levi's ajustados y una camisa ajustada de algodón blanco de Massimo Dutti. Cuando era más joven se le cayó mucho el pelo y lo poco que le quedaba, lo llevaba muy corto. Para su edad tenía la cara muy lisa, con pocas arrugas que solo se le notaban cuando estaba muy cansado. Después de su estancia en Bowery Mission estaba muy ágil y se mantenía en forma gracias a sus largas caminatas. Casi habían pasado dos años desde que se había marchado de Bowery y Michael estaba en muy buena forma. Nada en él hacía sospechar que hacía menos de dos años estaba agotado, desgastado y que era un hombre sin hogar buscando refugio en Bowery Mission. Con una mirada profunda enmarcada en unos ojos de color marrón oscuro llena de confianza y una mágica sonrisa, era un hombre encantador.

—Señor Nicolau, señor Nicolau.

Michael abrió los ojos. Había una azafata tocándole el hombro mientras le decía:

—Señor Nicolau, estamos a punto de aterrizar en Lisboa. Por favor, abróchese el cinturón y ponga su asiento recto.

Michael miró su reloj. El avión había llegado a Lisboa antes de lo esperado. Esperaba que Carlos ya estuviera allí esperándole.

Michael conocía a Carlos desde hacía muchos años. Ambos eran masones, coleccionistas de libros antiguos y compartían intereses sobre diversos asuntos esotéricos. Carlos respetaba a Michael por su conocimiento en ciencias esotéricas era uno de los únicos amigos que tenía que nunca había juzgado ninguna de sus trastadas. Sin embargo, había una gran diferencia entre ellos. Al contrario que Michael, que casi nunca conseguía ninguno de sus objetivos, Carlos era un médico bien asentado, profesor en la universidad y escritor.

—¡*Olá* Michael! Bienvenido a Portugal—dijo Carlos abrazando a su amigo cuando salía por el control del aeropuerto.

Al igual que Michael, Carlos había pasado ya los cincuenta. Era de mediana estatura, tenía unos kilitos de más, el pelo negro y fuerte, prácticamente sin canas, los ojos grandes y azules, afeitado y con unas líneas de expresión casi perfectas. Carlos era guapo. Siempre llevaba trajes de marca que le quedaba como un guante. Mantenía una postura erguida dando la impresión de ser un hombre autoritario y pudiente.

—Hola, Carlos. Estoy muy feliz de volverte a ver. Por fin

estoy en Lisboa. Llevábamos años hablando de que debía venir a visitarte.

—Sí, aunque sé que no hubieras venido si no fueras a ir a Faro. Sea como sea, está muy bien verte, aunque sea una hora. Me he preguntado muchas veces qué fue de ti después de que dejaras de pertenecer a la Gran Logia de Masones de Nueva York. Nunca llamaste ni escribiste. Escuché muchas cosas malas, pero nunca hice caso a los rumores.

—Ah, ya —dijo Michael—. A la gente le encanta hablar de los demás cuando no tienen nada interesante que decir sobre sí mismos.

Carlos llevó a Michael a la estación de Oriente, en Lisboa. Todavía quedaban dos horas para que saliera el tren hacia Faro, así que se sentaron en una cafetería y hablaron sobre el tiempo que habían pasado juntos buscando unos extraños manuscritos de la época medieval y sobre lo que hablaban entorno a los libros secretos en el Club Grolier. Carlos conocía los problemas que Michael había tenido con algunos masones en Nueva York. También sabía de la mala inversión de este en la industria editorial y de la deuda que había acumulado a lo largo de los años por el fracaso de sus planes empresariales; sin embargo, no mencionó nada al respecto.

Finalmente preguntó:

—Bueno, Michael, ¿qué es lo que realmente te trae por Portugal? Me mencionaste algo de un libro de un autor portugués que querías publicar, pero no me suena muy convincente ¿Detrás de qué estás, mi viejo amigo?

—Se trata del libro. Pero no te equivocas, esta no es la única razón. También he venido por el autor. Quiero conocerla en persona. Nos conocimos por Internet de casualidad hace unos meses y empezamos a hablar. Es una persona muy interesante. No solo tiene una mente exquisita, también es guapa. No sé exactamente cómo ni porqué pasó. Lo qué sí sé es que empezamos a atraernos mutuamente. Todo pasó tan rápido, así, en la distancia, *online*... Sé que parece una locura, pero necesito verla en persona, pasar algo de tiempo con ella, descubrirla.

Claro que Michael no quería contar nada a Carlos sobre su extraño sueño y su misión. No quería decirle que había sido durante años prisionero de su propio sueño, y que perseguía algo que no sabía si algún día encontraría. Ni si quiera si en realidad existía. Ese «algo» había hecho que dejara a su familia y amigos, había destruido su matrimonio y echado a perder sus negocios. Casi le cuesta la vida. Era una obsesión que no podía controlar. A veces tenía la necesidad de levantarse e ir a buscarlo. No sabía donde buscar, pero durante los últimos meses una extraña voz retumbaba en su cerebro diciéndole una y otra vez: «Ve a Portugal. Es ella». Así que, allí estaba él.

Por otro lado, Carlos y todo el mundo que conocía a Michael sabía que era un soñador intratable. Siempre había pretendido conseguir objetivos e ideales que eran imposibles de realizar en el mundo real. De una manera o de otra, siempre conseguía hacer sus sueños realidad. Pero casi siempre, una vez que conseguía su objetivo perdía el interés y se ponía con otra cosa. Así que la gente admiraba la capacidad que tenía para conseguir casi todo lo que tenía en mente. También le percibían como una persona inestable que no siempre sabía lo que quería.

—Sí, sospechaba que era algo así —dijo Carlos—. Es muy típico en ti. Te conozco desde hace años y solo hay una cosa que nunca cambia. Nunca dejas de perseguir tus sueños. Te admiro por tu perseverancia, pero como amigo debo darte un consejo: para que tus sueños se hagan realidad, primero tienes que despertar y mantenerte despierto. Admiro tu capacidad de hacer realidad tus sueños, pero nunca aprendes la forma de mantenerlos, la manera de seguir despierto con los pies en el suelo. Solo espero que sepas lo que estás haciendo. Ya no eres un niño. Lo sabes, ¿no?

—Sí, sé lo que quieres decir. El resumen de mi vida no es digno de admirar. He echado a perder tantas cosas a lo largo de los años... Pero creo que finalmente estoy en el buen camino. No te preocupes.

Antes de subirse al tren Michael le agradeció a Carlos el hecho de llevarle a la estación. Carlos dijo:

—No te preocupes, Michael. Es lo menos que puedo hacer. Buena suerte y cuidado. Tienes mi número de teléfono para lo que necesites.

Michael sonrió. Era bueno saber que tenía un amigo con el que podía contar.

El tren entró en la estación de Faro y se detuvo. Michael caminaba buscando la salida. Pensaba que habría fuera algún taxi. Eran los primeros días de enero. Aquella tarde, sin embargo, era una tarde de jueves calurosa. El tiempo contrastaba con el frío, el viento y la nieve que cubrían Nueva York la mañana que se marchó.

La estación estaba llena de turistas ingleses y alemanes. Faro, con un tiempo suave y mediterráneo, con playas preciosas y situado en la costa sur de Portugal, era un destino muy solicitado entre los turistas del norte de Europa.

—Al Hotel Santa María—le dijo Michael al taxista cuando entró.

El hotel estaba a pocos minutos de la estación. Era uno de los hoteles más antiguos de Faro y estaba situado en el centro de la ciudad. Michael lo escogió por el nombre. Pensó que era simbólico. Iba a estar en un hotel con la mujer que amaba. Su nombre era María. Era también el nombre antiguo de Faro. Hasta el siglo IX, fecha en que los musulmanes conquistaron esta parte de Portugal, Faro era conocido como Santa María.

—Tengo reservada una habitación para dos—le dijo Michael al recepcionista del hotel.

—¿Quiere una habitación con dos camas individuales o con una cama doble?—le preguntó la recepcionista.

—Con cama doble, por favor.

La joven recepcionista dijo:

—Muy bien, pues ya está listo. Déjeme un minuto que le imprima la factura y le de las llaves. ¿Y cuando llegará el segundo huésped?

—¡Ah! Mi amiga llegará mañana por la noche—dijo Michael.

La mañana del viernes Michael amaneció en la habitación del hotel cansado. Soñó con ella de nuevo. Estaba tumbada a su lado, acariciando sus orejas con sus dedos, con su medalla entre sus manos, y tomaba su brazo para acomodar su cabeza. Colocó su pierna por encima de Michael y desapareció. Fue un bonito sueño. De nuevo.

Sonó el teléfono. Lo cogió.

—Señor Nicolau, hay una llamada internacional para usted—le dijo la voz que se encontraba al otro lado del teléfono.

—Vale. Pásemela—contestó preguntándose quién llamaría.

—Hola, bomboncito, ¿cómo ha ido el vuelo? ¿La has encontrado?
Era la irónica voz de su exmujer.

—¿Qué es lo que quieres? —contestó—. Son las dos de la madrugada allí en Nueva York. ¿Estás borracha de nuevo?

—No. En realidad, he estado borracha durante dieciséis años por estar al lado de un hombre que nunca me ha querido de verdad. Ahora estoy completamente sobria. Bueno que, ¿la has encontrado?

—Escucha, estoy en un viaje de negocios y no tengo tiempo para tonterías. Debes haberle dicho a Jeremiah que tenías una urgencia para que te haya dado el número de mi hotel. Esto no me hace gracia. Estoy ocupado—dijo Michael.

—Venga, cariño. Lo sé, te conozco. Llevamos divorciados siete años, pero sigues siendo el mismo. He llamado a tu casa esta mañana y tu amigo, o quien sea, me ha dicho que estás en un viaje de trabajo en Portugal. A penas llegas a fin de mes con tu trabajo en la editorial y, de repente tienes dinero para irte a Portugal. Así que, ¿qué tipo de negocio tienes allí? Es por ella, ¿no? Es por tu obsesión.

—Escúchame, voy a colgar ahora mismo—Michael se estaba empezando a poner muy nervioso con sus impertinencias.

—¡Ah, vaya! ¡Adelante! Es lo que siempre haces. Muy típico de ti. No me sorprenderías. Solo asegúrate de no colgarla a ella cuando la encuentres. Será humana. Y a nadie le gusta que le cuelguen. Así que, ten cuidado.

—Solo dime lo que quieres—la pidió Michael.

—Nada. Me estaba preguntando cuando ibas a dejar de lado tu locura. No me importas tú. Solo pienso en nuestras niñas. No les llamas para nada. Y las niñas no necesitan que nadie les avergüence cuando todo el mundo sepa lo loco que estás. ¿Cuándo vas a volver a la realidad? En vez de gastarte el dinero en billetes de avión, deberías ir a un buen psiquiatra. No entiendo por qué, como hace toda la gente que está loca, no vas a un psiquiatra, le cuentas tus pesadillas y actúas como una persona normal. ¿Te estoy pidiendo algo muy difícil?

—Escúchame, por favor, intenta entenderlo. El vuelo ha sido largo y estoy cansado. Tengo una reunión muy importante hoy. ¿Puedes olvidarme, aunque solo sea por un día? ¿Qué problema tienes? ¿Te ha dejado tu novio y lo estás pagando conmigo?

—No, escúchame tú a mí. Mi novio no me ha dejado. De hecho, me pidió matrimonio hace unas semanas y acepté. Estoy muy feliz. Impaciente por deshacerme de tu apellido. Después de todo, siempre había estado reservado para ella, ¿no? Nunca me hubiera quedado con él si no hubiera sido por nuestras hijas. Michael, necesitas ayuda. No me importa que arruines tu vida. No me importas tú, pero vas a llevarte por delante a nuestras hijas. Ya son mayores y siguen sin entender lo que te pasa. Vuelve a la realidad. Cuando me contaste lo de tu sueño un día en Brighton Beach, justo antes de divorciarnos, pensé que sería una pequeña crisis de pareja. Un hombre que necesitaba comprobar que seguía siéndolo con una mujer joven. Sin embargo, pronto me di cuenta de que no lo era. Si querías a una mujer más joven, Nueva York está lleno de mujeres jóvenes y fáciles. Les encantaría gustar a un hombre como tú. No, era algo peor. Era una obsesión. Una obsesión que arruinaría todos tus negocios. Perseguías tus sueños. Sigue siendo una obsesión y debes dejarlo de lado. Es por tu bien. Debes aceptar que estás enfermo y que necesitas ayuda.

Michael colgó y se giró hacia el otro lado. No necesitaba dolores de cabeza. «Debe de estar borracha», pensó Michael.

El primer fin de semana

XXX

Michael estaba en la plataforma de la estación de tren de Faro esperando a que llegara el tren de Portimao a las 9:04. Ella estaba en el tren. Por fin se reunirían.

Era una tarde cálida, inusual para ser enero, incluso para Faro. Michael había llegado de Nueva York el día anterior. Durante casi tres meses había soñado con el momento en el que se encontraría con María y allí estaba, en la plataforma, a pocos minutos de verla. Llegó el tren. La gente salía y Michael la vio.

Se le salía el corazón. Era bajita. Medía más o menos metro y medio, pero estaba muy proporcionada. Era la mujer más bonita que había visto nunca. Le atraía todo: su pelo rizado castaño, su piel clara, sus espectaculares ojos azul claro casi gris, sus labios, su nariz, sus mejillas, su cuerpo, sus pequeños pies y su simpática manera de andar. Tenía treinta y tres años pero seguía teniendo cara de niña. Aparentaba veinte. Michael no sabía qué decir. Se quedó ensimismado mirándola.

Se paró enfrente de él y le dijo: —Hola—con un ligero acento portugués.

Michael la abrazó suavemente. Ella sonrió.

—Hola. ¿Cómo ha ido tu viaje?—le preguntó Michael.

—Bien, solo una hora y media. He venido leyendo, así que se me ha pasado rápido.

Michael la cogió la bolsa que llevaba y empezaron a caminar hacia el taxi que se encontraba fuera de la estación. A medida que caminaban se miraban, como si se estuvieran examinando.

—No estaba equivocado —dijo Michael—. Eres preciosa. Así que no podrás nunca más decirme que no, que son las fotos. Te he visto en persona, ¡y eres preciosa!

—Solo es que estás enamorado. Soy una chica normal, nada del otro mundo—contestó y sonrió de nuevo.

—No, ¡eres muy bonita!

En el taxi, yendo hacia el hotel, se miraban el uno al otro. Había entre ellos un sentimiento de excitación que ambos podían experimentar.

Nada más llegar a la habitación del hotel, María deshizo si equipaje, miró alrededor de la habitación, habló del hotel y luego se detuvo enfrente de Michael.

—Al fin estamos juntos. Te dije que vendría a Portugal y aquí estoy—le dijo Michael colocando sus manos sobre su pelo y acariciándola suavemente su largo cuello. Su piel era muy blanca y lisa, como la de un bebé.

—Sabes, soy muy tímida—dijo ella.

—Lo sé. Iremos despacio. Te amo mucho, mi amor. No te preocupes.

María y Michael salieron a cenar a un restaurante cercano

y lo pasaron bien. Hablaron sobre las incontables horas que habían pasado delante del ordenador hablando hasta bien entrada la madrugada. Hablaron de sus sueños, de la extraña forma en la que se habían enamorado, por Internet, a distancia. Los meses anteriores habían intercambiado muchos pensamientos y sentían que se conocían por completo. Finalmente María cogió la mano de Michael, le miró a los ojos y le dijo: —Te quiero, Michael.

Aquella noche fue el hombre más feliz del mundo. Michael había escuchado muchas veces esa frase por Skype, pero ahora era diferente. Ella estaba allí, sentada frente a él y tomaba su mano. Estaban juntos. Todo lo que Michael pensaba es que sus sueños se hicieran realidad. Que era la mujer que debía encontrar.

Volvían caminando al hotel. Lucía preciosa iluminada por la luz de las calles. Amaba la forma en que se movía, en que sonreía y su manera de hablar. Su voz era angelical. No solo le gustaba su físico. Adoraba todo sobre ella. Lo que tenía dentro. Todo, desde su forma de pensar y razonar, hasta su sentido del humor. «Daría todo lo que fuera por no dejar nunca de verla sonreír y escuchar su voz para siempre», pensaba Michael. Sabía que nunca más amaría a nadie en vida. «Ella es la única. No hay nadie más».

El amor que Michael sentía hacia ella era muy real y profundo. No recordaba haber experimentado una sensación así nunca. Todo lo anterior parecía tan superficial, tan falso... como si nunca antes hubiera amado. Se conocieron por Internet y, finalmente, en persona. Entonces, todo cambió. Durante muchos años había pensado que era un hombre frío, mentiroso, un «picaflor» que nunca podría adentrarse en una relación; sin embargo, ahora, sí. Sentía que había llegado su momento. Sentía haber encontrado por fin su destino. Parecía ser ella la mujer que siempre había deseado tener a su lado.

Todo lo que Michael habría amado y admirado siempre de una mujer estaba en ella representado, delante de él, en sus ojos soñadores y en su mística sonrisa. Su sonrisa escondía cierto orgullo, y tanto sus líneas faciales como su pequeñita nariz, nobleza. A medida que iban caminando, Michael quiso coger su mano. Ella le apartó.

—Lo siento, no quiero mostrar mis sentimientos en público. No me gusta que nos cojamos de la mano ni nos besemos delante de todo el mundo—dijo ella.

Él puso entonces el brazo sobre su hombro, apoyándolo ligeramente. Eso no la importó. Llegaron al hotel y pasaron a la habitación. Cuando entraban, sin decir palabra, María se giró hacia Michael, juntó su cuerpo con el suyo y se besaron. El beso fue largo, profundo y apasionado. Un beso en el que sus lenguas invadían como fieras sus sentidos. No podían prácticamente respirar, pero no querían interrumpir el beso. Con las manos se acariciaban por todo el cuerpo con fervor. Lentamente se quitaron la ropa lanzándola al otro lado. Cuando estaban desnudos se tumbaron en la cama y siguieron besándose. Michael siguió tocándola suavemente. El deseo le recorría todo el cuerpo. Entonces llevó sus manos hacia el pecho de María y empezó a masajearlo con ternura. Comenzó a trazar suaves círculos alrededor de sus pezones. Los pellizcaba, con dulzura al principio, con más impaciencia a medida que pasaba el tiempo. Se deslizaba y, con ternura los lamía y los chupaba. Podía escuchar su corazón latir cada vez más deprisa y sus gemidos de excitación. Su piel, blanca y delicada. Disfrutaba del placentero y discreto aroma de su perfume. Colocó la mano izquierda por debajo de su cuello, delgado pero alargado. Lo sujetó con fuerza. Le besó en el cuello y le dio un mordisquito lleno de amor. Tembló de excitación. Sus labios se unieron de nuevo en un beso lleno de pasión en el que sus lenguas luchaban como animales salvajes. Metió la mano derecha entre sus piernas. Estaba húmedo y caliente. Empezó a acariciarla el clítoris. María arrastró su mano entre sus cuerpos unidos hasta coger su pene erecto. Separó las piernas y, con suavidad, lo introdujo en su vagina.

—Dale, quiero sentirte—le dijo.

Michael empujó. Lentamente al principio, moviéndose hacia delante y hacia atrás hasta que su pene estuvo lubricado con la humedad que mojaba su vagina y, solo entonces y con un movimiento rápido, se adentró en su profundidad. Suspiraron de excitación. Empujo con más fuerza. Sus cuerpos se movían con ritmo camino del éxtasis.

—Sí, sí bebé—murmullaba Michael entre profundas respiraciones.

Agarro sus nalgas con su mano derecha metiendo el corazón en su ano. Ella abrazaba su espalda, presionaba su piel con sus dedos y le besaba en el cuello y los hombros. Entonces, de repente, María echó hacia atrás la cabeza y abrió la boca emitiendo un gemido pasional. Se corrió. Mientras jadeaba para coger aire, su cuerpo comenzó a temblar. Gimió de nuevo. Se corrió otra vez. Michael lo hizo al mismo tiempo. Metió su pene hasta el final mientras eyaculaba. Mientras su esperma salía, la dijo con espíritu triunfal:

—Sí, bebé, sí.

El hecho de haber eyaculado dentro era algo muy importante para Michael. Era como un signo de posesión, como dejar su huella, como completar su unión.

Estaba encima de ella. Su pene aún estaba dentro pero ya no se movía. Solo se oía el respirar. El disfrute del momento de después de alcanzar el éxtasis. El disfrute de la unión de sus cuerpos.

—Te quiero, María. Te adoro.

—Yo también te quiero, Michael.

Para ambos este momento había sido el final que sus sentimientos esperaban, esos sentimientos que habían compartido online durante meses, día tras día, conversación tras conversación. Habían hablado y soñado con este momento durante mucho tiempo. Y simplemente pasó. La consumación de su amor. Sus cuerpos fundidos. Sus almas unidas en una sola.

Se quitó de encima de ella y empezó a acariciar su pelo suavemente.

—Bueno, ¿te ha gustado?

—Sí —dijo en voz baja y sonrió—. Mucho, pero, ¿has acabado dentro, no?

Michael no contestó. Sonrió con expresión inocente.

—Te dije que no tomo anticonceptivos y no quiero quedarme embarazada. No estoy preparada. Debes tener cuidado. Si me quedo embarazada no volverás a verme.

—No te preocupes, no pasará. Los hombres de mi edad

no tienen los espermatozoides suficientes como para dejar embarazada a una mujer. Es raro. No pasará.

Mentía. Lo que acababa de decir era una estupidez. Sabía que podría quedarse embarazada, pero no le importó. Esperaba que así fuera. Quería tener un hijo con ella. Era una locura. Ya tenía tres hijas de sus anteriores matrimonios. Todas eran ya adultas. La más joven tenía veintidós. En su situación actual y a su edad, lo último que querría cualquier hombre sería tener otro niño, pero de alguna manera Michael pensaba que el que pudiera tener con María sería un niño especial. No sabía por qué, pero desde el primer momento en que coincidió con ella por Internet, el pensamiento de tener un hijo se convirtió en obsesión. Después de todo, lo que quería era pasar el resto de su vida con María, y eso era parte del sueño. Como el arcángel le había dicho.

Con pasión y desbordantes de deseo, hicieron el amor durante toda la noche. Finalmente, por la mañana, María se quedó dormida con su cabeza apoyada en su pecho. La miró a la cara pensando en lo feliz que era. Lo que estaba pasando era un sueño hecho realidad. Deseó que nunca acabara. Entonces se durmió también.

Cuando despertaron era la una del medio día. Decidieron salir, comer algo y dar un paseo por Faro. María llevaba viviendo seis meses en Portimao pero nunca antes había estado en Faro.

Faro es la ciudad más al sur de Portugal. Es la capital de la región del Algarve y tiene con sus orígenes en la prehistoria. Posee una fortaleza medieval con la antigua ciudad descansando entre sus paredes, una catedral que data del siglo XIII, muchos edificios pertenecientes a la época medieval, un puerto deportivo, preciosas playas de arena dorada, la laguna de Ría Formosa, tabernas con mucho encanto en las que degustar las especialidades de la tierra, un clima suave y mediterráneo, gente acogedora... todo ello hacía de Faro un destino muy atractivo para turistas de todo el mundo. El turismo y el sector de la hostelería eran la principal fuente de ingresos para sus habitantes.

Michael y María salieron del hotel y giraron a la izquierda hacia Rua de Martinha. Era una calle peatonal con el pavimento de azulejo portugués y llena de cafeterías, tiendas y restaurantes alineados a ambos lados. Todas las cafeterías tenían terraza.

Era una soleada tarde de sábado y hacía unos quince grados, así que decidieron empezar su día tomando un café fuera, en una de las terracitas.

—En Portugal se empieza el día con un *espresso* y un pastel de nata —dijo María—. El pastel de nata es un pastel de huevo típico de Portugal.

A Michael le gustaba el pastel de nata. Era un pastel de hojaldre con una especie de natillas de vainilla en su interior. También le gustaba el hecho de que pudiera fumar en la terraza de la cafetería, algo que no se podía ya hacer en Nueva York. Solo llevaba dos días y Faro le había dejado impresionado. La paz que se respiraba hacía la vida mucho más tranquila que en Nueva York y la gente parecía muy agradable y simpática. Casi todo el mundo con el que coincidió hablaba algo de inglés.

—¡Me encanta este tiempo! —dijo Michael—. Sabes, en Nueva York había algo más de medio metro de nieve y las temperaturas estaban por debajo de cero cuando me vine el jueves.

—¡Ja, ja, ja! ¡Qué distinto todo! Así que, ¿te gusta esto?— preguntó María.

—Claro que me gusta. Pero lo mejor de Portugal eres tú. Tú eres la razón de que quiera mudarme aquí.

—Estás loco, Michael ¿Estás seguro de lo que dices? Es un paso muy importante. Yo solo podré venir a estar contigo los fines de semana, y no todos. Ya te he dicho que disfruto de mi soledad y que a veces me gusta pasar los fines de semana sola.

—Lo sé, María. No quiero presionarte para que pases tiempo conmigo cuando no quieras, pero necesito estar cerca de ti.

—¿Y qué pasa si me mudo a otra ciudad de Portugal a finales de año? Ya sabes que el Ministerio de Educación me envía a un colegio diferente cada año. Nunca sé donde estaré el próximo curso hasta el mes de agosto.¿Qué harás entonces?

—Me mudaré también. No me importa.

—Pero, ¿de qué vivirás? ¿Tienes el dinero suficiente? Necesitas tener algo de dinero guardado. No sabes portugués ¿Qué pasará con tu trabajo en Nueva York?, ¿cómo lo harás?, ¿lo puedes hacer desde aquí?

—Ya he estado investigando, María. La vida es mucho más barata aquí que en Nueva York. Solo con la cantidad de dinero que pago allí por el alquiler, puedo pagar aquí el alquiler, los recibos y mis gastos mensuales. Creo que podré cubrir gastos aquí. Y, en lo que respecta a mi trabajo, puedo hacerlo desde cualquier sitio, siempre que tenga Internet. Siempre lo hago todo online.

Todo no era así de sencillo. La verdad era que los ahorros que Michael tenía le servirían para venir a Faro una vez más, alquilar un apartamento y vivir, como máximo, dos meses. Y así lo haría. Si no hacía más dinero trabajando desde allí, estaría en un gran apuro. Esto no le importaba demasiado. Muchas veces a lo largo de su vida había atravesado situaciones económicas difíciles y siempre había podido salir adelante. Lo que más le importaba era estar cerca de María. Lo demás, le era indiferente.

—¿Qué dices? ¿Cómo ves que empecemos hoy mismo a buscar apartamento?

—Sabes que todo no es tan sencillo, ¿no? Eres turista y solo puedes estar aquí sin visado seis meses. Pasados los seis meses tendrás que solicitar condición de residente o pedir un tipo de visado distinto. No sé cómo funciona, pero tendrás que ocuparte de todo eso.

—Podré hacerlo todo la próxima vez que venga—contestó Michael.

—Entonces, bien. Creo que estás muy loco. Imagino que es por eso por lo que te quiero. Podemos buscar un apartamento entre hoy y mañana. Te ayudaré—dijo María y sonrió.

Comieron en la misma cafetería y luego pasaron la tarde caminando por la antigua fortaleza y el puerto. Disfrutaron de su tiempo juntos. Michael era casi veintitrés años más mayor que María pero, a pesar de la diferencia de edad, tenían muchas cosas en común. Su personalidad, sus hábitos y sus intereses parecían ser muy similares. A veces Michael bromeaba diciendo que eran los dos lados opuestos de una misma persona. Como un alma dividida entre dos cuerpos, el de un hombre y el de una mujer. Las diferencias entre ambos tenían su origen en la diferencia que había entre ellos: el sexo y la edad.

María nació en el norte de Portugal. Su padre tenía una viña en Douro y creció abrazada por las maravillas del campo, en las colinas que rodeaban al río Douro. La encantaba caminar por las praderas, los valles y los bosques. El hecho de vivir en una casita de piedra apartada del mundo y rodeada de viñedos, tenía como resultado que María no hubiera tenido muchos amigos de niña ni ningún parque cercano en el que jugar. Los pastos y el bosque se convirtieron en su recreo y los pequeños animalitos del campo, en sus mejores amigos. Se volvió una devota de la naturaleza, su fuente de energía e inspiración. Se pasaba todas sus vacaciones en la casa de sus padres. Nunca había pensado en ir a ningún otro sitio. Una vez le dijo a Michael que se veía en un futuro, ya anciana, viviendo en la misma casa que la vio crecer. Era allí donde se sentía realmente feliz. Era el lugar en el que más feliz se sentía.

La otra razón por la que visitaba la casa de sus padres siempre que tenía ocasión era la fuerte unión que tenía con su familia. Sus padres eran gente sencilla y trabajadora. Habían enseñado a María a ser una persona con un fuerte sentimiento familiar, responsable y trabajadora. Empezó a trabajar nada más terminar sus estudios y nunca dejó ni se cambió de trabajo. Por lo que le había dicho a Michael, su padre parecía ser muy estricto y tenía mucha influencia sobre la vida de María. Muy pronto aprendió a guardarse sus sentimientos temiendo la desaprobación o las críticas de su padre. Sus padres sabían muy poco de su vida privada.

Escribía poesía desde que era una adolescente y ellos no lo sabían. Michael estaba preparando la publicación de su primera colección de poemas y María ya le había dicho que no quería que sus padres lo supieran.

Casi cada año la mandaban a un colegio distinto, a una ciudad diferente. Hacía nuevos amigos, empezaba nuevas relaciones... Lo mismo cada año. Aprendió a vivir sola y disfrutaba de su soledad. Tenía miedo de comprometerse pues sabía que su estilo de vida no encajaba con ningún tipo de compromiso. Aparte de su familia, la única parte de su vida que permanecía siempre ahí, en el mismo lugar, eran sus amigos virtuales. Podía estar con ellos en cualquier momento y desde cualquier lugar. Podía hablar con ellos de todo. Era su mundo virtual y sus padres no podían intervenir ni comentar nada sobre ello, pero María también tenía sueños. Sus sueños incluían a un hombre, un hombre que ella misma había creado y que nunca habría pensado encontrar en la vida real. Y entonces apareció Michael diciendo ser él.

—Sabes, Michael, me llevará algún tiempo acostumbrarme a la idea de que estás aquí. A veces tengo miedo. Es un gran cambio para mí y sobre todo para ti, y no sé si me sentiré responsable si esto no va bien.

—Funcionará porque no te estoy pidiendo nada. No te estoy poniendo condiciones. Es simplemente que siento que necesito estar cerca de ti. Eso es todo.

Volvieron al hotel y buscaron en Internet los apartamentos en alquiler disponibles en Faro. Había muchos. Decidieron seguir mirando durante los dos próximos meses y citarse para ver los que más les habían gustado cuando regresara en marzo. Luego fueron a cenar a una taberna cercana. Lo pasaron muy bien disfrutando de buena comida y buen vino, hablando de su poesía, de trabajo, de la familia y de los planes de Michael para el futuro. El camarero que les servía les miraba con curiosidad. Vio que ella era portuguesa y Michael extranjero. La diferencia de edad era clara. Michael y María bromeaban intentando averiguar qué estaría pensando de ellos aquel camarero.

De vuelta en el hotel empezaron a besarse mientras subían a la habitación en el ascensor. De nuevo hicieron toda la noche el amor, esta vez con más pasión incluso que la primera noche. Llenos de deseo y acostumbrados ya al roce de sus cuerpos, se rindieron a los placeres de su amor. Le pidió que tuviera cuidado, que no acabara dentro. Él le dijo que sí, aunque no lo cumplió. Terminó dentro de nuevo. Y otra vez más. Quería tener un hijo con ella.

El lunes por la noche María volvió a Portimao. La primera semana en Faro pasó rápida para Michael. Durante el día, mientras María trabajaba, deambulaba por la antigua ciudad, disfrutaba de los dulces en los jardines de la pequeña cafetería que había cerca del hotel y veía a la gente pasar. «Las mujeres portuguesas son muy guapas», pensó. «Hay algo de ellas que atrae mucho. Magia. Algo detrás de la belleza física. Y yo tengo conmigo a la más bella de todas». Y sonrió con sus pensamientos.

Por las tardes hablaba con María por Skype hasta altas horas de la noche. Para ellos esta era ya una práctica habitual. Exceptuando que ahora, estaban mucho más cerca. A veces bromeaba con que se sentaría en un tren que le llevara a Portimao y que llamaría a su puerta.

El viernes por la tarde María estaría de nuevo en Faro. Pasaron el fin de semana juntos de nuevo. Pero esta vez casi no salieron del hotel salvo para comer algo rápido. María insistía en pagar la mitad de los gastos.

—¡De ninguna manera, María! Yo te he invitado a salir. Pago yo—dijo Michael.

—Si no me dejas pagar la mitad, no saldré contigo nunca más. Necesitas ahorrar dinero si te vas a mudar aquí. No necesitas gastártelo en mí.

Michael no la dejaba pagar nada, pero le gustaba su actitud.

El lunes por la mañana se levantaron pronto. Fueron a la estación de tren de Faro. María cogió el primer tren de vuelta a Portimao para estar a tiempo para entrar al trabajo y Michael cogió un tren a Lisboa una hora más tarde. Su vuelo a Nueva York salía a las dos de la tarde.

El nuevo comienzo

XXXI

Después de unas dos horas de sueño se despertaron a las diez de la mañana. Se dieron una ducha juntos disfrutando del sentimiento que se despierta cuando se frotan los cuerpos. Su cita con la inmobiliaria era a las once. Tenían poco tiempo. Se tomaron un café en el hotel y salieron rumbo a la reunión.

La agente inmobiliaria era una mujer de unos cuarenta años que hablaba inglés. No la extrañaba nada ver a un americano alquilando un apartamento en Faro. Había bastantes viviendo allí. Todos apreciaban los beneficios del clima mediterráneo, la tranquilidad y el costo de vida mucho más económico que el que soportaban en los Estados Unidos.

Michael la dijo que estaba escribiendo un libro con lo que le estaba pasando en Faro y que quería estar en el contexto de su historia. Ella pensó que era bastante interesante. Claro que no dudó en preguntar por la relación entre Michael y María. Le dijeron que eran amigos que trabajaban para la misma editorial. Ella sonrió y no preguntó más.

Les enseñó cuatro apartamentos. Uno de ellos parecía ser

del agrado de Michael. Era un apartamento de una habitación a escasa distancia del centro de Faro y el precio era razonable. La agente inmobiliaria llamó al propietario y acordaron verse el lunes por la mañana.

Eran las dos de la tarde cuando acabaron. María tenía que coger el tren hacia Portimao a las 17:18 esa misma tarde así que decidieron ir a comer algo rápido, volvieron a coger las cosas de María al hotel y luego se dirigieron a la estación de tren.

Fueron al restaurante Adega Nova, a pocos metros del hotel. Este restaurante se construyó en una antigua fábrica de azulejo y ladrillo y conservaba todavía la imagen de una tradicional bodega portuguesa. El lugar era bastante famoso entre la gente de allí y servían platos tradicionales portugueses. María y Michael pidieron bacalao con patatas y verduras y una botella de vino tinto.

—Cuando te marchaste en enero pensé, aunque solo fuera por un momento, en el miedo de no volverte a ver. Pasamos dos fines de semana fantásticos juntos. Fue como un sueño. No estaba segura de si estabas aquí o de si seguía soñando. Luego hablar contigo por Skype durante casi dos meses cada día, sin poder tocarte, sentirte. Fue muy duro. Pero ahora estás aquí de nuevo. Estoy muy feliz.

—Sabes que siento exactamente lo mismo. Antes de venir la última vez, era duro no estar cerca de ti. Pero cuando estuve aquí y me marché en enero, fue mucho peor. Te echaba de menos cada día, cada noche. Ya no tendremos más ese problema; ya estoy aquí. Ahora vivo en Faro —Michael sonreía mientras la decía esto. Estaba muy contento por el nuevo apartamento— ¡No puedo creer que haya encontrado apartamento el primer día que busco!—dijo.

—Creo que Faro está demasiado urbanizado. Hay demasiados apartamentos de alquiler vacíos y la economía de Portugal no es demasiado buena. Incluso el turismo está decreciendo —contestó María—. Y yo todavía no puedo creerme que hayas dejado tu apartamento en Nueva York así ¿Qué le has dicho a tus amigos?

—Que me mudo a Portugal.

—¿Y? ¿Cómo reaccionaron?

—Se sorprendieron, pero eso no tiene mucha importancia—dijo Michael. Entonces recordó la reacción de Grace cuando le dijo que se mudaba a Portugal. Como hacía normalmente, esperó hasta el último día para decirla que se iba de nuevo. Fue un gran golpe para ella. Pero fue peor aún cuando le dijo que no volvería. Grace le preguntó:

—¿Y qué pasará si no te va bien allí? ¿Qué vas a hacer?

Le dijo que para él esa opción no existía.

—¿Qué pasa si no funciona? ¿Qué harás?—preguntó María.

—Esta es una opción que no existe para mi. Sé que funcionará. ¿No ves que todas las piezas están encajando en el puzle? Encontramos el apartamento y lo dejaré precioso para mi pequeña y para mí.

El apartamento estaba amueblado, pero aún necesitaba cosas. Pasaron tiempo hablando sobre lo que necesitaban y sobre dónde lo conseguirían. María le dijo que haría algunas. Le gustaba hacer ganchillo. Haría unos salvamanteles para el salón y una alfombra para el baño.

—Sabes —empezó María—, el próximo fin de semana tengo que ir al norte a la casa de mis padres. No he vuelto desde hace tiempo, pero el fin de semana siguiente estaré aquí de nuevo. Esto te dará algún tiempo para asentarte en tu nueva ciudad, para aprender más sobre Faro y, quizás, para hacer nuevos amigos; empezar a aprender portugués... En Portugal mucha gente habla inglés, sobre todo aquí, en un sitio turístico; sin embargo, si quieres vivir aquí, tendrás que aprender el idioma. Así será más fácil. Y, claro —continuó—, mientras estoy en casa de mis padres, podremos hablar por las tardes por el ordenador. Así que asegúrate de que lo primero que hagas cuando te mudes al apartamento sea ir a la tienda de Vodafone o de cualquier otro proveedor para hacerte con un *router* y tener acceso a Internet. Normalmente suelen tardar un par de días o tres en venir a instalarlo.

—Sí, eso es más importante —dijo Michael—. Tener Internet es esencial para mí. No puedo trabajar sin él. Hago todo mi trabajo online.

Después de terminar de cenar y de hablar sobre el apartamento, se quedaron sentados tranquilamente, degustando sus vinos, con los brazos sobre la mesa, dados de la mano y mirándose el uno al otro. De nuevo había sido un fin de semana apasionante para los dos. Eran los primeros días de marzo. Por un momento Michael se visionó los primeros días de marzo de hacía ya dos años, cuando llegó a Nueva York desde Bucarest. Fueron unos días para olvidar. Ahora estaba sentado junto a una joven mujer maravillosa, pasándolo bien y no quería que esos pensamientos le vinieran a la cabeza.

—¿Te he dicho ya que eres preciosa, María?

—No, no lo soy. Soy una chica del montón. Es solo que me miras con buenos ojos. Estás enamorado y, cuando uno se enamora, la mente está dominada por el corazón. Así que solo ves lo que tu corazón quiere que veas —le dijo María y sonrió—. De todas formas, muchas gracias por el cumplido. Siempre da gusto recibirlos. Espero que no dejes de decírmelo.

—Así es como yo lo veo. Nuestros ojos cumplen órdenes de dos maestros, nuestra alma y nuestra mente —comenzó a decir Michael—. Nuestras almas ven mucho más allá de lo que nuestra mente puede ver. A menudo sentimos aquello que está más allá de nosotros antes de que podamos percibirlo físicamente. Nuestra alma ve más allá de nuestra mente. De ahí viene la antigua expresión que todo el mundo conoce «los ojos son el reflejo del alma». Siempre he pensado que era cierto; sin embargo, de alguna manera, cada vez que te miro a los ojos veo reflejada mi alma, María, no la tuya. Y no sé qué pensar. Parece incluso que tu alma ha capturado a la mía y que la única forma de conectar con ella es a través de ti. Es un sentimiento muy extraño».

María se inclinó hacia la mesa, acarició la mejilla y los labios de Michael y suspiró.

—Te quiero, Michael. Toda mi vida he estado viéndote en mis sueños. Pensé que se quedaría todo ahí. En las pocas relaciones que he tenido siempre he pensado que los hombres con los que he estado eran los hombres de mi vida. Pero siempre ha sido un desastre y una decepción. Siempre he pensado que no era una persona normal. Que había algo en mí diferente. Algo que no pertenecía a este mundo. Así que decidí quedarme sola y estar con mi hombre solo en mis sueños. Y me gusta mi soledad. La disfruto. Y entonces, apareciste tú. Y te quiero, pero aún tengo dudas. Sigo teniendo miedo a que todo lo que está pasando entre nosotros sea parte de mi sueño, ¿estoy todavía soñando?, ¿voy a despertarme algún día y estaré en mi vida real sin ti? Como si nunca hubiera existido. Como si simplemente fueras mi hombre virtual de mi mundo *online*.

—Es interesante que hables de eso. He pensado a menudo en cómo nos conocimos. La vida está llena de sorpresas —dijo Michael—. Casi todo el mundo tiene al menos una historia poco común que contar. Conocer a alguien por Internet en el mundo de las redes sociales y enamorarte de alguien a quién nunca has visto en persona no es nada común. Puede que lo sea para los demás, pero para mí no lo es. He luchado con mis sentimientos intentando saber cuánto había de real en todo esto. Qué proporción era un simple sueño. ¿Es posible que todo fuera un juego entre dos personas que están solas? ¿Será esa mujer la mujer que yo realmente quiero, o será el producto de mi imaginación y de mi deseo de amar y ser amado? Me preguntaba si sería capaz de hacer mi sueño realidad o si todo acabaría en desilusión y tragedia, pero ahora, cuando te he conocido, María, sé que eres real y que eres la persona que estaba destinado a encontrar. Así que necesito decirte algo muy importante y que quiero que recuerdes para siempre —Michael cogió las manos de María y continuó—. Sé que aún tienes dudas sobre mí y sobre tus sentimientos. Sé que amas tu independencia y tu soledad. Además, sé que tienes tus cosillas con tus padres. Tienes miedo a su desaprobación; sé que nunca irás a contarles que tienes una relación con un hombre que es veintidós años mayor que tú. No te estoy pidiendo eso. Solo te pido que me quieras como solo tú sabes. Tu amor es tan puro, tan profundo, tan universal, un amor expreso hacia toda la creación, un amor que, dirigido hacia una sola persona parece que limita los sentimientos de uno. Un amor que parece que resta la libertad de quién realmente eres. Entiendo todo lo que me dices. Buscabas un hombre que entendiera y amara de la misma forma que tú y que no te pidiese lo que no lo puedes dar. Creo que yo soy ese hombre, María. No te estoy pidiendo ningún tipo de compromiso, pero prometo entregarte mi alma, mi corazón y mi cuerpo. Serán solo para ti. Te prometo amor incondicional para toda la vida. Y no pido nada a cambio. Solo que me permitas estar cerca de ti. Lo necesito. Nunca dejaré de quererte. Y si dejas alguna vez de amarme como pareja, permíteme seguir siendo tu amigo, tu mejor amigo. No te presionaré para que vivas ni te cases conmigo, pero si alguna vez decides que ese es tu deseo, yo siempre estaré esperándote, todos y cada uno de los días de mi vida.

—Pero Michael, no me prometas eso. Yo aún no puedo prometerte nada. No es justo para ti.

—No, esta es mi promesa y nada la cambiará. Tú no tienes que prometerme nada.

Después de cenar cogieron la bolsa de María del hotel y caminaron hacia la estación de tren. María la dejó en el asiento del tren y salió para despedirse de Michael.

—Llámame cuando llegues a casa —dijo Michael—. Conectaré mi portátil al wifi del hotel para que podamos hablar por Skype esta noche si quieres.

—Sí, me encantaría. Te llamaré a las siete de la tarde— contestó María.

Se abrazaron y se dijeron te quiero. María volvió al tren. Se sentó al lado de la ventana y tiró un beso a Michael. Él se lo devolvió. El tren marchó.

El lunes por la mañana Michael se despertó temprano. Eran las seis de la mañana. Solo había dormido dos horas ya que había estado hablando con María hasta las cuatro de la madrugada. «Debe de estar muy cansada», pensó Michael.

Aunque estaba entusiasmado con la idea del apartamento y la reunión con el propietario, aún estaba preocupado. No conocía los procedimientos para alquilar en Portugal. Lo que sí sabía es que como se pareciese en algo a Nueva York, tendría un problema. Su tarjeta de crédito no funcionaba, no podía dar ningún tipo de referencia bancaria porque trabajaba por su cuenta y, además, solo tenía dinero para el primer mes de alquiler y un mes de depósito. La reunión era a las nueve así que tenía que prepararse.

Se puso uno de los dos trajes que se había traído de Nueva York, una bonita camisa y una corbata. Quería causar buena impresión. Dar la sensación de ser un profesional y una persona seria.

El apartamento situado en el ático se emplazaba en la Rue Capitáo Jose Vieira Branco Nº. 16, en el centro de Faro. Era un piso grande de una habitación, en un edificio bien cuidado de siete plantas. Tenía una sala de estar con una zona comedor, una cocina espaciosa y una gran terraza que daba al sur, con vistas al puerto y al mar. A Michael le gustaba la idea de que estuviera en el séptimo piso. El número siete simbolizaba la creación de Dios. Desde la ventana del comedor, que daba a la parte norte, se veían las colinas y las montañas que rodeaban Faro.

Michael se reunió con el propietario exactamente a las nueve en el apartamento. El propietario era un señor portugués, mayor y de trato fácil, que no hablaba inglés pero entendía un poco. De una forma o de otra, consiguieron comunicarse. Solamente le pidió el primer mes de alquiler y un depósito. No pidió ningún tipo de documento ni de referencia bancaria. Le enseñó el apartamento, le explicó cómo iba el tema de las facturas de la luz y del agua caliente, le dio las llaves, cogió el dinero y se marchó.

Michael permaneció en el apartamento. No se lo podría creer. Había sido tan fácil. Tenía ya un apartamento en Faro. Y ya podría estar con María. Era el hombre más feliz del mundo. Caminó por el apartamento mirando a la cama, a los armarios, a las vitrinas de la cocina, al baño, al recibidor y a la terraza. Necesitaba algunas cosas como sábanas, almohadas y toallas, pero, aparte de eso, de los artículos de aseo personal y la comida, todo lo demás estaba. «Me apañaré hasta final de mes», pensó. «Y, con un poco de suerte, haré un proyecto o dos antes de final de mes para poder vivir».

Volvió al hotel, hizo el equipaje, pagó, dejó todo cerrado en recepción y volvió al apartamento. Se pasó toda la tarde comprando. Al final de la tarde ya tenía todo lo que necesitaba.

Quería celebrarlo, así que se compró una botella de vino. Estaba de pie en la terraza, mirando a las luces de la ciudad y al reflejo de la luna en el mar, a lo lejos. El cielo era inmenso y estaba lleno de estrellas. Parecían estar muy cerca.

Saboreaba su vino pensando en lo afortunado que era. Su mudanza a Faro había sido muy fácil. Si no hubiera tenido que ser así, si no estuviera haciendo lo correcto, no habría sido todo tan fácil. «Dios está de mi lado», pensó. El universo entero estaba con él.

No tenía Internet todavía, así que no podría hablar por ahí con María, aunque se pasaron un tiempo hablando por teléfono. No se quedó dormido hasta muy tarde porque estaba muy nervioso. Se terminó la botella de vino y, por fin, sobre las dos de la madrugada, se fue a la cama. A su propia cama en su propio apartamento.

A la mañana siguiente, Michael fue a una tienda de Vodafone para tener Internet. Obtener un contrato de Internet fue también fácil y tampoco le costó mucho. Le dijeron que a finales de la semana irían a instalarle el *router*.

Las dos semanas siguientes las pasó en el apartamento, instalándose. La gente de Vodafone acudió en la fecha indicada, así que ya tenía Internet y teléfono.

El 14 de marzo era el cumpleaños de Michael. Era viernes y venía María. Le hizo una tarjeta de felicitación en la que escribió: «Michael, el hombre que tiene las llaves, mi Rey. Te quiero para toda la vida». Le dio su cuaderno con sus poemas y dibujos. Él estaba inmensamente feliz.

—Me quedaré este cuaderno y lo guardaré para siempre. Este es el regalo con más valor que alguien me ha dado el día de mi cumpleaños.

El fin de semana siguiente, María vino de nuevo. Casi no salieron. Pasaron los días colocando cosas en el apartamento, cocinando, comiendo y hablando. Las noches las pasaban haciendo el amor.

Antes de que se fuera el domingo por la tarde, cocinó una sopa para Michael, para que tuviera para varios días, limpió el baño y le planchó algunas camisas. Michael no se lo pidió, pero María quería cuidar de él. Michael pensaba que era muy dulce. No se acordaba de la última vez que alguien le había planchado las camisas. Dejó también algo de ropa y de artículos de aseo personal, para no tener que llevárselas cada vez que iba. A Michael también le gustaba eso. «Se sentía cómoda, se mudaría pronto», pensaba. Eso era lo que esperaba.

El trabajo de Michael iba bien. Consiguió un proyecto para diseñar una página web desde Nueva York. Ganaría el dinero suficiente para vivir durante los próximos tres meses. El tiempo pasaba y Michael se pasaba los días de la semana trabajando. Colocó los muebles del comedor de forma que parecía una oficina. Le gustaba la sensación de estar en un lugar de trabajo. Por las tardes, cuando ya caía el sol, se daba largos paseos por Faro, hacia el puerto marítimo, por la fortaleza y volvía al centro donde podría disfrutar de un rato en una de las cafeterías con terraza, tomando un café y viendo a la gente pasar. La gente de las tiendas locales y de las cafeterías empezaron a reconocerle como cliente habitual y le saludaban. Se hizo amigo de dos vecinos del edificio y del propietario de la librería local. De vez en cuando se tomaba con ellos un café.

María le visitaba los fines de semana. Los viernes por la tarde Michael limpiaba la casa, compraba comida para el fin de semana e iba a la estación de tren a recoger a María. Preparaba cena para los viernes por la noche y María cocinaba los sábados. Para Michael, estar con María los fines de semana era como estar en el paraíso. Todo era perfecto. María se sentía como Michael. Disfrutaban de su compañía. De hacer el amor. Disfrutaban hablando. Cada momento juntos era precioso. Daba la sensación de no tener bastante con el fin de semana. Durante la semana continuaban con su rutina, pasaban horas online hablando hasta bien entrada la noche.

Michael deseaba muchísimo vivir con María. Sabía que ese pensamiento aún no estaba en su mente. Llevaba viviendo mucho tiempo sola y se había acostumbrado. Aún tenía miedo del rechazo de sus padres y no quería enfrentarse a ellos con algo que no les gustaría. Michael lo sabía, pero pensaba que la necesidad de estar con él aumentaría a medida que pasara el tiempo y quería esperar. También deseaba que se quedase embarazada. Algo así cambiaría las cosas y les permitiría ir en la dirección que querían. Cada vez que hacían el amor, acababa dentro. Ella siempre le hacía el mismo comentario: «Michael, otra vez has vuelto a no tener cuidado». Michael simplemente sonreía y la miraba con inocencia, como si fuera un niño que acababa de romper un vaso y que pretende aparentar que no ha sido él, sino otra persona.

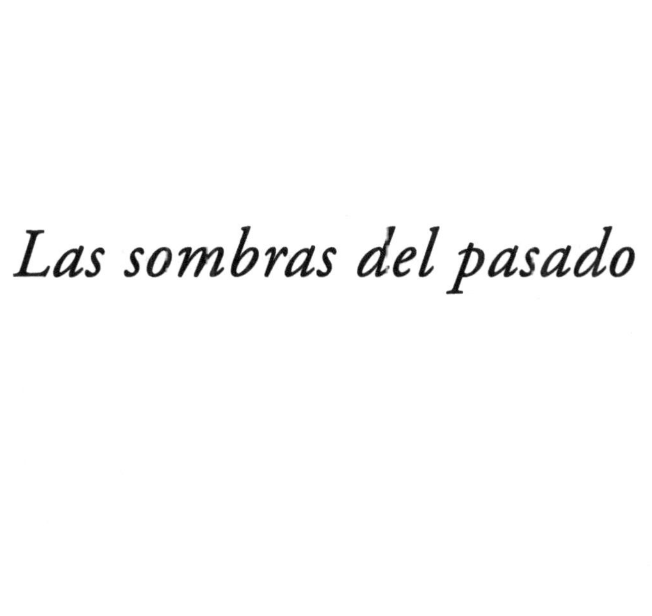

Las sombras del pasado

XXXII

Los primeros tres meses en Faro pasaron muy rápido para Michael. Hacía buen tiempo, la gente que había a su alrededor era agradable y María estaba con él cada fin de semana. Todo parecía perfecto. Michael y María eran felices, pero con el mes de junio llegaron las preocupaciones. Después de tener el proyecto del diseño de la página web ya acabado, no llegaba ninguna otra oferta. Michael llamó a muchas empresas de Nueva York para ofrecerse como autónomo, pero no tenían trabajo que darle. Sospechaba que el hecho de estar en Faro y no en Nueva York era el motivo de perder trabajos. La mayoría de los clientes eran pastores e iglesias afiliadas a la asociación de ayuda a las personas sin hogar The Bowery Mission. Cuando estaba en Nueva York, solía ir a las oficinas de sus clientes, recogía sus proyectos, trabajaba desde casa y los mandaba. Él no elegía los proyectos. Aceptaba todo, desde dar forma a un libro, hasta sus portadas, su corrección, el diseño de páginas web o el registro de los derechos de autor. Una vez acabado el proyecto, volvía a las oficinas de sus clientes para analizarlo con ellos. A pesar de que su trabajo era online, le gustaba el contacto cercano con el cliente y funcionaba. Le daba más trabajo. Sabía cómo hablar a la gente y ahora no podía hacerlo. Estaba en Faro. ¿Era posible que la distancia jugara un punto en su contra para no ganar más proyectos? Dependía a toda costa del trabajo procedente de Nueva York. Sabía que le sería muy complicado obtener trabajo en Portugal. No conocía el idioma y no ponía demasiado de su parte para aprenderlo. Hablaba inglés con María y casi todo el mundo que le rodeaba chapurreaba inglés. Por otro lado, Portugal estaba en crisis y no había muchas oportunidades de trabajo. Además, no sabría dónde ir a buscar trabajo si tuviera que hacerlo. Y no solo eso, sino que estaba en Portugal con un visado de turista, por lo que no tenía derecho a trabajar.

A pesar de todo, Michael pensaba que se trataba de un momento malo, que vendrían nuevos proyectos. Acababa de pagar el alquiler del mes de junio y las facturas y le quedaba algo de dinero para mantenerse un par de semanas. «Entretanto algo llegará», pensó.

Pasaron tres semanas. En una semana Michael tendría que pagar el alquiler y no tenía dinero ni para comprar tabaco. María llegó el viernes, como siempre. Michael la esperaba en la estación. De camino a casa estuvo callado. Sabía que debía contarle a María su situación económica, pero no sabía cómo. Lo dijera como lo dijese, sabía que sonaría mal. Quería mantener con María la imagen de un hombre de bien independiente, no de un autónomo en apuros que hace dos años estaba viviendo en un albergue para personas sin hogar.

—Michael, ¿por qué estás tan callado?, ¿estás cansado?, ¿ocurre algo?—preguntaba María mientras caminaban a casa desde la estación.

—Oh, nada importante. Mi trabajo. Está bajando. Me preocupan mis ingresos. Eso es todo. Quizás sea por el verano. Normalmente en verano baja el trabajo. Es normal. No te preocupes. Sí. Supongo que será el verano—dijo Michael.

—Pero, ¿tienes dinero para pasar el verano, no?—preguntó María.

—Mmm... no estoy seguro —dijo Michael y enseguida añadió—, pero no te preocupes, tendré cuidado. No es la primera vez.

María paró de caminar y miró a Michael con sorpresa.

—¿Qué quieres decir con que no estás seguro? ¿Tienes dinero para pagar el alquiler y comer el mes que viene?

—Bueno, no exactamente...

—¡No exactamente! Michael, viniste a Faro hace tres meses con la idea de quedarte a vivir aquí. Deberías haber venido con dinero para al menos vivir seis meses, sino más y, tres meses después ya no tienes para pagar el alquiler ¿Qué tipo de hombre haría algo así?

—María, las cosas no siempre salen como quieres, pero ese no es tu problema. Tú no tienes que preocuparte. Lo arreglaré.

No hablaron más de esto durante todo el fin de semana. Lo pasaron bien y el domingo por la noche Michael la llevó a la estación de tren.

El lunes por la mañana Michael miró a su bodega y al frigorífico. Casi no quedaba nada. «Tengo que hacer algo», pensó. Pensó en vender su cámara. Meses antes había comprado una cámara Canon en Nueva York. Era una pieza muy útil que Michael empleaba para sus trabajos de diseño gráfico. Si conseguía venderla, conseguiría al menos doscientos o trescientos euros. Eso ayudaría. Caminó por Faro buscando tiendas de compra-venta de equipamiento electrónico. Encontró dos. Entró, pero no estaban interesados en comprarla. Fue un duro golpe. Michael estaba seguro de que podría venderla.

El viernes siguiente María estaba de vuelta en Faro. Michael no tenía ni comida en la casa, ni dinero para pasar el fin de semana. No tenía nada. De camino a casa pararon en un supermercado. María compró todo lo que necesitaban para el fin de semana y algo de comida para que Michael pasara la próxima semana.

—¿Y qué vas a hacer con el alquiler?—le preguntó cuando entraban al apartamento.

—El propietario vendrá el lunes a por el dinero. Estaba pensando en llamarle para pedirle unos días más, pero esperaré a que venga el lunes y hablaré con él en persona. Creo que es mejor.

—¿Unos días? ¿Así que piensas que pronto ganarás algo?

—Sí, creo que sí—contestó Michael. Mentía. No esperaba recibir dinero de ninguna parte, pero no quería que lo supiera.

—Todavía no puedo entender cómo has podido llegar a estar así. En toda mi vida, nunca he llegado tarde a pagar nada, ni he dejado de hacerlo. Odio a la gente que hace eso. Creo que es muy irresponsable.

—María, hay veces en la vida en las que surgen circunstancias que uno no puede controlar. Las cosas pasan. Pueden pasarle a todo el mundo.

—Sí. Pero uno puede planear las cosas en la vida. Hacer planes. Prepararse para problemas que puedan surgir. Te mudaste a Portugal, dejaste todo lo que tenías en Nueva York y, después de tres meses ya no tienes dinero. Eso no es un buen plan.

—El único objetivo que tenía antes de venir aquí era estar contigo lo antes posible, María. Sí, podría haber planeado venirme más tranquilamente, con todo más hilado, pero eso significaba quedarme más tiempo en Nueva York para ahorrar lo suficiente, y yo no quería eso. No puedes culparme por querer estar contigo.

—No te culpo, Michael. Quiero que vivas sin problemas como hace la gente normal. Tengo miedo de que hayas corrido demasiado al tomar tus decisiones. Si las cosas no salen bien aquí, me sentiré responsable. No quiero ser responsable de esto, Michael. Ya te lo he dicho.

—No, no tienes que sentirte responsable. Sabía todos los riesgos que corría al venirme aquí, y lo hice conscientemente. Lo que pienso, María, es que por estar contigo vale la pena arriesgarlo todo. Así que no te culpes de nada. No soy un niño. Sabía lo que estaba haciendo cuando me subí al avión. Y de nuevo tengo que decirte que no te agobies con esto. Es un pequeño problema y lo controlaré. Ya he estado antes en apuros y siempre he conseguido salir. No será diferente.

—¿Qué tipo de apuros?—preguntó María.

Michael no contestó. Giró la cabeza hacia el otro lado intentando hacerla ver que no había oído la pregunta.

—Sabes, hemos hablado durante meses todos los días, todo el día, pero nunca me contaste demasiado de tu pasado. Aparte de que estuvieras casado tres veces y de que tuvieras tres niñas, no sé nada más ¿Hay algo que deba saber?

Michael la miró. Siempre había querido ser totalmente sincero con esta mujer. Nunca había sido completamente honesto con nadie en su vida. Ya había empezado a mentirla. Y no le gustaba. «Debo parar con esto antes de que sea demasiado tarde y contarle a María la verdad. Se lo merece. Es la mujer que amo», pensó Michael.

—Vale. Creo que tienes razón. No te he contado demasiado sobre mi pasado. No porque quiera esconderte algo, sino porque no estoy muy orgulloso. Te lo contaré. Lo único que te pido es que no me juzgues. Algún día entenderás que todo lo que hice en mi vida está, de alguna manera, conectado a ti.

—¿A mí? ¿Por qué a mí? Nos conocimos hace seis meses— dijo María con voz de sorpresa.

—Sí. Pero cuando pienso en mi vida, en mis casi cincuenta años, puedo ver la forma y las conexiones, la causa y el efecto de todo lo que me ha pasado. Y todo apunta en una dirección: Encontrar a María. Y, finalmente, te encontré. Me gustaría haberte encontrado cuando tenía veinticinco, pero no ocurrió.

—Ja, ja, ja, menos mal —dijo María bromeando—, hubiera tenido cinco años, y te habrían acusado de pedofilia.

—No, no quiero decir eso. Me refiero a que me gustaría que la diferencia de edad fuera menor entre nosotros. De todas formas, te diré todo lo que debes saber sobre tu hombre.

Así que Michael le contó a María todo sobre su vida: sus negocios, la historia de Bucarest, la inversiones fallidas y las deudas, los conflictos que tuvo con algunos masones en Nueva York y el tiempo que pasó en Bowery Mission. Pensaba que cuánto más supiera ella sobre su pasado, mejor entendería los problemas que tenía. No quería que pensara que era un hombre deshonesto, estafador o un ladrón. Él se veía como una víctima de una serie de circunstancias que no había podido controlar. Claro, que eso no significaba que no fuera responsable de sus problemas. Su costumbre de salir corriendo cada vez que se enfrentaba a alguna dificultad, se había puesto finalmente en su contra y no podía entender por qué la gente a la que dejaba tirada sin explicación, se enfadaba y, algunos incluso se vengaban.

Cuantas más cosas le decía, más preguntas le hacía. No le importaba contarla todo. Antes de María, nunca había compartido nada con nadie. Incluso cuando estaba casado, nunca había compartido sus problemas con sus mujeres. Ahora sentía que quería compartirlo todo con ella, con María. No quería guardarse ningún secreto. Al final, todas las historias que la había contado parecían no pintar muy bien.

María estaba preocupada Y Michael sentía que la historia de su vida podría ser demasiado para ella.

—Debes volver a Nueva York, Michael. Ganar dinero y resolver tus problemas. Te quiero y no quiero que te pase nada malo. Y no tienes que preocuparte por mí. Estaré aquí esperándote.

Michael no quería dar muchos más detalles.

—No, María. No voy a volver. No tengo donde ir. Faro es mi hogar ahora. Te prometí que estaría a tu lado para siempre. Pase lo que pase, mantendré mi promesa. Es una situación complicada, pero podré solucionarla. Siempre lo hago. Ahora, también lo haré.

Michael estaba preocupado y enfadado consigo mismo. María era una persona sincera y responsable. Ella siempre cumplía con sus obligaciones, nunca había vivido por encima de sus posibilidades y nunca le había pedido dinero prestado a nadie. Michael sabía que para ella sería difícil entender todo lo que había pasado, por muchas horas que pasara explicándoselo. Le preocupaba que le viera como un hombre irresponsable y deshonesto. Para Michael, lo peor de todo es que él mismo sabía que, en muchos sentidos, lo era. A veces se veía como un elefante entrando a una tienda y acabando con todo lo que encontraba en su camino; el elefante esperaba que la gente no se enfadase por los daños causados, si no que admirase su fortaleza y aguante.

La realidad es que Michael era un hombre arrogante y egoísta. Nunca había sentido respeto por nada ni por nadie. Hiciera lo que hiciese, nunca estaba feliz, siempre le faltaba algo que le hacía dejar todo atrás y desaparecer sin saber por qué; sin embargo, siempre tenía un sentimiento extraño de que todo lo que ocurría tenía que pasar, como si estuviera predestinado a ello, como si estuviera pagando por los errores cometidos en su vida anterior. No se veía como un mal hombre. Era un hombre inteligente con muchos talentos. Todo lo que hacía en la vida tenía buenas intenciones. Nunca pensaba en herir, decepcionar o engañar a nadie pero, de alguna manera, siempre lo hacía. Incluso los pequeños errores que cometía se convertían en grandes problemas por ignorarlos.

Desde que tuvo aquel extraño sueño, supo que había una razón para que todo esto le estuviera pasando. Se arrepentía de todo hasta que había conocido a María. Por fin pensaba haber encontrado la razón de su existencia. No sabía exactamente qué era, pero cada conexión con ella parecía perfecta. Se volvió un hombre distinto. Un hombre con alma.

Ahora estaba enfadado porque no quería que su pasado ensuciara su relación. Era una carga que no quería que María soportara. Quería que sintiera su amor profundo y su compromiso, quería que supiera lo que era para ella y no lo que había sido para otros. Pensaba que el ritmo de los acontecimientos no podía ser peor. A pesar de todo esperaba que ella lo entendiera. Realmente le quería. Compartían sueños únicos. El amor que sentían el uno por el otro estaba por encima de cualquier cosa sobre la faz de la tierra. María parecía triste durante todo el fin de semana. Michael sabía que estaba preocupada por su pasado, pero esperaba que se le pasara. Antes de dejar a María el sábado por la noche, le dio cuarenta euros.

—Lo necesitarás para tabaco antes de que llegue tu dinero—dijo ella.

Michael no lo rechazó.

El lunes llegó el propietario a recoger el dinero del alquiler. Michael se inventó una historia sobre algo de dinero que estaba parado, esperando a ser transferido desde los Estados Unidos, y pidió al propietario que le diera una semana o dos hasta que se solucionase el problema. El propietario aceptó.

Michael se pasó toda la semana intentando buscar una solución. Nada. El jueves Michael se fue a tomar un café con su vecino Francisco. A Francisco le encantaba la fotografía y tenía pasión por las cámaras.

—Francisco, ¿estaría interesado en comprar mi Canon? Está ahí parada y no la uso mucho, así que estoy pensando en venderla. Se la dejo en un buen precio—dijo Michael.

—No, no me interesa. Tengo tres. Gracias. Pero, ¿por qué la vendes?, ¿necesitas dinero?—le preguntó Francisco.

—Sí, estoy algo escaso. Parte de mi dinero está en el banco parado, y estoy esperando a que me lo transfieran.

—¿Cuánto necesitas? Quizás pueda ayudarte.

La oferta de su vecino sorprendió a Michael.

—No lo sé. ¿Cuatrocientos euros, quizás? Para mantenerme hasta que llegue mi dinero.

—Sin problema, Michael. Aquí lo tienes.

Francisco metió la mano en su bolsillo, sacó un fajo de billetes, contó ocho de cincuenta y se los dio a Michael.

—Siempre llevo dinero encima. No me gustan mucho los cajeros.

Michael llamó de inmediato a su casero para que recogiera el dinero del alquiler. Con este préstamo ganó algo de tiempo para solucionar sus problemas. «Dios está a mi lado de nuevo. Quizás llegue pronto un nuevo proyecto», pensó.

Michael no iba a decirle nada a María sobre el alquiler hasta que no llegara el viernes. Y, por supuesto, no iba a contarla que había pedido dinero prestado. Le quedaban cincuenta euros para comida e iba a preparar un bonito fin de semana.

Se pasó la tarde del viernes comprando comida y limpiando la casa, como solía hacer antes de que ella llegara. Entonces, sobre las cinco le llamó.

—Michael, no puedo ir este fin de semana. Tengo trabajo en casa y debo hacer la colada. Tengo muchísima ropa acumulada, pero bueno, podemos hablar online de todos modos. Espero que no te importe.

Michael recordaba que María le había dicho que no podría ir a Faro todos los fines de semana y no esperaba eso; sin embargo, durante los últimos tres meses, desde que se había trasladado a Faro, María había pasado con él todos. De alguna manera sentía que su decisión tenía algo que ver con los problemas que tenía. Había estado pensando en que quizás había cometido un error al contarla todo, pero quería ser honesto con ella y no guardarla ningún secreto. Era una mujer a la que amaba de forma incondicional y creía que ella sentía lo mismo.

Michael estaba en lo cierto. María se pasó los días siguientes buscando en Internet referencias que tuvieran que ver con Michael. Google se le daba bien y sabía dónde buscar la información que Michael la había dado. Pronto dio con varios comentarios que algunos masones habían escrito en algunos blogs y páginas web. Eran casi todos parecidos. Se referían a Michael como un charlatán y un estafador. Sabía que todo no era o blanco o negro y que la historia completa era mucho más que eso, pero no le gustó lo que encontró sobre Michael. Incluso las críticas a sus libros tenían mal fondo. Era obvio que estaban escritas por personas que no querían escribir sobre sus libros, si no difamarle. Encontró dos críticas escritas por el mismo hombre sobre uno de los libros de Michael que eran totalmente distintas. En la primera, el hombre solo tenía elogios, tanto para el libro como para el autor. En la segunda, escrita hacía un par de años, afirmaba que Michael no sabía nada sobre lo que escribía. Estaba claro que la crítica se había escrito con intención de hacerle daño. No sabía qué pensar. De golpe y porrazo todo lo que rodeaba a Michael era tan alarmante... Cada vez encontraba algo nuevo y llamaba a Michael para escuchar su explicación. Siempre que esto ocurría, Michael la hablaba de circunstancias malas y del destino, sin aceptar ninguna culpa. No lo podía entender. En su sueño, el hombre del que estaba enamorada tenía puros el corazón y el alma, era honesto, fuerte y responsable. Su nombre no tenía ni una mancha. Un hombre que quería a todo lo que le rodeaba y, Michael parecía ser ese hombre. No podía creer que se hubiera equivocado, pero su pasado estaba lleno de mentiras, decepciones y conflictos con los demás. Su nombre estaba manchado. ¿Era posible que también la estuviera engañando a ella? ¿Era realmente ese el mismo Michael con el que había pasado fines y fines de semana y horas infinitas *online*?

Ella siempre había querido tener una vida completa con sentido; la que había vivido hasta ahora la había hecho sentirse como una persona repulsiva e indiferente. El rechazar la uniformidad y el compromiso hacía que el hecho de que las personas amoldaran su vida y costumbres para unirse con otros, le resultara un fenómeno extraño. «Es el prototipo de degradación y manipulación del alma de cada uno», pensaba. Era una imagen retorcida de la amabilidad y la unidad intentando representar a la felicidad. Ella no quería formar parte de eso. No quería una vida de experiencias comunes. Era como una película. Un espectáculo distante e inalcanzable. No sabía si algún día estaría preparada para eso.

Así que, durante años, vivió huyendo de sus verdaderas necesidades. Para ella, ese tipo de vida, ese afloramiento de sentimientos, no era más que el eco de la ansiedad y la adversidad, tonterías y locuras. Lo negaba y lo rechazaba todo como si se tratara de apariciones monstruosas que intentaban perturbar su imagen. Deshacerse de ellos significaba despertar la chispa del deseo por cambiar. El cambio constante. Esto era lo único que la había hecho sentirse ella misma.

Después de buscar y buscar en su mente, había finalmente encontrado la paz consigo misma. Aprendió a disfrutar de su soledad. Aún así la acompañaban, incluso cuando se sentía plenamente satisfecha, una serie de sueños, alucinaciones sin sentido y de energías confusas. Había compartido ya con ellas intimidades y parecía buscar en las creaciones de sus sueños el consuelo de su mente. En sus sueños nunca estaba sola y estos siempre servían a sus deseos fielmente y de tal forma que nunca dejaba de sentirse cómoda. Mandaban un mensaje muy claro a todo el mundo diciendo que era su propio sueño. O, al menos, lo era hasta que conoció a Michael.

Entonces, un cúmulo inesperado de pensamientos sobre Michael se apoderaron de ella. ¿Quién era? ¿Quién le había dado el derecho de interrumpir sus sueños? Sus pensamientos eran como una armada invencible de bandoleros y enemigos de su sentido común. Armados con engaño y astucia, artistas del fraude y dirigentes indiscutibles de la manipulación reforzados con el deseo de acceder a sus sueños y de colocar a Michael allí como si fuera la única solución para su destino ¿Cómo había podido llegar tan lejos?

Parecía saber todo sobre ella. Era como el reflejo de su yo masculino; sin embargo ella aún no estaba preparada para aceptarle como su otra mitad. Su mundo de sueños no era más que eso, sueños. Y él quería sacarles de allí y materializarlo todo, el tiempo y el espacio ¡Qué valor! ¡Qué locura! O es que era mucho más soñador que ella, o es que era un jugador imprudente de un juego llamado vida. La había hecho sentirse feliz y completa, pero la idea de conseguirlo en el mundo real era un pensamiento demasiado alarmante y peligroso. Ya podía sentir la pérdida de su ser, el colapso del poder de su imaginación. Se estaba asfixiando con su propio amor por ese hombre especial.

Aunque la conversión de sus sueños en realidad fuese posible, su día a día era demasiado común como para encajar en ese tan glorioso sueño. Alguna de las dos vidas colapsaría. De algún modo le gustaba su vida. Claro que no tenía nada que ver con sus sueños, pero la hacía sentirse segura y en control de la situación. Nunca había dejado de sentirse niña y la relación con su familia era uno de los principales motivos por los que se sentía parte del círculo de la existencia. No quería perder esa relación. Por nada del mundo.

Michael lo sabía. Aún así, tenía muy clara su ambición. Claro que conocía los obstáculos que tendrían que sobrepasar, pero él seguía creyendo en su sueño. «Después de todo, también era el sueño de María», pensaba Michael. Ella le había dejado pasar y le había dado todo. Ella le había permitido encontrarla. Él la amaba por eso. La amó eternamente; sin embargo, pensaba que el mundo en el que vivía nunca le dejaría llegar mucho más lejos sin sus sueños. Todo era un sueño y el sueño se había hecho realidad.

Pasó otro fin de semana y María no acudió a Faro. Se pasó largas horas hablando con Michael *online* durante todo el fin de semana. Esta vez no le dijo por qué no iba. Michael no preguntó.

Una semana más. Michael notó que durante esa semana María evitaba que coincidieran online. Hablaron solo un par de veces durante unos minutos. Ella le preguntaba que qué tal estaba y luego se quedaba callada. Michael la preguntaba si iba todo bien.

—¿Qué te ocurre, María?

La respuesta de María era corta: —Nada.

Y se quedaba callada de nuevo. Michael sabía que María estaba pensando en su relación y quería darla tiempo. No quería molestarla. El viernes siguiente María no habló a Michael, así que pensó que no vendría; sin embargo, a las siete de la tarde el teléfono sonó.

—Estoy en la estación de tren de Portimao. Me estoy subiendo al tren. Estaré en Faro a la hora de siempre. Espérame en la estación, por favor.

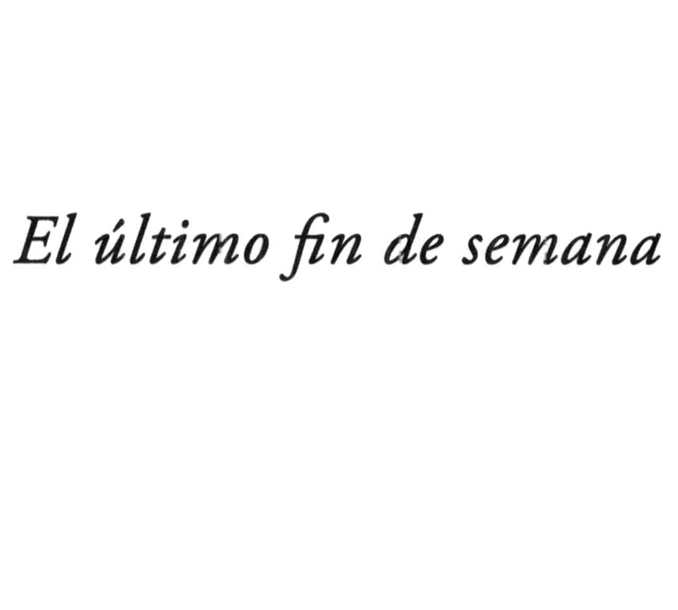

El último fin de semana

XXXIII

Michael estaba en la estación justo cuando llegó el tren. María bajaba. No parecía muy feliz. Caminaron hacia el apartamento y, por el camino, no dijo ni una palabra. Cuando llegaron, dejó su bolsa en la habitación y se fue a la terraza. Michael trajo dos vasos de vino y se colocó a su lado.

—Michael. He venido para recoger mis cosas. No creo que esto funcione. Ha sido un error. Fue un error que vinieras a Faro. Toda mi vida he estado sola y estoy acostumbrada. Te quiero, pero para mí con soñar contigo es suficiente. Y no estoy segura de que seas el hombre de mi sueño. Estas sucio Michael. Tu nombre está manchado. No puedo vivir con eso.

Michael ya se esperaba que dijera algo así.

—María, vine a Faro a estar cerca de ti y te prometí amor eterno. Eso no cambiará nunca. No pido nada a cambio. Nunca lo he hecho, pero siento que mi alma está contigo y que necesito estar cerca de mi alma. Si no quieres tener una relación conmigo, es tu elección. Pero no rompas la conexión entre nosotros. Permíteme estar cerca. No como tu hombre, como tu amigo. Puedo ser tu mejor amigo. Ya soy tu mejor amigo y quiero estar siempre cerca de ti para lo que me necesites. Sin ninguna condición, María.

Miró a Michael, suspiró profundamente y añadió:

—Michael, no estoy segura de que podamos ser amigos. Ahora dices eso, pero siempre querrás tener una relación. No sé si esto funcionará.

—Sí, sí que lo hará. Te quiero, María, siempre lo haré y sé cómo ser tu amigo fiel.

Michael fue hacia el comedor y vino con unas cuantas hojas de papel en la mano.

—Mira, la semana pasada escribí una historia breve. Llevaba mucho tiempo sin escribir y la semana pasada me vino la inspiración. Me gustaría que la leyeras y me dijeras lo que piensas. La dio los papeles y empezó a leer.

«El barranco de Amo - La historia del último unicornio»

El unicornio es un ser legendario, descrito desde la antigüedad como un animal con apariencia de caballo y con un cuerno largo, puntiagudo y en forma de espiral, que sale desde su frente. Normalmente se ha hablado de él como una criatura salvaje, como el símbolo de la pureza y la independencia. Una criatura que solo una virgen podría capturar. En los tiempos antiguos se creía que su cuerno era capaz de convertir el agua mala en potable y de curar la enfermedad. Según cuenta la leyenda, hace muchos siglos había muchos unicornios habitando la tierra, pero poco a poco, el avance y la presión de la civilización humana hizo que desaparecieran.

En las montañas del sur de Portugal, en algún lugar dentro de la región de Alentejo había un barranco llamado «El barranco de Amo». Fue allí donde, según sus habitantes, vivió el último unicornio llamado Amo. Según cuenta la historia, realmente había dos unicornios. El macho, Amo, y la hembra, Ama, pero nadie pudo decirme lo que le ocurrió a Ama. Algunos creen que aún está por ahí, en algún lugar corriendo por los bosques y los prados. O, al menos, eso es lo que cuenta la leyenda.

Así es como sucedió la historia. Hace unos trescientos años había dos unicornios, los dos únicos que quedaban en el mundo. El macho se llamaba Amo y la hembra Ama. No se conocían entre ellos ya que habitaban tierras distintas, pero podían sentir su existencia. A menudo soñaban el uno con el otro y sentían un extraño deseo, como si se pertenecieran; sin embargo, la vida siguió y vivieron sus vidas por separado sin esperar nunca encontrarse.

Ama era un unicornio joven, feliz consigo misma, orgullosa de su independencia y libertad. A menudo miraba a otros animales preguntándose por qué dejaban que los humanos los utilizaran. No podía entenderlo. Disfrutaba de cada milésima de naturaleza que la rodeaba. Amaba las flores salvajes, los riachuelos de agua fría, los bosques profundos y misteriosos, el sonido del viento en los árboles y la música de los pájaros. Solo se sentía completa cuando corría entre las montañas y los valles. Ahí era cuando sentía la grandeza de la creación. Sabía que era una de las criaturas vivas más majestuosas y estaba orgullosa.

De vez en cuando los humanos la veían corriendo por ahí y admiraban su gracia y su belleza. Claro que, querían cazarla y domesticarla, pero ella nunca lo permitiría. Disfrutaba de la admiración que sentían hacia ella y la gustaba jugar. Disfrutaba con la atención que la prestaban. Así que a veces,

Ama dejaba a los humanos que se acercaran y la tocaran, manipulando sus sentidos hasta que podían sentir que era real y que no formaba parte de un sueño. Llegado el momento, se marchaba y les dejaba preguntándose qué había pasado. A menudo quedaban tristes por haber perdido la oportunidad de cazar a un animal tan preciado.

No estaba segura de lo que sentía por los humanos, pero lo que si sabía era que nunca quería perder su libertad ni cómo le hacía sentir corriendo sin rumbo fijo por tierra salvaje. Completa y feliz. Esa era ella y no quería cambiar. No, por nada del mundo.

Por otro lado, en el otro lado del mundo vivía Amo. Amo era totalmente diferente. Era un unicornio, al igual que Ama, al que le gustaban las mismas cosas y quien estaba también, orgulloso de su independencia y libertad.

Era un poco más mayor que Ama, pero seguía siendo un macho muy fuerte; sin embargo, el hecho de ser macho había provocado que tuviera la necesidad de medir su fortaleza y superioridad con otros animales. Siempre necesitaba un reconocimiento por ser quien era, sobre todo por parte de los humanos.

Ocasionalmente dejaba que le atraparan y les hacía creer que le habían cazado. Durante un tiempo trabajaba en sus campos, llevaba sus carruajes, corría en las carreras de caballos y hacía todo lo que le pedían, simplemente con el afán de mostrar su superioridad y su fuerza y de disfrutar de su admiración. Pero pronto se aburría y salía corriendo, dejando atrás mucho dolor. Tumbaba establos, rompía vallas, corría sobre los cultivos en los que había estado trabajando, arrancaba vides... siempre queriendo mostrar a los humanos que no se le podía utilizar.

Quería que pagaran por haber pensado que le habían capturado. Entonces volvía a correr libre por las tierras hasta la próxima vez que se dejaba atrapar.

Con el paso del tiempo, se corrió la voz de cómo se las gastaba Amo y un grupo de señores, muy enfadados, comenzaron una lucha por intentar cazarle y castigarle por el daño que siempre dejaba tras su rastro. Algunos incluso afirmaban que no era un unicornio real, que era un simple caballo salvaje que se merecía ser sacrificado. Para ellos los unicornios eran seres amables que nunca actuarían como él. A Amo no le importaban nada sus opiniones. Él sabía quién era y continuaba llevando la misma vida.

Después de muchos años, se cansó de ese juego y decidió asentarse en un lugar en el que no le conociera nadie, en un sitio diferente en el que pudiera evitar a los humanos para siempre. Y así fue. Vino a las montañas de Alentejo, sin saber que estaba trasladándose al lugar en el que habitaba Ama.

Una mañana, estando de pie en una gran cresta disfrutando del calor del sol de la mañana, vio a alguien en la distancia corriendo por el campo. Era Ama. Sus ojos no se podían creer lo que tenían delante. Era la criatura más hermosa que había visto nunca. Era exactamente como la que aparecía en su sueño. Su corazón empezó a palpitar con fuerza. Ella también le vio. Ama estaba igual de excitada, pero era más cauta. Por un lado, estaba feliz de ver a otro unicornio. Era un poco mayor, pero aún lucía fuerte y hermoso. Se preguntaba si era él a quién siempre había sentido presente. No estaba segura de deber acercarse. Siempre tenía miedo de decepcionarse.

Amo corría en su dirección. Corría rápido, intentando impresionarla y mostrarla su fuerza. Por un momento corrían los dos de forma paralela, pero en la distancia, examinándose el uno al otro. A cada paso que daba, Amo se acercaba más y más. Ama seguía teniendo miedo, pero le dejaba acercarse. Por la tarde fueron al mismo valle. Estaban bebiendo agua del mismo sitio y, prudentemente, se observaban.

Finalmente, Amo se acercó a Ama. Ella no se movía. Solo le miraba. Podían escuchar sus corazones. Él la tocó. Se tumbaron el uno al lado del otro. Sus cuerpos se acariciaban. Era un sentimiento magnífico para ambos. Se sentían completos. Era un sueño hecho realidad.

Por la mañana se levantaron y continuaron corriendo, caminando por el bosque y disfrutando de lo que les rodeaba y, mucho más de su compañía. Ama estaba realmente feliz. Por fin tenía a un unicornio real a su lado, alguien que podía entenderla. Alguien que no intentaría atraparla. Alguien con quien compartir el placer por la libertad y la creación sin límites ni condiciones. Alguien igual que ella. Nunca se habría imaginado que esto pasaría; sin embargo, lo tenía ahí mismo, delante de sus ojos. Aún tenía sus dudas. Llevaba mucho tiempo sola, siendo el único unicornio, pero ahora él estaba allí, era fuerte y real.

Amo también estaba feliz. Prometió no dejarla nunca sola. Pensaba que siempre estaría allí por ella. Ama, sin embargo, no quería que lo hiciera por ella, si no para esta con ella. Nunca había sentido necesitar ningún tipo de protección o ayuda. Era lo suficientemente fuerte y sabía cómo cuidar de sí misma. Quería estar con Amo pero siendo los dos seres independientes, criaturas que se respetaran el uno al otro y que no dejasen de disfrutar de su libertad. Quería compartir con él la grandeza de su amor puro, las experiencias de la naturaleza. Quería *enriquecerse con la misma alma y no estar limitada; quería compartir con él el cariño por las cosas que a ambos les gustaban.*

Bueno, Amo sabía lo que Ama quería. Él quería lo mismo, pero el tiempo que había pasado con los humanos le habían hecho cambiar un poco. Por un lado, quería corretear con Ama hasta el fin de sus días y disfrutar del tiempo que pasaban juntos y de la libertad de los campos, los bosques y las montañas. Por otro, también quería tener un lugar donde vivir con ella, un hogar. Un sitio donde pudieran asentarse y sentir el calor de estar juntos.

La casa en la que pensaba era una como las de los humanos. Para los unicornios, la palabra «hogar» significaba «totalidad del universo». Un espacio sin límites. Eso era a lo que Ama llamaba hogar. De todos modos, Amo era constante. La llevó a la cresta que había descubierto. Quería hacer un jardín para ella. Un jardín lleno de cientos de plantas y frutas diversas. Ella le miraba como si estuviera jugando. Por qué querrán los unicornios tener un pequeño jardín en el que trabajar cuando el mundo era un tremendo jardín por explorar. A pesar de todo, disfrutaba planeando y ayudándole a crear el jardín.

Sí, pensaba, aunque solo fuera por un instante, que podrían parar allí y quedarse; sin embargo, para Ama, asentarse en un lugar era algo imposible, algo que nunca disfrutaría. Amo no consiguió darse cuenta de que quería seguir siendo un unicornio independiente y libre. Alguien a quién admirar por su libertad. Quería darle su amor, pero no quería sacrificar su libertad. No era esa la naturaleza de los unicornios. Nunca sería feliz y no quería que él sacrificara nada por su amor y por estar juntos.

Amo tenía un pensamiento diferente. Pensaba que, si se asentaba y construía un hogar, ella se uniría. Tantos años de convivencia con los humanos habían nublado su mente. Empezaba a pensar como ellos. Así que sacrificó su libertad y se asentó en la cresta de la montaña. Quería demostrar a Ama que renunciaría a cualquier cosa por ella, por su amor, incluso lo más importante para un unicornio, la libertad. La esperaba.

Ama venía de vez en cuando y pasaba tiempo con él. Realmente le quería y esperaba que se diera cuenta de su verdadera naturaleza y que continuara correteando con ella como hacían los unicornios, olvidándose de esas ideas de hogar. Pero amo era persistente y seguía en la montaña. Poco a poco a Ama se le iban pasando las ganas de ir. Era una simple cresta, una de las muchas de las montañas de Alentejo. Estaba perdiendo la paciencia. No podía entender cómo un verdadero unicornio podía actuar como los humanos. Un unicornio de verdad no sacrificaría nunca su libertad ni por amor. La libertad es parte del amor verdadero. Para los unicornios el amor tiene una categoría incondicional. Veía su sacrificio como una debilidad, algo que le hacía perder su respeto y no ganarse su amor. Ama empezó a escuchar algunas historias que contaban los humanos sobre Amo y, a veces se preguntaba qué tipo de unicornio actuaría así, de esa manera. Puede que en realidad sí sea un caballo que simula ser un unicornio ¿Era posible que se hubiera equivocado con Amo? Llegó el día en el que ya no le podía mirar igual. Ya no era el unicornio de su sueño. Sentía hasta lástima por él. Ese no era el Amo al que ella conoció el primer día, aquel unicornio fuerte y veloz que corría con ella mano a mano. Ama le dijo que no volvería más a la montaña, que todo había sido un error. Se marchó. Estaba enfadada y dolida, pero sabía que nada la bajaría el ánimo una vez estuviera corriendo campo a través y entre el bosque. Era el aire de las montañas lo que la hacía sentirse viva. Para ella, era mejor si Amo se quedaba así, como estaba, en sus sueños.

Amo se quedó en la cresta de la montaña. Sentía pena de sí mismo y de su amor perdido. No podía creer que le hubiera dejado. Descuidó su jardín y pronto no le quedaba comida. No comió durante días. No quería comer. No quería vivir, no le importaba nada. Solo pensaba en lo mucho que necesitaba a Ama. Finalmente se dio cuenta del error tan grande que había cometido. Todo lo que ella quería es que fuera él mismo, un unicornio real. Se enfadó consigo mismo por haber actuado como un humano. ¿Cómo había podido ser tan estúpido?

Como se había quedado durante varios días en la cresta de la montaña, los humanos que le buscaban y querían castigarle, se percataron de donde estaba. Empezaron a avanzar hacia la colina y, a medida que se aproximaban, se sentían cada vez más ansiosos de ver que llegaba el momento de hacerle pagar por lo que había hecho. Miró como se acercaban. No estaba seguro de si quería salir corriendo o de si quería esperar a su destino; sin embargo, algo dentro de él le decía que debía saltar y correr. Que debía intentar ser un unicornio real. Puede que algún día, no importaba cuando, Ama se reuniera de nuevo con él. Le mostraría que es el único, un verdadero unicornio. Que era el unicornio de sus sueños.

Amo se levantó. No podía ir colina abajo. Los humanos estaban cercando su ruta de escape. El único camino para escapar era saltar de cresta en cresta salvando el desfiladero. Fijó sus ojos a lo lejos. Solía saltar más lejos que antes. Pensaba que podía hacerlo. Saltó. Pero sus músculos estaban débiles y su cuerpo no era lo que antaño. Los días que había pasado sin comida ni bebida habían hecho estragos en él. No llegó a la siguiente cresta. Cayó en un profundo barranco y murió.

Los humanos se aproximaron al borde de la cresta mirando hacia abajo y vieron su cuerpo inmóvil y ensangrentado. Uno de ellos dijo:

—Bueno, estaban en lo cierto. Después de todo no era un unicornio real, sino un simple caballo que se ha reunido con su merecido destino. Un unicornio real habría superado la distancia.

Años después, en el lugar en que Amo cayó, un riachuelo brotó de entre las rocas emanando muchísima agua fresca y pura. La gente del lugar hablaba de las mágicas propiedades del agua, de que curaba enfermedades. Algunos recordaban a aquel unicornio que cayó y murió y lo relacionaban con las propiedades del agua. Así que llamaron al riachuelo «El riachuelo de Amo» y, al barranco, «El barranco de Amo». Algunos decían que era lo que él querría. Siempre buscaba el reconocimiento humano. Y ahora, lo tenía para siempre. Cada cierto tiempo hay gente que jura haber visto a Ama bajando al valle a beber agua del manantial de Amo. Pero son solo historias. A la gente le gustan los cuentos».

María terminó de leer la breve historia escrita por Michael, levantó sus ojos, le miró y le dijo con voz triste:

—Sí, somos nosotros, es nuestra historia.

—No pretendo que sea nuestra historia. Respeto tu independencia. Respeto el modo en el que te esfuerzas por seguir teniendo libertad y nunca te controlaré de ninguna manera, pero nunca te dejaré de querer, María. No me importa lo que digas o lo que hagas; yo nunca romperé mi promesa.

María se levantó y se sentó en su regazo. Le abrazó, le miró a los ojos durante un instante y le dijo:

—Eres mi diablillo preferido y te quiero, Michael. Se besaron.

Sus besos eran largos y apasionados. Se fueron a la habitación e hicieron el amor hasta bien entrada la mañana.

Durante el fin de semana, todo parecía tan normal, como antes. Se dieron largos paseos por Faro, cocinaron juntos, vieron películas e hicieron el amor. El domingo por la mañana María limpió el baño, hizo la colada y planchó las camisas de Michael. No hablaron de sus problemas. Michael pensaba que había cambiado sus pensamientos sobre él y que todo volvería a ser como antes.

Por la tarde María empezó a empaquetar la ropa que se había dejado en el apartamento. Michael la miró.

—¿Por qué te llevas toda la ropa?

—¡Ah, nada! Es solo que tengo demasiadas cosas aquí. Quiero lavarlas en casa. Traeré algunas la próxima vez.

A Michael eso no le gustaba, pero no quiso comentar nada.

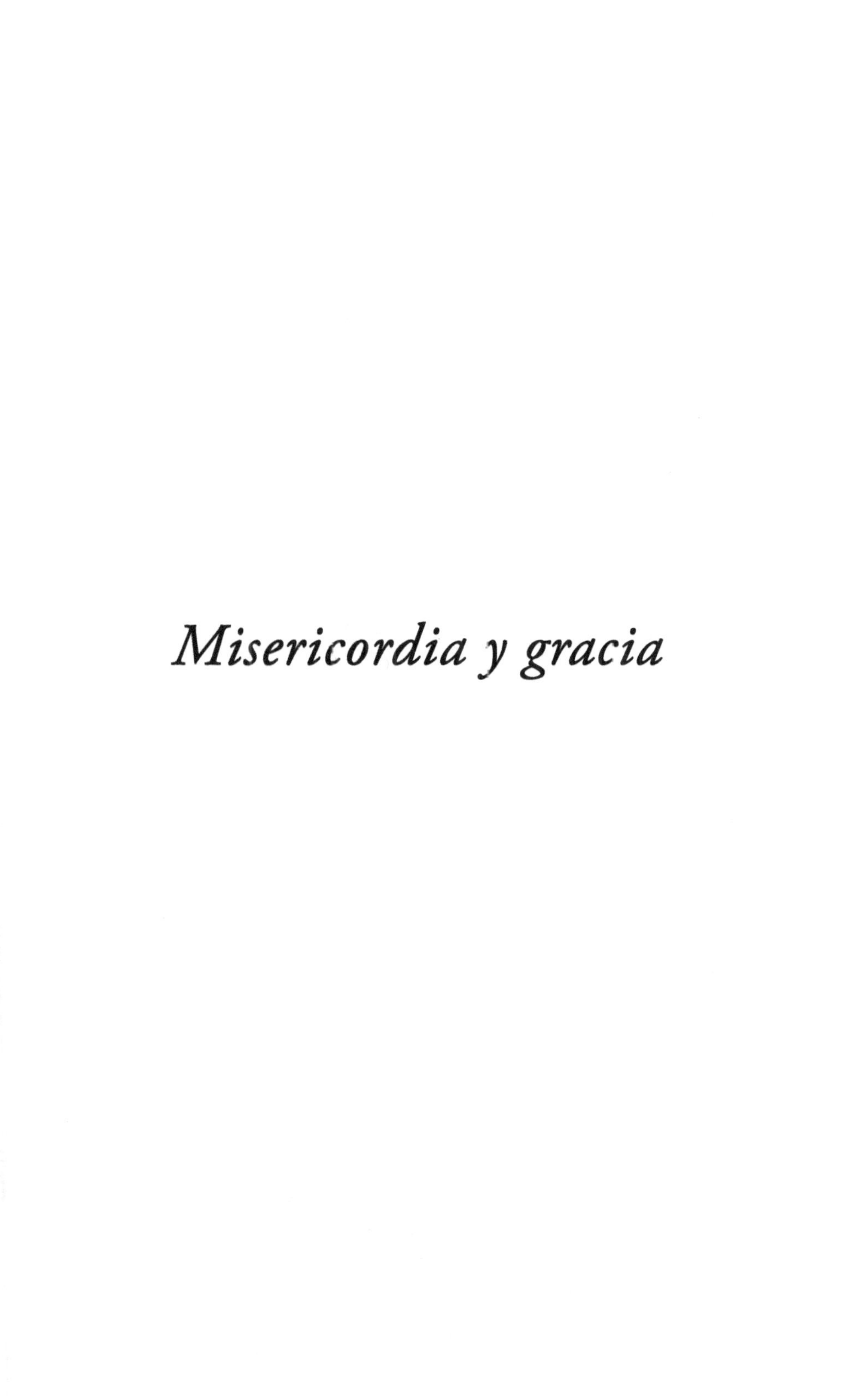

Misericordia y gracia

XXXIV

Habían pasado cinco semanas desde la última visita de María. Fin de semana tras fin de semana Michael pensaba que María vendría, pero no lo hizo. Hablaban de vez en cuando, pero la mayoría de las veces María estaba conectada y cuando veía a Michael no le decía nada. Michael estaba dolido, pero no quería presionarla. Nunca quería iniciar la conversación. La esperaba.

El apartamento lucía vacío sin María y sus cosas. La situación económica de Michael era mala. Quitando dos pequeños proyectos que tenía, de Nueva York no llegaba trabajo y no tenía tampoco la motivación suficiente como para llamar a la gente y pedirle más. Sentía como que estaba perdiendo sus ganas de vivir. No tenía dinero para pagar el alquiler y el casero estaba un poco enfadado, pero aceptó esperar.

Michael pidió prestadas pequeñas cantidades de dinero a Francisco de nuevo. Su vecino pensaba que Michael estaba metido en un lio pero no le preguntó ni siquiera cuándo iba a devolverle el dinero. Michael todavía le debía los primeros cuatrocientos.

La última semana se julio, justo cuando Michael estaba pensando en qué hacer para ganar algo de dinero y seguir viviendo en Faro, María le envió un mensaje de Skype:

«Eres un impostor y un mentiroso, Michael. Toda tu vida has estado engañando a la gente. A mí también me has engañado. Cómo he podido ser tan estúpida de no darme cuenta. Eres como un perrito viejo que va buscando cobijo bajo las faldas de las jóvenes. Te odio».

Eso fue todo. Michael miró al mensaje, no se lo podía creer. Intentó llamarla a través de Skype y por teléfono pero no contestaba. Al día siguiente María le eliminó de todas las cuentas online: de Facebook, de Goodreads, de Skype, de Google Mail y de iMessage.

Pocos días más tarde Carlos vino de Lisboa a Faro por un viaje de trabajo y se reunió con Michael en una cafetería cercana al apartamento.

—*Bom dia* —dijo Carlos—. ¿Cómo estás?

—*Bom dia*, Carlos —contestó Michael—. No lo sé. Tomando un café y sintiendo pena por mí mismo.

—¿Por qué? Eso no es algo muy útil. No arreglarás nada—dijo Carlos.

Michael le resumió un poco los días tan felices que había pasado con María y cómo había acabado todo cuando se enteró de su pasado.

—Sigo preguntándome dónde me he equivocado. Durante años he estado buscándola y por fin la he encontrado. Pensé que aquel primer fin de semana era la última puerta, que lo único que tenía que hacer era llamar y que se abriría. El Rey con la llave. Pero las puertas no se abrieron. Permanecí delante, esperando a que se abriera, semana tras semana, pero no ocurría nada. Si no tengo esperanza, no sé cómo vivir el día a día.

—¿Y dices que no puedes vivir sin esperanza? Amigo mío, la esperanza es tu peor enemigo. No te aporta realización. Solo alarga tu sufrimiento—Carlos dejó de hablar—. Sabes, cuando Pandora abrió su caja y liberó a todos los males de la humanidad, el único que quedó dentro fue la esperanza. Y, desde entonces, la esperanza coquetea y engaña a los humanos. La gente dice que la esperanza es un estado emocional contrario a la desesperación, pero en realidad, la esperanza desencadena en la desesperación. Amigo mío, ahora mismo estás desesperado, y no lo estarías si dejases de tener esperanzas.

—Pero para mí, Carlos, la esperanza es esencial para encontrar el máximo significado de la vida cuando uno está aún en el camino y se topa, en ciertas ocasiones, como con una neblina que no le deja ver lo que hay delante de él. La fe en lo que no vemos y la esperanza de encontrarlo es lo que movió a los peregrinos durante siglos para alcanzar sus descubrimientos y, sin tener expectativa alguna de recibir ninguna recompensa a cambio que no fuera el comprender nuestra propia naturaleza y creación.—Carlos sonrió y siguió hablando—. Hay algo que se llama «pensamiento positivo» que la gente confunde a menudo con la esperanza, pero son cosas diferentes. El pensamiento positivo es un estado de la mente, mientras que la esperanza es un estado inútil del corazón. El pensamiento positivo se basa en la acción, mientras que la esperanza lo hace en el sentimiento. Y, e_ pensamiento positivo es lo que tú necesitas.

—Vale pero, ¿qué debo hacer? —preguntó Michael— Durante tres meses todo parecía perfecto. Me sentía como l_ terminación de un proceso alquímico en el que todos l_ elementos correctos se había unido en una armonía perfect_ y después, nada.

—Tú mismo tienes la solución. El pensamiento positiv_ en tu caso significa, intentar recrear esas mismas condicione_ que tuviste en aquellos meses. Pensar en qué elemento_ había, en qué condiciones. Pensar en lo que te hacía senti_ esa sensación de terminación perfecta. Trabajar en eso_ elementos. Fortalecerlos. Trabajar en esas condicione_ Hacerlas permanentes. Los procesos químicos son un tem_ delicado. Tienes que mantener limpias las herramientas y l_ recipientes utilizados. Incluso cuando tienes todos l_ elementos y se cumplen las condiciones, la suciedad de l_ recipientes podría corromper el proceso sin que ni siquiera l_ notaras. Y según te veo, sentado y esperando, la suciedad s_ está acumulando en tu laboratorio y será muy dur_ deshacerte de ella.

—Pero es que no sé cómo recrear el proceso. Me llevar_ años de trabajo, tendré que volver a pasar por diferente_ etapas para volver aquí. Sé que estoy en el lugar correct_ pero nada funciona.

—Sabes, cuando era un niño no era muy bueno e_ matemáticas —Carlos continuó como si no hubiera oído e_ comentario de Michael—. Y tenía buena profesora. Ten_ unos treinta años, pero parecía mucho más joven. Todos l_ niños del colegio estaban enamorados de ella. Yo también. A_ veces incluso me ponía contento de no hacer las cosas bien porque así pasaría más tiempo conmigo intentando explicarme el porqué y cómo hacer las cosas para obtener el resultado correcto en un problema matemático, pero la mayoría de las veces no la escuchaba, me quedaba ensimismado mirándola; sin embargo, hay una cosa que recuerdo muy bien. Si tienes un problema matemático al que dar una solución y llenas hojas y hojas de cálculos y, al final, el resultado que obtienes no es el correcto, la única forma de saber dónde está el error es volver al principio y comprobar todos tus cálculos. Solía decírmelo: «Carlos, se ve que estás trabajando duro, pero el resultado no es el correcto. Te has equivocado. Vuelve al principio». Y yo, tengo el mismo consejo para ti. Afirmas tener el resultado correcto pero no sabes cómo llegar. Para saber si es o no el resultado correcto, cómo dar con la perfección que has mencionado, debes volver al principio, sea cual sea.

Carlos siempre tenía consejos muy sabios. Después de terminar su café, le dio a Michael cien euros. —Aquí tienes, lo necesitarás. Devuélvemelo cuando quieras. Y se fue. Michael se quedó pensando en sus palabras. Estaba en lo cierto.

¿Dónde ir? ¿Qué hacer? Michael no lo sabía. Estaba atascado. Atascado consigo mismo. Todo estaba atascado, su mente, su alma, su corazón y su cuerpo. Sabía que todos éramos el producto de nuestra propia creación. Que éramos lo que pensábamos y en lo que creíamos. Y ahora todos sus pensamientos y creencias se habían congelado en aquel primer fin de semana en Faro. Quería que durara para siempre, pero ahora ya parecía haberse acabado y no parecía haber nada bueno.

Volvió a casa. Pero ya no sentía el calor de un hogar. Y sabía por qué. Nunca antes había sabido cómo ser feliz con nadie en ningún lugar ya que su verdadero hogar estaba siempre en él mismo. Pero en este momento sentía como si hubiera trasladado ese hogar al alma de otra persona y, ese alma ya no estaba allí. Así que se sentía perdido en el lugar en el que vivía. Tenía que hacer algo. Tenía que volverse a ganar su hogar. Él mismo se había perdido. Tenía que encontrarse.

«Carlos tiene razón», pensaba Michael. Tenía que volver al principio pero, ¿cuál era el principio? Decidió que debía volver a Nueva York. Llamó a Carlos y le preguntó si podía conseguirle un billete de Lisboa a Nueva York. Carlos aceptó. Una hora más tarde Michael recibió un correo electrónico de confirmación: su vuelo salía al día siguiente a medio día.

A la mañana siguiente, temprano, metió en su mochila el portátil y el cuaderno que María le había dado por su cumpleaños. Todo lo demás, lo dejó. Dejó las llaves del apartamento en un sobre y lo echó en el buzón del casero. Había planeado mandarle un correo desde Nueva York. Michael no sabía lo que decirle, lo pensaría más tarde. Cogió el primer tren hacia Lisboa y luego un taxi hacia el aeropuerto. Se registró en los mostradores y se fue directo al control de pasaportes. Pasó unos minutos esperando hasta que uno de los policías de fronteras lo comprobó. El policía pasó la página y puso un sello.

Michael continuó caminando hacia la terminal. «Mi vida se derrumba de nuevo», pensó. «Misericordia y gracia». Se sentía agotado.

La esperanza de la rosa

XXXV

Michael llegó al aeropuerto de Newark a las cuatro de la tarde. Salió de la terminal buscando un autobús que le llevara a Manhattan. Con solo cincuenta dólares en el bolsillo y sin ningún sitio al que ir, aquello era la repetición de la última vez que había vuelto a Nueva York.

A medida que el autobús giraba para dirigirse a la entrada del túnel Lincoln, Michael pudo ver a través del río Hudson una panorámica de la ciudad. «Otra derrota y una nueva lucha por sobrevivir», se dijo a sí mismo. Se sentía vencido. «Me he pasado toda la vida en vano. Esto es tan triste...», pensó.

Una vez llegó a Manhattan, se dirigió a Bowery Mission.

En la entrada dio con Keith, el director del albergue. —Buenas tardes, director.

—Buenas tardes, Michael, ¿cómo está? No le he visto en unos cuantos meses ¿Todo bien?—el director le preguntó y le miró con curiosidad.

—Bueno, no exactamente, director—le dijo Michael con abatimiento en la voz.

—¿Por qué? ¿Qué ha pasado, Michael? —el director le preguntó colocando su mano sobre el hombro de Michael—. Cuéntame.

—Estoy de vuelta. He arruinado mi vida de nuevo, director. Necesito un lugar donde quedarme—dijo después de un largo suspiro.

—Siento lo que oigo, Michael, pero ocurre. No eres ni el primero, ni serás el último. Muchos hombres regresan a Mission muchas veces antes de conseguir, por fin, vivir por sí mismos. No debes avergonzarte. Encontraremos un lugar para ti aquí. Volverás a recuperar tu fortaleza. Acompáñame arriba, a la recepción.

Michael firmó un programa de recuperación de seis meses en Bowery Mission. El director era su consejero.

—No sé si lo sabes, pero nuestro antiguo consejero, el Pastor Charles, ha sido enviado a nuestro nuevo edificio en Harlem. Es mejor para él. Está más cerca de su casa y, de todos modos, va a retirarse pronto. Así que, yo seré tu consejero.

El directo Keith y Michael pasaron muchas horas hablando de la vida de Michael. Él no era el típico hombre sin hogar que participaba en el programa. La mayoría de los que había eran alcohólicos o drogadictos y las razones para ingresar allí eran obvias. Las razones de Michael eran atípicas y muy profundas. Y a veces, estaban por encima incluso de lo que el pastor Keith era capaz de comprender, a pesar de su amplia experiencia tratando con hombres así en los programas de rehabilitación.

El estado de ánimo de Michael cambiaba por días. A veces estaba alegre y lleno de energía. Otros días estaba triste y a punto de llorar. En una de las sesiones habló de sus sueños.

—Sabes —empezó a decir—, la razón por la que no he podido estar cerca de María no es mi pasado. Ambos éramos soñadores, el problema es que ella seguía dormida y yo soñaba despierto. Yo no podría hacerla despertar. Ella tenía miedo de despertarse con alguien que soñaba despierto. Soñar despierto, a veces, es algo peligroso. En la intentona de llegar al paraíso, puedes acabar en el infierno.

—Y, ¿por qué no dejas de soñar despierto? Aprende a controlar tus sueños—dijo el director.

—Decirlo es muy fácil, pero hacerlo... no tanto. He estado tan cerca de que mis sueños se hagan realidad... lo he intentado sin éxito. Ahora me encuentro hecho pedazos entre el mundo de los sueños y el mundo real.

—¿Has pensado alguna vez en que sueñas tanto porque intentas evitar enfrentarte a la realidad? ¿Tienes miedo de algo? ¿Tienes miedo de la realidad? Una vez le dijiste al pastor Charles que te gustaría empezar de nuevo con esa mujer a la que andabas buscando en Portugal. ¿Por qué deseas tanto esa nueva vida? ¿Piensas que esa nueva historia, ese nuevo comienzo pospondrá el final? ¿Tienes miedo del final? ¿Tienes miedo a la muerte, Michael?

—No, director. Para mí la muerte representa otro viaje más. El curso natural de las cosas según el plan de la creación de Dios. La muerte en sí no es ni triste ni trágica. Es el sentimiento de separación y pérdida que permanece con los que se quedan en el mundo de los vivos lo que da tanta tristeza. Ocurre lo mismo con la caída de un árbol en el bosque. Si nadie estuviera allí para oírlo caer, ¿haría ruido? Si alguien deja esta vida y no tiene a nadie alrededor para sentir por él pena, ¿será la muerte tan trágica? No, simplemente será un viaje más en la gran aventura que supone la Creación.

Un día se acercó a la oficina del director con el pequeño cuaderno negro entre sus manos.

—De vez en cuando miro al pequeño cuaderno que me dio. Sé que todo lo que hay en el interior es la verdad. También sé que no soy el único que busca el Santo Grial.

—¿El Santo Grial? ¿Qué es para ti el Santo Grial?— preguntó el director.

—Es el amor incondicional que nuestro Maestro de Nazaret nos lanzó. La Rosa Roja que fue arrancada del Jardín del Paraíso en beneficio de la última lección. Algún día aparecerá alguien que será lo suficientemente digno como para completar la misión. Todo lo que me queda a mí son mis memorias: el fin de semana en Faro, el momento en el que estuve tan cerca de él, tan feliz y tan enamorado. Empezó a llorar. Golpeó la mesa del director con el puño, se lamentó en voz alta, saltó y salió corriendo de la oficina. Esa fue la única vez que el director le vio llorar.

La mayoría de los días Michael se los pasaba en la capilla de Mission meditando y rezando o en la sala de ordenadores escribiendo. Cuando el director le preguntaba que sobre qué escribía, Michael le decía:

—Sobre la octava puerta. Hace muchos años un amigo me dijo que debía tener cuidado cuando atravesase la octava puerta. Es la anterior a la última, a la puerta final, a la novena puerta. La octava puerta es giratoria. Tendría que haberla atravesado sin pensar en las palabras. Pero me equivoqué. Me puse a pensar en las palabras y me quedé dando vueltas. Eso es lo que me trajo aquí. Cuando volví a Faro, vivía en la séptima planta. Era una señal de que había pasado siete puertas y de que estaba enfrente de la octava. Pero fallé. No presté atención. No lo vi como una señal. Pero no me volverá a pasar.

El director no entendía el significado de lo que Michael estaba diciendo, pero no quiso preguntar más.

El director Keith había leído la antigua ficha de Michael y las notas del pastor Charles. Había hablado con el pastor en muchas ocasiones tras las sesiones con Michael; había consultado con el pastor Paul y hablado con Grace y con Natasha, su exmujer. Intentó entenderle para ayudarle con sus consejos pero, después de algunas sesiones, abandonó la idea. Michael ya sabía lo que pretendía con el programa de recuperación. Bowery Mission era simplemente un descanso para él. La manera de recobrar su fortaleza y de continuar con lo que sea que estuviera haciendo antes. Los hombres como él nunca renunciaban. Así que, durante las sesiones normales con Michael, el director se sentaba y escuchaba lo que Michael le quería decir.

Una mañana, justo cuando el director llegaba a su oficina, Michael corría entusiasmado. Tenía puesta su mochila.

—Escuche, me voy. Tengo que volver a casa. Es la hora. Por favor, fírmeme los papeles para dejarme salir—dijo Michael.

—Espera, relájate ¿Dónde vas? ¿A qué casa? ¿Vas a dejar el programa? Siéntate y cuéntame qué pasa.

—Vale. Lo haré, pero no tengo mucho tiempo. Es la hora.

Las puertas se cerrarán si no me doy prisa —dijo Michael. Se sentó y continuó—. Estaba la pasada noche en la capilla rezando. No había nadie nada más que yo. Y entonces, en medio de la noche, tuve una visita. El arcángel Michael vino de nuevo y me volvió a hablar. Me dijo que los dioses habían decidido que mi castigo aquí, en este mundo, había acabado. Ya he pagado por mis delitos. Mi alma está recuperada, ya es un alma pura, el ama de un hombre honesto. Ya puedo volver a soñar mi sueño. Ya puedo volver al mundo de los sueños y encontrarme con mi amor de nuevo, ¿no es fantástico?

—Sí, Michael, lo es, pero, ¿qué pasa con este mundo?, ¿qué harás cuando salgas de aquí?, ¿dónde irás?—preguntó el director.

—Eso no es importante. Vaya donde vaya, haga lo que haga, todo será un éxito. Ya no puede pasarme nada. Estoy bajo protección.

—¿Qué protección, Michael?—preguntó el director.

—La protección de quién me enseñó a amar como me amo a mí mismo y a hacer para con los demás, lo mismo que quiero para mí. Ahora puedo hacerlo. Mi castigo ha terminado. Soy un hombre libre.

Y se fue. Keith quería pararle, pero los consejeros de Mission no tenían esa autoridad. Durante un tiempo se preocupó porque Michael hiciera alguna estupidez como tirarse de un puente o saltar desde algún tejado como su amigo Chris, pero no escuchó nada. Si algo hubiera pasado, estaba seguro de que se enteraría.

Eran las nueve y media de la mañana de un jueves cuando Michael entró al recibidor de la Biblioteca Nacional de

Lisboa. Se sentó en el sofá que había en el lado contrario del control de seguridad. «Carlos vendrá pronto. Nunca llega tarde», pensó.

Carlos entró al recibidor, se acercó y se sentó al lado de Michael. Había estado toda la mañana en su oficina del Hospital de Santa María y no había tenido tiempo de cambiarse. Todavía llevaba la bata.

—*Olá* Michael.

—Hola, Carlos. Gracias por venir. Realmente eres un buen amigo.

—Escucha, Michael. No sé muy bien por qué estoy haciendo esto. Todo el mundo habla cosas malas sobre ti. Vayas donde vayas, hagas lo que hagas, siempre das qué hablar. Si dijera a nuestros amigos masones de Nueva York que te estoy ayudando, dirían que soy un loco. A pesar de todo, respeto tu coraje de ir detrás de tus ideales, sean los que sean. Los hombres como tú mueven el mundo. Sé que el camino por el que vas está lleno de obstáculos, pero sé también que será el camino del éxito. Así que, te he traído el dinero que necesitas. Si tienes cuidado, te durará tres meses. Estoy seguro de que encontrarás una habitación en Lisboa por doscientos euros al mes. Así que, intenta gestionarte bien. Es mi regalo. No necesito que me lo devuelvas. Si alguna vez ganas como para devolvérmelo, dáselo a un refugio de animales en mi nombre. Y por favor, no me llames pronto para sacarte otro billete de avión a Nueva York —Carlos empezó a reírse—. En los últimos tres meses ya te he comprado dos. O bueno, avísame con el tiempo suficiente para reunir todo el dinero, ja, ja, ja.

—No te preocupes, Carlos. Esta vez lo tengo todo resuelto.

—Espero que así sea. Eres un amigo caro de mantener, Michael. Y, ¿qué es lo que has resuelto?

—Sé donde está la clave de mi objetivo.

—¿Dónde?—dijo Carlos.

—Justo aquí—contestó Michael.

—¿Aquí? ¿En esta biblioteca?—preguntó Carlos.

—Sí. O mejor dicho, es aquí donde la llave abrirá la puerta hacia mi objetivo.

—No estoy seguro de entenderte—preguntó Carlos.

—Iba detrás de una mujer pensando que la clave estaba en ella, pero la clave está en escribir sobre ella. En las palabras, y las palabras están dentro de mí. Desearla es solo un impulso para que emanen las palabras. Y el objetivo principal es que fluyan las palabras. Las palabras son importantes. Palabras sobre el amor. Palabras sobre la vida. Y no son mías. Están canalizadas a través de mí. Recuerda. Al principio, la palabra que había iba de la mano de Dios y la palabra se hizo carne. El objetivo de mi vida, mi razón de ser es acumular el impulso suficiente para escribir todo lo que es necesario. Esa es mi misión. Ese es el Santo Grial que yo persigo. Hay tanta desesperación en el mundo hoy día... La gente está perdiendo la confianza en Dios. Nadie cree en el amor, Carlos. Nadie. La esperanza, el amor y la bondad son simplemente frases vacías de la misa de los domingos. La gente necesita amor. Necesita esperanza. La Esperanza de la Rosa, pero antes de que comprendan lo que eso significa, necesitan oír la verdad. La verdad es importante.

—¿*La verdad según Michael?*—dijo Carlos.

—Eso es, *La verdad según Michael.* También puede ser según Carlos, María o cualquiera. El nombre no importa. Pero en el interior de cada uno de nosotros hay un poco de Michael, ja, ja, ja —dijo Michael—, y a algunos no les gusto demasiado porque se ven reflejados en mí. Mi verdad les pertenece a todos.

—Y supongo que es en este lugar en el que lo escribirás, ¿no?—le preguntó Carlos señalando a la entrada de la sala de lectura.

—Sí. Me encanta ese lugar. Podría estar sentado en la sala de lectura, rodeado de libros y escribiendo todo el día. Es tan tranquila e inspiradora... Además, tienen wifi. Y es gratis —sonrió Michael.

—Y hay chicas jóvenes de la Universidad de Lisboa escribiendo sus trabajos cerca de ti—dijo Carlos con ironía en su voz mientras sacudía la cabeza.

—Sí, estaba pensando en lo mismo. No está nada mal, ja, ja, ja, pero no me importa demasiado. Estaré con María.

—Con quienquiera que sea...—dijo Carlos y sonrió.

Más o menos un año más tarde, en Nueva York, el director Keith pasó por la librería Barnes And Noble de Union Square. Vio una cara que le resultó familiar en un póster en el escaparate. Era el anuncio de una firma de libros: «*El pan de la vida - Memorias esotéricas de un panadero de Nueva York,* novela escrita por Michael Nicolau». Sonrió y continuó caminando. «Sí, Michael estaba en lo cierto, estaba protegido. Me pregunto si habrá atravesado ya la octava puerta. Se lo preguntaré», pensó el director. «Le preguntaré. Iré a la firma y se lo preguntaré».

Sobre el autor

Stevan V. Nikolic creció en Belgrado, Serbia y, en 1987 se trasladó a Nueva York. Antes de dedicarse a la ficción, Stevan escribió nueve obras basadas en hechos reales sobre enseñanzas esotéricas. La primera novela del autor, 5 DIAS ME SEPARAN DE TU CUERPO Y MI ALMA (Weekend In Faro), la primera también de la serie de libros sobre Michael Nicolau, se publicó en su versión original (inglés) en el año 2014. LA VERDAD SEGÚN MICHAEL (Truth According to Michael), el segundo libro de la serie, se ha publicado en 2016. Se espera que pronto, para marzo de 2017, vea la luz la tercera parte, THE DIARY OF THE NEW YORK BAKER.

Sobre la traductora

María Gil del Campo es traductora y revisora autónoma.
Traduce hacia el español desde el inglés y el francés. La
mayor parte de sus trabajos se han centrado en la traducción
técnica y literaria. Apasionada de la traducción en general, y
de la literaria en particular, dedica gran parte de su tiempo a
lo que ella llama «enriquecer el mundo». Y es que, así es
como ella se toma la traducción, como el arte y la ciencia
que posibilita la conexión del globo contribuyendo a su
progreso y desarrollo. «El traductor es parte activa y
absolutamente necesaria del mundo en el que vivimos», dice
María. Esa ferviente sentencia es la que siempre utiliza para
definirse.